Los Ángeles Perdidos

La explotación del niño en el mundo

Esta obra ha obtenido el **Premio Espasa Hoy 1996,** concedido por el siguiente jurado: Pedro Laín Entralgo, Margarita Riviere, Amando de Miguel, Fernando Savater y Javier de Juan.

Manuel Leguineche

Los Ángeles Perdidos

La explotación del niño en el mundo

ESPASA

ESPASA HOY

Director Editorial: Javier de Juan y Peñalosa
Editora: Pilar Cortés

Diseño de la colección: Tasmanias
Foto de cubierta: Sebastiao Salgado
Foto autor: Oriol Maspons

Depósito legal: M. 33.968-1996
ISBN: 84-239-7740-4

Impreso en España/Printed in Spain
Impresión: Huertas, S. A.

Editorial Espasa Calpe, S. A.
Carretera de Irún, km 12,200. 28049 Madrid

ÍNDICE

PRÓLOGO 9

I. ESE MONSTRUO QUE CREAN LOS HOMBRES 27

II. HAZ ALGO, CAMBIA EL MUNDO 39

III. EL HOMBRE Y EL CUCHILLO SON HERMANOS 59

IV. TENER A PAPÁ EN EL FRENTE 77

V. EL ENEMIGO INVISIBLE 87

VI. LOS NIÑOS DE LA GUERRA ESPAÑOLA 109

VII. TENÍA UNA CAJA DE LÁPICES DE COLORES 125

VIII. LOS NIÑOS ESCLAVOS 153

IX. ¿POR QUÉ DISPARAN SOBRE NOSOTROS? 169

X. TENGO ONCE AÑOS Y HAGO LA GUERRA 189

XI. Ríos de leche y miel 203

XII. Nacido para sufrir 217

XIII. La vida no vale nada 227

XIV. Poema de amor 241

XV. Mentes y corazones 253

XVI. El lavado de cerebro 263

XVII. El miedo a lo peor 275

XVIII. Los justicieros 283

XIX. Los sicarios 293

XX. Plaza de Mayo 319

XXI. El dilema de Said Ferdi 333

XXII. Esclavas sexuales 347

XXIII. Los niños bastardos 365

XXIV. La mitad del cielo 383

Epílogo 393

Bibliografía y agradecimientos 429

Prólogo

«¿Acaso Dios está sordo?» Esta frase del padre Gaston ante los pequeños ataúdes blancos de Julie Lejeune y Melissa Russo, las dos niñas ángeles perdidos halladas muertas en el jardín de una de las casas de Marc Dutroux, el pederasta asesino, resumía el estado de ánimo y la psicosis de la conmocionada sociedad belga. Algo así ocurrió en España cuando las niñas de Alcàsser (Valencia), Miriam, Toñi y Desirée, desaparecieron en noviembre de 1992. El macabro hallazgo de sus cuerpos, el 27 de enero de 1993, coincidió con una oleada de alarmas sin fundamento. Todos los países tienen su «Síndrome de Alcàsser».

«¿De qué han servido tantas plegarias, tantos cirios, tantas peregrinaciones?», se preguntaba el verano de 1996 en su homilía el párroco de Lieja. Los niños, escribió el poeta, nacen llevando consigo nubes de gloria. Eran otros tiempos.

Se supo más tarde que ya en 1985 Marc Dutroux había sido detenido acusado de robo, tortura, secuestro y violación de menores. Lo dejaron en libertad. Dutroux hizo del secuestro de niños su modo de vida, su oficio, su negocio: pagaba 650.000 pesetas por niño secuestrado. Después, grababa sus actividades sexuales con menores y vendía los vídeos a través de las redes pederastas a todo el mundo. Bélgica clamó al cielo ante la ineficacia y la incompetencia de jueces, políticos y policías que dejaron que el monstruo creciera en libertad. Pero la culpa era de todos. Marie-France Botte, de la que se habla en el capítulo XXII de este libro, que ya estaba escrito cuando estalló el escándalo de las «casas del horror» en Bélgica, puso el dedo en la herida al afirmar que es demasiado fácil cargar todas las culpas en la negligencia de jueces, políticos y policías: «El día del funeral, en la basílica de Saint-Martin de Lieja, los únicos que no tenían nada que reprocharse eran los padres de las niñas asesinadas o desaparecidas. Ellos sí han hecho todo lo que han podido. Los demás, incluidos esos miles de ciudadanos que hoy reclaman la reinstauración de la pena de muerte, no hacen nada por luchar contra la prostitución infantil y el turismo sexual. En nombre de los derechos individuales han olvidado lo que significa la solidaridad.»

Marie-France, muchos años en la brecha en su combate contra la explotación sexual de los niños, sabe de sobra de lo que habla: llegó a correr peligro de muerte cuando trataba de salvar a niños prostituidos en el infierno de los burdeles tailandeses.

El novelista Georges Simenon, nacido en Lieja, podría haber trazado el retrato psicológico de Marc Dutroux. Dijo la prensa que era «inteligente, frío, escurridizo y seductor». Y asesino de la peor especie.

De pronto Bélgica y Europa se rasgaron las vestiduras como si se tratara de algo nuevo, de un fenómeno reciente. Descubrieron que la pornografía infantil utilizaba la red de Internet, que los tentáculos de los traficantes en sexo infantil se extendían por medio mundo. Los belgas parecieron olvidar el caso de John D. Stamford, encarcelado en septiembre de 1993 por sus publicaciones explícitamente pedófilas. Un tribunal de Turnhout, cerca de Amberes (Bélgica) le preguntó por su nombre, edad y profesión. El acusado respondió ante el juez: «Me llamo John Stamford, tengo cincuenta y cinco años, soy periodista, escritor y masajista.» Era un tipo normal, como tantos otros, con oficio y beneficio. Los asesinos son hombres como nosotros, pero los que conocían algo sobre el personaje informaron que fue en 1970 cuando John D. Stamford fundó la guía *Spartacus,* una especie de catálogo para homosexuales. John llegó más lejos, convirtió su revista en el vademécum del pedófilo aficionado al turismo sexual.

Spartacus se transformó en un imperio editorial que publicaba revistas, boletines, y disponía de hasta su propia agencia de noticias, la PAN (Paedo Alert News), destinada a los buscadores de carne fresca en Bangkok, Manila, Dakar o Colombo. El señor Stamford fundó un club que contaba con mil socios a los que facilitaba direcciones, servicios, consejos sobre los establecimientos que vendían el cuerpo de los niños. John, el periodista, el escritor, el masajista, traficaba con inocentes. Su huella y la de *Spartacus* aparecían por todas partes. John era un ex pastor anglicano, según otras versiones maestro en Lancashire, retirado en una aldea perdida al norte de Amberes. Era ciudadano británico pero residente en Bélgica, dirigía dos sociedades domiciliadas, una en Londres y la otra en Bélgica, mientras que editaba en Berlín su guía *Spartacus.* Hasta que un diligente policía belga, tirando del hilo, descubrió en su casa un vídeo en el que se le veía practicando toda serie de posturas sexuales con un niño de nueve años. Luego el policía descubrió un fichero tan rico como espeluznante. Para entonces John D. Stamford había sido ya perseguido por la justicia holandesa por incitación a la pedofilia. Salió sin cargos en nombre de la libertad de expresión. En Alemania, John D. Stamford fue demandado por varias asociaciones de defensa de los niños. No había pruebas tangibles. Salió en libertad.

No bastaron las pruebas, niños filipinos que habían caído en la tela de araña de *Spartacus,* testimonios apabullantes sobre la culpabilidad del ex cura anglicano, entre ellos el de Marie-France Botte, autora junto con su marido, el periodista Jean-Paul Mari del semanario *Nouvel Observateur* de París, del libro *El precio de un niño.* John D. Stamford se escurría como una anguila y burlaba todas las legislaciones en la materia. Permaneció unas semanas en la cárcel belga: tan solo se le podía acusar de editar escritos contrarios a las buenas costumbres y publicidad para facilitar la explotación sexual de menores. Cuando Bélgica descubrió al asesino Marc Dutroux en agosto de 1996, empezó a preguntarse cómo había podido convivir tanto tiempo con personajes como este, empezó a preguntarse por las leyes, tan generosas con los explotadores de los niños, por la desidia de los policías y de los jueces. Ahora sí lo hacían, con las manos en la cabeza, ante los ataúdes de las dos niñas y el rastreo en busca de nuevos cadáveres en jardines y edificios. La sociedad belga clamaba al cielo por respuestas que no encontraba en la tierra. Las tenía bien cerca: los belgas, como el resto de los europeos, habían hecho hasta entonces lo que el simio del templo japonés de Yayasu: se taparon la boca, las orejas y los ojos.

En 1986 en Filipinas, en plena «revolución azul» de Cory Aquino contra el régimen de Fernando Marcos y de su esposa Imelda (la dictadura conyugal) hice un hueco para contar en una crónica enviada desde Manila el escándalo del turismo sexual y los abusos de John D. Stamford. En ella hablaba de John D. obligado a huir del Reino Unido «porque los británicos —se justificó— son cabezas cuadradas, incapaces de comprender la calidad de las relaciones sexuales entre hombres y niños». Desde Manila, desde Amsterdam, John D. invitaba a unirse a su club *Spartacus,* previo pago de veintiocho libras esterlinas. «Se aceptan todas las tarjetas de crédito.» No podían darse más facilidades. En esa crónica desde Filipinas no se hablaba tan solo de John D. Stamford, sino de belgas, alemanes, británicos, australianos, estadounidenses, que alquilaban menores por una noche a cambio de trescientas cincuenta pesetas. Allí les esperaban los guías del *Spartacus Gay Club* para ofrecerles los mejores niños de Ermita, el barrio «trepidante» de Manila.

En sus folletos, los guías y el *Spartacus Gay Guide* justificaban el comercio: «Las familias filipinas prefieren que sus hijos se acuesten con turistas occidentales a que se acuesten con sus novias, que tarde o temprano darán a luz hijos ilegítimos.» No era solo cosa de John D., sino del crimen organizado. La crónica se publicó en la primavera de 1986 pero el problema en cierto modo se remontaba al tiempo de los norteamericanos, de la guerra mundial, cuando MacArthur cumplió su promesa de volver a Filipinas. Se decía que Filipinas se pasó trescientos años en un convento (bajo España) y cincuenta años en Hollywood (bajo Estados Unidos). Entonces se consideraba ese tráfico como algo normal, natural, algo exótico y hasta como una ayuda económica para las familias desfavorecidas. Los corruptores eran los salvadores.

El verano de 1996 fue pródigo en noticias que tenían al niño como protagonista y víctima: «Una mujer de EE UU acusada de matar de hambre a su hija de cuatro años», «Un niño nepalí pasó nueve meses encadenado como esclavo», «En Madrid aparece un bebé arrojado a un contenedor de basura», «Una italiana arroja por la ventanilla de un coche a su hija de dos días», «Según el tribunal de crímenes de guerra de La Haya una joven bosnia de quince años, identificada como FW-87, fue esclavizada, violada, torturada por incontables soldados durante un período de ocho meses y vendida en febrero de 1993 por cuarenta mil pesetas a dos jóvenes soldados de Montenegro», «Un millón de menores cae cada año en las redes de la prostitución», «Desmantelada la mayor red de pornografía infantil de Estados Unidos, cuarenta y cinco detenidos en una redada en treinta y seis estados», «Redada en Palermo (Italia): cincuenta y cuatro niños prostituidos por sus familiares para pagar a los usureros», «Cerca de trescientos mil niños alemanes son víctimas de agresiones sexuales al año», «La F. A. O. confirma que más de quinientos sesenta mil niños han muerto por las sanciones a Irak», «El infanticidio de niñas continúa imparable en la India: su única ofensa es haber nacido niñas», «Gauri y Lalita se han casado en una aldea del estado indio de Madya Pradesh. Ella tiene cinco años y su marido siete. Alrededor de cincuenta mil niños se casaron el miércoles a las dos de la madrugada, la hora elegida por los astrólogos», «Más de tres mil seiscientas niñas son sometidas cada día a la ablación del clítoris en Egipto», «El 70 por 100 de los turistas varones que viajan a Tailandia lo hacen para acostarse con niños y niñas», «Doscientos cincuenta millones de niños obligados a trabajar en todo el mundo», «El Congreso Mundial contra la Explotación Sexual de los niños en Estocolmo (Suecia) declara la guerra abierta al turismo sexual», «Cae en Viena una red de "alquiler" de niñas», «Los expertos dicen en Estocolmo que los pedófilos "son gente como nosotros"», «Seis mil muchachas mutiladas cada día», «Singh, de siete años, combate a muerte en un ring tailandés», «En Austria todos son sospechosos de maltratar niños». La lista de titulares como estos espigados de la prensa mundial tan solo en el verano de 1996 sería interminable.

Es un error que enterremos problemas como estos en el limbo de la estadística: cuarenta mil niños mueren de hambre al día. Es verdad, pero las cifras y las estadísticas embotan la capacidad de comprensión y reflexión del que lee o escucha. No explicamos las causas y razones de esos niños muertos. Hay una fatiga de la compasión y un caos de la comprensión por el exceso de informaciones escuetas, mal explicadas. La infancia desgraciada no es solo un problema de hambre, de guerra. Desde la posguerra de 1945 al menos veinte millones de personas han muerto en más de cien conflictos. Sesenta millones han resultado heridas. Otra ración estadística: en la última década las guerras mataron a dos millones de niños en el mundo. La cuarta parte del gasto militar de los países pobres daría recursos básicos a la población. El infierno de ser niño, no solo en el Tercer Mundo, sino en las sociedades desarrolladas donde millones de niños sufren de falta de afecto debido a la incomprensión de los padres. Erik Erikson en *Infancia y sociedad* apuntaba que el niño necesita amor y ternura porque crean en él un sentido de confianza básica de seguridad en su propia competencia y de confianza en los demás.

El poeta Tennyson se preguntaba lo que significaba ser niño, quizá se podía responder que esperarlo todo, jugar, soñar, vivir, un dulce paréntesis entre el nacimiento y el período de las responsabilidades, compartir el sentido de lo maravilloso, ser curioso, desear ser amado y comprendido, ser abierto. Pero el mundo de hoy no es en líneas generales un lugar seguro ni cálido ni generoso ni comprensivo. Es difícil saber en esas condiciones, entre la angustia, la codicia y el egoísmo, lo que representa ser un niño. El pueblo de los niños, el más importante del planeta, con dos mil millones de almas, carece de portavoz definido, de representantes, de embajadores y delegaciones, señalaba la revista *L'Express* en un informe sobre la infancia. La Agencia o Foro de las Naciones Unidas para la Infancia, Unicef y la Cruz Roja hicieron ese papel casi en solitario durante años. Nadie puede negar que han logrado considerables progresos contra viento y marea. Al cumplir cincuenta años Unicef ofrecía datos esperanzadores: mientras que en 1960, por cada mil nacidos en los países en desarrollo, doscientos dieciséis morían antes de los cinco años, cincuenta años más tarde el índice se pudo reducir hasta un nivel de cien muertos por cada mil nacidos. Pero nos queda en la retina la imagen de la niña colombiana Omayra que se desliza sin remedio hacia el fondo al pie del Nevado del Ruiz. Fue una muerte retransmitida en 1985: la tecnología permitió que lo viéramos en directo, pero no pudo salvar a la niña cuyos ojos oscuros no olvidaremos nunca. «Corre todo lo que puedas —aconsejaba Lewis Carroll en *Alicia...*— para quedarte en el mismo sitio.»

Como hemos visto, los niños son protagonistas del horror. Y a veces lo provocan, como vino a demostrar el Nobel de Literatura William Golding en su primera novela, *El señor de las moscas,* el sacrificio infantil a la Bestia. Los niños son capaces de matar. Noticia fechada en Las Palmas en septiembre de 1996: «Dieciocho mil años de cárcel por violar mil doscientas cuarenta y ocho veces a sus dos hijastros de ocho y diez años.» Podríamos añadir una lista de titulares de periódicos que abonan esta idea del niño agresivo, asesino: «Niños-homicidas: desconcierto y sensación de culpa tras la terrible muerte del pequeño James Bulger en Liverpool.» Es cada vez más frecuente en las escuelas y colegios de Occidente. La filósofa Hanna Arendt hablaba al referirse a los crímenes nazis de «la banalidad del mal». En una ocasión en una universidad francesa preguntó el profesor al estudiar la obra de Golding si los alumnos estaban en desacuerdo con esa agria pintura que de la condición humana, de la cruedad del niño, del corazón infantil en las tinieblas hacía el novelista británico: tan solo un alumno levantó la mano. ¿Era la apatía ante la trivialidad del mal? La ritualización del mal en el Estado totalitario: cuando los niños de *El señor de las moscas* son rescatados de la isla del Pacífico volverán a la «civilización» para descubrir la versión adulta de su propia devastación: la guerra atómica. Nadie vendrá a rescatarnos salvo que lo hagamos nosotros mismos. Escribe Luis Rojas Marcos que la violencia se aprende. La semilla de la violencia se siembra en el hogar. «El carácter violento —escribe—

se cultiva en los diez primeros años de vida. La crueldad gratuita no es fruto de la demencia, sino del aburrimiento. Aprendemos a odiar siendo odiados. El ser humano siempre ha sentido fascinación por la violencia.»

El filósofo Bertrand Russell, también Nobel de Literatura, expresó un deseo: si los niños tuvieran seguridad frente a la pobreza, seguridad en los afectos y seguridad en la educación, el mundo podría transformarse milagrosamente. Es y era mucho pedir. Todo eso figura en la Carta de los Derechos del Niño. En este libro trato de explicar por qué y cómo se violan esos derechos, los niños-soldados, los niños-esclavos, los niños violados, los niños manipulados, los niños explotados. «El niño muestra al hombre —son palabras de Milton en *El paraíso perdido*—, como la mañana al día.» Los niños aparecen mimados por los déspotas, que los acarician y se fotografían con ellos mientras suenan cánticos revolucionarios:

> Veo brillar fusiles, banderas,
> escucho ya sobre la tierra indiscreta
> veinte pasitos.
> Continuad, mis pequeños ciudadanos...

Las armas de plástico con las que disparaba hace bien poco, tal vez ayer mismo, son ahora de verdad. Los juegos de los niños no son tales juegos, recordaba Montaigne, antes bien deben considerarse como sus acciones más serias. Pero ¿les dejan jugar, les dejan ser niños? Los adultos les convencen de que el fusil de verdad es la prolongación de los juguetes de plástico, que la botella incendiaria es un instrumento liberador, que irse a la cama con un turista sexual es una diversión y una forma de ganar dinero y conocer gente cariñosa, que fabricar balones de fútbol en Pakistán a cambio de unas monedas es una forma de ayudar a la familia y de hacer grande a Ronaldo. Han sido víctimas de la militarización y de la brutalidad policial: el régimen del *apartheid* en Sudáfrica detuvo ilegalmente a quince mil niños entre 1984 y 1986. El hecho de que asista a escenas de violencia puede llegar a desarrollar la agresividad del menor. Es lo que los psicólogos norteamericanos llaman el efecto del *coping*. He visto esa belicosidad en los campos de refugiados de África, de Asia, de América Latina. Los más duros, los más fornidos la emprenden a golpes con los más débiles. La inocencia y la vulnerabilidad no les protege ni frente a sus compañeros más robustos ni contra los abusos de poder de un Estado, ni contra el sadismo de mentes enfermas.

Los niños hacen buenas páginas de sucesos. Según Rojas Marcos, «la mujer y los niños tienen más probabilidades de ser víctimas de la violencia en casa que fuera, las agresiones en el hogar son tan frecuentes como secretas». Hay una violencia secreta y otra conocida, pregonada. Que lo diga la prensa sensacionalista. Nos cuenta de los *serial killers*, de los asesinatos en serie en una escuela escocesa, en Chicago cuando John Gancy fue condenado a muerte tras declarar que había matado a treinta y tres chicos, o el «asesino de la autopista», aquel William Bonin de Los Ángeles que fue condenado a muerte por haber matado a diez adolescentes. Entre 1977 y 1980 fueron hallados cuarenta y cuatro cadáveres terriblemente mutilados en las autopistas de California. A la velocidad que va el mundo casos como estos caen pronto en el olvido. En 1991, el vampiro de Rio de Janeiro, Marcelo Costa de Andrade, de veinticinco años, confesó haber matado, tras violarlos, a catorce muchachitos pobres quc vivían en los alrededores de la ciudad. El llamado «Ogro de Rostov», Andrei Tchikatilo, de cincuenta y seis años, fue condenado a muerte acusado de cincuenta y dos asesinatos con móvil sexual cometidos con adolescentes, a los que sometió a prácticas sádicas.

Rosemary West, de cuarenta y dos años, cumple cadena perpetua en Gran Bretaña tras ser juzgada en 1995, junto con su esposo (que se suicidó en la cárcel), acusados de haber torturado y asesinado a diez muchachas, dos de ellas hijas del matrimonio, y de haber abusado sexualmente durante más de veinte años de numerosas adolescentes. Las casas de los horrores. Y así sucesivamente. El penúltimo, mientras escribo el prólogo de *Los ángeles perdidos,* el del pederasta belga Marc Dutroux.

Cada vez que nace un niño
trae consigo la esperanza
de que Dios no está aún
decepcionado del hombre.

Lo escribió Rabindranath Tagore. Cien años más tarde el padre Gaston invoca al cielo desde Bélgica, estremecido por los asesinatos de Dutroux: «¿Acaso Dios está sordo?» A raíz del asesinato de las niñas belgas Maximiliano Martínez Villar dirigía una carta al director del diario *El País* de Madrid en la que señalaba: «Por fin los niños parece que interesan. Por fin su periódico les ha dedicado un editorial, "Niños objeto", en el que se buscan algunas causas y se analizan hechos tan terribles como los derivados de su explotación sexual. Para ello hemos tenido que esperar, como casi siempre, a que haya sangre. En el editorial hablan de la "miseria natural" como la primera causa de hechos como estos. Pero ¿qué pasa del otro lado del problema, con los que compran "a bajo precio", aprovechándose de las circunstancias? ¿Cuál es su causa? Para Maximiliano Martínez Villar ("como educador que soy") el origen de todo está en gran medida en la educación, o mejor dicho, en la ausencia de esta, y sucede en gran medida porque los padres apenas vemos a nuestros hijos y cuando lo hacemos no sabemos cómo comportarnos. La escuela se limita a transmitir, mejor o peor, unos conocimientos heredados; la sociedad se preocupa de buscar métodos correctivos y represivos, y a los medios de comunicación lo que les interesa es la audiencia, especialmente en televisión; por eso se ocupan de estos temas cuando la sangre llega al río, y los índices suben.»

De Romeo y Julieta y la pasión romántica de dos adolescentes a *El señor de las moscas* de Golding y a *La naranja mecánica* (pésima traducción de *A Clock-work Orange* de Anthony Burgess, que el cineasta Stanley Kubrick, para irritación del novelista británico, convirtió en poco menos que en apología de la violencia juvenil, heraldo de la era de los pandilleros y de los cabezas rapadas). De Romeo y Julieta (la fatalidad les conduce a la muerte) quedan hoy esas estampas de niños o adolescentes que en la noche oscura caminan juntos de la mano hacia las vías de un tren que se acerca a toda velocidad. «Los niños que hoy estamos torturando entre todos —añadía Maximiliano en su carta— son los adultos de mañana y sus actos son, en gran medida, responsabilidad nuestra. Se nos olvida continuamente porque pensamos que es responsabilidad de los demás. Por eso, quizá, la televisión no respeta sus bandas horarias, los periódicos no se preocupan de su mundo, los padres piensan en la escuela como solución, y viceversa, y todos terminamos pensando que debe ser así y nos quedamos tan tranquilos.» La violencia de hoy es sobre todo juvenil. «Dentro de ella —escribe el psiquiatra Rojas Marcos—, la que más asusta es la que no tiene causa aparente. Tenemos tendencia a explicar estas agresiones alegando que son fruto de la locura. Sin embargo, el enfermo mental no es violento en líneas generales. En realidad esa violencia sin sentido surge del hastío, de la necesidad de llenar un vacío con experiencias intensas aunque sean atroces», añade el autor de *Las semillas de la violencia.*

Infancia, niñez, adolescencia, juventud, fronteras a veces difíciles de deslindar. En la Edad Media se hablaba de *infantia* (desde el nacimiento hasta los siete años de edad), *pueritia,* desde los siete años a los catorce para los chicos y de siete a doce para las chicas, y *adolescentia,* desde los catorce hasta una edad no muy bien establecida. Más o menos los baremos aplicados por el psicólogo Erik Erikson, para el que la infancia abarca desde el nacimiento hasta los quince meses, la primera niñez desde los quince meses hasta los dos años y medio, la edad lúdica desde los dos y medio hasta los seis, la edad escolar desde los seis hasta la madurez sexual y la juventud, que termina a los veinte. Entre nosotros, con algunas variantes, las normas establecen que es bebé el que cuenta menos de un año; niña o niño, de uno a doce años, joven y adolescente de trece a dieciocho años; hombre o mujer, más de dieciocho años; anciana o anciano, más de sesenta y cinco años. Claro que cualquiera le llama anciana a una señora de sesenta y cinco años que acude todas las noches a los «karaokes» de Benidorm. La minoría o mayoría de edad cambia según las leyes de las naciones, lo mismo que la edad penal.

En determinados países los niños son penalmente culpables a los catorce años para delinquir, pero no para votar. Para lo que no hay edad es para morir. En la escuela de Dunblane, un pueblecito escocés, un paranoico asesinó a tiros en marzo de 1996 a toda una clase de niños de cinco años. Una nueva matanza de inocentes, pesadilla de la humanidad a lo largo de su historia. La envidia de los adultos y de los ancianos hacia los pequeños figura en mitos y leyendas. Molesta Peter Pan porque no quiso crecer. El coco, sacamantecas y el hombre del saco de ayer no son fantasías. «Las fábulas que contamos a los niños —escribe el ensayista italiano Gustavo Charmet— son a menudo terroríficas: ogros y brujas amenazan la supervivencia de los hijos, que han de salvarse de las crueles tentativas de suprimirlos. Los niños afirman con gran convicción que debajo de la cama o en la oscuridad está el asesino: las madres los tranquilizan, pero los niños saben que tienen razón, que no se trata de fantasías. Sienten que una sombra les amenaza y que deben aprender a defenderse de las asechanzas de las monstruosas presencias.» Algunos psicoanalistas sostienen que la enfermedad mental y la perversión que descarga la propia capacidad de destrucción sobre la infancia representan la exasperación de un impulso que se expresa incluso más allá del reino de la locura. «Las grandes guerras —añade Charmet— podrían ser interpretadas como un sacrificio en masa de los jóvenes ordenado por una gerontocracia de viejos generales hostiles no al enemigo, sino a la juventud del propio país, que es por eso enviada al matadero.» El abuso sexual y la gran difusión de los malos tratos físicos y morales infligidos a los niños no son perpetrados por locos extraños, sino en el interior de la familia misma que tiene la misión de tutelar y de garantizar la supervivencia de los hijos.

También la mafia mata a los niños y a la mujeres cuando quiere vengarse de la traición, la ruptura de la *omertà,* el pacto de silencio. Así ocurrió en agosto de 1996 cuando vimos por televisión la imagen de aquella mujer de Palermo que vestida de luto había acudido al cementerio acompañada de su hijo pequeño para depositar flores en la tumba de su marido, un mafioso arrepentido y asesinado. También ella y el niño fueron asesinados a tiros de *lupara* (escopeta para matar lobos). Para granjearse los favores de los dioses los antiguos degollaban sobre los altares a los muchachos y a las vírgenes. La matanza de inocentes no es una leyenda que cuenta el miedo de Herodes a verse derribado del trono por el Mesías Niño, sino algo real que se repite en las relaciones entre la locura y los temores de los adultos y la imposibilidad de los niños de defenderse. Hay orfanatos que son prisiones, aunque no solo en remotas regiones de China o Rumania. Los tenemos más cerca pero no podemos verlos. Han mejorado en general las condiciones de vida de los niños, pero antes de declarar derrotada la antigua tendencia de los adultos a inmolar a los menores como víctimas propiciatorias de su demencia han de tomarse todas las precauciones. Herodes está todavía en circulación. Los niños lo saben y las tragedias de los últimos tiempos les dan más la razón a sus fantasías que al sentido común de sus padres. No lograremos impedir que las fechorías de algún loco causen nuevas víctimas entre los niños, pero la sociedad civil debe garantizar que se harán todos los esfuerzos posibles para tutelar sus derechos. Todas las precauciones serán pocas: los niños atraen como un imán a los psicópatas: ya han instalado arcos de detección de metales y circuitos internos de vídeo en colegios de Estados Unidos. Eso da idea hasta dónde hemos llegado, el reino de la paranoia y la hiperprotección.

Niños comprados, vendidos, alquilados, secuestrados por sectas, sobreutilizados en el cine o la publicidad, envueltos en las guerras de la posguerra. La caída del muro de Berlín o el fin de la guerra fría sacaron al genio malo de la botella, desencadenaron tensiones y odios hibernados durante decenios por el equilibrio del terror. A los viejos conflictos clásicos sucedían conflictos tribales y religiosos, rivalidades étnicas, éxodos de millones de personas. En los burdeles, en la guerrilla urbana y el terrorismo, en las plantaciones de los modernos esclavos, en las minas y en los campos de refugiados, los pequeños son el acta de acusación contra un mundo cada vez más feroz.

Todos los años la desnutrición y las epidemias matan a casi cien millones de niños. Más de cien millones nunca han puesto el pie en una escuela, siete millones viven en campos de refugiados, treinta millones habitan en las calles. Los niños-asesinos, los *baby-killers,* no muestran remordimiento, no tienen principios morales o valores que defender, los desconocen, no temen a la muerte porque desconocen el significado de la vida. En enero de 1986 la capital de Uganda, Kampala, fue tomada por un ejército de muchachos mal armados. En los campos de los gritos del silencio en Camboya, los más temidos, los más crueles eran los adolescentes, autómatas capaces de asesinar a sus propios padres sin mostrar ninguna emoción. No son juegos de niños. Chavales de trece años son los encargados de pasar por las armas a los guerrilleros maoístas detenidos en Filipinas con fusiles ligeros de peso, M-16 o Kaláshnikov. El historiador John Keegan ha llamado al M-16 «el transistor de la guerra moderna», apto para niños. En Sri Lanka, en el Sudán meridional, matan en nombre de ideologías y religiones cuyo sentido desconocen. «Los niños nacen para ser felices», escribió en un poema el que fue presidente de Chile, Salvador Allende, pero son los nuevos «condenados de la tierra». «Llegará un tiempo —escribía Ana Frank, de quince años, en su diario cerrado en agosto de 1944—, en que volveremos a ser personas, no judíos.» O bosnios, tutsis, hutus o chechenos.

Y sin embargo entre tanto catastrofismo, en los jardines envenenados de la infancia crecen plantas saludables, vigorosas. Zlata lo contó en su diario de Sarajevo donde a miles de niños se les pusieron blancos los cabellos, se les deshidrató la piel y perdieron o se les apagó la mirada. «Lo que sucedió puede volver a suceder», escribió Primo Levi, deportado en Auschwitz, que se suicidó hace unos años, incapaz de escapar a los fantasmas del pasado. Zlata rescató en 1994 lo mejor de Ana Frank, la adolescente judía en Amsterdam que confió a su diario dos años de zozobra y terror encerrada en una buhardilla hasta que la Gestapo, la policía secreta, dio con ella. Murió en el campo de exterminio de

Belsen. «A pesar de todo —escribió—, creo que los hombres son buenos. Me resulta imposible edificar mis esperanzas sobre unos cimientos formados por una amalgama de confusión, miseria y muerte.» María Maskova, cercada por los nazis en Leningrado durante novecientos noventa y nueve días, contó cómo logró vivir del aire, limpiándose los dientes con carbón y resistiéndose a la tentación de comerse a su gato. La niña, de seis años, sentía un hambre atroz cuando nevaba. Hambre, frío y miedo. Los niños de Leningrado se comportaron como unos héroes bajo los bombardeos aéreos y de la artillería alemana. Lo mismo que aquella niña griega secuestrada en Bulgaria por guerrilleros del ELAS (Ejército Popular de Liberación Nacional). Los griegos acuñaron el vocablo *paedomasm,* cosecha de criaturas, para explicar el secuestro de miles de niños para llevarlos a países comunistas donde pudieran educarse de acuerdo con las normas más puras del marxismo. Los niños, con etiquetas colgadas al cuello, cantaban al caminar: «Al que no crea en Dios ni en el rey ni en la familia le pagaremos el viaje y lo enviaremos a Bulgaria.» Tsahula, una cría de cuatro años, lloraba sin descanso y llamaba a su madre, que se hallaba muy lejos, en Grecia. A la pregunta del periodista británico Kenneth Matthews, «¿Por qué queréis al general Markos (jefe de la guerrilla comunista)?», los niños griegos secuestrados respondieron a coro: «Porque nos da la libertad.» Y cuando les preguntó: «¿Qué es la libertad?», Tsahula contestó: «Volver a casa y comer cerezas.»

I
Ese monstruo que crean los hombres

El niño vagaba por las calles de Sarajevo, mordidas por la metralla, correteaba por las ruinas, se ocultaba de los francotiradores, se detenía para descansar y miraba a su alrededor. Era la mirada de un solitario, de un acosado. Los cascos azules de la ONU le preguntaron cómo se llamaba; «Igor Spacic», contestó.

Igor tendría unos seis o siete años, quizá menos, porque en Bosnia los niños envejecían muy pronto.

Los soldados de la patrulla le hicieron otras preguntas: ¿de dónde venía?, ¿hacia dónde se dirigía?, ¿de qué barrio eran sus padres? El niño tan solo pronunciaba su nombre: «Igor Spacic», «Igor Spacic», «Igor Spacic». Llevaba un morral con galletas y zumos. Tampoco supo responder cuando los hombres de las Naciones Unidas le preguntaron quién le había preparado la bolsa, ¿su madre?, ¿su padre?, ¿un hermano? Se llamaba Igor Spacic, el resto era amnesia. Me recordó la figura de Kaspar Hauser, el niño alemán que como llegado de otro mundo apareció el 26 de mayo de 1828 en las calles de Nuremberg cubierto de andrajos. Ni podía hablar, ni era capaz de escuchar, tan sólo sabía escribir su nombre.

El silencio del niño era un misterio insondable que trataron de desvelar la psiquiatría, la literatura, poemas de Verlaine, novelas

Jakob Wassermann, o el *Nicholas Nickleby* de ...ns, obras de teatro como la de Peter Handke y películas como la que rodó Werner Herzog. Kaspar, para añadir más misterio al misterio y leyenda a la leyenda, fue asesinado por un desconocido en 1833. Desde Edipo hasta Anastasia los orígenes desconocidos, la identidad han fascinado a escritores y mitólogos. Para Freud el origen de la infelicidad del hombre está en los abusos (sobre todo sexuales) del niño. Es una visión simple y reducida de la experiencia humana. Kaspar Hauser vivió durante años aislado y encerrado como un animal en una jaula. No hemos adelantado mucho porque casos como el suyo se dan aún en el mundo. No sabemos qué fue de Igor Spacic, si siguió el camino de Oliver Twist, el niño-héroe del novelista Charles Dickens, o el de Kaspar Hauser.

En medio del asedio, de un brutal bombardeo desde todas los posiciones que duraba ya más de un año, Igor se había quedado solo en el mundo. Quizá una madre enferma, desesperada o herida, le colgó una bolsa sobre sus hombros, con lo esencial para poder resistir unos días o unas horas, después alguien se ocuparía de él; Igor era una botella lanzada al mar, a las calles de Sarajevo como Kaspar lo fue a las de Nuremberg.

Entraba así en la dudosa categoría de «ciudadanos del mundo», hijos de la comunidad internacional, propietarios tan solo de un nombre y un apellido, sin un pasado. Todo se borró de la pantalla de su cerebro, las canciones de cuna, los besos, caricias y carantoñas de una madre. Y a pesar de todo, de su desgracia, Igor era un privilegiado; mil quinientos críos de la capital bosnia habían muerto a consecuencia de la guerra, otros tantos miles resultaron heridos por la metralla, las bombas, las granadas de los morteros que al caer silbaban como serpientes. La vida tiene un palmo de largo.

Igor pasó a ser un refugiado más entre los cuatro, cinco o seis millones que vivían bajo el amparo de las organizaciones internacionales de ayuda. ¿Y después? Dios diría, el Dios de los musulmanes, de los ortodoxos serbios, o de los católicos, ese mismo Dios bajo cuya invocación se despedazaban unos y otros.

Igor sería instalado en una tienda de campaña, en un barracón, le pondrían una etiqueta con un número en la solapa, a la espera de qué hacer con él.

En su libro *Los muchachos,* Dostoiesvski escribió: «Nada existe más elevado, más fuerte, más sano, y más útil para el porvenir, en la vida, que el buen recuerdo de la infancia y la casa paterna. Un bello recuerdo, un santo recuerdo conservado en la infancia, representa, posiblemente, la mejor educación.»

¿Leerá Igor alguna vez estas líneas del autor de *Crimen y castigo?* Los niños transformados en refugiados, en soldados, en asesinos urbanos, en fugitivos a través de meridianos y fronteras, en correos de la droga, huyendo del fuego, huyendo de la peste, de la guerra y el hambre, del camino y del olvido, en peligro de extinción. El niño es el padre del hombre. «Yo era un niño —escribió Sartre en *Las Palabras*—, ese monstruo que crean los hombres.» A su imagen y semejanza. «Si pretendes cambiar algo en el niño —recomendaba el psicoanalista suizo C. G. Jung—, piensa antes si no será mejor cambiar algo en nosotros mismos.»

Hemos visto en los caminos de Bosnia, en la antigua Yugoslavia, cientos de miles de Igor Spacic. En Vietnam se llamaban Kim Van Tra, My Lai Quang; en Camboya, Yatang; en San Salvador, Daniel; en Ruanda, Mayange; en Haití, Alphonse; en Angola, Mario; Ahmed en Afganistán o en Gaza.

Cuando en Bosnia nos contaron el caso de Igor Spacic, vinieron a mi memoria imágenes de la película *Los ángeles perdidos*, que vi cuando era un niño, en Guernica. Esos ángeles perdidos, del filme del norteamericano de origen austriaco Fred Zinneman, eran los niños surgidos de los campos de concentración nazis, de las ruinas humeantes de Berlín, donde vivieron enterrados, como topos, comieron desde ratas hasta infusiones de ortigas. Al salir a la superficie les cegó la luz, se arrastraban sobre los escombros. No lloraban. Habían agotado las lágrimas. Hoy con Igor, volvía esa imagen en el Sarajevo de los noventa.

Al llegar a la ciudad croata de Karlovac, a finales de 1992, un refugiado de trece años, Alik, de ojos oscuros, grandes y voz firme, para su edad, nos contó que los soldados serbios llegaron un día a su casa y le prendieron fuego: «Después nos metieron en un tren; una vez allí, ordenaron a los hombres que se tumbaran. Eligieron a los que se disponían a matar, entre ellos a mi tío y a un vecino, los ametrallaron. Después los soldados ordenaron que los hombres se situaran en los vagones delanteros y las mujeres en los últimos, cuando arrancó el tren, desengancharon el convoy de las mujeres y se llevaron a los hombres al campo. Yo lo vi todo.»

«Yo lo vi todo.» También, los niños de los campos de exterminio lo vieron todo, hasta que el gas mortal, el Cyklon B, descendió de la pera de las duchas. En el catálogo de horrores de Bosnia, escuchamos testimonios de niños que presenciaron la repetida violación de sus madres y hermanas, que vieron cómo se llevaban a sus padres y hermanos mayores a los nuevos campos de concentración. ¿Qué huellas dejaron en sus corazones esas experiencias traumáticas?

Los especialistas lo llamaban *post-traumatic stress,* la ansiedad, el pánico, la angustia, la neurosis de la guerra.

—Nos encontramos en territorio desconocido —comentaba un experto en este tipo de casos.

¿Qué hacer con todos los Alik de la tragedia balcánica que como el dedo del niño en el cuento de Andersen apuntaban hacia los culpables? En Mostar, en Sarajevo, o en Beirut unos años antes, en Kabul, en El Salvador, los niños parecían más preocupados por encontrar algo que llevarse a la boca que de los francotiradores o de las granadas. La comida devolvía una momentánea paz a sus espíritus.

¿Y las cicatrices, los rastros, las huellas, el dolor? La niñez es la nación que produce los exiliados más nostálgicos.

UN DÍA SOLEADO DE ABRIL. Recuerdo las primeras imágenes de unas fotografías que vi en una película del fascista italiano Augusto Genina, sobre el Alcázar de Toledo. Aquellas explosiones se me quedaron grabadas para siempre. Pronto descubriría que eso no ocurría solo en el cine de Guernica, sino que sucedía también en la realidad cuando los alemanes descargaron sus bombas sobre mi pueblo: Guernica. El objetivo... un minúsculo puente de Rentería; el puente quedó intacto, la ciudad borrada del mapa.

Karmele, una niña guerniquesa que se encontraba en la huerta cuando vio llegar a los aviones alemanes de la Legión Cóndor, me contó: «Era un día soleado, llegó el primer avión y comenzó a lanzar sus bombas incendiarias. Estallaron en medio del pueblo —ella pensó que las bombas podían haber caído sobre su casa; por instinto, Karmele, se tiró al suelo de bruces—. Poco a poco, me deslicé sobre una cárcava creyendo que sería un lugar más seguro. Metí la cara en los hierbajos y así, sin atreverme a levantarla, estuve un buen rato; pensaba en mis padres, en mi familia, me incorporé un poco. Guernica aparecía ante mis ojos envuelta en una densa capa de humo y polvo, sonaban las campanas de alarma, los gritos, el desmoronamiento de los edificios, la gente corría de las huertas para guarecerse en sus casas o los refugios. A muchos de ellos no les dio tiempo a llegar a lugar seguro porque los aviones, cada vez más aviones, regresaban para arrojar bombas y abrir fuego de ametralladora. A mi alrededor veía cómo saltaba la tierra. El bombardeo duró tres horas y cuarto, hasta las siete y media de la tarde, los aviones volaban muy bajo y en las cunetas de las carreteras se amontonaban niños, hombres y mujeres. El fuego envolvió la ciudad, se oían gritos de dolor por todas partes, y las gentes, llenas de terror, se arrodillaban, alzando las manos al cielo, como si implorasen a la Providencia Divina.»

Así pasó Guernica a la historia, como la primera ciudad que quedó destruida por completo por un bombardeo aéreo de los que luego se llamarían de «alfombra». Esa misma alfombra cayó sobre Japón y sobre las ciudades alemanas, Dresde entre ellas, y veinte años más tarde sobre las ciudades de Vietnam: vemos una niña desnuda que viene despavorida por la carretera, huyendo de los arrozales y aldeas carbonizadas con napalm. También Karmele corría aquel día de abril de 1937, mientras Guernica ardía a sus pies: «Tosía y me lloraban los ojos por efecto del humo. En pocos minutos se llenó el refugio. El segundo bombardeo nos sorprendió allí. Estaba desamparada, angustiada, horrorizada, buscaba con ansiedad a alguien de mi familia. No encontré a nadie.»

La tragedia guerniquesa, no fue más que un ensayo para la Segunda Guerra Mundial, un anticipo de lo que serían después todas aquellas ciudades abiertas y vilmente bombardeadas, en las que hombres, mujeres y niños morirían achicharrados.

Los aviones de Von Richthofen no volvieron aquella tarde del 26 de abril, ni al día siguiente, ni nunca. Ya no quedaba en pie nada que bombardear. Solo quedaba caos, confusión, familias que corrían despavoridas buscándose, y Karmele sola y llorosa, desconcertada, sin saber qué camino tomar: «A todos les hacía la misma pregunta: "¿Has visto a alguien de mi casa?"; la respuesta era siempre negativa. Ellos, a su vez, me preguntaban a mí entre sollozos y voces entrecortadas. "¿Has visto a mi padre, a mis hijos, a mis primos, a mis amigos?" No, tampoco yo los había visto. Por fin, alguien pudo facilitarme dónde se podía encontrar mi madre. Se había refugiado en un caserío. Me aconsejaron: "¡Corre hacia allí, los aviones volverán mañana!" Pero al día siguiente hizo mal tiempo. Estaba agotada, tanto que no pude dormir. Aprovechando las primeras luces del amanecer, me dirigí al caserío, en el que al parecer se refugiaba mi madre. Por fin estaba allí. Me preguntó: "¿Sabes algo de él?" —"él" era mi padre—. Después salimos a pie hacia el hospital de las Carmelitas. Al llegar, vimos que sacaban a los muertos, irreconocibles, algunos carbonizados, otros mutilados, en angarillas, para después depositarlos en furgones. Por un momento, uno de ellos me parecía mi padre, pero las ropas no eran las suyas. No sin temor y estremecimiento, me acerqué. No, no era él. Seguimos buscándolo, nunca lo encontramos. Mi madre sufrió de tal manera que cayó en un estado de hermetismo, de dolor, de vacío. Nunca más volvió a hablar de aquel bombardeo y menos de la desaparición de nuestro padre. Lo habíamos perdido todo, familia, amigos, vecinos, todos muertos. De entre todas, la que más me dolió, fue la pérdida de mi primo, que era como un hermano; había estudiado conmigo en el instituto. Se refugió en una alcantarilla. Los aviadores alemanes descubrieron su escondite y soltaron una bomba sobre la boca de riego. Al cabo del tiempo, después de una lluvia torrencial, el agua empujó el cadáver a la superficie. Era *Cipri;* le habían reventado la cabeza.»

En sus carretas de bueyes, los aldeanos se llevaban a sus muertos. Churchill diría años más tarde: «Guernica fue un horror... experimental.» Picasso se encerró en su taller parisiense para recoger el testimonio del horror, para inmortalizar, en un cuadro en blanco y negro, ¡gritos de pájaros, gritos de flores, gritos de madres y niños! Alberti escribió en su poema para Picasso: «La guerra se llama Guernica.»

Los alemanes hablaban del *Zeitgeist,* el espíritu de la época.

Ernst Jünger escribió en *Tempestades de acero:* «La guerra nos parecía un lance viril, un alegre concurso de tiro celebrado sobre floridas praderas, en que la sangre era el rocío. No hay en el mundo muerte más bella...»

Guernica fue el principio de Coventry, Dresde, Hiroshima, Vietnam, Afganistán, Sarajevo o Grozni, la capital de Chechenia.

«Para nosotros —afirmó uno de los pilotos de la Legión Cóndor que arrasó la ciudad sagrada de los vascos— el fin justifica los medios.» En efecto, se hablaba del «valor ético» de la guerra.

EN EL OJO DEL HURACÁN. Karmele me contaba que a su padre la muerte le debió de sorprender de camino desde el puente bajo el que buscó refugio cuando se dirigía al taller de carpintería, con la intención de salvar algo. ¿Cómo murió?

—Ya nunca lo sabremos, quizá fue la metralla, o las bombas, o el hundimiento de alguna casa.

El último recuerdo que conserva de él la niña Karmele lo situaba en la cocina de su casa.

«Mi madre había salido a hacer algunas compras, y mi padre se empeñó en prepararme una tortilla de patatas. Rompió los huevos, los echó en la sartén y olvidó las patatas. Las últimas palabras que escuché de su boca fueron: "Lo siento Karmele, esta tortilla me ha salido un poco dura."

»Al oír el estrépito de los aviones y la explosión de las primeras bombas, mi tía Rosa salió al balcón de casa y colgó sobre un palo la bandera de Cuba. Había nacido en La Habana y conservaba su nacionalidad cubana.

»Cuando era yo pequeña, la tía Rosa recordaba aquel día aciago en que ardió Guernica.

»Yo, en mi ingenuidad, me preguntaba si los pilotos de la Legión Cóndor verían la bandera cubana y respetarían mi casa; ¿respeto?, ¿viviendo en el centro mismo del huracán...? Nadie puede imaginarse la lluvia de fuego y acero que cayó sobre nosotros. La idea que conservo del bombardeo es obsesiva. Todavía sueño con personas que arden como teas, con niños que huyen enloquecidos, porque el diluvio les sorprendió jugando a la comba en la plaza, ganado suelto por las calles. Quizá Picasso se inspiró en esa imagen para pintar el toro y el caballo moribundos en su *Guernica.*

»Era domingo, día de feria. Los burros escaparon, los perros ladraban con el pelo chamuscado o ardiendo, la gente corría de un lado para otro, sin rumbo fijo, sin saber bien dónde hallar el mejor refugio. Yo escuchaba gritos, gemidos, toses y voces de dolor cuando me refugié en el Ayuntamiento, hasta que una bomba de doscientos cincuenta kilos nos echó de allí. Solo nos quedaba rezar. Mi hermana, muy niña, desapareció, no la volví a ver más.»

Años de la niñez en los que el tiempo no existe. Un día, una hora, son entonces cifras eternas. «¿Cuántos siglos —se preguntaba Luis Cernuda— caben en las horas de un niño?» Desde la cuna, se ve agitado por tempestades secretas y no tan secretas de odio y amor. Nosotros crecimos en la Guernica reconstruida, jugábamos a indios y vaqueros, escondíamos tesoros en malezas y escombros, que quedaban como recuerdo del bombardeo y del último grito de muerte, de pájaros, flores y niños. A esos gritos y esas explosiones siguió un silencio religioso y profundo, porque prohibieron hablar del bombardeo. En una guerra la primera víctima es la verdad. Tan solo se aceptaba la versión oficial: fueron «los rojos» los que en su retirada incendiaron Guernica. La de los Reyes Magos puede ser una mentira piadosa. Esta de la ciudad encendida por «los rojos» fue de mayor trascendencia. En esa mentira crecimos.

Los niños de Mostar se arracimaban en torno a nuestro coche; los periodistas se veían en el papel de los soldados norteamericanos a su entrada en Nápoles durante la Segunda Guerra Mundial, lanzando a los chavales chicle, chocolate y golosinas. Eran niños, con seguridad, más preocupados por la pitanza que por la artillería enemiga que dominaba las alturas de la capital de Herzegovina. Acompañaban a sus madres a recoger agua de los aljibes y venían hacia el viajero con esa expresividad y ese desparpajo de los que veíamos en Vietnam tocarse la barriga y decir en un inglés macarrónico: «No mamá, no papá, me duele la tripita. Tengo hambre.» Entre 1993 y 1994 cinco mil proyectiles cayeron sobre Mostar matando a unas cinco mil personas.

Los psicólogos de Mostar, Sarajevo y de otras ciudades bajo asedio discutían sobre la mejor manera de exorcizar los fantasmas en los niños, testigos de tanta crueldad y víctimas ellos mismos de la violencia indiscriminada. Algunos mostraban un comportamiento agresivo; otros sufrían de pesadillas, de insomnio; otros se orinaban en la cama; otros, en fin, sufrían de palpitaciones o de sordera por las explosiones cercanas.

El profesor de psiquiatría William Yule nos decía que la mejor manera de espantar los malos recuerdos era la de hacer que pintaran, recitaran poemas, cantaran o bailaran, actuaran en una obra de teatro. Todas sus experiencias eran traumáticas: habían escapado de aldeas o pueblos vecinos, casi todos ellos vieron cadáveres, víctimas de la guerra. «El 95 por 100 —añadía William— se encontraba en situaciones de grave peligro. Confiesan que han estado a punto de morir bajo las balas o sufren de hambre y frío.

Cuanto más permanezca esa memoria en el cerebro de los niños, mayor daño hará. El efecto es corrosivo. Hay que actuar con rapidez, hacer que nos cuenten sus terribles experiencias. Hemos conocido un niño que fue arrojado desde un puente junto con sus familiares y convecinos en fuga. El niño sobrevivió, pero no conseguía olvidar aquella pirámide de cadáveres bajo el puente.»

«Los ángeles perdidos» de Mostar pintaban sobre sus pupitres. Lo hacían sin descanso, de forma compulsiva. Sus dibujos expresaban, mejor que otro síntoma, su estado de ánimo, el fresco infantil de los desastres de la guerra. Algunos de ellos tan solo pintaban con lápices negros, otros solo dibujaban secuencias violentas con algún arco iris de vez en cuando, páginas llenas de carros de combate, de obuses que abren fuego, de explosiones de bombas, de casas destruidas, de mamás y papás muertos sobre la nieve.

«Nunca he visto —afirmaba un maestro— un uso tan intenso del lápiz negro en los treinta años que doy clases de dibujo.»

Era el reflejo de lo que ellos mismos vivieron, la fractura con el mundo conocido, la destrucción de la familia, la pérdida del hogar, la separación de los amigos. En los dibujos de cualquier niño se descubre el miedo a no perder las figuras esenciales de la propia existencia: el padre, la madre, el abuelo, la familia. Es un miedo que se expresa con colores oscuros, amenazantes, y con figuras fragmentadas que dan idea de la desintegración. En Mostar y Sarajevo descendieron al infierno que luego aparecía en sus dibujos.

Todo se ha hundido a su alrededor, el cariño, la seguridad. Los niños no tienen ni pasado ni futuro, tan solo tienen presente: el doctor Yule nos hablaba de chiquillos sobreexcitados, empeñados con ocho o diez años en fumar en clase, en interrumpir sus ocupaciones o sus ocios con gritos y gestos desabridos: «Cuando tienes diez años y debes jugarte la vida todos los días para llevar un jarrillo de agua a tu madre, cuando te ves obligado a burlar a los francotiradores para ir a la fuente escapando de los morterazos, mal puedes luego venir a esta improvisada escuela que les hemos montado y esperar que se comporten con normalidad.»

¿Normalidad? Hace años que no van a la escuela. Son años perdidos. No solo les han escamoteado la educación y el conocimiento, sino experiencias tan profundas, en sus años más sensibles, como la celebración de un cumpleaños con regalos, una Navidad en familia si son cristianos, una fiesta, la libertad de movimientos, una salida al campo, un partido de fútbol.

II
HAZ ALGO, CAMBIA EL MUNDO

Mediha Djanko se cubrió el rostro con las manos. Se encontraba en clase redactando un examen de gramática cuando estalló el proyectil en el aula: «Fue como un relámpago. Vi a mi compañero de pupitre en los suelos. Una esquirla le había reventado un ojo y vi también sesos y sangre del maestro sobre su mesa situada frente a mi pupitre. Miré mi chaqueta, estaba cubierta de la sangre salpicada del maestro.»

Cada vez que Mediha, de ocho años, hablaba de aquel día de la explosión del obús en el interior de la escuela perdía el apetito. El maestro era como de la familia, le daba clases particulares en su casa. Era, no solo su profesor, sino su amigo. Dos o tres veces a la semana acudía al cementerio para depositar flores silvestres en su tumba. No fue su único trauma. Meses después, mientras jugaba frente a su casa, una vecina se arrojó del piso más alto y cayó a su lado. «Hizo el ruido de un saco al caer», dijo.

La infancia está hecha de ruidos y olores. En el estrépito de los morteros y cañonazos, el ruido que hizo aquella mujer al reventar sobre el asfalto vino a alojarse en la memoria de Mediha. La chiquilla vivía en un mundo dominado por el miedo, del que trataba de escapar. Era el mismo calvario por el que pasaron los dos o tres millones de niños de la ex Yugoslavia.

«Mi papá me compró una bicicleta de color verde con campanilla. ¿Puedes llevarme donde estén mi bici y mi papá?», preguntaba Zoran Lezik, de siete años.

Los milicianos mataron a su madre y a su hermana, con Zoran como testigo. Su padre desapareció en las sombras. Ahora el niño, que permaneció mudo un año, pintaba esqueletos, casas ardiendo y manchones de sangre. Nada de eso era producto de su imaginación. Según las Naciones Unidas, el de la ex Yugoslavia fue el conflicto más dañino para la infancia; el hombre se ha vuelto lobo para el hombre, el vecino para el vecino o el amigo para el amigo, por cuestiones de raza, de tribu, de revancha o de religión.

La muerte, a veces coral, no era asunto de un telefilme sobre un lejano país asiático, sino que entraba en tromba en el hogar, en la cocina, en el salón, en la alcoba, en la buhardilla, en el cobertizo, a dos pasos de nosotros.

«Serán necesarias dos generaciones para que se borren los efectos del trauma —explicaba un psiquiatra en Zagreb, la capital croata—. Ha subido el índice de criminalidad entre los menores —añadía—. Algunos de ellos se han cambiado bruscamente de personalidad y se han puesto a robar, atacar y saquear.»

Al universo de los niños se le anegaba en cuadros estadísticos que, de tan repetidos, provocaban la fatiga o el desinterés. La trivialización estadística. Para empezar, cuarenta mil niños morían al día en el mundo por causas que podían haberse previsto. «Basta un poco menos de un dólar diario para salvar de la muerte a un niño», decían los anuncios. En uno de mis viajes a Bosnia, compré el libro editado por la profesora italiana de literatura Alma Pezzoli *Querido Dios... Cartas de los muchachos italianos.* Quería saber la profesora, al investigar entre niños milaneses, la relación que guardan con Dios en la difícil edad del crecimiento. No era el Dios de los teólogos ni el de los curas. Sorprendidos entre el extravío y la esperanza, se preguntaban: «Querido Dios, haz algo, cambia el mundo», o «¿Por qué no me respondes cuando te hablo?» Estas eran preocupaciones de niños y adolescentes que vivían en un mundo muy distinto, a no demasiados kilómetros de Bosnia o Croacia.

HACIA EL MAL. Luciano, de once años, se dirigía a Dios: «Querido Dios, si tú y yo nos encontrásemos, te haría ver las cosas del mundo que tú podrías cambiar haciendo que se volvieran bellas. Después te enseñaría a los pobres para que pudieras quitarles el hambre. Y te haría ver a los ricos que solo piensan en sí mismos. Te haría ver estas cosas para que comprobaras cómo es el mundo de hoy y trataras de cambiarlo.» Gritos de niños: ya no era solo el universo conocido de los críos como víctimas, sino también, en ocasiones, como verdugos. ¿Podía el niño transformarse en un criminal? Sí, podía. El que pierde la esperanza, pierde también el miedo.

Era cosa de poner a un lado a los niños exterminados por razones políticas, qué sabrían ellos, torturados para hacer hablar a los adultos, secuestrados o utilizados como material de combate. El modelo camboyano o el peruano de Sendero Luminoso consistía en vestir con elegancia a un niño, entregarle un ramo de flores con una bomba en su interior, ramo que los guerrilleros maoístas hacían estallar por control remoto en cuanto llegaba a la aldea una autoridad procedente de Lima. Niños-bomba, niños-correo, niños-esclavos, niños-camellos, niños-soldados, niños que mueren en las aceras de las grandes ciudades, en ese que el sociólogo francés Alfred Sauvy llamó Tercer Mundo; en algunos países de África representan nada menos que un tercio de la población.

Los niños asesinados del Brasil: es una lección para la sociedad, una advertencia, un escarmiento, una iniciativa de orden público, una operación de limpieza. Mueren en las calles en solitario o en grupos. Es la «solución final» brasileña. Los cazan todas las noches entre montañas de basura o en las alcantarillas abandonadas. Son los «meninos da rua» primos hermanos de los «gamines» colombianos. No pertenecen a nadie. La «rua», la calle, es su elemento, su hogar.

Lucía, de doce años, escribía su carta al cielo: «Querido Dios, el mundo que tú inventaste se está hundiendo en la confusión. Los hombres se han inclinado hacia el mal; revoluciones, secuestros, cada día llegan feas noticias de todas partes del mundo. La Naturaleza que tú proyectaste ha sido destruida casi totalmente por las máquinas, las ciudades, los palacios y la contaminación. Por fortuna, se encuentran todavía lugares sin contaminar. La mayor parte de los males los causan la codicia del dinero y del poder, esos instrumentos que hemos inventado nosotros y que nos destruyen. Pienso que no debe ser esencial el dinero que tengas, lo que cuenta es vivir feliz con los demás.»

«Los ángeles perdidos» de la posguerra. En la película de Zinneman de 1948 aparecían como animales acosados; han olvidado el uso de la cuchara, esconden el pan, se encierran en sí mismos, se niegan a pronunciar palabra. En el orfelinato no se escuchaba una sola risa infantil. Karel se llama el niño polaco. ¿De qué puede servirle hablar? La guerra les ha arrebatado a todos ellos el derecho a la vida. Hay un niño húngaro tocado con gorro de lana que lleva un número inscrito en el brazo. Es rubio y llegó cubierto de harapos. ¿Cómo se llama? No lo sabe. Cincuenta años más tarde, Igor Spacic, el niño de Sarajevo, tan solo podía pronunciar su nombre. «Los ángeles perdidos» escapan del orfelinato. Tienen miedo. La sirena de una ambulancia, cualquier ruido les asusta, les aterroriza, les trae a la memoria un bombardeo, el fuego de artillería. Escapan, corren a refugiarse de nuevo entre las ruinas. Es el estrés postraumático definido así por los especialistas a finales de los años setenta. «Los que han sufrido un bombardeo tienden a la hipervigilancia y —nos dice el profesor de psiquiatría José Luis González de Rivera— están alerta a su entorno, reaccionan de manera aparatosa a un ruido, a un movimiento. Es una reacción de ansiedad y angustia. El ruido de un tubo de escape les recuerda el disparo de un mortero y corren a refugiarse debajo de la mesa. Esa experiencia traumática les ha modificado el sistema nervioso. Se vuelven medrosos. Se aíslan, tienen dificultad para establecer relaciones...»

Los soldados norteamericanos del cine perseguían a «los ángeles perdidos» entre las ruinas y escombros de Berlín. Para los de mi generación, esos niños perdidos de 1945 eran la metáfora, la representación del drama. Berlín: el búnker de Hitler, las banderas rusas sobre los edificios, Lili Marlen, Marlene Dietrich y también, con el tiempo, la escenografía del novelista Le Carré, la visión de los espías llegados del frío en el momento de cruzar el «Chek Point Charlie». ¿Podía darse algo más angustioso, electrizante, sugestivo que cruzar de un Berlín a otro en los años sesenta? Ese paso en autobús o en tren, tan utilizado en películas y telefilmes, con todo el dispositivo de vigilancia en pie a lo largo del muro, alambradas, zonas minadas, mecanismos de disparo automático contra los fugitivos, torres de control, prismáticos tendidos en todas las direcciones, perros agresivos, perros lobos y hambrientos, gritos de suboficiales, te ponían un nudo en la garganta. «Los ángeles perdidos» que huroneaban por los búnkers de Berlín eran ya padres de familia o estaban a punto de serlo, como hijos del milagro alemán.

A falta de combatientes, los nazis alistaron a niños y ancianos. En *El crepúsculo de los dioses,* en una de sus últimas fotografías puede verse a Hitler, de piel blanca por su prolongado encierro en el búnker, que sonríe ante los jóvenes berlineses que empuñan un lanzagranadas, a veces mayor que ellos mismos. Hitler les prometió un Reich de mil años. Estos niños alemanes murieron con las armas en la mano o se desprendieron de sus uniformes, arrojaron sus armas, y protegidos entre los escombros vieron rodar los carros de combate soviéticos por la Kurfurstendamm, la principal avenida berlinesa. Los desertores alemanes aparecían colgados de las farolas con una carta que decía: «He sido demasiado cobarde para morir por la Patria.» La futura actriz Hildelgard Knef fue condenada a muerte por abandonar su pelotón: «Yo iba vestida como un niño soldado —nos dice— para huir de los muchos incidentes que ocurrían en Berlín en aquellas horas. Menos mal que descubrieron mi identidad real, era una adolescente y me trasladaron a un campo ruso de prisioneros.»

QUERIDO HITLER. El novelista Isherwood nos habla en su diario del Berlín de los años treinta, de la alucinación del invierno, de la ciudad de arquitectura pomposa, imitación de estilos, del asalto de los niños campesinos expulsados de sus granjas por el frío y el hambre, en busca de un soplo de calor o de un mendrugo de pan. Sí, tiene razón el personaje de Jean Giradoux que señala que encierra más misterio y terror un solo pino o tilo de las calles de Berlín al mediodía, que todo un bosque francés a medianoche. El terror recogido en el tilo se hizo muro en el Berlín Oriental, monumento a la crueldad y al feísmo, como creado por el arte de aquellos ilusionistas de los cabarés berlineses de la *belle époque.*

Miles de aviones aliados descargaron su furia sobre la capital alemana. ¿Cuál era el estado de ánimo de los niños berlineses? El de abatimiento. La población se hallaba desmoralizada, convencida de que la guerra estaba perdida meses antes del suicidio de Hitler en su sótano siniestro. Los berlineses hacían gala de un estoicismo tal que llegaba hasta una increíble indiferencia al peligro. Durante semanas se vieron, en arroyos y corrientes, gruesas bombas que no llegaron a estallar y que nadie soñaba con desactivar. Cada berlinés, niño o adulto, se había organizado una vida nocturna y subterránea. Se les veía entrar cada noche en sus catacumbas, con sus bienes más preciosos, o sea, todos los que conservaran el calor, mantas, edredones de plumón, pieles. La vida se repartía entre el horror del día y la inseguridad, llena de angustia, de la noche. No lejos de allí, muchachos de doce a catorce años recibían clases sobre cómo manejar el Panzerfaust, el antitanque alemán. Los refugiados acampaban en los parques aterrorizados por las noticias que corrían, de boca en boca, sobre la fiereza de los soldados soviéticos entregados al pillaje y a la violación. La carne hacía tiempo que había desaparecido del menú de los berlineses, pero los tranvías circulaban aún entre los cascotes. La película de Bosnia o de Chechenia ya la habíamos visto en el Berlín de 1945, o en el Madrid de la guerra civil.

Los niños berlineses son los más audaces. Salen a la Alexanderplatz en cuanto cesan los disparos y se instala una especie de tregua para encontrar un caballo muerto del que cortar unos trozos de carne, o buscar alguna galería de alimentación derribada por la artillería rusa. Huele a muerto por todas partes, a muerto y a cordita. Los jefes nazis han dejado de creer en el arma secreta y dicen un adiós orgiástico a la vida al canto del *Horst Weesel Lied* descorchando las últimas botellas de champaña y coñac. Después del último banquete se disparaban un tiro de Lugger en la cabeza. Los más ternes se desprendían de sus uniformes de la Wermacht, el ejército nazi, y se disolvían entre las columnas de refugiados.

Adolf Hitler se suicidó el 30 de abril de 1945. Cuando los soldados rusos penetraron en la Cancillería, el olor a sangre fresca de los suicidas del búnker les llegó con fuerza hasta la nariz. Habían soportado todos los desastres, el asalto frontal desde el río Oder, marchas interminables, la batalla final por Berlín, pero según confesaron: «Aquel olor que surgía del sótano estuvo a punto de marearnos.»

Allí encontraron los soldados soviéticos la última carta de amor dirigida a Hitler: «Por favor, querido Führer, déjame que esté a solas contigo. Quiero tener un hijo tuyo. Lo deseo de todo corazón, amado mío. Soy capaz de llenar de rosas la calle por la que pases.»

El patriotismo. Else Quender era una berlinesa escondida con sus hijos en el sótano de su casa cuando entraron en Berlín las tropas rusas. Me contó que leía las páginas de un relato infantil para calmar la ansiedad de sus dos hijos pequeños cuando llamaron a la puerta a culatazos: «La electricidad estaba cortada y acudí con una vela. Eran dos soldados soviéticos. Los veía muy nerviosos. Me pusieron una pistola sobre la nuca. Si les tendía una trampa, amenazaban, moriría antes que ellos. Abrí la puerta del sótano. Mis dos hijos se abrazaron a la luz de una candela. Nos miraron. Estaban asustados, pálidos. En cuanto los soldados rusos los vieron, retiraron la pistola de mi nuca y se echaron a reír entre fuertes carcajadas. "¡Son niños!", exclamaron. Después subimos de nuevo al salón. Me sentí más nerviosa cuando subí que cuando bajé. Mis piernas temblaban de tal manera que estuve a punto de caer por las escaleras. Me sacaron fuera de la casa, me colocaron en la puerta y abrieron fuego... no contra mí, sino contra todo lo que había a mi alrededor. Me dejaron allí, rígida como una estatua, aliviada y sorprendida por su reacción.»

Else Quender tuvo mejor suerte que miles de mujeres bosnias musulmanas cincuenta años más tarde.

Poco a poco, en Berlín, las detonaciones se espaciaron. Todavía, de vez en cuando, sonaba un disparo esporádico de algún francotirador aislado. Al estrépito de la Segunda Guerra Mundial, a la conjunción de toda clase de armas capaces de vomitar fuego, siguió un silencio desgarrador. Olía a cuerpos en descomposición, estallaban minas perdidas, se escuchaban los cantos de guerra de los vencedores, gargantas excitadas por el vodka, ebrios de victoria. Cuatro millones de berlineses abandonaron sus toperas para salir al aire libre. Un aire mefítico, impregnado de mierda procedente de las canalizaciones rotas dominaba la capital, con los edificios en esqueleto o ardiendo en pompa en las calles llenas de cráteres. Los que salen de los refugios subterráneos caminan con la mirada perdida en los armazones de las casas, buscan a sus familiares, indagan, piden información como Karmele en medio del bombardeo de Guernica. Son fantasmas, autómatas que se mueven «al ralentí». Ni siquiera se acuerdan del destino suicida de Hitler. Seis niños, los hijos del ministro de La Propaganda Goebbels, pagaron con su vida la megalomanía del Führer y la fidelidad canina que le tenía su padre. El médico de las SS, las fuerzas de choque del nazismo, Stumpfegger, inyectó veneno a los seis hijos del matrimonio Goebbels: Helda, Holde, Hilde, Heide, Heda y Helmut. Los seis cadáveres quedaron sobre los camastros, envenenados con cianuro de potasio. Dos horas después morían en su habitación Joseph y Magda Goebbels.

Un día, en Berlín Oriental, visité el lugar sobre el que se alzó la Cancillería del Reich. Sobre sus despojos levantaron una plaza, la Potsdamerplatz. Vi unos cuantos bancos de madera, unos toboganes sobre los que jugaban los niños bajo la atenta mirada de sus madres. No sé por qué, me acordé de los seis hijos pequeños de los Goebbels, ángeles perdidos sacrificados en el altar de la derrota.

Claudio escribe: «Querido Dios, soy un chico de doce años y me gustaría mucho pedirte unas cuantas cosas, pero como no me responderás, no te las pido. Nunca he conseguido saber cómo estás hecho realmente y he llegado a una conclusión: eres un alma invisible a nuestros ojos pero quizá perceptible para el corazón.»

Los niños bosnios, musulmanes en su mayoría, no tienen tiempo de escribir a Dios. Han muerto diecisiete mil, quizá dieciocho mil, quién sabe. En el ciclo infernal de los conflictos de esta zona de los Balcanes, cada generación ha vivido por lo menos una guerra. Los agredidos de ayer pueden ser los agresores de hoy.

El 10 por 100 de los niños, por lo menos, ha perdido a sus padres. Tienen miedo a quedarse solos. ¿Qué les han enseñado en Belgrado, la capital de Serbia, a los alumnos de las escuelas? La asignatura del patriotismo teñida de odio. ¿Es el silencio la mejor venganza? No por estas tierras, porque en la espiral de violencia unas heridas atraen a otras y la sangre a la sangre.

En los libros de texto de las escuelas, serbias o croatas, se hacía la apología de la violencia necesaria y el sacrificio, como en los breviarios alemanes de Hitler. El resultado del adoctrinamiento será inmediato: el niño quiere responder al llamamiento de la Patria porque desde el hogar hasta la escuela ha recibido un intenso lavado de cerebro. Los serbios piden a sus padres que les faciliten uniformes militares con sus condecoraciones y todo. ¿Quién es el niño que resiste la atracción del heroísmo y del servicio a la historia nacional?

Recuerdo que durante la guerra de las Malvinas, en 1982, cenaba en Buenos Aires en casa de unos amigos argentinos. El hijo mayor del matrimonio, de unos dieciocho años, se mostraba inquieto, impaciente, deseoso de acción. Hablaba de los cuchillos corrientinos con los que daría buena cuenta de los ingleses. Era un muchacho imaginativo y ardiente, de modo que encorajinado por las imágenes de la televisión, se veía ya haciendo frente a las tropas de la señora Thatcher. La mirada de su madre, una mujer morena, culta, paciente, inteligente, resumía la intensidad de su drama interior: «Entre la patria y mi hijo —se confesó—, elijo a Ernesto. Ya ve, este es el resultado de la histeria y de la cultura de guerra. ¿Merecen esas rocas de las Malvinas y estos pingüinos la muerte de uno solo de nuestros muchachos?»

FORMACIÓN DEL ESPÍRITU. En otros hogares, sin embargo, se escuchaba el discurso contrario. Dicen que las guerras son populares tan solo los seis primeros meses. Todo conduce en estos regímenes a la instrumentalización de la historia en beneficio del presente. Dios y la patria quieren que vayas a la guerra, el *Deus vult* (Dios lo quiere) del papa Urbano II a los cruzados hace novecientos años.

La historia como arma arrojadiza. En los manuales se advierte la intención de los educadores: todo debe conducir hacia el heroísmo irracional, la glorificación del sufrimiento. En Teherán, durante la guerra de Irán contra Irak, desatada por este último país, vimos cómo llevaban hasta el aula los ataúdes de los niños muertos en combate por Jomeini y la República Islámica. Todo es válido para excitar a los futuros guerreros: la amenaza del enemigo, la exaltación de los héroes patrios, de los sagrados lugares de la nación, los pasajes de la historia común, del sacrosanto patriotismo. Es una invitación al martirio. A nosotros se nos decía: «Franco es nauta, estrella y timonel. Su insigne nombre pronúnciase con júbilo y veneración en todos los honrados hogares españoles. ¡Voluntad y cerebro, pensamiento y acción de nuestro colosal movimiento triunfante, César y Capitán de España ! ¡Salve!»

«Contra soberbia Franco, contra avaricia Franco, contra lujuria Franco, contra ira Franco, contra gula Franco, contra...» «¿Qué queréis? La España Una, Grande y Libre.» «¿Por qué lucháis? Por la Patria, el Pan y la Justicia...» «La verdad nacional es la que conviene a la nación portuguesa», se decía en los textos escolares en tiempos de Salazar. «Nuestro fin al explicar la historia de Francia es hacer de los niños patriotras sinceros», se decía en 1884 en la «Tribuna de los maestros franceses».

Los escolares leen los versos de los poetas románticos de Serbia. Entre ellos, Branko Miljkovic: «En mi corazón, el amor es más fuerte que la muerte; en mi cabeza, el pensamiento es más fuerte que el cerebro.» ¿También eso es la defensa del país? Hay que comentar los textos, los poemas, interpretarlos a la luz del chauvinismo. Es la formación del espíritu nacional: «¿Qué conclusión sacáis de este poema, queridos alumnos?», se pregunta el autor del libro de texto. Suya es la respuesta: «Con un corazón inflamado y una cabeza inteligente, se puede defender la nación, pero solo los que han tenido la suerte de morir entran en la leyenda para inspirar nuevos heroísmos y nuevas palabras; solo ellos son la fuerza de reserva. La memoria de las tumbas y de los osarios desperdigados por los Balcanes, son una garantía para la lucha de las nuevas generaciones, un ánimo en los momentos de debilidad.»

Todo vale para estimular el ardiente nacionalismo infantil, desde los héroes caídos en el campo del honor y los aguerridos soldados hasta los hijos distinguidos en la cultura o el deporte. En los libros de texto serbios se justificaba el uso de la fuerza por necesidades del guión nacional. Se elevan a los altares el heroísmo militar, la violencia y la muerte: ¡Viva la muerte!

En estas y otras escuelas se invita al niño a narrar la emoción que le causan las batallas y la acción de los héroes. Los alumnos tienen que glosar los textos clásicos, las epopeyas nacionales, la literatura de guerra. El autor del manual pregunta a los alumnos: «¿Qué es lo que suscita la admiración en esta batalla? ¿Qué es lo que demuestra el coraje de los tres soldados serbios que observan las posiciones enemigas desde la torre de la iglesia? Señala los pasajes en los que los combates son más violentos. ¿Cuál de los momentos es el más terrorífico? Explica por qué el ejército serbio ha dado pruebas de un sacrificio total en esta batalla...»

La función de los manuales de este estilo no es educativa, sino propagandística. El arquetipo es el guerrero, y la nación, su nación, es el ombligo del mundo. Siempre me llamó la atención al viajar a Yugoslavia que la historia estuviera tan viva y el pasado tan presente. Así, la batalla de los Mirlos, en Kosovo, en 1389 contra los turcos, se erigía en un modelo, en un Roncesvalles, a pesar de la derrota de los eslavos del Sur. Esta batalla es la obsesión nacional. El ejército serbio fue destrozado por el otomano en la desolada llanura que hemos recorrido en tren, pero quedaba la venganza y cientos de canciones de Roldán. Los muertos, aun derrotados, eran adalides de la histórica *vendetta.* La flor y nata de la aristocracia serbia cayó, como la retaguardia de Carlomagno en el 778 en Navarra, un 28 de junio en el campo de los Mirlos. Esa batalla de los Mirlos se libró en el siglo XIV, pero se diría que era cosa de ayer mismo por las canciones y baladas que de ella todavía se recordaban en los viejos cafés de Belgrado después de tomar unas copas de licor de cerezas. Dice la leyenda que aquel día de San Vito de 1389, el campo de Kosovo a las puertas de la capital, Pristina, era una «masa de acero». Un hombre a caballo no hubiera podido recorrer en una noche el espacio entre un ala y otra del ejército otomano. El rey Lázaro de los serbios y Murad, el sultán turco, murieron en combate.

El victimismo da dividendos; la nación es víctima del genocidio. Se subrayan desgracias y persecuciones. La sangre corre por los renglones de los manuales escolares publicados para rediseñar los mapas y para atizar el fuego del odio: los serbios arrojados a las calderas de alquitrán en el campo de concentración de los fascistas croatas en Jasenovac durante la Segunda Guerra Mundial. Como una imagen vale más que mil o dos mil palabras, se ofrecen fotografías de cuerpos descuartizados o mutilados. La enseñanza se politiza sin ningún escrúpulo; se busca la xenofobia y el desprecio de los pueblos vecinos.

«Atacados, amenazados, los serbios se ven obligados a protegerse de nuevos sufrimientos y del exterminio. Al aceptar un conflicto impuesto, nace en los serbios la convicción de que tienen derecho a decidir sobre los demás, sobre su destino y su suerte.»

El resultado es que, por mimetismo, los niños de las escuelas serbias se mutilan con cuchillas de afeitar y se queman la piel con cigarrillos para imitar a los «rambos» de la televisión. Esas huellas de cortes en las manos, en la cara o brazos, en el pecho, son las señales de su capacidad de martirio.

Los manuales de ayer traen los ominosos episodios de hoy: muertos en las colas del pan, enterramientos en los campos de fútbol, depuración étnica, violaciones en masa, fosas comunes. El 95 por 100 de los niños de Sarajevo confiesa que ha estado a punto de perder la vida. Esa vida ya no tiene valor para ellos, a veces la arriesgan sin motivo. El daño psicológico es superior, si cabe, al físico.

El mismo fenómeno se observaba en Chechenia, la república secesionista, donde sesenta mil niños vivían las mismas o parecidas experiencias. La guerra pone al descubierto lo bueno y lo malo del hombre. El coronel español García Almenta, jefe del batallón de los cascos azules en Mostar, decía: «Un pequeño de doce años balbucea ahora algunas palabras después de dos años de un silencio conmovedor. Mataron delante de él a toda la familia y aún desconfía cuando nos acercamos con nuestros uniformes militares.»

UNA PESADILLA. Niños de Sarajevo, niños de Angola, de Somalia, Ruanda y Burundi, de Sudán, de Afganistán, de Camboya, de Haití, de Liberia. 1994 fue el año del genocidio de Ruanda. En el último decenio han muerto más niños que soldados; se calcula en dos millones el número de víctimas inocentes, cinco millones de inválidos, cinco millones de refugiados, y doce millones que se han quedado sin techo. A los destrozados por la guerra hay que añadir los derribados por la enfermedad, la desnutrición o las enfermedades que fueron endémicas y que desaparecieron hace tiempo en países industrializados, o que se curan en pocos días con las medicinas modernas. Son como los niños de Biafra, con los vientres hinchados o esqueléticos, sin fuerza siquiera para espantarse las moscas. No se libra de la desgracia ni la infancia de países como Estados Unidos, donde en los años ochenta el número de niños que vivían por debajo del umbral de la pobreza aumentó en cuatro millones.

Se comprobaron algunos progresos por la distribución de las vacunas, por la batalla contra la polio o las enfermedades provocadas por la falta de yodo, hierro o vitamina A; en 1996 morirán dos millones y medio de niños menos. No conviene, sin embargo, lanzar las campanas al vuelo: seis millones de niños sufren de cretinismo por una grave carencia de yodo en la sal de cocinar.

Desde 1945 se han librado ciento cincuenta guerras, cuatrocientas si se incluyen los conflictos regionales. Han causado veintitrés millones de muertos, de los cuales quince millones son civiles. Desde 1980 han muerto más de un millón y medio de niños y seis millones han resultado heridos o mutilados. Los niños de Sarajevo morían porque en los hospitales faltaba el suministro de oxígeno o plasma. Faltan la luz, el agua, el gas. No hay cristales en las ventanas, tan solo bandas de plástico. El frío se cuela por todas partes.

Se parecen entre sí las historias que nos han contado en Bosnia, o en Centroamérica, o en los escenarios africanos o asiáticos. Es la simetría del dolor y degradación del hombre. Un día los niños salvadoreños se hallaban jugando en el patio de la escuela cuando aparecieron dos helicópteros. Algunos de los pequeños se quedaron aterrorizados: estaba claro que no venían en son de paz. En El Salvador los helicópteros eran los heraldos de la desgracia.

Un niño llamado Pablo empezó a temblar convulsivamente, le castañeteaban los dientes. «Tardé algún tiempo en lograr que se calmara y me contara lo que tanto le había asustado», nos dijo Gail Nystrom en un campo de refugiados de Costa Rica.

Gail nos explicó esos síntomas del traumatismo de la guerra que se repetían desde El Salvador a Ruanda: irritabilidad, egocentrismo, pérdida de la compasión y el compañerismo, ansiedad, dificultades respiratorias, palpitaciones, jaquecas, dolores de estómago, amenorrea, problemas de concentración, reacciones depresivas.

«No voy a cuidar de mí porque puedo morir hoy o mañana, se abandonaba un niño a la desesperación, emocionalmente trastornado. Me rindo —se resignaba—, no vale la pena vivir.»

Pablo, el niño salvadoreño, nos contó su peripecia en el campo de refugiados costarricense: «Solían bombardear nuestra aldea. Un día llegaron a la casa algunos hombres borrachos. Mi abuelo nos dijo que nos escondiéramos bajo la cama. Yo estaba allí con una niña que era pariente mía; cuando los hombres borrachos empezaron a disparar, una bala le hirió la cabeza y murió en el acto. Abandoné la casa con los demás primos, que se habían escondido conmigo. Corrimos hacia los bosques, donde anduvimos perdidos durante casi un mes. Yo llevaba pantalones cortos y no tenía mantas para abrigarme. Me quedaba algo de azúcar, así que recogimos agua de los árboles y preparamos agua con azúcar. Cuando llovía por las noches dormíamos en cuevas donde había animales. Luego nos encontramos con algunas personas que nos dijeron que los soldados estaban cerca y no debíamos detenernos. Así que no nos detuvimos. Yo casi no podía caminar de la fatiga y, a pesar de mis esfuerzos por evitarlo, me eché a llorar. Finalmente nos reunimos con un grupo de personas que nos ayudaron a llegar a un lugar seguro. Pero al día siguiente hubo allí una matanza, ametrallaron a personas, gallinas, perros, cerdos, a todo lo que se movía. Escapamos justo a tiempo.»

Era la huida sin fin. Pablo, ya a salvo, nos enseñó sus dibujos de trazos negros, con helicópteros artillados que abrían fuego sobre una aldea. «La historia —como diría Joyce— es una pesadilla de la que trato de despertar.»

Estas historias son intercambiables. Quizá cambie el paisaje pero el horror es el mismo. «Los ángeles perdidos» de Sarajevo, de Bihac, de Tuzla, de Mostar, de Gorazde, menores de seis años, crecieron sin conocer lo que era un plátano. Tenían una ligera noción de lo que era una naranja o el chocolate.

Damir Shehovic, de doce años, recordaba las delicias del verano anterior cuando se bañó en el río Miljacka, el mismo a cuyas orillas estalló la primera guerra mundial, con el asesinato del heredero de la corona austrohúngara, Francisco Fernando. (Al magnicida, Gavrilo Princip, le perdonaron la vida porque era menor de edad.) «Ahora —decía compungido— todo eso se ha acabado.»

La agonía. Desde la orilla disparaban los francotiradores serbios. Amira, una niña de nueve años, sufría pesadillas desde hacía un año. Los dos atravesaron la ciudad pegados a los muros según un código de autodefensa y supervivencia, a través de la Avenida de los Francotiradores para hacer la cola de la panadería. El padre de Amira murió en el frente. «No me gusta dejarla en casa, porque se pone a gritar en cuanto se encuentra sola un minuto. Pero hoy tenemos suerte porque la niebla es densa y ofusca el blanco de los francotiradores», aseguraba la madre, aliviada por el mal tiempo.

Pandillas de chicuelos, abandonados por sus padres o separados de ellos por los avatares de la guerra, robaban o se prostituían, niños o niñas, para sobrevivir. Como en Nápoles en 1943, donde la tarifa para los soldados por ver a una niña desnuda era de veinte liras. Los había que eran los primeros en socorrer a los heridos.

Como enfermos eran los más sufridos, los más valientes y apenas se quejaban, por graves que fueran sus heridas. ¿Es normal que los niños sean los más valientes? «Es asombroso cuánto pueden sufrir sin quejarse —afirmaba Ognjen Gajic, pediatra del hospital de Kosevo, el principal de Sarajevo—, pero el cansancio de los adultos ha alcanzado a los críos.»

En enero de 1994 los proyectiles de mortero cayeron en una zona en la que los chavales jugaban a deslizarse sobre trampolines naturales formados por la nieve sobre una colina del barrio. Los reporteros vieron los cuerpos decapitados de tres niños y restos de sesos sobre la nieve. La cara de un cuarto chiquillo estaba totalmente desfigurada. Los niños muertos, decían los lapidarios despachos de agencia, tenían edades comprendidas entre los seis y los doce años y dos de ellos eran hermanos. Afortunados los que desde una ventanilla del autobús pudieron decir adiós a las noches pasadas en los refugios, a veinte o treinta grados bajo cero, hambrientos, asustados. Ellos habían visto cómo el francotirador serbio abría fuego con su Kaláshnikov M76 con mira telescópica, para herir sobre todo a los pequeños, a las mujeres y ancianos. Las víctimas del «paco» caían sobre el hielo en la ciudad turca de balcones voladizos y la ciudad austriaca de estuco amarillo, verde y rosa. Los heridos pedían ayuda, gemían. La gente, a cubierto, observaba la escena. ¿Qué hacer?

La agonía de los heridos duraba hasta que la gente se acercaba para retirarlos a un lugar seguro, pero ese era el momento que esperaba el francotirador para disparar, o para ordenar fuego a las baterías de morteros. Para sobrevivir había que correr y correr entre cráteres causados por las granadas, casquillos de bala y cristales rotos, con el estómago comprimido y los dientes apretados. Hubo en Sarajevo niños que eran guías expertos en rutas seguras, en parapetos o contenedores providenciales, en líneas de peligro, en la cartografía urbana de la salvación, en los ángulos que no alcanzaban el radio de acción de los *snaiperisti,* los francotiradores. Porque con la noche no llegaba el respiro, el reposo, la tregua. Como vimos en el Beirut de 1982, los proyectiles, las balas trazadoras, sobrevolaban la ciudad y la iluminaban fantasmagóricamente. Los niños aprendieron a distinguir el vuelo del mortero de veinte milímetros, que puede caer en vertical, del tiro del cañón del carro T-72, más ruidoso y primitivo, un silbido que avisa.

Afortunados los que disponían de pilas para la radio o una línea telefónica abierta para desahogarse con un familiar o un amigo, para conocer los últimos enterramientos en el parque del León. Se vieron obligados a improvisar camposantos al socaire de los fusiles serbios. Los pequeños imitaban a los mayores y disparaban sus ametralladoras de juguete, ra-ta-ta-ta, sus pistolas de agua, sus revólveres de plástico. No falla. El niño quiere emular a sus mayores más en sus defectos que en sus virtudes. Han descubierto que están solos, que sus padres no podrán alimentarlos.

III
EL HOMBRE Y EL CUCHILLO SON HERMANOS

Cuando comenzó la guerra, el consejo se extendió por los valles: «Vende la vaca y cómprate un fusil.» Sarajevo superó los novecientos días de asedio de Leningrado. «Es amargo ser hombre —escribe un poeta local— cuando el hombre y el cuchillo son hermanos.» Todas las armas eran buenas para provocar la animosidad, para execrar al enemigo. La primera de ellas la falsificación y la mentira.

A finales de 1991, un fotógrafo serbio informó a la agencia de noticias Reuter que había visto los cadáveres de cuarenta y un niños serbios brutalmente asesinados por la Guardia Nacional croata. Solo que el testigo de la matanza, el fotógrafo serbio, terminó por confesar que todo había sido una patraña, un embuste. La ficción, utilizada por unos en perjuicio de otros, se confundió con la verdad. La mentira de la matanza de los cuarenta y un niños sirvió para que los guerrilleros serbios ejecutaran a combatientes de Croacia capturados cerca de los falsos hechos, en Vukovar. Los cuerpos descuartizados, reales o fingidos, los utilizaban las estaciones de televisión de Zagreb o de Belgrado para fomentar las represalias y avivar el fuego de las hogueras del odio.

En 1931, los *ustachas* croatas gritaban: «Los serbios a los sauces.» En las calles de Sarajevo, los niños-soldados, autonombrados generales o coroneles, proseguían sus combates ajenos a todo, como han hecho todos los niños del mundo en las ciudades cercadas. Se visten con restos de uniformes, aprovechan el material bélico, las carcasas de los proyectiles anticarro y las vainas de los antiaéreos para escenificar sus propias batallas, sus fantasías.

MITOS. Al cumplirse un año de asedio, mi amigo el periodista Gervasio Sánchez transmitía desde Sarajevo: «Mientras centenares de personas huían despavoridas de los bombardeos intensos o del mortífero trabajo de los francotiradores, un grupo de niños se divertía jugando al ping-pong en una improvisada mesa fabricada con dos caballetes y una tabla rectangular. Parecía una escena surrealista representada junto a una obra teatral de sangre y destrucción. Los pequeños tienen menos miedo que los adultos, pero mueren igual que ellos. Te los encuentras por todas las calles, algunos vestidos con trajes de enmascaramiento a la medida, con boinas, insignias e incluso pendientes con la bandera bosnia. Ya no se estremecen por las explosiones y juegan sin inmutarse a pocos metros de cruces muy peligrosos. Como en todas las guerras, la edad de combatir es, a medida que pasan los meses y los años, más temprana.»

Mueren los niños porque son niños: son los que forman las colas del pan, los que esperan su turno en las fuentes públicas; mueren los niños porque deben atravesar puentes y avenidas para acudir a los pocos colegios que permanecen abiertos. Mueren niños hasta en la fantasía y el rumor, todo sea por soplar un poco más sobre el ojo del ciclón. Se decía en Pale, la capital de la autoproclamada república serbia de Bosnia, que los musulmanes mataban niños serbios cuyos cadáveres crucificados flotaban en el río Drina, que hace de frontera entre Bosnia y Serbia.

«El río Drina —nos dijo un funcionario de la ONU el verano de 1992— baja hacia el Sava teñido de sangre.»

«El Drina —pregonan los románticos de Belgrado— no se alimenta de las fuentes de la montaña, sino de las lágrimas de las doncellas que lloraron después de la batalla de Kosovo.» Unas mujeres que lavaban la ropa en el río juraban haber visto los cuerpos con sus propios ojos. También los romanos acusaron a los cristianos de este modo de sacrificar niños. Con el tiempo los cristianos se servirían de esta clase de mitos.

En la ciudad inglesa de Norwich, en 1144, la comunidad judía fue acusada de haber matado a un niño cristiano, de haberle desangrado para efectuar con la sangre rituales satánicos. Se utiliza la historia para justificar los crímenes que vendrían después. Los niños torturados o crucificados que existen tan solo en la imaginación de las mayorías sirven para justificar en el subconsciente de la memoria colectiva la persecución de las minorías. En Sarajevo, el periodista de Dizdarevic, aseguraba:

«Esta ciudad es un paraíso para mí, un auténtico laboratorio. El 90 por 100 de nuestros conciudadanos se han vuelto locos porque nadie puede dar una respuesta a esta pregunta: ¿Cómo es posible el asedio de una población civil, en pleno corazón de Europa a finales del siglo XX?»

«Innoble Europa —acusaba Albert Camus—, capaz de lo mejor y de lo peor.»

Después de retirarse a casa sobrecogidos por una nueva matanza, encendían la televisión los días en que no se cortaba el fluido eléctrico para redescubrir otro mundo, geográficamente no tan lejano; niños sobrealimentados de los anuncios, toneladas de apetecibles alimentos, hamburguesas y refrescos.

«¿Cree usted que Prosinecki, nuestro paisano, triunfará en el Real Madrid?», me preguntó una tarde de julio de 1991 Milan Trojevic, editor del diario local y portavoz de los milicianos serbios. La guerra empezaba con furia y los serbios, en su narcisismo nacionalista, preguntaban por el futuro de Prosinecki. No era cosa de defraudarles. Quizá se trataba de uno de esos globos sonda que los militares y policías lanzan para verificar la identidad del corresponsal:

«Depende de varios factores, de su estado de ánimo, de su adaptación al terreno; pero Prosinecki es un genio del balón», respondí para salir del paso, antes de que Milan, complacido, pidiera una botella de aguardiente.

ENCLAVE. El pueblo de Tenche era un islote serbio en la fértil meseta de Croacia, a pocos kilómetros de Osijek. Las calles aparecían desiertas y tan sólo unas pandillas de críos desafiaban el toque de queda para atrincherarse en las casas abandonadas y edificios mordidos por la metralla, o entre los vehículos incendiados, para jugar a buenos y malos. O se acercaban sin disimulo a las barreras de milicianos. Era un ensayo de lo que iba a venir. Se veían por doquier rodadas de los carros del ejército federal yugoslavo. Tenche era un microcosmos del problema nacional, un enclave serbio en tierra croata. Las escenas que veíamos, recordaban, con sus barrigudos armados de escopetas de caza, las películas sobre la mafia rural siciliana del bandido Giuliano. Carros de heno junto a carros de fuego, tanques T-52, obuses en los patatales, nerviosas piaras de cerdos, familias de ocas espantadas por el paso de vehículos militares, pañuelos blancos en torno a los terrenos minados. Banderas croatas sobre los ataúdes, cañones de tubos múltiples, los órganos de Stalin que acallaron a tiros el órgano de la catedral de Osijek, la capital de la provincia.

Después de las barreras croatas llegaron las barreras serbias. El *chekpoint*, la barricada, el puesto de control, era una de las metáforas de esta guerra, herencia de Beirut o de Somalia, de las guerras de los pobres. Al detener nuestro coche, vimos que los milicianos vestían monos azules con cartucheras. Llevaban barba de varios días y pañuelos rojos al cuello, como anarquistas de la FAI fotografiados por el catalán Centelles. «Nema problema», no había problema a cambio de unos dólares. El impuesto de peaje, los francotiradores, la voladura de las casas, la depuración étnica, las fosas comunes, el señor de la guerra, el aguardiente de cerezas, la mentira, el chaleco antibalas, el AK-47, Sarajevo, fueron algunos de los tétricos símbolos de la guerra que causó doscientos cincuenta mil muertos. Aquellos milicianos de Osijek y de Tenche se modernizaron travestidos en señores de la guerra con sus vehículos 4 × 4 marca Cherokee Chef y sus chaquetones de cuero o sus uniformes de enmascaramiento. El escritor Djilas lo definió, aunque nadie se libró de culpa, como «democracia serbia teñida de bandidismo». Son más unos técnicos de la violencia, unos depredadores y traficantes, que ideólogos. Ofrecían algo esencial: seguridad y venganza. Había de todo a la vuelta de la esquina: extorsionistas, secuestradores, ladrones, borrachos armados...

En aquel verano de 1991, en las vísperas sicilianas, los guardias croatas y los milicianos serbios se insultaban a través de la frecuencia de radio de la policía:

Un croata: —¿Tenéis cerveza en Osijek, miserables asesinos?

Un serbio: —No, pero no tardaremos en beberla en cuanto entremos ahí y os hayamos degollado a todos, ¡sinvergüenzas!, nos beberemos toda la cerveza de Osijek. Ponerla a enfriar.

Los vecinos de ayer son hoy gente perversa y criminal, y a veces los vecinos más vecinos, los más sanguinarios de todos. Ráfagas en la noche: otra vez *ustachas* (fascistas croatas de la guerra mundial) contra *chetniks* (guerrilleros monárquicos de mayoría serbia). Todo el mundo, con la ayuda del armamento popular de tiempos del mariscal Tito, tenía un mortero y un arsenal en la cocina de su casa.

El pasado mutuo y el aguardiente les habían vuelto locos. Años más tarde, conocí en Belgrado, en casa de mi amigo el corresponsal Juan F. Elorriaga, a Hodanje, un periodista croata natural de Osijek. Hablamos de aquellos comienzos de la guerra vividos en Eslovenia y en su patria chica. Cité el nombre de Milan Trojevic, el editor del ojo de cristal que me había preguntado por Prosinecki. «Era mi mejor amigo —repuso sorprendido—. Hábleme de él», pidió interesado y con el ceño fruncido.

Tras narrarle el viaje a Tenche, el periodista croata me contó algo que reflejaba la diabólica ruptura: «Milan vivía en Osijek y trabajaba en un banco local. Era alegre, jugador de cartas, generoso y manirroto, tanto que pasó por un período de dificultades económicas. Hubo alguna irregularidad en las cuentas del banco, una especie de desfalco menor. Nosotros, sus amigos croatas (él era serbio), le sacamos del apuro con una colecta, pagamos sus trampas a escote. Hablamos con el director del banco, recibió el perdón y un crédito. Nos preocupamos de él como lo que era, un hermano. Al estallar la guerra en 1991, supimos que se encontraba en Tenche y nos pusimos en contacto con él, a través de la radio de la policía: "Milan, hermano —le dijimos—, si lo deseas puedes volver aquí cuando quieras, nosotros te protegeremos, no tienes nada que temer..." Nos interrumpió con insultos y maldiciones: "¡Bandidos, criminales, os desprecio!", gritaba fuera de sí, hasta que tras un insulto más sonoro, el peor para un croata, cortó la comunicación.»

YA NO HAY OTRA. Pocos meses después, el Hospital de los Niños de Zagreb acogía a los heridos de metralla y a los enfermos. Eran los niños del asedio de Vukovar. Docenas de ellos cayeron, sangre inocente, en las primeras semanas, sobre todo los de once a catorce años, los más difíciles de proteger por sus madres.

«Son los niños que salen del refugio y de sus casas en busca de agua y alimentos. Se da la circunstancia de que la mayoría de ellos fueron alcanzados por bombas, metralla y morteros cuando pedaleaban en sus bicicletas al salir o regresar de sus casas —comentaba el director del hospital—. Ya hemos desistido de usar en los coches las banderas de la Cruz Roja, e incluso de Unicef. Para los serbios las enseñas humanitarias no son más que blancos y dianas.»

La sala de cuidados intensivos está repleta de niños entubados, la mayoría con terribles quemaduras. Malden ha perdido las extremidades superiores, y tras las primeras curas en los subterráneos del hospital de Vukovar, convalece en el hospital infantil de Zagreb. Tomislav, de siete años, respira con dificultad ayudado por dos tubos en la nariz. Sobre su pecho descansa un coche de juguete que sube y baja al compás de sus esforzados alientos. Por la única parte del cuerpo desprovista de vendajes, el cuello, asoman manchas renegridas producidas por las llamas al colarse una bomba en el refugio donde se protegía de la guerra.

«Su papá esta enrolado en la Guardia Nacional y su madre permanece hospitalizada en Osijek, porque tuvo que darle parte de su piel», explicaba la enfermera.

Con el tiempo veríamos el cuartel general de la ONU en Zagreb, rodeado de ladrillos con las inscripciones de los muertos de Vukovar, cubiertos de velas y rodeados de flores agostadas. Vukovar fue la primera carnicería. El poeta galés Dylan Thomas escribió sobre la «negativa a llorar la muerte, en el fuego, de un niño en Londres» bajo los bombardeos nazis; «Después de la primera muerte, ya no hay otra». Un montón de ruinas y cuerpos putrefactos era lo que quedaba de una ciudad que se llamó Vukovar. El ganado abandonado y esquelético vagaba sin dueño entre los cascotes y el fango. No quedaba tejado sin destejar.

Cinco mil muertos. El olor a cadaverina, el tufo de la muerte, se filtraba por entre los desconchones.

«Ha sido una bestialidad —comentaba desolada una mujer ya entrada en años, al salir de la ratonera—, he visto cómo los serbios torturaban y mataban a mi marido, en presencia de nuestros hijos, con tiros de metralleta a quemarropa. En la ciudad nada ha quedado en pie. Solo los embudos causados por las bombas en el largo asedio de tres meses, un amasijo de ladrillos rotos, alguna cabra que merodeaba entre los cadáveres. Perros y gatos aparecieron muertos entre los maizales sobre los que volaban tórtolas y torcaces. El maíz cabrilleaba entre iglesias puntiagudas y chalets alpinos de los que colgaban mazorcas. Un paisaje de calendario suizo roto por las balas serbias en un cerco implacable.»

DESTRUIR PARA SALVAR. Recordaba el Vukovar de antes de la guerra, los paseos en barca por un Danubio que no era azul, aperitivos en la terraza del hotel Dunav, catas de sandías, las mejores de Yugoslavia, en los mercadillos. La agonía de Vukovar, la ciudad más antigua de Yugoslavia, duró ochenta y ocho días. «Hoy ha sido un día tranquilo en Vukovar —titulaban los diarios de Zagreb— solo han caído doscientos proyectiles.»

Tan solo un convoy de ayuda logró entrar en la ciudad durante el asedio, el 19 de octubre de 1991. Viajaba en él un joven biólogo español adscrito a Médicos sin Fronteras, Jordi Rauch. «La llegada no pudo ser más impresionante —recordaba Jordi—. La ciudad estaba ya destruida por completo. Las gentes salían de sus casas, si a aquello se le podía llamar casas. Nos arrojaban flores, lloraban de desesperación. El hospital tenía un ala completamente destrozada por una bomba que cayó horas antes. Se veían cadáveres por todas partes. El hedor era insoportable. Un caos bestial.»

Los yugoslavos de Belgrado dijeron más o menos lo mismo que aquel general norteamericano al referirse a la batalla en el delta del río Mekong: «Hemos tenido que destruir Ben-Tre (así se llamaba la aldea vietnamita) para salvarla.»

Al llegar los primeros periodistas a la Vukovar «liberada», un oficial desafiante preguntó a los corresponsales de guerra: «¿Por qué la opinión pública internacional apoya al fascismo croata? ¿Por qué no escriben ustedes sobre las matanzas de niños serbios, sobre los collares que los fascistas croatas fabrican con los dedos cortados de los niños serbios torturados?»

En su cama del Hospital de los Niños, en la sala de cuidados intensivos, yacía un bebé de un mes y cuatro kilos de peso que se recuperaba milagrosamente de su odisea de Vukovar: «Cuando llegó pesaba un kilo. Sus padres le abandonaron en la incubadora del hospital y huyeron de la ciudad creyendo quizá que había muerto.»

A su lado estaba María, de nueve años. Cuando jugaba en el interior de su casa, se oyó una tremenda explosión y se le desplomó encima uno de los muros. Quedó gravemente afectada en la columna vertebral, paralítica. Llevaba un rosario al cuello. Dos años después María ya no se encontraba en el hospital infantil de Zagreb, pero la enfermera nos llevó hasta la cama de Antonija Opavicic, de cuatro años. Se despertaba muchas noches sobresaltada por las pesadillas, recordaba cómo un día de primavera entraron los soldados en su casa y degollaron a su padre ante las miradas atónitas de ella y de su madre. Fantasmas de hombres decapitados se le aparecían en sueños y le atormentaban hasta que por fin despertaba gritando y bañada en sudor: «Cuando oigo algunas de sus historias, lo único que puedo hacer es intentar no llorar delante de los niños —nos decía la psicóloga Urli del hospital infantil—. Muchos de nuestros pequeños muestran sentimientos de culpa por haber sobrevivido mientras sus seres queridos han muerto.»

Cuando la guerra estaba a punto de terminar, tras los acuerdos de la base aérea de Dayton en Estados Unidos, la Universidad de Sarajevo anunció que en la guerra de Bosnia —era más una carnicería que una guerra— se duplicó el número de los niños nacidos muertos y triplicó el número de los bebés con anomalías congénitas.

Leche y mantequilla. Treinta años después de la declaración de los Derechos del Niño, la Asamblea General de la Naciones Unidas aprobó el Convenio relativo a los derechos del niño. Por primera vez en la historia del Derecho Internacional, los derechos de la infancia fueron codificados en forma de tratado que sería de obligado cumplimiento para las naciones que lo firmaran. Algunos de sus artículos fueron objeto de largas discusiones, sobre todo el artículo 38, relativo a los menores de dieciocho años en los conflictos armados. Una treintena de artículos protegían en el Derecho Internacional Humanitario a los niños en las guerras, pero la Cruz Roja insistió en que esa protección debía ampliarse. Fue por entonces cuando estalló el conflicto de Yugoslavia, una nueva demostración de la poca voluntad con que algunos países se tomaron la firma del tratado de protección de la infancia y de la Cuarta Convención de Ginebra.

Al terminar la Primera Guerra Mundial la situación de los niños, sobre todo en Europa Central y Oriental, en Viena, Budapest, Serbia, Checoslovaquia, Alemania y Ucrania, era tan lamentable que, como dijo uno de los oradores que se reunieron en Ginebra para poner remedio a tantos males: «La progresión de la miseria es infinitamente mayor a la progresión de los socorros.» Después de la Segunda Guerra Mundial, el ex presidente norteamericano Hoover volvió a la escena para poner en marcha una campaña masiva contra el hambre, sobre todo de los niños europeos. «Desde la frontera rusa hasta el canal de la Mancha —dijo en son de alerta— hay veinte millones de niños que no solo sufren de desnutrición aguda, sino que son víctimas de la tuberculosis, el raquitismo, la anemia y de toda suerte de enfermedades como consecuencia de la carencia alimenticia. Si deseamos que Europa tenga un porvenir, hay que hacer algo por estas criaturas.»

La Unicef (Agencia de las Naciones Unidas para la Infancia) empezó a recaudar dinero con el fin de «Dar a seis millones de niños un vaso de leche y un poco de mantequilla».

Varios millones de niños perdieron a sus padres. El mundo decidió poner a tanto sufrimiento el cartel de «Nunca más». La ilusión del futuro creció sobre una pirámide de sesenta o setenta millones de muertos. Pero las guerras no acabaron en 1945, y ese cartel dejó de tener sentido.

El libro del historiador Eric Hobsbawm *La era de los extremos,* viene precedido por tres citas; la del filósofo británico Isaiah Berlin que afirma anonadado: «He vivido la mayor parte del siglo XX sin haber padecido males mayores. Y sin embargo tengo que reconocer que este ha sido el siglo más terrible en la historia del mundo occidental»; la del agrónomo y ecologista francés René Dumont, autor de un libro profético, *África ha empezado mal,* que señala con rotundidad que: «Este ha sido un siglo de matanzas y de guerra»; y por último la del premio Nobel de Literatura William Golding, que afirmó: «No puedo dejar de pensar que este ha sido el siglo más violento de la historia.»

En comparación, las guerras bárbaras del pasado eran puras escaramuzas. En África, en Ruanda, en Siberia o Sudán se han producido matanzas de una crueldad extrema que acabaron con la vida de cientos de miles de seres humanos. El XX era, al menos sobre el papel, el siglo de la esperanza y del propósito de enmienda. ¿Cuántos murieron en las guerras entre India y Pakistán —a dos de las cuales asistí como enviado especial—, en Afganistán, en el Oriente Próximo, en Camboya, donde también fui testigo de esa crueldad, en las purgas de los *kulaks* y de los disidentes o políticos en los años veinte y treinta en la Unión Soviética o en la China de Mao después de 1948? El politólogo norteamericano Zbigniew Brzezinski ha calculado las «megamuertes» desde 1914: «Ciento noventa y siete millones, el equivalente a una décima parte de la población total del mundo en 1900 o de la población total de Estados Unidos en 1970.»

El terrorismo tampoco ha cesado, al contrario. Desde 1900, dos de los presidentes norteamericanos y dos de los candidatos a la presidencia han sido asesinados. En Estados Unidos más de doscientas cincuenta mil personas fueron asesinadas en los pasados diez años, un precio superior al total de las pérdidas de vidas norteamericanas durante la Segunda Guerra Mundial. Ni siquiera los niños se han salvado de ese holocausto, al contrario, se han visto cada vez más envueltos en el ciclo de violencia, sobre todo como víctimas, pero también como verdugos. A veces estos hechos se presentan como únicos, incomprensibles o aislados, pero una visión de conjunto nos demuestra algo que a veces no queremos saber: la guerra y el terrorismo están implantados con fuerza en la cultura del siglo. Ahí tenemos las agrias estadísticas para demostrarlo. La población mundial se ha triplicado desde 1900 y puede doblarse de aquí a cincuenta años. La tecnología agrícola ha arrojado a cientos de millones de campesinos hacia las megalópolis en las que no saben bien qué hacer, deterioradas sus relaciones con la familia y la comunidad y abolidas o destruidas sus tradiciones culturales.

En las economías de las naciones industrializadas cada vez son menores las oportunidades de trabajo para la mano de obra no especializada. Esos trabajos, las multinacionales los transfieren a países con mano de obra barata y pocos controles económicos. El resultado es la alienación, la rabia, la frustración. Ningún sistema económico ha logrado pacificar los espíritus de estos millones de descamisados. La versión soviética del marxismo fracasó por completo y el capitalismo no ha conseguido una correcta redistribución de la riqueza y en algunos lugares ha abierto un abismo aún mayor entre ricos y pobres. Así, el resultado ha sido la violencia endémica. Sin hablar de los disturbios patológicos de las sociedades desarrolladas. El sociólogo brasileño Josué de Castro, escribió hace poco: «La miseria universal divide el mundo en dos grupos de seres humanos: el grupo de los que no comen y el grupo de los que no duermen. Estos últimos no logran conciliar el sueño atormentados como viven por el temor a la rebelión de los pueblos miserables, los inmigrantes que llaman a sus fronteras.»

Las guerras modernas infligen atroces sufrimientos a las poblaciones civiles y a los niños. Estos últimos no solo son explotados y utilizados como esclavos, sino que pasan a ser carne de cañón en cuanto estalla un conflicto regional, esas guerras atomizadas que han sustituido al temor a la guerra atómica. Los métodos y los medios de combate se han perfeccionado mucho: son cada vez más mortíferos y causan pérdidas cada vez más severas a las poblaciones civiles y sobre todo a los niños.

El ministro de Educación del primer gobierno de Sarajevo dijo algo verdadero parafraseando la conocida expresión de Charles Chaplin en *Monsieur Verdoux:* «Guerras, conflictos, todo es un negocio. Un asesino es un villano, el que mata a millones de personas es un héroe. Es la santificación de los números.»

Pues bien, el ministro bosnio musulmán aseguró que «cuando alguien mata a un hombre, lo encarcelan. Cuando mata a veinte le declaran mentalmente enfermo y lo llevan al hospital psiquiátrico. Cuando mata a doscientas mil personas lo llevan a Ginebra para intervenir en las negociaciones de paz. Parece un chiste».

Se refería el ministro a las interminables negociaciones en las que los criminales de guerra como el líder serbio bosnio Karadzic, el primer responsable del cerco de Sarajevo, eran invitados para lograr la paz en la antigua Yugoslavia. ¿La paz con los verdugos? ¿Se hará alguna vez justicia? Desde las calles de Buenos Aires, niños «chupados» por la dictadura militar, hasta Etiopía y El Salvador, a los guetos de Sudáfrica (unos treinta mil muertos como consecuencia de la brutal separación de razas, *apartheid)* hasta los valles salvadoreños de El Mozote (donde el ejército asesinó a sangre fría a unos cien niños) las víctimas del genocidio de posguerra esperan justicia.

MADRE CORAJE. ¿Quien hará justicia a Nusret Krasnic, que en 1993 tenía nueve años y no dejaba de recordar, recluido en un orfelinato de Sarajevo, la noche en que mataron a su madre mientras hacía la colada en la cocina? «Trato de no pensar en ella, pero necesito su recuerdo cuando me pegan los chicos mayores.»

Esa noche Nusret perdería no solo la protección de la madre sino los recuerdos asociados a ella, las risas, las canciones, los cariños, las tartas de cumpleaños, el olor a carne de la olla, las tabletas de chocolate. Nusret estaba a punto de dormirse cuando...

«La noche de su muerte estaba en la cama con mi hermano Mohamed. Oía cantar a mamá cuando una *grenata* (proyectil de mortero) cayó en el salón. Quise incorporarme pero mi hermano me lo impidió. Vino una ambulancia y se llevo a mamá.»

Nusret corrió hacia los médicos, trató de hablar con ella cuando la sacaban de la cocina destruida por el mortero, pero los vecinos le dijeron que había muerto al instante. Los dos hermanos permanecieron en su casa perplejos, sin reaccionar hasta que llegó un vecino y se los llevó a su casa. Nusret no durmió esa noche. A través de la puerta escuchó lo que decían los vecinos: «Pero ¿qué podemos hacer con ellos?»

Se quedaron con la familia durante una semana y luego fueron llevados a un centro de refugiados en el hotel Europa, en la parte vieja de la ciudad. Poco después de su llegada, el padre de Nusret y Mohamed resultó muerto en combate. Los niños no lo supieron hasta dos meses más tarde. Mientras tanto no hacían otra cosa que preguntarse: «¿Por qué no viene papá a rescatarnos?»

En torno al hotel Europa se podían leer pintadas que decían: «Bienvenido al infierno». Una noche los dos hermanos tomaron una decisión: vivirían a su aire, en las calles, en el orfelinato, en el hotel Europa, donde pudieran. De vez en cuando dormían con otros huérfanos, ocho en cada cuarto, tapados con roídas sábanas.

Fue la pérdida de la inocencia. Sin el afecto de la madre muerta, Madre Coraje hasta su último suspiro, los niños cayeron en la tentación de la violencia callejera, robaban, rompían cristales, jugaban a la guerra. Envejecieron tres o cuatro años en el espacio de uno. Nusret escapaba con su amigo Coro para efectuar incursiones nocturnas en los almacenes de las organizaciones de ayuda, se ponían a mendigar en la Marsela Tita, la avenida Tito en el centro de la ciudad. «Por caridad, un mendrugo de pan para este pobre huerfanito.»

Nusret se meaba en la cama todas las noches, enuresis le llaman a eso los médicos, emisión involuntaria de la orina. Veía a su madre en sueños, se abrazaba a un perro callejero llamado *Juju* y sentía la necesidad imperiosa de correr hacia su casa, como el niño de los cuatrocientos golpes de la película de Truffaut necesitaba correr hacia el mar. Pero de su casa no quedaba ya piedra sobre piedra. Cuando le preguntaba la periodista británica Janine de Giovanni qué era lo que quería ser de mayor, contestó que «arquitecto porque así construiría una casa sobre los mismos cimientos de la que fue su hogar». Su hermano Mohamed respondió que sería bombero y su amigo Coro que toda su ilusión se centraba en buscar un papá y una mamá, una familia.

Nusret era «un ángel perdido» en las calles de la ciudad, espabilado, febril, en pie desde las siete de la mañana, decidido a espantar el frío corriendo por las avenidas, desafiando a los francotiradores serbios, indicando los puentes peligrosos, pidiendo un poco de chocolate en una esquina, adivinando el vuelo de los morteros, capaz de empequeñecerse como el gato de Alicia en el país de las maravillas cuando el proyectil estallara sobre el asfalto o sobre las leprosas fachadas. Sabe dónde encontrar trozos de leña para encender una hoguera. Es un profesional de la supervivencia, la memoria viva del Sarajevo de las explosiones y de las miserias. Pero echa de menos sus coches de juguete. No sabe dónde podrán estar. Los ha buscado entre las ruinas de su casa, ni rastro de los objetos que le fueron familiares durante nueve años. Tiene una memoria gráfica para los acontecimientos de sangre: ese brazo que voló por los aires, destrozado el cuerpo por la «grenata» y cómo ese mismo brazo se lo llevó a su madriguera un perro hambriento.

«El daño real de la guerra —explicaba el psicólogo noruego Rube Stuvland— no se conoce ahora. Habrá que esperar diez años.»

Mientras tanto, Nusret, su hermano y su amigo Coro vivían en un ambiente de novela de Dickens, también el niño víctima de una desdichada infancia, en el Londres del siglo XIX; niños mendigos, sucios, asociales, adolescentes embarazadas, críos violentos que arrojaban sillas por las ventanas, y otros acurrucados en un rincón y amedrentados. Nusret presenció en directo la muerte de su madre, la desaparición de su padre tragado por la guerra, la destrucción de su casa. Todo eso a los nueve años. Niños de la diáspora, refugiados en los bosques cubiertos de nieve, alimentándose de las cortezas de árboles, niños en fuga, niños con los brazos en alto y ojos amilanados como su primo hermano del *gueto* judío de Varsovia, niños envalentonados que quieren ser adultos, como Edvin, de diez años, que fuma como un carretero y quiere vengar la muerte de su padre: «Lo mataron. Bang, bang. Le hicieron dos agujeros en la espalda. Quiero ir a la guerra para recuperar nuestra casa.»

Niñas abandonadas, como Refija, de catorce años, perdida en una casa de refugiados en Srebrenica: «A mi padre lo mataron de un tiro. Fue el 8 de enero (de 1993). Nos trajo un saco de harina y se fue a por algo más. No volvió. Murió pocas horas después. Nuestra madre nos abandonó quince días más tarde. Se fue a casa de sus padres y nos dejó solos. No se despidió, no nos dijo nada, tan solo oímos la puerta que se cerró tras ella. Siempre pienso en cómo sería yo ahora si no hubiera ocurrido esta desgracia. La verdad —añadía Refija— es que no sé quién tiene la culpa.»

IV
TENER A PAPÁ EN EL FRENTE

Lord Byron, el poeta romántico muerto en Misolonghi (Grecia) en 1824, advirtió al pasar por Serbia y Croacia: «Se necesita un siglo para construir un Estado, una sola hora puede reducirlo a polvo.»

Niños-víctimas, niños-abandonados, niños-héroes. Cuando, en el verano de 1995, las tropas croatas invadieron la Krajina, la región habitada por los serbios de Croacia, columnas de refugiados se dirigieron, al grito de ¡sálvese quien pueda!, hacia la zona de Serbia. Fue impresionante. Allí estaba, al volante de un tractor marca Ursus, un muchacho de once años, Stanislav Trninic, de treinta kilogramos de peso, huérfano de padre, decidido a salvar a la familia. Apenas si durmió en los diez días y diez noches que duró el viaje, el éxodo hacia lo desconocido. Seiscientos kilómetros al volante de un tractor polaco de conducción dura: llevó a la salvación de las vengativas fuerzas croatas, primero a su madre y dos mujeres de la familia y luego a otras cinco que se subieron al tractor en medio del pánico y la desbandada general. Ahora les tocaba correr a los verdugos de ayer, los que mataban y torturaban eran croatas. No hubo compasión para con el vencido. «Nuestra respuesta a la destrucción —decía una octavilla que circulaba en la asediada ciudad bosnia de Tuzla— es la creación; a la agresión, la defensa; al nacionalismo, la democracia; al mal, el bien; a la desesperación, una vía de salida. Era una propuesta útil para un período de tribulación.»

Ena. Ena, una estudiante de quince años, leía tan buenos propósitos sentada en un café de Tuzla cuando llegaron sus amigos. El café era la tabla de salvación para unas jornadas oscuras pautadas por el fuego de artillería serbia a lo largo de tres años ya de asedio de la ciudad. Entre los recién llegados se encontraba una joven pareja que contraería matrimonio en el espacio de pocas semanas. Diana, la novia, estaba radiante.

«Hablábamos de los proyectos de mis amigos cuando de pronto brotó una luz cegadora —recuerda Ena—. Vimos caer la granada. Todo sucedió en pocos segundos. La deflagración me lanzó a tierra y sentí un agudo calor. Me zumbaban los oídos, me había quedado sorda, mi pelo se cubrió de polvo y fragmentos de vidrio. Todo quedó patas arriba, las mesas, las sillas. Cuando salía del café mi amiga Diana estaba todavía sentada inmóvil, con la cabeza ligeramente inclinada. Tenía la camisa manchada de sangre y una herida en el cuello. Su prometido, herido en un brazo, se hallaba a su lado y le decía: "No te duermas, te quiero, no te duermas." Los que no resultaron heridos ayudaban a las víctimas y yo hice lo mismo. Llegó más gente para socorrernos. En la plaza, el suelo apareció cubierto de cuerpos y de sangre, cuerpos sin manos, sin brazos, sin piernas, y algunos sin cabeza.»

Ena se puso a buscar a los heridos entre los cadáveres.

«Tomaba el pulso a los niños, a los jóvenes, uno después de otro. Era espantoso. Y el olor a sangre fresca era intenso, mareante. Me encontraba mal, pero sentía una fuerza desconocida en mí, el deseo, la voluntad de ayudar. Solo cuando abandoné la plaza comprendí lo que había pasado. Volvía a mi casa y notaba mis piernas rígidas, pesadas como el plomo. Cuando mi padre me vio, se arrojó a mis brazos. Todavía estaba cubierta de la sangre de los heridos y los muertos. Me hubiera gustado explicarle a mi padre lo que acababa de ocurrir pero era incapaz de articular palabra. Temblaba como una hoja sacudida por el viento y no lograba calmarme. Mi amiga Diana murió diez días después y me sentí culpable de estar viva mientras ella había muerto en vísperas de su boda. En las noches que siguieron a la matanza apenas si pude pegar ojo; en cuanto me metía en la cama se me aparecían las imágenes, siempre las mismas: el estallido de luz, el fulgor repentino, el cuerpo del joven decapitado, el de la muchacha partida en dos, el de la criatura caída en la tierra que daba la impresión de dormir plácidamente. Me sentía deprimida y nerviosa, y por primera vez en mi vida sentí un odio intenso, irreprimible. No alcanzaba a comprender por qué el hombre que lanzó la granada pudo cometer un acto de cobardía, un crimen de esa naturaleza. ¿Es que no tendría hijos, una esposa, una madre, una abuela?

»Dos días más tarde, un crío de dos años y medio que corría entre las mesas murió alcanzado en el corazón por la metralla. Los jóvenes y niños que morían en mi ciudad no portaban armas, tan solo su tierna edad, su inocencia. A la mañana siguiente los serbios atacaron el cementerio para impedir que las familias, los amigos, los vecinos, sepultaran a sus muertos. Los funerales se celebraban por la noche, de un modo discreto, sin velas, sin un solo punto de luz. Los muertos fueron enterrados en un parque, unidos en el mismo triste destino. En el lugar de la tragedia, retirados los vidrios rotos, el suelo se cubrió de flores, de cirios y de poemas.»

Jalima. Jalima Jacuponic, de once años, rubia, vivaz, como hecha de rabos de lagartija, terminó en un campo de refugiados cerca de Zagreb, junto a su madre, Branka, y sus dos hermanos: «Todo empezó el 11 de mayo de 1992, cuando los serbios comenzaron a vomitar bombas sobre mi querida ciudad, Mostar. El miércoles a las dos de la tarde, una granada segó la vida de mi padre. Ni siquiera me dejaron verle. No sé si por piedad o por mala fe. No es verdad que en esta guerra los niños seamos tan solo un estorbo. Hemos traído comida, leña y agua, hemos vigilado la casa, hemos consolado a los que sufren. Hasta que el enemigo comenzó a dejar mensajes en la puerta: "Si no os vais todos, os cortaremos el cuello con las botellas rotas." Huimos hacia el bosque. Durante días y días dormimos cerca de un pozo. Yo era la encargada de deslizarme en su interior y subir el agua. No podíamos seguir allí, tan solo disponíamos de agua. Mi hermano no podía más, tenía el rostro extenuado por el hambre, por la debilidad. Una mañana, mi madre nos metió en un camión que pasaba por la carretera vecina. En aquel viaje, una mujer que se sentaba a mi lado en la caja del camión perdió a sus dos hijos, uno murió de hambre, el otro cayó en un foso profundo.

»Después de kilómetros y kilómetros de marcha, llegamos a Trnopolje, que quiere decir tierra de espinos. Nos juntamos doscientas treinta y una personas en el campo de prisioneros. Los carceleros eran gente mala; peores, sin embargo, eran los prisioneros que nos esperaban allí. Eran animales acosados que vendían a un niño por un poco de aire fresco, en su mayoría hombres y mujeres sin Dios. Les teníamos más miedo que a los guardianes serbios. En aquellos primeros días se llevaron a ochenta y dos hombres y los mataron en la explanada. Todas las noches venían en busca de mujeres. Nuestra madre ocultaba con una manta el rostro de mi hermana Azra para que no descubrieran que era joven y hermosa. Pero los prisioneros estaban al acecho y vinieron a por Azra. Mamá pareció resignada: "Ve, hija, acepta la violencia, no ganarás nada con resistir." Fue la primera vez que me eché a llorar. Dos o tres horas después Azra volvió: "No ha pasado nada", nos dijo. A la mañana siguiente encontré su camisa manchada de sangre. Mi hermana tenía catorce años.

»Los carniceros no dejaban de matar. Primero con la navaja cabritera y luego con el bastón. Una tarde se llevaron a un médico que nos había ayudado mucho. Sus hijos le tiraban de los pantalones hasta que delante de todos le golpearon con un bastón y le abrieron la cabeza, como un melón. "No merece la pena que manchemos un cuchillo con este perro", le dijeron con desprecio a su hijo mayor, que no tardaría en morir derribado por la pena y la melancolía. Al cabo de un tiempo nos subieron a un tren que llegó cargado de cadáveres. Después de dos horas de viaje nos dimos cuenta de que habían desenganchado los dos últimos vagones; les prendieron fuego. Nos dejaron en un túnel. Mi madre lloraba y gritaba fuera de sí. No logramos calmarla. Fue entonces cuando llegó uno de los guardianes, fornido, de aspecto feroz. Se puso a golpear a mamá en el rostro y en la espalda con una especie de porra que levantó sobre mí cuando mamá había ya caído a mis pies. No recuerdo nada más.»

EDIS. Edis Kadic, de siete años, su hermano gemelo Adis, y su madre hallaron refugio en un campo de acogida situado a unos ochenta kilómetros de la más austrohúngara de las ciudades balcánicas, Zagreb: «Me llamo Edis, nací en Prijedor en Bosnia-Herzegovina y tengo un hermano igualito a mí que se llama Adis. Cuando empezó la guerra nos sentíamos felices. Podíamos jugar a un auténtico juego, hasta que los hombres llegaron a la plaza un mediodía. Mi padre montaba guardia como centinela en el bosque. Nuestra madre, preocupada, nos llevó a los tres a casa, a mi hermano Luio, a Adis y a mí. ¿Miedo? Para un niño no existe el miedo hasta que no lo ves de cerca, y no lo sientes en el estómago. Aquella noche descubrí el miedo en el rostro de Adis. Sus ojos se cubrieron de lágrimas porque los hombres lanzaban alaridos que se escuchaban como si los tuviéramos allí mismo, en el interior de la casa. Sonaban disparos en el exterior. Estábamos apretados los tres, como los cerdos en el camión antes del sacrificio.

»Los "hombres" llegaron a la casa, derribaron la puerta a tiros y puntapiés, y descubrieron a la familia. Llevaban armas y tenían el pelo tan largo, que les cubría los ojos. Se acercaron a mamá y le propinaron un golpe en la cabeza: "Tu marido cría gusanos, ahora danos a uno de tus hijos, elige." Mamá no podía hablar, le castañeteaban los dientes, se había quedado fría y blanca, lívida. "Elige pronto o matamos a los tres", gritaron los "hombres". Entonces, ante el silencio de nuestra madre, uno de ellos, de ojos pequeños, se llevó a Luio. Mi hermano y yo gritábamos, aporreábamos la pared con los puños, Luio se giró para mirarnos. Ya no lo volvimos a ver. Al día siguiente nos metieron en un autobús junto con nuestros vecinos. Éramos setenta y seis personas en total. Al llegar al bosque, los "hombres" nos rodearon. "No podéis bajar", exclamaron con sus vozarrones llenos de rabia. Nos quedamos cuatro días en el interior del autobús. Comimos de las provisiones que nos quedaban, pan seco y sardinas. Cuando se terminó el agua, nos vimos obligados a beber nuestra propia orina. La caca la hacíamos dentro, sobre cartones, y "los hombres" nos impedían que la arrojáramos por la ventana.

»Al cabo de cuatro días el olor pestilente y el hambre empezaron a hacer mella en los viajeros de aquel autobús varado junto al bosque. Adis no dejaba de vomitar. Dos mujeres murieron a nuestro lado y un niño de seis meses dejó de llorar. Abrimos las puertas dispuestos a que nos mataran de una vez. Era mejor morir que seguir viviendo en aquellas condiciones. Después "los hombres" nos trasladaron a su campamento.»

EMSUDA. Emsuda Katiric, de catorce años, es guapa, de boca grande y ojos negros: «No olvidaré nunca aquel 27 de julio de 1992. Apenas había salido de la escuela cuando comenzaron a disparar al aire. La gente corría enloquecida. Entonces se pusieron a disparar sobre los que huían: niños, mujeres, viejos. Vi cómo una mujer serbia ponía el fusil en la boca de un muchacho de doce años que se negó a arrodillarse ante ella. Nosotras corrimos en dirección a casa, pero ellos estaban ya dentro. Habían tomado preso a mi padre, a mi hermano y a otros veinte vecinos del pueblo. Los obligaron a comer hierba como animales. Una cosa saben hacer bien los serbios: humillar como nadie a los hombres. A un muchacho, casi un niño, le rajaron la piel con una navaja barbera y después le cortaron a trozos con un cuchillo de carnicero. Ante todo este horror, vi de pronto algo que me resistí a creer; en medio de aquellos esbirros reconocí a Kifla, el conductor del autobús de nuestra escuela. Era uno de los más activos, de los más sádicos. No bastó con la hierba porque les hicieron comer las heces. Mi padre y mi hermano fueron ejecutados porque no pudieron tragar sus excrementos. No me pidan que recuerde más. Solo sé que me levanté y que alguien vino a ordenarme que diera sepultura a aquellos dos "perros", a mi padre y a mi hermano, que tenía dieciocho años. "No tengo una pala, nada con que cavar una fosa." "Pues hazlo con tus manos, que las tienes muy hermosas", respondió Kifla. Lo hice, abrí la zanja con mis propias manos.»

ZANA, EDINA Y MINKA. Zana, de doce años en 1993, refugiada de la ciudad de Brcko, en Bosnia, escribió un poema a su padre:

Si supieras lo que significa tener a papá en la guerra...
tratas de escapar del dolor y el dolor te sigue.
No hay noticias de papá y un día...
cuando todo se estaba poniendo negro
papá llamó a la puerta,
se quedó cinco días
y la felicidad escapa de nuevo
y mi corazón palpita como un pequeño reloj.
Ya no puedo seguir escribiendo porque papá
no está aquí conmigo, a mi lado.

«Soy un árbol que ya no dará flores», escribió Dane Zaytz.

Edina, de once años, recogía en un poema la vida de todos los días en la cercada Sarajevo:

En sueños viajo hasta la parte vieja de la ciudad
en busca de un trozo de pan duro,
mi madre y yo respiramos el humo de la pólvora
y nos imaginamos que es perfume de pastel y *kebab*.*
De pronto un disparo surge de las colinas próximas,
son las nueve de la noche y corremos.
Es posible que volemos al encuentro de «nuestra» granada.
Suena una explosión en las calles de la dignidad,
hay muchas personas heridas,
hermanas, hermanos, padres, madres;
me acerco y toco la mano herida,
toco la muerte,
aterrorizada caigo en la cuenta que no es un sueño
es solo un día más de Sarajevo.

---

* Pincho moruno.

«Todo en los Balcanes —escribió el rumano Mircea Eliade— empuja a pensar en la fatalidad de la historia.»

Mohamed Cehajic fue internado en la primavera de 1992, en uno de los campos serbios de más siniestra memoria, Omarska. Tiempo después de su desaparición, Minka me mostró la carta de su marido con fecha 9 de junio de 1992. Este era su contenido:

«Querida Minka: te escribo esta carta pero no estoy seguro de que vayas a recibirla. A pesar de todo, siento la necesidad imperiosa de comunicarme contigo. Desde el 23 de mayo en que vinieron a casa a por mí he pasado a vivir en otro mundo. Lo veo como si fuera un mal sueño, una pesadilla. Querida Minka: nunca hubiera imaginado que algo como esto fuera posible.

»Sabes que te quiero mucho y ese amor me ha impedido causarte el menor daño. Día y noche me pregunto cuál habrá sido mi pecado, el tamaño de mi ofensa para que tenga ahora que pagarlo de este modo. A pesar de todo confío en la justicia y en la verdad y creo que todo se arreglará.

»Por otra parte, no hago más que pensar en ti, en Amira y Amir (sus hijos). Recuerdo día y noche vuestras caras y reconozco que a veces lloro.

»El tiempo transcurre muy lentamente y solo pienso en el día en que podré volver a veros. Me gustaría que pudiéramos escapar de todo esto, lejos de aquí.

»Querida Minka, estoy muy preocupado por Sedjo, Naso, Biho. Se escuchan cosas terribles, dime si se ha sabido algo de ellos. Mustafá S. me trajo cigarrillos y ropa interior. Gracias le sean dadas eternamente. De no ser por Mustafá hubiera creído que me había quedado solo en el mundo.

»Me pregunto dónde estarán mis amigos. ¿Cómo está Beno? ¿Pregunta por su abuelo? Le echo mucho de menos. Hoy hace el día número dieciocho desde que fui privado de libertad. Esto se me hace eterno. Ni siquiera me acuerdo ya de las veces que me han interrogado.

»No sé por cuánto tiempo permaneceré aquí. Si puedes cómprame cigarrillos, jabón, pasta de dientes, crema de afeitar, un par de pantalones y calzoncillos. Y algo de café. No pienso ya en mí mismo. Di a nuestros hijos y nietos que sean honrados.

»Es increíble lo que está pasando. ¿Por qué la vida tiene que ser tan brutal? Recuerdo cuando el año pasado por estas fechas nos sentíamos todos tan alegres con la construccción de la nueva casa.

»Es como si nunca hubiera estado vivo. Lucho contra tan negros pensamientos con el recuerdo de todos los ratos buenos pasados contigo, con los chicos y con las personas a las que queremos.

»Esto es todo por hoy. No me quedan fuerzas. Saluda a todos los que te pregunten por mí, y para Amir, Amira y los nietos, todo mi amor.»

Mohamed Cehajic desapareció en julio de 1992. Dicen que fue visto por última vez cuando los guardianes lo sacaban del campo de Omarska. Minka no volvió a saber nada de él.

V
El enemigo invisible

«¡Atención, no se muevan! ¡Minas! ¡Peligro de muerte, no se muevan!» La voz nos llegaba desde la carretera a través de un altavoz. Era un policía argelino que nos advertía sobre lo delicado de nuestra situación sobre el terreno. De forma involuntaria, después de un largo viaje por el desierto habíamos ido a levantar nuestra tienda en las dunas, sobre una zona minada. Todavía quedaban millones de minas de la Segunda Guerra Mundial en los territorios de Argelia, Túnez y Libia hasta la ciudad de Alejandría, cantada por el poeta Cavafis y por Durrell en su *Cuarteto.* Habíamos dormido plácidamente en una zona minada.

—¿Están ustedes locos? —gritaba el policía argelino pegado a su megáfono—. ¿Es que no han visto los carteles de advertencia?

No, no los habíamos visto. Llegamos de noche, agotados. La madrugada, el despertar, nos trajo la inesperada y desagradable sorpresa. Solo en Alejandría perderíamos de vista aquellos siniestros rótulos de «Danger, mine field» (Peligro, minas).

Los soldados de Rommel y de Montgomery hicieron un arte de la colocación de minas en el desierto. Después, durante la guerra de la independencia de Argelia contra los franceses, estos y los rebeldes se sirvieron con alegría de aquellas cargas explosivas subterráneas que todavía estallaban al paso de caravanas de camellos. Era la siembra mortal, la herencia letal, el terror bajo la arena. Los beduinos trataban de evitar a lo largo de setenta y cinco mil kilómetros cuadrados lo que llamaban «los jardines del diablo».

«Si en lugar de minas hubieran plantado árboles nuestros problemas económicos estarían resueltos», decía el general egipcio Abdel Halim.

Nosotros salimos indemnes de la zona minada argelina con tan solo una sonora reprimenda del policía del megáfono. Otros han tenido peor suerte, como los miles de niños iraníes lanzados sobre los campos minados de Irak en aquella cruenta guerra que duró ocho años (1980-1989).

Me encontraba en Teherán cuando llegó hasta nosotros la noticia de un arma nueva, secreta; el niño-despejaminas, que era empujado sobre las posiciones iraquíes para hacer estallar las minas con su cuerpo y abrir paso a las unidades de infantería y de carros. Desde Basora, la ciudad de Simbad el Marino, nos dirigimos hacia el puerto de Jorramshar. Era el comienzo de la guerra Irak-Irán. Desde la distancia y la polvareda que levantaban los vehículos militares, las aldeas se nos aparecían como esos belenes de corcho con sus casas de adobe, su borriquillo, tan despreciado por Mahoma, sus rebaños de cabras, y su buey a la sombra de las palmeras. Era el amanecer. Cruzamos por aldeas aún dormidas, adornadas con bandas de tela, signos y frases de victoria, auténticas aldeas de los tiempos bíblicos.

A CUBIERTO. Las labores agrícolas no se interrumpieron ante la presencia de la maquinaria de guerra, por los pozos de tirador y las baterías de cañones desparramados por la inmensa y árida llanura. El paisaje me recordaba al de El Alamein, en Egipto. Los soldados iraquíes deambulaban por las calles de Mehran, ciudad tomada a Jomeini, o corrían en sus motocicletas con sidecar. Una estampa del Afrikakorps. Al llegar al puerto nos recibió una rociada de balas.

—Póngase a cubierto, estamos bajo el fuego iraní —me gritó el capitán Aziz.

—¿Pero no decían ustedes que habían ocupado el puerto? —respondí mientras saltaba del «jeep» a trompicones para buscar refugio tras un montículo de arena.

Al cabo de una hora cesó el fuego. Antes de llegar al puerto pude ver los primeros prisioneros: niños o adolescentes iraníes, enviados a primera línea por Jomeini. No pudimos hablar con ellos. Se hallaban sentados a la sombra en una zona alambrada con sus ojos buidos y miradas de desconcierto.

La última imagen que conservo de aquella rápida y accidentada visita al puerto de Jorramshar, en el otoño de 1980, fue la de un soldado iraquí de uniforme caqui y pasamontañas de lana que cruzaba la cancela del puerto. Ajeno al esporádico fuego iraní se dirigía hacia su trinchera con una caja de vivos colores en una mano y un balón de plástico en la otra. La caja guardaba una batidora eléctrica, una de las miles que había visto en el muelle entre los contenedores destripados. Era su botín de guerra. ¿Qué podía hacer un soldado, en una trinchera, con un balón y una batidora eléctrica? Pensaba en su mujer y en sus hijos, un inesperado regalo de la guerra. Le quedaba lo más difícil, salir vivo de un conflicto en el que le embarcó el presidente Saddam Hussein con la esperanza de ganarlo en pocos días. La guerra relámpago se transformó en guerra de desgaste. Unos días más tarde un funcionario del gobierno de Saddam me despertaba en mi hotel de Bagdad para ponerme de patitas en la frontera jordana.

—Sus crónicas —me dijo— no le gustan nada al ministro.

Pasaron seis años antes de que pudiera regresar a Jorramshar, que estaba de nuevo en manos iraníes; la «ciudad de la sangre», donde murieron miles y miles de soldados de los dos bandos, era también una ciudad fantasma. Pasé cerca de ella a toda velocidad en un autobús iraní cubierto de barro, camuflado como medida de seguridad. Los iraquíes con los que ahora me encontraba lanzaban una nueva ofensiva sobre Basora. «La fe vale más que todas las armas», era la frase favorita de los oficiales iraníes. Olía a palmeral chamuscado a muchos kilómetros a la redonda. Los primeros soldados iraquíes muertos aparecieron hinchados, agarrados como guiñapos a sus trincheras, cuando atravesamos el kilómetro cinco de la frontera. Pusimos pie a tierra. Un guardia revolucionario iraní que no tendría más de quince años corría por las casamatas y nos llamaba a gritos como un profeta de la catástrofe, mientras señalaba a los muertos con sus rostros cubiertos de polvo: «*Mister,* aquí más muertos, foto, foto.»

Su misión era descubrir cadáveres enemigos y contarlos. Luego identificaba una mano semienterrada en la arena, una pierna perdida entre los casquillos, las vainas de los obuses y los sacos terreros. Era el macabro trofeo del cazador. El sol caía a plomo sobre los despojos aquel mes de enero de 1987. Nos metimos un pañuelo en la boca para no vomitar porque el olor era insoportable. Un soldado de Jomeini vestido con mono azul recogía algunos recuerdos entre los difuntos y me mostraba un cuaderno de tapas rojas, un Corán agujereado por las balas, una cartera de plástico con las fotografías familiares, unos niños y una esposa retratados junto a una mezquita de Irak. Estremecía pensar que ellos, su mujer, sus hijos, no lo sabían pero yo sí. Lo tenía bajo mis pies, pasto de las moscas, un muchacho todavía de ojos vidriosos puestos en el cielo.

El olfato no miente. Los famosos palmerales de la región de Basora aparecían quemados, tronchados por los proyectiles. Los patos y las cercetas nadaban entre las minas del Lago de los Peces como si tal cosa. Bandadas de palomas torcaces cruzaban a favor del viento. El lago aparecía cubierto de obstáculos de hierro, de alambres de espinos, defensas, caballos de Frisia, como en las playas del desembarco de Normandía. Los Land-Rover españoles, cargados de levas de voluntarios iraníes, rebotaban sobre los cráteres. Los «mullahs», los sacerdotes, pasaban a toda máquina en sus motos japonesas cantando aires bélico-religiosos como curas Merinos, con la bandera de Irán y el retrato de Jomeini. Aquello era una romería y un martirio. El comandante Rezai nos dio la clase teórica: las tácticas de las oleadas humanas sobre los campos minados habían pasado a la historia, dijo.

Habían corrido las cortinas del autobús. Nos mostraban los muertos del enemigo pero no los suyos. Sin embargo, el olfato no mentía. Cuando volvíamos desde el frente a la ciudad de Ahwaz nos llegó la tufarada de cadaverina. No nos hablaban de sus bajas, de sus muertos, pero las fotografías de sus mártires aparecían por doquier en las aldeas y pueblos que atravesábamos. Adornaban las calles y plazas. Las fotos de los muertos en combate, adolescentes muchos de ellos, se exhibían en público como señal de emulación. En los pueblos, las procesiones y entierros desfilaban a todas horas. Los familiares del soldado o voluntario muerto nos mostraban las fotografías de su héroe junto al retrato de Jomeini. Se diría que todo Irán era un cementerio o un funeral. Me contó un soldado que llevaron a una escuela el cuerpo de un niño-soldado con la cabeza separada del tronco. Lo depositaron sobre el pupitre del maestro, no para una clase de anatomía precisamente, sino para mostrar a los alumnos la grandeza del sacrificio por Dios y por la patria. ¡Viva la muerte! Era un niño como ellos que había dado la vida por Jomeini, el líder iraní que no tardaría en pedir la paz «tragándome —dijo— un amargo veneno». Le pregunté a un soldado cómo se sentía en medio de la guerra: «Muy cerca de Dios», respondió.

Los curas chiítas recorrían las escuelas para contar a los niños las hazañas de los guardias revolucionarios, de los muchachos mártires de doce y catorce años que se abrían paso por los campos minados al grito de «Alá es grande».

Una tarde en Teherán vi cómo los voluntarios tomaban el autobús hacia el frente. Llevaban adornos verdes y rojos sobre las cabezas. El islam y la sangre. Eran voluntarios, novios de la muerte que juraban tres veces sobre el ejemplar del Corán que sostenían, emocionados, sus padres: «Juramos sobre la sangre de los mártires, sobre Jerusalén la Santa, que combatiremos hasta el supremo sacrificio.» El 60 por 100 de los habitantes de Irán tenía menos de veinte años. En las calles vendían pequeñas llaves de plástico *made in Taiwan.* Con esa llave, cuya realidad me negaban con vehemencia los funcionarios del Ministerio de Orientación de Jomeini, los muchachos iraníes iban alegres al encuentro de la muerte en el campo de batalla. Con ella podían abrir las ocho puertas del paraíso donde serían recibidos por los ángeles. En las plegarias de los viernes en Teherán veía hileras de niños y jóvenes tullidos, mutilados de guerra, en primera fila en sus carritos. «Hemos firmado un pacto de sangre», gritaban emocionados.

Al otro lado, en Irak, miles de niños prisioneros iraníes esperaban el final de la guerra, un armisticio o un intercambio. Shirzad acababa de cumplir los trece años cuando le ordenaron que corriera adelante con todas sus fuerzas por un terreno minado. Se salvó de milagro, porque a lo largo de aquel día que duró para él la guerra vio volar a su alrededor, hechos trizas, por las minas a muchos niños como él. Resultó herido en un ojo y fue hecho prisionero por los iraquíes. La pesadilla se había acabado. Shirzad podía ahora ver la televisión, jugar al fútbol, aprender inglés o leer libros.

Las balas son más limpias. Uno de los espectáculos más penosos de esta guerra entre Irak e Irán, en la que murieron noventa y cinco mil niños, fue la utilización de prisioneros de guerra como instrumentos de propaganda política. Las balas son más limpias que la manipulación de las mentes. Al niño Shirzad lo convirtieron en un altavoz contra el régimen de los ayatolás iraníes, contra su propio país. Ahora vivía en un campo de prisioneros, niños o adolescentes. Un campo modélico, con todas las comodidades. Pero había otros campos más escondidos donde los niños iraníes a buen seguro no dispondrían ni de televisión ni de un balón con el que jugar. Este campo de Ramadi estaba hecho a la medida de la publicidad oficial. El comandante Mustafá era el padrecito bueno de aquellos niños prisioneros. Así nos lo hacía saber a los periodistas de visita:

—Hablamos con los niños iraquíes, nos interesamos por sus problemas, les atendemos en sus necesidades.

Muy edificante; los prisioneros habían sido aleccionados por Mustafá sobre lo que debían responder.

Pregunta: —¿Por qué fuiste a la guerra con once años?

Respuesta: —Porque fui obligado por Jomeini, por la propaganda, nos decían que los iraquíes eran unos paganos y que había que acabar con ellos.

Shirzad, al que le lavaron el cerebro o quizá es que fingía muy bien, se puso a dar voces contra Jomeini: «Deseo que muera cuanto antes», dijo de su jefe espiritual.

«Rezad para que Alá os conceda el beneficio del martirio», pidió Jomeini a los niños suicidas.

Shirzad era un mártir frustrado, pero al otro lado de las trincheras, en Irán, nos dejaron charlar con los prisioneros iraquíes, con sus insignias de Jomeini en las solapas, convertidos de la noche a la mañana al jomeinismo. A un lado y otro, los actos del día empezaban con la frase: «Alá, el clemente y el misericordioso», pero ni Irak ni Irán se ganaron fama por tratar bien a los prisioneros de guerra. Lo que pudimos ver en Ahwaz, a ochenta y seis kilómetros de la línea de fuego, en territorio iraní, resultó un espectáculo degradante para el ser humano. Los prisioneros iraquíes, vestidos con uniforme de instrucción, estaban sentados con las piernas cruzadas, en veinticinco filas de sesenta hombres cada una. Al llegar nosotros, a la voz de uno de ellos, que se levantó del suelo como impulsado por un resorte, todos los prisioneros respondieron a las consignas. Gritaban contra su propio jefe del Estado. «¡Saddam (su presidente) es el enemigo de Dios!» Y luego con fervor: «¡Jomeini es el más grande!» Alguno de los prisioneros voceaba sin rubor ante las cámaras, mientras que la mayoría se escondía el rostro entre las piernas o bisbiseaba las obligadas frases contra su jefe del Estado.

La coacción, la amenaza, la oferta de doble ración de comida los convirtieron en robots, en muñecos a los que se daba cuerda y echaban a andar. «Jomeini es nuestro líder», clamaban ahora los prisioneros de guerra iraquíes. Uno de ellos, quién sabe si con la promesa de un trato mejor, repetía ensimismado: «En nombre de Jomeini, victoria para el islam.» Los demás coreaban a regañadientes. Unos parecían llorar, otros sonreían con rictus de ironía. Cuando nos alejamos del campamento se acallaron las voces de los prisioneros. La farsa había terminado. Los perversos cerebros que organizan estos espectáculos son los mismos que alientan las guerras. A cien o doscientos kilómetros de allí, en un campo de concentración de Irak, los prisioneros de guerra iraníes se veían sometidos a un parecido lavado de cerebro. Los imaginaba gritando contra Jomeini y dando vivas a Saddam Hussein.

Pregunté a Shirzad, prisionero en Irak, si fueron muchos los niños como él lanzados contra los campos minados.

—Muchos —contestó lapidario.

—¿Cuántos?

—Muchos —repitió—; casi todos fueron destrozados por las minas.

—¿Volverías a intentarlo si te dieran una nueva oportunidad? ¿Volverías a los campos minados?

—¡No! —repuso, y bajó la cabeza ruborizado. Cuando salí de allí me sentí también yo avergonzado.

Un niño soldado iraní prisionero en Irak, escribió estos versos muy poco antes de que muriera volatilizado por una mina:

¡Oh viento que lleva mensajes,
ven para arrancarme la tristeza.
Di a mi pobre madre que me espera,
dile toda mi ternura.
Dile que su hijo está vivo...
Vosotros que vivís lejos de la guerra
sentíos felices.
Adiós, soy un niño y no quiero morir.

BIEN AMADO. Una madre iraní escribió sobre su hijo muerto en combate. Estaba orgullosa de él: «Mi hijo bien amado ha muerto como el santo imán Hosein. Fue a derramar su sangre porque la República islámica se encontraba en peligro. Había que detener al traidor Saddam que quería forzar a Irán a convertirse en un país impío a la imagen de Irak, bárbaro y descreído. Mi hijo

Amir subió al paraíso como un pájaro. Desde allí protege a toda la familia. Yo no pedí a mi hijo que fuera voluntario, sino que cumpliera con el que creyera que era su deber. Escuchó los consejos del sacerdote, del *molah,* obedeció la palabra del imán Jomeini. Desde el sacrificio de nuestro hijo recibimos ayuda de cartillas de racionamiento y billetes para la peregrinación a La Meca de la Fundación de los Mártires. Pero, sobre todo, el enemigo ha sido rechazado fuera de las fronteras de Irán. Estoy orgullosa, y todos estamos orgullosos de él.»

A pesar del sacrificio de Amir y de miles de niños como él, Irán no ganó la guerra. «Dios es grande», grita Amir al dirigirse hacia las líneas iraquíes con el retrato de Jomeini en la solapa y versículos del Corán escritos sobre el uniforme. Las minas estallan a su alrededor, escucha gritos de dolor, ha caído al suelo, pero uno de los jefes grita para que se incorpore: «¡Adelante! ¡Adelante! Dios es grande.» Unos cientos de metros más y Amir no volvió ya a levantarse. «Todos los iraníes entre los doce y los setenta y dos años deben presentarse voluntarios para la guerra santa», declaraba en febrero de 1984 Rafsanjani, presidente del Parlamento iraní. Más de cien mil niños iraníes menores de diecisiete años fueron lanzados desde 1980 a la guerra del Golfo. Sus cuerpos flotaban ahora en las marismas cercanas a Basora, aguas rojas de sangre.

Todavía se escuchan opacos los gritos de «¡Guerra hasta la victoria!» y «¡Dios es grande!». Les esperaba a los caídos un paraíso aún más hermoso que las rosas de Isfahan. A los niños prisioneros del campo de Ramai en Irak les aguardaban años de internamiento y algo peor que la muerte: Jomeini no quería ya saber nada de ellos. El régimen de los ayatolás los rechazaba. Prefería los mártires a los héroes y no digamos que a los prisioneros. El hecho de que estuvieran vivos los delataba. Eran traidores por la simple razón de no haber muerto en el campo de batalla reventados por las minas. Irak se ofreció a devolver los niños-soldados a Irán, pero Jomeini no quiso: para él habían dejado de existir.

CAMPOS DE MINAS. «Peligro, minas.» El macabro anuncio con la calavera y las tibias aparece por todas partes en los territorios en los que combaten los pobres con las armas vendidas por los ricos, por los países civilizados. Es el «enemigo invisible». Los expertos en las alegorías los han llamado «los asesinos ocultos», «los centinelas eternos», «los campos del diablo».

Son cien o más los millones de minas sembradas por el mundo. El niño camboyano Hen Sin, de nueve años, ha perdido una pierna al pisar una mina rusa marca A-72. Lo encontré tumbado en un catre en el hospital militar Prea Ket Meales de la capital camboyana, Phnom Penh. Hen se dirigía al bosque para recoger leña o bambú con que alimentar la chimenea del hogar, o para perseguir una mariposa, o para chapotear en el arrozal, ya no lo recuerda. Todavía no habían colocado los carteles de aviso en camboyano y en inglés «Danger, mines». Como su hermano del otro lado del mundo, el angolano Mario, también víctima del «asesino escondido», Hen ni siquiera sabe leer. Aquí está ahora mirándome con ojos de pasmo desde su lecho, en el rito iniciático de aprender a vivir con una sola pierna. Dentro de poco el golpe seco de su muleta sonará en los pasillos del hospital. El padre de Hen, un campesino del norte crecido a la sombra de los templos de Angkor Wat, se cubre el rostro con la «kreta», ese pañuelo a cuadros de los campesinos camboyanos. Está acuclillado junto a su cama. De vez en cuando, espanta las moscas que zumban sobre la herida vendada de su hijo. Es padre de familia numerosa. Es el segundo hijo derribado por una mina. Camboya tiene más minas que habitantes.

No bastaron los veinticinco años de guerra, ¡ay!, aquella Camboya, oasis en medio de las guerras asiáticas, cuando contemplábamos la pirotecnia vietnamita por las noches desde las playas de Sihanukville. Después llegarían los bombardeos de los B-52, los asesinatos en masa por los kmeres rojos, los gritos del silencio que se llevaron entre un genocidio de dos mil personas a mis amigos el fotógrafo Willy Mettler, al cámara Dana Stone, y a Shean Flynn, el hijo del actor Errol Flynn. Cuando visité Kampuchea por última vez, en 1994, una guerra silenciosa, quizá olvidada, mataba a veinte personas diariamente. Phnom Penh se parecía cada vez menos a una capital de provincia francesa de vida plácida y animadas terrazas sobre las aceras. La mina es una de las bellas artes maléficas de este conflicto: trescientas mil personas, niños en su mayoría, han perdido una pierna, han quedado ciegas, lisiadas. El niño Hen Sin quiso mantenerse ajeno al mal, a la idea del mal. Puede que ahora vaya a engrosar la legión de los niños pordioseros que a golpe de muleta se acercan a esos turistas de Angkor, donde se rodó la película *Lord Jim,* para mendigar unas monedas. Hen es el hermano de Ray, el niño de Calcuta al que sus padres destinaron a la mendicidad en la calle. Bastaba con amputarle un brazo por unas rupias y dejarlo a su aire, con la mano sana tendida en los parques o soportales de la avenida Nehru. O es el hermano del tailandés Tanarit, arrojado a la carretera por sus padres al paso de un coche norteamericano para cobrar la indemnización por accidente.

En Camboya plantaron diez o doce millones de minas los agentes silenciosos de la muerte. «No distinguen entre el amigo y el enemigo, no saben que la guerra ha terminado», decía Bedford, el ex sargento británico llegado a Phnom Penh para trabajar en la desactivación de las minas. Mientras unas manos desactivan, otras manos siembran, porque es una guerra sin fin. El hospital Prea

Ket Meales está lleno a rebosar. Cada día las minas envían nuevos tullidos y allí quedaban con familias acampadas entre las moscas, cucarachas y olor a desinfectante. Los que no caben dentro tienden una hamaca en el exterior entre dos troncos de bambú. El 70 por 100 de los pacientes tiene amputada una pierna o las dos, y son sobre todo niños que en su mayoría han perdido por lo menos a un familiar. Como en las calles de Saigón, esos niños demediados se arraciman ante los hoteles: «Give me five pi.» Déme cinco piastras, piastras que agitan luego como un sonajero en sus botes de cerveza Budweiser.

En un carro de bueyes. Camboya figura en el *Guinness* de las víctimas del asesino invisible. Uno de cada trescientos habitantes ha muerto al pasar por una mina, ya sea de marca Claymore de fabricación norteamericana, ya sea italiana, como la Valsella VS-50 fabricada por una empresa filial de la Fiat, muy utilizada por ser barata, desde trescientas cincuenta pesetas, y fácil de colocar.

Los zagales que pastorean carabaos junto a las charcas, los campesinos de los arrozales, están a su merced. Las minas han servido a los guionistas cinematográficos para alcanzar el clímax en el cine bélico: es un momento de angustia cuando el soldado va a pisar la mina, suda, se le extravían los ojos, sube la adrenalina, se encoge el estómago, se contiene el aliento. Luego surgirá el buen camarada, el buen samaritano de nervios de acero que, tendido sobre la mina, la desactivará para alivio de todos.

Pero el caso es que no mueren los soldados, mueren sobre todo los niños.

En las calles de San Salvador los ves jugando al fútbol con solo una pierna y muletas o concentrados ante el Ministerio de Trabajo para apedrear las ventanas, porque la ayuda prometida, la rehabilitación, una pierna ortopédica, no llegan y pasan los meses. En el hospital infantil de Cuito, en Angola, o en los centros de acogida de Kabul, Jalalabad o Kandahar en Afganistán, los hermanos de Hen Sin espantan moscas, se miran a la pierna sana y se preguntan cómo será su vida a partir de ahora. Ya no valen para nada. Son carne débil para el lumpen de las aldeas.

A Hen Sin lo trasladaron en un carro de bueyes hasta el ambulatorio local. Un cojitranco más. En los senderos de montaña, en los arrozales, junto a los puentes y arroyos, en las plantas eléctricas, en las acequias, las minas esperan nuevas víctimas. Son armas eficaces: crean un cinturón del miedo, llenan hospitales, extienden el terror, destruyen ganado, impiden la normalización de la vida en el campo. De pronto, allá, hacia el horizonte, una explosión y una columna de humo negro delatan la mina que se ha salido con la suya. Ha reventado el paisaje. Un niño viene por el sendero llevado en brazos por su padre. La explosión de la mina le ha volado el estómago. Al llegar a la aldea, la madre, las hermanas, las mujeres gritan su nombre: Hom. Ha muerto en el acto y su diminuto cuerpo será incinerado esa misma noche, mientras un bonzo de túnica de azafrán salmodia unas cuantas oraciones sagradas. Un pequeño tambor de plástico que cabe en la palma de la mano se ha cobrado una vida más. Los camboyanos le llaman «la rana», porque antes de explosionar hace un ruido que suena como el croar de la rana.

La mina es longeva. Las estadísticas no son fiables porque hay muertos por minas que no se contabilizan. Muchos de los heridos ni siquiera ingresan en el hospital. Han perdido una mano, un brazo, unos cuantos dedos. Se las han arreglado con los remedios caseros y una dosis de fatalismo oriental. Cada año se fabrican en el mundo entre cinco y diez millones de minas. Hasta tres millones de ellas se plantaron en la ex Yugoslavia. Todo empezó en la Primera Guerra Mundial cuando los alemanes enterraron proyectiles de artillería para frenar el avance de los carros de combate aliados en el frente occidental. Hace dos mil años los romanos utilizaron el abrojo para detener a la caballería enemiga. Y arrojaron sal sobre Cartago para que nada creciera sobre la ciudad destruida. *Delenda est Cartago.*

«El empleo por el ejército de las minas —explica el comandante de ingenieros español Marqués Rodilla— tiene por finalidad dificultar el movimiento enemigo, cegarle zonas de terreno y canalizar sus unidades a determinadas áreas más favorables para desarrollar el combate. La guerrilla utiliza sobre todo minas contrapersonales, ya que su menor volumen las convierte en más fáciles de transportar y ocultar. Su menor complejidad permite fabricarlas artesanalmente sin necesidad de contar con expertos ni utillaje de difícil adquisición.

»La relación coste/eficacia —añade el comandante de Estado Mayor— es muy elevada. Por menos de cuatrocientas pesetas se puede adquirir uno de los más de trescientos cincuenta modelos de mina contrapersonal que existen en el mercado, que con unos cien gramos de carga explosiva son capaces de producir una mutilación grave de forma permanente. Los miles de afectados (se calcula en más de siete mil al año) son un ejemplo viviente para el resto de la población (efecto psicológico), y una carga para el Estado, que debe hacer frente a gastos médicos y sociales muy elevados: hospitalización, recuperación, prótesis y pensión de mutilación.»

La mina es longeva, puede esperar treinta o cincuenta años; las minas sembradas en Bosnia, Ruanda o Chechenia supondrán un riesgo hasta el año 2035 por lo menos.

Un general de los kmeres rojos, uno de los responsables del exterminio de dos millones de personas, al que puso fin la invasión vietnamita de Camboya en 1978-1979, llamó a la mina «el soldado perfecto, porque es siempre valiente, nunca duerme, y nunca falla. La economía de las minas es muy atractiva —añadió complacido— es pequeña, un arma barata con un fantástico efecto de multiplicación». Ese general y otros de Angola, de Afganistán, de Somalia o Bosnia sonreirían contentos al comprobar el efecto, bueno, bonito y barato, de sus Claymore o sus Valsella.

El número de bajas por explosión de minas subió desde el 4,4 por 100 de la campaña italiana de 1944, al 33 por 100 en la guerra de Vietnam y al 90 por 100 en la guerra civil de El Salvador. En nuestras correrías por el país centroamericano descubrimos que la extensión del minado era tal, que no había carretera o camino libre de «asesinos ocultos». Bastaba esa palabra, «minas», para disuadir a los periodistas, campesinos o soldados. En teoría es obligatorio que los terrenos minados figuren en los mapas de operaciones para que cuando termine la guerra puedan ser desactivados. ¿Pero quién cumple con la normativa? A veces esas guerras acabadas sobre el papel siguen latentes, duran y prolongan su muerte retrospectiva. El mundo no se pone de acuerdo para abolir las minas como ha hecho con las armas químicas o tóxicas. Siempre hay naciones que por razón del negocio —España fabrica ocho clases de minas— se niegan a firmar los tratados.

Ya no es como antes, que había que plantarlas a mano, ahora se lanzan hacia el terreno elegido desde el aire, como hicieron los norteamericanos en Vietnam. El problema es que contratar a los desminadores resulta una tarea difícil. No es solo un oficio muy peligroso, sino que es muy caro, puesto que viene a costar, según las Naciones Unidas, entre trescientos y mil dólares por mina desactivada. Después de la guerra del Golfo, Kuwait se gastó setecientos millones de dólares tan solo en contratar especialistas en desactivación. En las Malvinas el terreno es tan escabroso que el gobierno británico desistió del desminado. Allí quedó, como recuerdo, una Vía Dolorosa de minas vivas.

Por ciento veinte dólares al mes los ex combatientes de Alá proceden a retirar las minas en Afganistán. Es un buen sueldo para los jóvenes desmovilizados una vez acabada la guerra contra los soviéticos.

«La guerra santa contra las minas —decía en Pesahawar, la ciudad fronteriza, un enviado de la ONU— es más complicada que la guerra contra los comunistas. Hemos perdido mucha gente. Debemos luchar contra un enemigo invisible, *pequeños rusos* que quedaron atrás para seguir combatiendo una vez que los rusos grandes se fueron.»

Los nómadas afganos, como el beduino que cruza el Sahara, se han convertido en unos expertos en desminar. No les queda otro remedio. Ellos lo hacen por su propia supervivencia, sin cobrar nada, igual que esos jóvenes camboyanos que por tan solo quince o veinte pesetas se ponen a la tarea con objeto de limpiar el terreno y despejarlo de diabólicas amenazas. Hay zonas en las que las minas crecen como flores del mal en todas las direcciones. Continúan la guerra después de la guerra, sobre las minas rusas, chinas e italianas.

En Phnom Penh, contaban de un guerrillero kmer rojo que se pasó a las filas del gobierno y salió con una patrulla en dirección a un arrozal en el que él mismo depositó la carga mortífera; tres minas contrapersonales. Pero calculó mal su riesgo y una de las minas le arrancó de cuajo una pierna; poco después se suicidaba de un tiro con su Kaláshnikov, el subfusil de asalto, cargado con balas trazadoras. No solo se quitó la vida, sino que algunas de las balas volaron por su cuenta para incendiar las chozas del poblado vecino. Ni siquiera esperó a que le trasladaran a un hospital de

Siem Reap, allí donde operan como pueden, sin anestesia porque falta de todo, oxígeno, sangre, morfina o antibióticos. Donde ni tan siquiera quedan provisiones para alimentar a los heridos. Son las madres las que deben llevar las escudillas de arroz a sus hijos tullidos y algunas legumbres que deben cocer en los pasillos del hospital sobre un infiernillo. A su lado picotean las gallinas y sobrevuelan los mosquitos. Por las hendiduras se cuelan las ratas. El niño de las dos piernas amputadas ni siquiera duerme bajo la protección de un mosquitero. Las paredes están sucias, salpicadas de sangre. La cama es de yute. Este era el país en el que el poeta escuchaba «la voz suave e inteligente de la pereza».

En Angola, Mario ha muerto al tratar de coger una naranja; en Camboya, Hen ha caído cuando trataba de coger una papaya del árbol. El impacto no mata a veces en el acto pero lanza sobre el cuerpo enemigos tan coriáceos como la metralla, polvo, limaduras de metal, microbios, trozos de tela, agua podrida. La infección está garantizada. En los folletos publicitarios de uno de los fabricantes de minas pueden leerse las bondades del artefacto: «El cuerpo descuartizado del soldado tendrá un efecto psicológico nefasto para sus camaradas.» «Los loros verdes» los llamaban los combatientes japoneses del Pacífico. «Las mariposas» los llamaban los niños afganos. Algunas marcas las fabrican de colores vivos, atractivos; los soviéticos y los italianos son los maestros de la elaboración de estos ingenios del mal. Son juguetes que llueven del cielo.

En Somalia, en 1990, los soldados en fuga del presidente Barre dejaron en cada casa de Hargeisa un regalo envenenado, el beso de la muerte. Allí donde los campesinos guardaban en lugares secretos sus pequeños tesoros, como un collar o las fotografías de la familia, dejaron sus minas soviéticas disimuladas en el escondrijo. Todo lo que había de algún valor se lo llevaron. En 1991, al regresar a sus hogares los habitantes de Hargeisa se toparon con la cruel sorpresa. De una casa a otra como efecto de la simpatía de la que hablan los artilleros, las habitaciones reventaron llevándose delante a los infelices somalíes. No solo se minan las casas, la explosión puede producirse al tocar una radio, un bote de cerveza, un trozo de carne, un frigorífico.

Un día, camino del delta del río Mekong, acompañaba a una columna de soldados norteamericanos cuando dimos con unos cuantos cadáveres de survietnamitas tendidos en el calvero de un bosque de caucho. El oficial que iba al mando dio orden de que no se retiraran los cuerpos. El guerrillero «vietcong» tenía por costumbre minar los cadáveres, de modo que cuando los enfermeros y camilleros corrían hacia ellos para evacuarlos detonaban los explosivos colocados dentro de los cuerpos. A veces eran las propias minas, de kilo y medio de peso, direccionales y de fragmentación, recuperadas a los estadounidenses, las que se ocultaban en los cuerpos ya en descomposición por las elevadas temperaturas.

ANULAR A LA PERSONA. En Angola, cerca de setenta mil personas, niños principalmente, han sufrido las consecuencias de la explosión de minas; en Afganistán, cerca de medio millón de personas. En todos los casos, lo que los grupos guerrilleros que los siembran tratan de conseguir no es la muerte, sino la herida profunda, la mutilación. Es la mejor forma de desmoralizar a los familiares, a los amigos, a los vecinos. En las aldeas camboyanas de tradiciones supersticiosas un tullido es como un apestado: es la semilla del diablo que ha crecido en el niño o en el soldado.

«Es como si no hubieran perdido solo una extremidad o la vista, sino el alma —nos comentaba la doctora Benoit Denise—. La mina persigue la anulación de la persona; llevará de por vida el estigma.»

Magne Raundalen, que ha trabajado en los hospitales angoleños de Cuito, cuenta que algunos niños al superar los traumas de la guerra pueden hablar de su experiencia con normalidad, sin reservas mentales. «Pero las víctimas de las minas son diferentes. La herida llega sin ningún tipo de aviso, súbitamente. No han podido prepararse y las consecuencias son devastadoras. Te acuerdas a todas horas, replegado sobre ti mismo.»

Con frecuencia, los niños que han resultado heridos en la guerra aseguran que cuando sean mayores estudiarán medicina y las niñas se harán enfermeras.

«Los niños de las minas nunca desean ser médicos o enfermeras —explicaba Raundalen—. Han perdido el sentido del futuro. Ni siquiera saben cómo relacionarse entre sí. Diez de los niños de mi grupo en el hospital de Cuito perdieron una pierna, otro perdió las dos y otro la visión de un ojo. La mitad de ellos habían perdido a uno o a los dos padres. Los doce pequeños permanecen en una habitación, unos junto a otros, solos y en silencio.

»Tan solo pueden aspirar algún día a una pierna ortopédica. Es un lujo en una nación tan pobre: únicamente el 10 por 100 de los niños cojos por la explosión de treinta y siete clases de minas han podido aspirar a ellas.»

Por cada mina desactivada quedan veinte sobre el terreno. Para las escuadras, el desminado es el mito de Sísifo: el terreno espera bajo la tierra, retiras una y plantan otra. Las «viudas negras» —las llaman también las minas *high-tech,* de alta tecnología— han herido a treinta y cinco cascos azules en Bosnia y matado tan solo en los primeros seis meses de 1996 a siete soldados de la ONU.

Las basuras de las guerras del siglo XX hacen dos mil víctimas todos los meses. Destrucción a cámara lenta. ¿Cuántas en el tiempo que he tardado en escribir este capítulo?

Son ciento diez o ciento veinte millones de minas plantadas en sesenta y cuatro países; cuatro billones de pesetas costaría retirarlas. ¿Quién le pone el cascabel al gato de la prohibición total, si se fabrican cincuenta mil cada semana? España mantiene una moratoria de venta. En la última conferencia de Ginebra celebrada en mayo de 1996 se consiguió algo, bien poco: que en los próximos nueve años, las cincuenta y siete naciones firmantes del protocolo adicional de la Convención sobre armas clásicas, reduzcan la duración del tiempo potencial de actividad de las minas a no más de ciento veinte días desde la fecha de su colocación. Les añadirían algunos gramos de hierro que permitieran su detección. China, India, Pakistán y Rusia frenaron todos los intentos para prohibir estas «bombas de los pobres».

A los fabricantes de minas terrestres deberían llevarlos en un vuelo chárter hasta el hospital infantil de Cuito, en Angola, o al Prea de Phnom Penh, al Policlínico de San Salvador o al hospital Gandhi de Kabul, para que pudieran comprobar con sus propios ojos lo que significa amputarle a un niño una pierna sin anestesia. Al llegar serían asaltados por bandas de adolescentes lisiados, una cacofonía de muletas, niños que con un muñón en un brazo y un bote de cerveza en la mano indemne o en la boca piden una limosna para comprarse una pierna ortopédica.

VI
Los niños de la guerra española

«Zarpamos de Santurce, Vizcaya, en el barco *Habana.* España estaba en guerra desde julio de 1936. Yo tenía trece años y mi hermana once. Nos embarcaron en compañía de unos dos mil niños españoles. Pero el barco cambió de rumbo y nos llevó primero a la capital cubana. Esperábamos temperaturas de muchos grados bajo cero y nos topamos con el Caribe. No sabíamos qué pensar. Estábamos desconcertados. La incógnita se despejó en seguida, un día después, porque nos subieron a otro barco que nos dejó en Leningrado (hoy San Petersburgo). Desde allí viajamos a Crimea, en Ucrania, y luego a Kiev. En Crimea descansamos como príncipes. Aquello era Jauja, pero pronto terminó porque había que ponerse a estudiar. Viajaban con nosotros maestros y educadores españoles. Al embarcar con nuestras familias, nos dijeron que la estancia en la Unión Soviética duraría unos cuantos meses hasta que terminara la guerra civil, y que después volveríamos a casa. Esos meses se convirtieron en más de cincuenta años para la mayoría de nosotros, los "niños de la guerra". La travesía a la URSS no tuvo problemas salvo ese inesperado cambio de rumbo. Unos dormíamos en cubierta, otros en los pasillos, cada uno donde podía, porque el barco iba a tope. Como recuerdo de España llevaba una moneda de un duro que aún conservo.»

Luis Lavin, nacido en Bilbao, de setenta y un años, desgrana sus recuerdos de «niño de la guerra» en la residencia El Retorno de Madrid, que acoge a unos veinte jubilados repatriados de Rusia. Está casado con una rusa y tiene un hijo. Estos fueron en plena guerra civil española los «niños de la guerra» por antonomasia. 34.000 salieron del país, de los cuales más de 20.000 regresaron al terminar la guerra reclamados por sus familiares. Otros 13.780 no volvieron. 60 se quedaron en Dinamarca, 310 en las colonias francesas de África, 400 en México, 160 en Suiza, 1.610 en el Reino Unido, 1.340 en Bélgica, 4.650 en Francia y 5.250 en la Unión Soviética. Todo empezó cuando las fuerzas de Franco cercaron Madrid y la Junta de Defensa decidió evacuar a miles de niños hacia zonas alejadas de los combates. Los bombardeos no cesaron. El Ministerio de Sanidad y Asistencia Social de la República comenzaron a mandar contingentes de niños a países que previamente los había aceptado.

«Nuestra primera singladura nos llevó a puerto francés —añade Lavin—, nos metieron en unos depósitos en el muelle y solo cuando subimos a un barco francés nos dieron algo de comer. Tengo que decir que los franceses se portaron muy mal con nosotros. A los niños españoles que se quedaban en Francia los trataron un poco mejor. Les pusieron unas mesas bien surtidas de pan, chocolate y bebidas. A los que zarpábamos hacia la Unión Soviética nos dejaron con un palmo de narices.

»Aceptamos la decisión que tomaron nuestros padres. Éramos unos críos y nada sabíamos de lo que sucedía. Lo único que nos dijeron es que íbamos a hacer un largo viaje en barco, y eso estaba muy bien. ¿A quién le amarga el dulce de una aventura? Además el *Habana* era un barco espléndido. Al llegar a Rusia se acabaron las penas de Francia y los agravios de los franceses. Nos recibieron a lo grande, con orquestas y una gran cantidad de gente apiñada en el muelle, que agitaba banderas de la República española y de la URSS. Fue una sorpresa muy agradable. Luego nos pasearon por distintas escuelas. Nos examinaron los médicos, nos lavaron, nos sirvieron abundante comida y nos entregaron ropa nueva. Estuvimos tres días en Leningrado. De allí nos trasladaron en tren hacia Moscú y Crimea. Dormíamos cuatro en cada habitación con todo lo necesario y disponíamos de magníficos libros. Los médicos volvieron a reconocernos. Nos tenían en palmitas. Nos llevaban al teatro, al circo, al parque zoológico, a visitar los cuarteles militares. Pasamos los veranos en Crimea, a la orilla del mar.

»Escribíamos a nuestros padres, pero las cartas las confiscaban en España. Quedaron en los archivos y metidas en sacos en Salamanca. La mayor parte de las cartas están sin abrir. Una gran desgracia para unos niños aislados, sin noticias de la familia. La primera carta que recibí de mis padres llegó a mis manos veinte años después. ¡Veinte años, se dice pronto! Nos llamaban "españoles". Nunca tenían en cuenta si éramos vascos, catalanes o madrileños. Bailábamos en enormes salones, nos proyectaban películas, alternábamos con niños rusos. No había ningún problema para salir. Yo tomaba el tranvía cuando me daba la gana y me iba de visita a Kiev, la capital. Bastaba con que se lo dijeras al educador y te dejaban marchar sin ningún tipo de vigilancia. Se estaba muy bien, los que escapaban de nuestro colegio, llamado Casa de Niños Número Trece, eran gente bohemia, o delincuentes juveniles, bailarines o músicos que deseaban abrirse un camino en la vida.

»Como niños que éramos, lo que más nos gustaba era jugar. Recuerdo que la primera vez que cayó la nieve en Kiev fue un compañero nuestro el que nos despertó a gritos: "¡Nieve! ¡Vino la nieve!" Era de noche, pero salimos como locos a revolcarnos en ella, a tirarnos bolas, a jugar. Pronto descubriríamos que la nieve era bonita pero podía también ser peligrosa, aunque teníamos una ropa de invierno a prueba de las más bajas temperaturas. Fuimos felices hasta que estalló la Segunda Guerra Mundial, que causaría la muerte a millones y millones de rusos. Un día aparecieron por allí los militares soviéticos para reclutar jóvenes dispuestos para el combate. La edad mínima era de diecisiete años. Yo tenía quince, confesé diecisiete y medio. De esa forma me alistaron. Ingresé en una escuela de aviación. Me gradué como teniente y pasé a formar parte de la escuadrilla IAP. Primero combatí en aviación y luego en infantería porque necesitaban tropas de refresco para ocupar Rostov. Nos tocó combatir en tierra, batallas muy crueles, cuerpo a cuerpo contra los alemanes. Los soldados caían como moscas de un lado y otro, en medio de espantosas matanzas. También yo resulté herido por la metralla de mortero. Luego pasé a trabajar en una fábrica de aviones de combate donde estuve ocho años. No sé aún la causa, pero me dieron de baja en el ejército. Pasé a la reserva con una pensión de pocos rublos que no daba para vivir. Me casé con Svetlana. Había que buscar trabajo y lo hallé en una fábrica de los famosos aviones Mig, donde permanecí hasta mi jubilación.

»La primera expedición de "niños de la guerra" regresó a España en 1956, a bordo del barco *Crimea*. Durante muchos años vivimos el sueño del regreso, pero el gobierno español no nos dejó volver hasta pasado un tiempo. Yo regresé a España junto con mi mujer el 13 de marzo de 1993. Dejamos en Rusia a nuestra familia y amigos. Svetlana siente nostalgia de Rusia, es su patria, pero allí la situación ahora es desastrosa.»

Marino Polo. Marino Polo es natural de Sestao (Vizcaya), de setenta y un años, casado con una española, tiene una hija.

«Salimos el 12 de junio del puerto de Santurce alrededor de unos cuatro mil niños, de los cuales dos mil novecientos ochenta y cinco salimos hacia Rusia, el resto desembarcó en puerto francés. De Francia partimos en otro buque de carga, el *Suntai,* cuya tripulación estaba formada por chinos y vietnamitas. La comida eran raciones del ejército. Nos dividieron en grupos, por colores, para hacer la cosa más fácil. En el viaje descargó un temporal que hizo que vomitáramos por la borda. Salvo ese percance, la travesía fue muy grata. Jugábamos con los salvavidas de corcho a batallas interminables. También nosotros jugábamos a la guerra. Acostumbrados como estábamos a correr por las calles en España, la verdad es que no podíamos estarnos quietos. Les hicimos sufrir a los tripulantes chinos, porque en nuestras peleas bajábamos a las cocinas y tirábamos hasta los platos, toda la quincalla. Yo iba con mi hermano pequeño y con otros dos niños que me confiaron unos vecinos.

»Al embarcar en España nos entregaron una bolsita con pañuelos anudados, un pantalón, una camisa y poco más. Nuestra estancia duraría tan solo tres meses. Nuestros padres así lo creían y así nos lo hicieron creer a nosotros; la mayoría no los volveríamos a ver.

»Al llegar al puerto de Leningrado el recibimiento fue apoteósico. Nos llevaron a hombros y todo. Desde allí unos partíamos hacia Moscú, los más fuertes, otros a Crimea, otros a Jarkov, según la capacidad de cada jardín de infancia. Todo lo que queríamos era poder ir a nadar o a jugar al fútbol. Nos daban todo lo que pedíamos. Éramos los héroes de España. Nos hicieron los correspondientes reconocimientos médicos y nos vistieron ¡como Dios manda!, con un traje de marinero de pantalón largo. Nos interrogaron para conocer nuestro nivel cultural y nos dividieron en clases. Nuestros maestros eran españoles. Estudiábamos tanto el español como el ruso, más de lo segundo que de lo primero. ¿Difícil el ruso? Ni nos dimos cuenta. A mi hermano lo ingresaron en un hospital. Cuando volvió a la casa de niños hablaba el ruso con soltura. ¿Cómo pudo aprenderlo si solo había permanecido dos meses en el centro sanitario? El idioma no fue obstáculo al principio, pues teníamos a nuestro lado intérpretes mexicanos y argentinos. Las habitaciones reunían a catorce o más personas, por grupos, según la edad. Para la ropa disponíamos de un traje para diario y otro para los días de fiesta, además de zapatos y abrigos, gorros y guantes.

»Como nuestros educadores eran españoles celebrábamos las fiestas de nuestra tierra. Además de estudiar el ruso y el español recibíamos lecciones de canto y baile, de mecánica, de carpintería. Pronto empezamos a fabricar coches de pedales. Nos invitaban de todas partes y nos recibían como héroes. Nos llevaron a Moscú a visitar museos. En cierta ocasión hasta nos vistieron con trajes de milicianos y desfilamos en la Plaza Roja. Cada una de las casas, para un total de dos mil ochocientos ochenta y cinco niños, tenía su propio plan de trabajo y estudios. Nosotros vivíamos a ciento cinco kilómetros de Moscú, en medio de un inmenso bosque que parecía una selva. Nunca me faltó un solo juguete. Muñecas de todas clases para las niñas, motocicletas para nosotros, lo que nos diera la gana. Cada grupo tenía su capitán, encargado de distribuir los juguetes, según las edades. Los veranos los pasábamos en campamentos de los pioneros soviéticos. La comida rusa era muy buena. Comíamos de todo, un desayuno sólido a las diez y pico con fruta o pastelillos, después el almuerzo, la merienda y la cena. A los que se encontraban mal los ingresaban en centros sanitarios especializados. Venían enfermos de España, con tuberculosis y mil achaques más. Los curaban muy bien y volvían sanos, como nuevos. Cada mes nos hacían un exhaustivo reconocimiento, con análisis, rayos X y demás controles. ¿Qué más se podía pedir?

»Al empezar la Segunda Guerra Mundial comprendimos que nuestras vidas iban a dar un giro completo. Debíamos hacer algo por la patria rusa, tan generosa con nosotros. Muchos entramos en las escuelas de artes y oficios; a veces para usar los tornos teníamos que poner cajones y subirnos a ellos para trabajar. Yo tenía dieciséis años. Cuando salí de la escuela era ya maestro tornero y me pusieron al frente de un centenar de personas en una fábrica. El ambiente no podía ser más cordial. Los niños rusos no nos tenían envidia, ni mucho menos. Sabían que éramos como huérfanos y ellos tenían sus hogares. Lo peor fue la añoranza de nuestras familias, pero era tal el cariño que nos dispensaban que compensaba tanta nostalgia. El recuerdo se borró poco a poco. Todos los días traían un periódico en español y así nos enterábamos de lo que allí ocurría.

»No había forma de aburrirse. Jugábamos entre nosotros a la guerra entre tanquistas y aviadores, éstos contra la infantería, etc... Nos mezclábamos con niños rusos para jugar al fútbol. Ellos nos enseñaban sus bailes regionales y nosotros a ellos los nuestros. Competíamos en carreras y saltos. Nuestro equipo de fútbol ganó la Copa de Juveniles de la región de Moscú. Llegamos muy alto. Nos mimaban: si a alguien se le rompía una bota, de inmediato recibía otra. Era una imagen bien distinta de la que algunos nos hicieron creer al salir, contándonos que los rusos tenían cuernos y rabo. ¡Bobadas! La gallina es la gallina, el pato es pato y el hombre es hombre. Los únicos castigos que recibíamos llegaban en forma de sermones. Hablaban contigo, para conocerte mejor, educarte y corregir los errores. Ni calabozos ni suplicios ni nada de esas tonterías que algunos dicen. Tampoco pasábamos frío. El primer invierno esquiábamos en mangas de camisa. Se helaron muchas orejas y se congeló alguna mano, por esas imprudencias nuestras achacables a la inconsciencia de la edad. Que quede claro que nuestro guardarropa incluía abrigo, guantes y gorrito de invierno.

»Me quedé en la casa de niños hasta el año 1941. De no haber sido por la guerra lo más probable es que hubiera seguido allí hasta haber encontrado trabajo. Así estaba previsto. Los peor preparados iban a parar a las escuelas de artes y oficios y de allí pasaban a las fábricas. Pese a todo, muchos de ellos estudiaron después y se graduaron como ingenieros o técnicos. Al casarse recibían una vivienda. El contacto entre los diferentes centros era constante. Los de Kiev, por ejemplo, organizaban visitas a los de Moscú, o viceversa. Estábamos desperdigados por la inmensa Rusia. Si alguien se tiraba en paracaídas no le sería difícil encontrarse con un niño español. A partir del año 1956 fueron muchos los que empezaron a abandonar la URSS. Dependía de si habían formado una familia. Unos tendrían a sus hijos matriculados en las universidades, otros se quedaban porque su familia había muerto en la guerra de España. Yo regresé en 1995. En Rusia la situación no daba para más.»

Fernando Rueda. Setenta años, casado, padre de tres hijas, natural de San Sebastián.

«Salí de Barcelona con lo puesto, con las manos vacías. Tenía doce años. Yo les estaba agradecidísimo a mis padres, porque desde muy pequeño mi mayor deseo había sido navegar en un barco. Mi madre lo sabía sobradamente y ya con anterioridad a mi partida me dijo que no tardaría en viajar por el mar. Lo que ocurrió fue que al mes de estar en la Unión Soviética yo quería volverme: echaba de menos a mi familia. Sufrí mucho, la verdad.

»El buque era grandísimo, y lo que recuerdo de la travesía a Leningrado fue el pantagruélico banquete que nos ofrecieron. Y nos colmaron de juguetes. Salimos un 25 de noviembre de 1938, en la última expedición de niños españoles a Rusia. Llegamos a Leningrado el 5 de diciembre, el día en que se celebraba el aniversario de la Constitución de Stalin. En Leningrado nos hospedaron en el hotel Asturias, donde nos desnudaron, nos bañaron y nos vistieron con uniformes rusos de marineritos. Nos pasearon por las fábricas de chocolate, de galletas y de juguetes, e incluso nos visitaron rusos ilustres como el primer hombre que llegó al Polo Norte y un famoso piloto de carreras.

»Entré en la casa de niños de Pravda, junto a Moscú, pero como ya se había iniciado el curso, nos llevaron a Crimea para descansar dos meses. La casa de Pravda se quedó pronto pequeña para todos los que íbamos llegando, por ello nos trasladaron primero a Kuisivet y luego a Leningrado. Durante mi estancia en el albergue de Pravda entablé amistad con otros tres niños españoles. Nos llamaban "la cuadrilla de los cuatro". Formamos una auténtica familia. Lo compartíamos todo. Hasta cuando pasamos a trabajar en una fábrica de aviones, nos repartíamos lo que cobrábamos, en función de las necesidades de cada uno. Que uno necesitaba unos zapatos, se los comprábamos; que otro precisaba un pantalón, pues pantalón nuevo, y así hasta que se agotara el dinero. Ya sé que puede parecer increíble, pero hemos mantenido inquebrantablemente esa amistad al cabo del tiempo, aunque uno de "la cuadrilla de los cuatro" ya ha fallecido. Lo peor de todo fue que no pude entrar en contacto con mi familia hasta 1945. Tantos años sin saber nada de ellos ni ellos de mí, ni siquiera sabía lo que pudo ocurrirles en la guerra civil.

»Al terminar la guerra mundial empecé a recibir cartas a través de una monja refugiada en Inglaterra que era amiga de mi madre. Había perdido la noción del tiempo, porque en 1946 me felicitaron por mi veinte cumpleaños, cuando yo creía que los cumplía en 1947. Aunque no tenía a nadie allí y estaba separado de mi familia, los que nos rodeaban intentaban hacérnoslo olvidar con sus muestras de ternura y con sus constantes atenciones. De las educadoras, tan solo se casó una, porque las otras deseaban seguir a nuestro lado. Nunca nos pegaron, nunca nos quitaron nada, nunca una mala palabra. Si nos portábamos mal, el único castigo era que esa noche nos perdíamos la sesión de cine.»

ESTHER GARCÍA. Esposa de Fernando Rueda. Asturiana.

«Fui a Rusia acompañada de mis otras dos hermanas, de las que no me separaba nunca. Conocí a Fernando en la casa de niños de Kuisivet, después de que él llegara de Moscú, y antes de que nos instaláramos en Leningrado. Nos hicimos amigos y nos casamos en 1950. Tuvimos dos hijas y un hijo.

»Los rusos nos dijeron que olvidáramos que éramos españoles. Nos cuidaban tanto que incluso en tiempos de guerra, con lo mal que estaba allí el aprovisionamiento de víveres, procuraban lo mejor para nosotros; nos llamaban "los ricos". Todo fueron ventajas y beneficios para nosotros, los "niños de la guerra" españoles. Por ejemplo, cuando terminaban lo que en España es el COU, tenían que aprobar como aquí un curso, con un promedio de nota muy alta para entrar en la universidad; a nosotros nos dejaban pasar con cualquier nota. El que no terminaba los estudios de enseñanza superior era porque no le daba la gana, no tenía vocación, o porque no tenía ninguna capacidad para estudiar.

»Fernando y yo estuvimos trece años en Cuba —de 1962 a 1975—, él como jefe de montaje de una fábrica de vehículos y tanques; primero hizo perito y luego ingeniería superior. Yo trabajé como médico en un hospital. Regresamos a España en 1987.»

MARÍA ABIS. Setenta años. Casada con un ciudadano ruso y madre de una hija.

«Mi caso no es como el de los demás niños, ya que al terminar la guerra civil, mis padres, primero ella y luego él, se reunieron conmigo en Rusia.

»Como es natural, cuando llegué no sabía una palabra de ruso. Luego lo estudiamos a fondo. Allí nadie tenía la impresión de que nuestros padres nos hubieran engañado al enviarnos a Rusia: estaba claro que lo hicieron por nuestro bien, aunque hubo algunos que tuvieron mala suerte. Al volver a España, y muchos lo hicieron tras la muerte de Stalin en 1953, se encontraron en casa extraña. Los hermanos de España los rechazaron en cierto modo y los padres demostraban su preferencia por los hijos criados con ellos, aquí. En general, comprendíamos que nuestros padres no nos enviaron a Rusia para deshacerse de nosotros sino para salvarnos de una devastadora guerra civil.

»Yo embarqué en Alicante, en el que creo fue el único barco de niños de la guerra que salió de allí. Tenía once años y lo que recuerdo es que nos recibieron muy bien. A mí me llevaron a Odessa. Todo eran atenciones. Recibíamos clases de baile, de piano, todo lo que se podía pedir. A mí me gustaban mucho el columpio, el ballet y el piano; empecé a tocarlo, pero como la guerra mundial estalló en seguida, ya no pude terminar la carrera.

»La evacuación fue una triste odisea por el Cáucaso. Comíamos peladura de patata y bebíamos infusión de remolacha. Llegamos a Sharatov, donde cayeron muchos niños. Allí me recogieron mis padres, que se encontraban en Taskent, donde trabajaban en una fábrica. Mi padre se fue entonces al frente.

»Antes de la guerra nunca tuvimos problemas de ropa ni de comida, durante la guerra todo fue a peor. Cuando salí de España llevaba ropa, buenos vestidos en una maleta que para mí era muy grande: todo me lo robaron en el caótico traslado de Sharatov.

»Del pueblo ruso guardo recuerdos inmejorables, porque la gente nos quería. El gobierno, la forma de vivir allí, eso me gustaba menos. Todo eran dificultades. Cada vez que venía a España de vacaciones, hace quince años, tenía problemas. Mi hija y mi yerno se vinieron a España en 1978 trayéndose a su hija con ellos, y mi marido y yo veníamos a visitarlos en vacaciones. Cada viaje era una tortura porque nos obligaban a reunir una gran cantidad de documentos: debíamos esperar hasta última hora para que nos los dieran. Yo soy una persona que se apega mucho a las cosas pero no tengo ninguna gana de volver a Rusia.»

Ángel Gutiérrez. Regresó en 1974. Era ya catedrático del Instituto de Arte Dramático en Moscú. Recordaba el éxodo como una aventura.

«Cuando empezó la guerra civil, un día nos llevaron a un grupo de niños de Infiesta (Asturias) al orfanato de Gijón. No cesaban los bombardeos —dijo a Cruz Roja—. Una noche fría de octubre de 1937 nos trasladaron al puerto. Allí todo se convirtió en gritos y sollozos de las madres que se separaban de sus hijos. De un carguero francés pasamos a un barco ruso. Todo era amabilidad y buen trato, limpieza... La travesía fue para nosotros como un cuento de hadas.»

Raúl Cuervo, licenciado en Ciencias Económicas, tenía nueve años cuando salió hacia la Unión Soviética en septiembre de 1937.

«Es muy difícil decir si mis padres y otros muchos hicieron bien o no al mandarnos a Rusia. Lo que está claro es que todos pensaban que la República ganaría la guerra y que volveríamos a los pocos meses. Y no fue así.»

Raúl Cuervo volvió a España. «Fue un regreso catastrófico. Yo me había casado y tenía dos hijas. Hicimos nuestra solicitud a la Cruz Roja, creo que por el clima de deseo de "retorno" que se respiraba en 1975 entre los miembros de nuestro grupo. Cuando llegué aquí tuve que casarme por la Iglesia para poder cobrar puntos de la fábrica donde hacía trabajos de obrero manual, a pesar de mi cualificación de economista-ingeniero.»

Cuervo recordaba, que: «Dolores Ibárruri *la Pasionaria* se mantuvo siempre distante de nosotros mientras estuvimos en Moscú. En 1943 nos escribió una carta muy dura, diciendo que no pensáramos tanto en comer y fuéramos mas solidarios con la revolución proletaria.»

«Hay que reconocer —añade Cuervo— que durante la segunda guerra mundial, el comportamiento de algunos españoles dejó mucho que desear.»

No todo fueron días de juguetes y rosas. Un «niño de la guerra» ya crecido contaba cómo un compañero español que pintaba la fachada de la casa «puso papeles de periódico en el suelo para evitar que se manchara; en una de las páginas aparecía una foto de Stalin y la mala fortuna hizo que, mientras pintaba, pisara la fotografía del dictador. Dos miembros del KGB (Departamento de Seguridad del Estado) que lo vieron, le detuvieron y fue enviado a un campo de trabajo en Siberia, donde falleció al poco tiempo».

Mario Román Sánchez formó parte de varias orquestas sinfónicas en la URSS, a la vez que impartía clases como profesor de música. Volvió a España, dejó allí a su esposa rusa, a sus dos hijos y dos nietos:

«No quise ser una carga para ellos —confesó a Ricardo Velasco—. Toda mi vida —decía llorando— la he dedicado a tratar de mejorar el nivel de vida del país en el que he vivido como un ciudadano ruso más. Ahora, con setenta años y enfermo, solo recibo una pensión de cuarenta y cinco mil rublos al mes. Para que se hagan una idea, les diré que un kilo de carne de vaca cuesta en la actualidad cuatro mil rublos; un kilo de mantequilla, tres mil quinientos; un litro de aceite vegetal, mil quinientos; un panecillo, seiscientos; un par de zapatos, ocho mil...Y así todo. Ya me dirán qué consideración tienen con nosotros, cuando nos dan la miseria que nos dan. Por suerte, he podido salir de allí y regresar a España; en esta residencia de El Retorno me encuentro muy cómodo, rodeado de gente que me quiere y respeta. A pesar de todo, me gustaría que las cosas cambiaran en Rusia para poder reunirme otra vez con mi familia. Es decepcionante llegar a viejo y sentirse tan solo. Aquí no tengo a nadie y me encuentro muy deprimido.

También José Ruipérez contaba once años cuando salió, contra su voluntad, de España.

—Según mi familia, me enviaron a Rusia para salvarme de la guerra. Seguramente no lo hubieran hecho de haber sabido que, tres años después, por ignorancia, me alistaría en el ejército, junto con ciento veinticinco compatriotas españoles, para combatir en la segunda guerra mundial contra los alemanes, en Stalingrado. Sólo estuve en primera línea de fuego cuatro días, ya que mi compañía fue aniquilada casi en su totalidad: yo tuve la suerte de ser uno de los tres supervivientes. Herido y en muy malas condiciones me ingresaron en un hospital, donde pasé el resto de la guerra recuperándome. A consecuencia de las heridas sufridas, estuve impedido durante muchos años. No pude trabajar para ganarme la vida. No me quedó más remedio que ingeniármelas para subsistir, ya que no recibía ni un rublo por invalidez. Así he pasado la mayor parte de mis años hasta que conocí a la mujer más maravillosa del mundo, Alejandra Popova, que me ayudó y me salvó de la miseria en que me encontraba.»

«Nos hemos pasado cincuenta años soñando con España —decían algunos de los retornados— y despertando en Rusia, y ahora estamos en España y soñamos con Rusia.» Alguien rescató la carta de una niña exiliada a su madre: «Tenía mucho miedo. ¿Te acuerdas, madre? Ahora ya soy muy valiente y juego mucho y estoy muy contenta, pero me pongo triste cuando pienso que en Madrid cada día caen obuses. He engordado cinco kilos y cada día tengo más apetito, también estudio mucho, esto se lo dices a la tía que siempre me *regañava*. Ayer fuimos con la profesora a la montaña y nos contó muchas cosas muy bonitas pero no nos dejó coger mariposas, y riñó a una niña que aplastó una porque dijo que las mariposas como las niñas no se deben aplastar. No tengo nada más que contar querida madre, pienso mucho... y recibe muchos besos y muchos... de tu hija que te quiere mucho... Natia.»

El desarraigo, la separación de las familias, la falta de trabajo aquí, eran algunos de los problemas que cita la Cruz Roja.

«El único delito que cometimos —escribían en una carta abierta— fue el de haber sido niños en 1936. Nos metieron en un barco camino de Rusia, sin pedirnos opinión, y nos fue imposible volver cuando quisimos. La guerra aún no ha terminado para todos los que continúan allí.»

En la carta abierta a «todos los españoles de buen corazón», señalaban: «La guerra española nos dejó sin familia, sin patrimonio, sin niñez. La posguerra mundial nos quitó la juventud y nos dejó en la miseria. Y, por si fuera poco, la catástrofe de la URSS amenaza con dejarnos sin vejez. Después de haber trabajado una media de cuarenta años en lo que fue la Unión Soviética, nos ha quedado una jubilación en rublos de trescientas cincuenta pesetas al mes. Como aquí no hemos cotizado a la Seguridad Social, no tenemos derecho a nada. Nuestro problema fundamental es que para Rusia somos españoles y para España somos rusos. ¿Qué somos en realidad? Cualquiera sabe. Hay momentos en que nos sentimos apátridas. Como si estuviéramos en tierra de nadie.»

En la primavera de 1995 quedaban en la Federación Rusa setecientos ochenta y cuatro «niños de la guerra» españoles que cobraban una pensión equivalente a novecientas pesetas al mes. Pidieron al gobierno español que les ayudara a volver a España. A la odisea de ir les quedaba la odisea de volver. «Solo queremos volver a casa. En Moscú solo nos falta mendigar por las calles.»

VII
TENÍA UNA CAJA DE LÁPICES DE COLORES

Dieciocho de agosto de 1988. La hora: seis y quince minutos de la tarde; el lugar: el campo de refugiados palestinos de Jenin en la Cisjordania ocupada por Israel. Cuatro jóvenes palestinos se detienen junto a una patrulla israelí. «¡Daos prisa!», les gritan los israelíes. Yuset Damaj, de doce años, se mira a los pies y dice: «Mis viejos zapatos están más limpios que tu cara.» Uno de los soldados responde con un disparo al pecho del niño. Una hora después, Yuset estaba muerto, uno más en la larga lista de las víctimas de la «intifada», el levantamiento palestino de las piedras. Durante los dos primeros años, ciento cincuenta y nueve niños menores de dieciséis años resultaron muertos, la mayoría por heridas de bala y palizas. Otros cincuenta o sesenta mil cayeron heridos, la mitad de ellos como consecuencia de los golpes propinados por soldados de las fuerzas israelíes de defensa.

Los niños, según los servicios de inteligencia israelíes, formaban parte íntegra de la cultura de la violencia: los hijos de la «intifada» levantaban barricadas y apedreaban los vehículos de los soldados. «Cada niño debe llevar consigo una piedra y arrojarla contra el ocupante», se leía en un folleto elaborado por los líderes del levantamiento. «Los niños salen a la calle con la intención de atacar a los soldados con piedras y cócteles Molotov y luego las organizaciones de derechos humanos nos acusan porque esos niños han resultado heridos», afirmaba un portavoz militar. Un informe de la organización Salvad a los Niños demostró, sin embargo, que solo una cuarta parte de los menores muertos por disparos durante los dos primeros años de la «intifada» tomaban parte en actos relacionados con la insurrección palestina. El resto, o no se encontraba en el lugar de los hechos y fue atacado a tiros en «otras circunstancias», como ayudando a los manifestantes heridos, o trataba de huir de los soldados. Todo el que corre es sospechoso: le aplican la ley de fugas. Lo pude comprobar en Nicaragua en la guerra contra Somoza. Un día la Guardia Nacional mató a un atlético ciudadado que correteaba cerca de los fusiles.

El ejército israelí se vengaba de las malas acciones cometidas por unos pocos, o trataba, según el informe de la organización sueca, de provocar bastante sufrimiento como para persuadir a los palestinos de que lo mejor era abandonar la «intifada».

A los niños palestinos confinados en cárceles, sometidos al avatar del toque de queda, hostigados y perseguidos, se les obligaba, en ocasiones, a presenciar las palizas que los soldados propinaban a sus padres. Salvad a los Niños expuso en su investigación que los soldados israelíes, la policía de frontera o los colonos armados eran los responsables de todas las muertes de menores, salvo una. Se demostró que los soldados desobedecieron las órdenes de no disparar a los manifestantes en la cabeza o en la parte superior del cuerpo. El problema era la costumbre palestina de enterrar pronto a sus muertos, sin dejar que se practicara la autopsia. Esa fue la razón por la que el asesino de Yusef Demaj no fue llevado a los tribunales. Recibió una amonestación, nada más, sin sentencia condenatoria de sus superiores. Caso cerrado.

LAVEMOS LA SANGRE. La «revolución de las piedras» oponía a fuerzas dispareјas. Por un lado, los soldados israelíes, y por otro, los chicos apenas recién salidos de las escuelas o niños y adolescentes cuya capacidad de movilización se veía facilitada por el cierre de los centros de enseñanza bajo sospecha en Gaza y Cisjordania, porque se les consideraba focos de agitación.

«Antes nunca abandonábamos a un herido en el campo de batalla, hoy enviamos a nuestros hijos a un infierno que no está hecho para ellos y les obligamos a disparar sobre niños indefensos», afirmó un oficial de la defensa israelí en un seminario celebrado en el kibbutz Artzi.

Los soldados se tomaron la justicia por su mano al interpretar la legislación a su manera. En enero de 1989, el ministro de Defensa, Rabin, asesinado en 1995, cuando era jefe de gobierno, autorizó a los soldados a abrir fuego contra todos los que lanzasen piedras o salieran corriendo. Los tribunales militares aplicaban a los niños penas reservadas para los adultos. Los padres de los niños detenidos y sometidos a veces a tortura se veían obligados a pagar fuertes sumas de multa. Los soldados dinamitaban casas de los acusados de pertenecer al movimiento palestino. El 30 de mayo de 1989, Mohamed Kasem, de ocho meses de edad, recibió una bala de plástico en pleno cerebro. Su madre lo llevaba en brazos cuando escuchó la amenaza del soldado: «Entra pronto en tu casa o disparo.» Y disparó.

En 1991, en Nablus, un palestino de doce años resultó muerto por una bala. El niño dejó algunos versos:

Sonríe padre,
dame la mano,
lavemos la sangre
que ha corrido en vano

en las claras aguas del Jordán.
Estoy cansado de llorar, padre,
quiero jugar,
quiero reír en la alegre mañana
tal como soy: un simple niño.

En Jerusalén, me pasaron poco después la fotocopia de un poema escrito por una niña israelí de trece años:

Tenía una caja de lápices de colores
vivos, brillantes,
tenía una caja de colores
cálidos unos, fríos otros.
Tenía el rojo para la sangre de los heridos,
tenía el negro para el llanto de los huérfanos,
el blanco para las manos y el rostro de los muertos,
tenía el amarillo para las ardientes arenas,
pero tenía el naranja para la alegría de la vida,
y el verde para los nidos,
y el azul para los claros cielos resplandecientes,
y el rosa para los sueños y el sosiego.
Me senté para pintar la paz.

Esa pintura de la paz incluye la marcha de una expedición punitiva israelí cerca de Hebrón, el día funesto en que Ulfa, de once años, despertó en la clínica con puntos de sutura y traumatismo craneal. La represión contra los niños palestinos en los territorios ocupados por Israel fue brutal desde el comienzo de la «intifada» en 1987. Fue el 8 de diciembre de ese año, cuando un accidente de tráfico provocó la explosión palestina en Gaza. Un camión israelí se llevó por delante a un coche en el que viajaban trabajadores palestinos. Cuatro de ellos resultaron muertos. Pero ¿fue un accidente o un acto de venganza?

GUERRA SANTA. Los palestinos de los campos se inclinaron por la segunda hipótesis. Se escucharon gritos de «¡Jihad!», «¡Jihad!» (guerra santa) en el funeral. Así empezó todo, con jóvenes manifestantes de rostro tapado con la *kefia,* el pañuelo beduino. Esta erupción cogió desprevenidos no sólo a los israelíes, sino al propio Yaser Arafat, jefe de la OLP palestina. Dice un proverbio árabe que «un niño puede echar por tierra una ciudad». El ejército israelí buscó una solución militar a la revuelta. Estaba acostumbrado a vencer en las guerras, pero no a hacer frente y a sofocar este tipo de revoluciones populares y desórdenes. Porque la «intifada» fue la cura de los males de una sociedad explotada, abandonada, agredida. Hubo quien vio en esta «revolución de las piedras» no solo la protesta contra la ocupación israelí, sino contra la «aristocracia» palestina.

Los hijos, los niños, los adolescentes, depositarios del orgullo, se rebelaron contra la autoridad de los mayores, resignados, pasivos. Un grupo de niños apedreó a sus padres porque les negaron permiso para acudir a una manifestación. Toque de queda, control en las carreteras, los militares israelíes allanan casas, entran armados en los hospitales, de día y de noche, maltratan al personal médico y arrancan de la cama a los heridos. Golpes, palizas, heridos por balas de goma y granadas de gases lacrimógenos. Las llamadas bolas de plástico lo son tan solo en un 10 por 100; en realidad son de metal. La violencia de la represión no data de la «intifada», sino de los veintidós años de ocupación militar. Episódica y localizada, se volvió general y sistemática, sobre todo para los menores.

A un chiquillo detenido en un puesto de control un soldado le ordenó que mostrara las palmas de las manos bien extendidas, para luego apagar en ellas su cigarrillo encendido; descubrió rastros de polvo, el niño pudo haber arrojado piedras a los soldados. ¿«Errores lamentables» en «defensa propia», como señalaba el alto mando israelí, o «indisciplina organizada», como apuntaba la Cruz Roja Internacional? No basta con actos de violencia, hay que humillar y castigar, padres golpeados en presencia de sus hijos, madres e hijas amenazadas y sometidas a acoso sexual delante del resto de la familia. Las esposas son demasiado anchas para las muñecas infantiles, los atan a la espalda con cintas de plástico. Después de varias semanas de detención, se obliga a los niños y adolescentes a firmar confesiones escritas en un idioma que desconocen. Tampoco comprenden las sentencias que dictan contra ellos los tribunales militares. La legislación prevé hasta diez años de cárcel por pintadas en las paredes, veinte años por arrojar piedras «con intención de herir». El tribunal militar de Gaza condenó a Awad Josef, de catorce años, a cadena perpetua por lanzar piedras contra un vehículo militar israelí. «Hay que provocar una cólera tal en los padres contra sus hijos que les entren ganas de golpearlos mortalmente», proponía el general Ariel Sharon. Una estrategia ruin, porque los padres estaban orgullosos de sus hijos. Es la primera irrupción masiva de los niños en las batallas políticas. Son ellos los que han dado el primer paso, la iniciativa de David frente a Goliat.

ENTRARON CON LOS TANQUES. Estos años traen los acentos de dolor, los agravios, los sadismos, las humillaciones, la sangre inocente derramada en el campamento palestino de Sabra y Chatila, en el Líbano.

«Fue el 16 de diciembre de 1982. Yo trabajaba todos los días en el hospital de Acre, en las afueras de Sabra y Chatila, escuché gritos y algarabía de gente en fuga. "Son los israelíes y la Falange (la extrema derecha libanesa)", gritaban. Vi a Intisad, mi mejor amiga, rodeada de soldados en la puerta. Estaba embarazada, la tiraron al suelo y la reventaron a patadas, le abrieron el vientre con una bayoneta. Tenía diecinueve años. Quise escapar cuando un cuchillo me desgarró la cara y un hachazo me deshizo el pie. Mientras caía, cubierta de sangre, vi morir a manos de soldados al médico jefe, se llamaba Sami el Caty.»

Fátima Muhawiich, enfermera, viuda de un palestino asesinado en Sabra y Chatila, fue una de las pocas supervivientes de la operación «Cabeza de Hierro», la ocupación israelí de Beirut-Oeste. «Los israelíes negaron que tuvieran algo que ver en el ataque a Sabra y Chatila, pero ningún palestino lo cree. Era jueves —recordaba Fátima—. En el hospital los pasaron a cuchillo a todos. Solo sobreviví yo porque me dieron por muerta, escondida entre los cadáveres durante veintiocho horas. Cuando vino la Cruz Roja a recoger los restos, advirtieron que estaba viva y me salvaron. Entraron con los tanques. Aplastaron a la gente, fusilaron a mi marido, su sangre aún está fresca. A un pequeño, un soldado le cortó una mano. Corrió enloquecido desangrándose y el militar le cortó la otra: "No grites más, ahora puedes estar tranquilo porque eres manco de las dos manos." La abuela se tiró contra él y entre varios la empalaron en la bayoneta. La madre del niño, que vio todo, escondió a la pequeña en la basura y cerró la tapa... Se salvó. Se llama Lina Jihad, tenía tres años, se quedó muda y estuvo cinco años así, hasta que recuperó el habla al llegar a buscarla un tío suyo.»

Ashrat, de doce años, escucha los tiroteos en los riscos que rodean la ciudad de Ramala. Muestra con orgullo la cicatriz en el antebrazo, producida por una bala de plástico: «Es la prueba de que no salí corriendo. Me dieron cuando acababa de tirar una piedra.» Su amigo Yasar es su héroe. Unos años mayor que él, figuraba siempre en cabeza de las manifestaciones. Las patrullas israelíes no lograron darle caza a pesar de los esfuerzos. Tuvo mejor suerte que *El Liebre,* al que los soldados detuvieron una tarde para decirle: «Vamos a hacer de ti una niñita». Le dispararon entre las piernas. Tiene dos grandes cicatrices de las heridas que le retuvieron durante algún tiempo en el hospital. Al salir continuó tirando piedras, pero ya no era tan rápido y en seguida lo atraparon.

Historias tristes de los territorios ocupados. Asesinatos de niños palestinos. El rabino Ysrael Ariel defendió a uno de los soldados que disparó contra un menor indefenso: «El Estado tendría que haberlo condecorado. Ha matado a alguien que nos hubiera matado a nosotros.»

Gaza, entre Israel y Egipto, es la zona más poblada de la Tierra, pobre, rodeada de chabolas y con un desempleo del 80 por 100: un campo de minas. Rompen los brazos de los que arrojan piedras, disparan balas de alta velocidad y proyectiles rompedores «dum dum» contra ellos. El 75 por 100 de los sueños infantiles estaban relacionados con la violencia; según datos de las Naciones Unidas, de los mil palestinos muertos y cien mil heridos desde el estallido de la «intifada» hasta 1994, ciento setenta y cuatro eran menores de quince años.

REGLAS DEL JUEGO. La escena tuvo lugar en una escuela palestina. «La profesora sacó varios juegos infantiles, pero sus alumnos querían jugar a israelíes y palestinos. Los niños decidieron que ellos serían los soldados y ella haría de palestina —escribió Gervasio Sánchez—. Por curiosidad, la profesora aceptó las reglas del juego. Se dejó amarrar de pies y manos y fue obligada a tirarse al suelo después de recibir varios golpes. Simbólicamente colocaban los juegos a su alrededor como si fueran los muros de una prisión. Intentó convencerlos de que la dejasen ir, pero ellos, muy excitados, le gritaban que callase. Algunos utilizaron palabras obscenas. Era un jardín de infancia y los protagonistas contaban entre tres y cinco años.» Los niños se rebelan en casa: si son capaces de tirar piedras a soldados armados nadie tiene, ni siquiera los padres, por qué darles órdenes. Estos niños han espabilado tanto, en una situación límite, que viven obsesionados por palabras de raíz política, hablan de derechos nacionales, decisiones de la ONU, martirio, sacrificios, barricadas, bombas, «cócteles Molotov» (botellas de gasolina con una mecha que se enciende en el momento de lanzarlas). Durante la matanza de Al Aqsa, en octubre de 1990, la policía detuvo a centenares de palestinos. La televisión los mostraba atados en fila india al mismo tiempo que eran golpeados. La socióloga Suha Hundich recuerda haber visto días después a seis niños amarrados en una calle céntrica, de la misma manera, mientras otro grupo los insultaba y les pegaba de verdad. Los niños captan los dramas personales o generales y los trasladan a sus juegos diarios.

En la conferencia de Madrid para resolver el problema del Oriente Próximo, el entonces presidente de Estados Unidos, George Bush, evocó la imagen «de esos niños, cuyos ojos de perseguidos muestran tan solo miedo». Desde el nacimiento de Israel en 1948, los niños vieron solo armas y más armas. En otros lugares del mundo se jugaba a indios y vaqueros, policías y ladrones; en Gaza y Cisjordania, a israelíes y palestinos. Antes de la «intifada» pintaban flores, después, tanques y ametralladoras, granadas, soldados y guerrillas. Pintan lo que ven.

Ahman, de cuatro años, se quedó sin habla durante varios días. Al final explicó a su maestra la razón de su desconcertante silencio. Los soldados israelíes entraron a culatazos en su casa, al amparo de la noche. Buscaban a su tío; trató de escapar saltando sobre el muro. Abrieron fuego y su tío cayó sobre una pared pintada de sangre. Desde entonces se negaba a quedarse solo. Le dio por romper cosas, como vio que hacían los soldados.

El caso de Sharid fue más complicado. Palestinos enmascarados irrumpieron en su casa, golpearon a su tío porque bebía alcohol y fumaba hachís. Le dispararon varias veces a las piernas. Sharif, de doce años, con su padre condenado a quince años de prisión, quedaba como único «hombre» en la familia, responsable de sus cinco hermanos, de su madre y de una tía: «Estaba bajo los efectos del pánico. No podía concentrarse en ninguna actividad durante más de uno o dos minutos. Se lanzaba contra los demás niños con la intención de causarles el mayor daño posible. Los únicos colores que utilizaba en clases de dibujo eran el gris y el negro. Lo primero que hacía con un Lego era fabricar un ejército. Sus ídolos no eran ya los futbolistas, los actores o los cantantes famosos, sino los lanzadores de piedras, los cabecillas adolescentes de la revuelta. A veces llamaba cobardes a sus padres. Confundía a todos los israelíes con los soldados. No podían ser otra cosa que soldados. Cuando un periodista palestino llevó a su hijo para que conociera un barrio de Jerusalén de mayoría judía le preguntó de sopetón: "Si son israelíes, ¿por qué no llevan armas?"»

Los juegos de la guerra. En Alemania, hijos de neonazis jugaban con vídeos en los que inventaban campos de exterminio con cámaras de gas y hornos crematorios. Se ponían en la piel de Eichmann, de Höss, de Mengele o de Himmler y procedían a torturar y matar electrónicamente. Juegos de guerra y de exterminio. También los niños israelíes decidieron durante la «intifada» entrenarse en una guerra programada contra los palestinos, una vídeo-guerra. En la pantalla aparecían todas las armas a su alcance: balas de caucho, granadas lacrimógenas, municiones de fuego real. Era un ensayo para cuando fueran llamados a filas. «Es estupendo —decía Nir, un chico israelí—, cada día veo cómo los niños palestinos lanzan piedras a los coches y a nuestros soldados. Yo me tomo la revancha, en el vídeo caen como chinches. En efecto, aprietas el botón de *enter* y tu soldadito tocado con la boina rosa de los mejores paracaidistas entra en una calle de Cisjordania. Debes sortear piedras y "cócteles Molotov" y disparar contra los niños de la "intifada" hasta sofocar la revuelta. Has despejado el paisaje de enemigos. Después de una pausa de cien segundos, aparecerá en la pantalla el número de palestinos muertos, heridos o detenidos. Eres un héroe, chaval, un héroe vivo o quizá muerto, porque si te van mal dadas, si cometes algún error, tu soldadito será barrido de la pantalla por una botella incendiaria. Te esfumas, te evaporas de la pantalla, eres hombre muerto. No hay emoción sin riesgo. En ese caso aparecerá una ambulancia con la estrella de David y se llevará tu cadáver calcinado. "Estás muerto", puede leerse en la pantalla. Estás muerto por quemaduras que cubren el 95 por 100 de tu cuerpo. Eres una nueva víctima del terrorismo árabe.»

Los activistas palestinos de Hamas programan a algunos de los niños para matar israelíes con bombas, bombas de verdad, convertidos en «kamikazes» de Alá, tan empeñados como los «halcones israelíes» en hacer descarrilar el proceso de paz. Musa Ziyada era uno de estos niños candidatos al suicidio. Los de Hamas le prometieron el paraíso con ríos de miel y setenta vírgenes que cuidarían con mimo de él. A cambio del paraíso, a partir de los diez años, Musa recibió una completa educación sobre el destino de los mártires: «Me enseñaron —confesó al ser detenido por la policía palestina de Arafat— que de morir como un mártir, mi puesto estaría al lado de Alá, de los santos profetas.»

Junto con otros menores, fue preparado psicológicamente para convertirse en niño-bomba, para una misión suicida. Durante varias noches acomodaron a Musa en una tumba abierta. Aprendió de todo, pasajes del Corán de memoria, el manejo de explosivos que cargaba sobre sus hombros o enrollados en torno a la cintura. Nunca le fijaron un objetivo, ní llegó a entrar en territorio israelí, pero se habló de las colas de autobús de Tel Aviv, donde son numerosos los soldados, los grandes almacenes o los centros urbanos. La idea era causar el mayor daño posible.

Musa era un privilegiado: tan solo esperaba el momento de volar al seno de Alá, después de haber cumplido con el martirio por Palestina. Escribió su última voluntad: «Queridos padres, he decidido reunirme con Dios. He elegido el camino de la *jihad,* de la guerra santa y del martirio. Por favor, no lloréis por mí; por el contrario, debéis sentiros orgullosos, porque he tenido el honor de sacrificar mi vida por los altos ideales de la espada del islam. ¡Oh madre!, en lugar de derramar lágrimas, ululad de alegría y bailad con mis hermanas. Os pido que distribuyáis golosinas y hagáis que suene la música. Padres, alegraos, porque al convertirme en mártir os he abierto las puertas del paraíso.»

Estos planes de Musa los echó por tierra su padre, Hisham, que llevó a su hijo ante la policía palestina. Los dos reclutadores del niño fueron detenidos y condenados a siete años de cárcel por los policías de la Autoridad Nacional Palestina. No terminó ahí la pesadilla de Musa Ziyada y su familia. Al niño lo secuestraron comandos del grupo radical islámico cuando volvía de la escuela. Le obligaron a firmar una declaración en la que confesaba que todo había sido un montaje de la policía. Pocos días más tarde, hombres enmascarados dejaron un mensaje en su casa de Gaza. Iba dirigido a Hisham: «Su hijo es responsable de la detención de dos de nuestros combatientes. Si algo les ocurre le haremos responsable a usted y a su familia.» Al padre de Musa no le tembló el pulso ni la voz al responder a la amenaza con estas palabras: «No os tengo miedo. Sois unos cobardes. Explotáis a nuestros hijos, los laváis el cerebro y les prometéis cosas que no podéis cumplir. Sois unos grandes mentirosos. Si creyerais en lo que decís, os ofreceríais como voluntarios para esas misiones suicidas. ¿Por qué no aceptáis vosotros mismos el sacrificio?» En un rasgo de humor, añadió Hisham: «Si la fantasía de esas setenta hermosas mujeres fuera verdad hasta yo mismo podría ofrecerme como candidato al suicidio.»

A LA HORA DE 1690. Irlanda del Norte, ladrillos rojos, edificios destartalados, varias veces bombardeados, como el famoso hotel Europa de Belfast, pintadas del IRA (Ejército Republicano Irlandés) en las paredes, dibujos de los activistas católicos, patrullas de soldados británicos, los paramilitares protestantes atrincherados en sus barrios, grisalla, desfiles. El desfile y los cortejos fúnebres son el deporte nacional. Niños católicos envueltos en la bandera irlandesa, con camisas y boinas negras. Dos mundos irreconciliables: el protestante y el católico. Unos y otros recuerdan aquel caluroso 14 de agosto de 1969 en que todo empezó.

En los hogares católicos se ven retratos del Papa y de la Virgen. En los protestantes, la fotografía oficial de la reina de Inglaterra y quizá del reverendo Paisley. Es una guerra larga y sucia que parece no tener fin. Los protestantes, que son mayoría, quieren seguir como están, al lado de Inglaterra. Los católicos, el Free State, el Estado Libre, la unión con la República de Irlanda, el Eire. Belfast es la capital de las patrullas, de los paramilitares con pasamontañas, de los barrios católicos segregados y las bombas incendiarias. «Belfast, esa ciudad que todo buen dublinés, excepto yo, desprecia y envilece.» Lo dijo James Joyce, el autor de *Ulises.*

Eres prisionero de calles que huelen a pólvora y cordita. Es el eterno retorno del frenesí cainita, del odio entre las dos comunidades. ¿Y los niños irlandeses? El IRA afirma que los utilizaban para algunas operaciones, hoy traen y llevan mensajes, desempeñan funciones de espías para vigilar a vecinos hostiles. Los niños de Irlanda del Norte han nacido en medio de la guerra que empezó en 1969 y no conocen otra cosa. En las casas te muestran los álbumes familiares con artículos necrológicos, con hijos, sobrinos, hermanos, primos, muertos en la batalla de Belfast, fotos amargas de funerales, de muertos como en las «vendettas» sicilianas. Freud llamaría al empecinamiento de unos y otros «el narcisismo de las pequeñas diferencias».

Las primeras palabras maternas giran, en los hogares católicos, en torno a la patria irlandesa, al expolio protestante. No hay salvación fuera de esa idea. Las diferencias económicas y sociales entre el millón y medio de habitantes alimentan en la parte católica el fuego sagrado del IRA y de su brazo político, el Sinn Fein. Los juegos de los críos son una imitación de la guerra, una gimnasia, un ensayo antes de entrar en el club. La estadística enseña que tienen un 50 por 100 de posibilidades de morir por bala o bomba antes de los dieciocho años. No hay otro entretenimiento, otra distracción, no hay tampoco esperanza, no hay puestos de trabajo para los católicos.

Una muchacha protestante de catorce años me contaba que era misión imposible hacer amigos al otro lado de la frontera, del barrio, «porque aquí todo se sabe. No doy el paso porque se enterarían en seguida».

A uno y otro lado hay tareas que cumplir en espera del choque, del ataque.

Julie, de quince años, arma ruido con las tapas metálicas de la basura para distraer a la patrulla británica mientras cruzan por otro lado los comandos armados del IRA. «Si no lo haces —confiesa Julie—, los del IRA apedrearán tu casa.»

Los niños valen para las misiones de reconocimiento, para pasar mensajes, para seguir, desde los más inesperados escondrijos, los movimientos de la policía o el ejército británico. Si lo han hecho bien, recibirán una palmada en la espalda y doble ración de *pudding*. Estos niños no necesitan estudiar, a veces ni siquiera logran concentrarse. Se pasan las horas muertas contemplando en el televisor furiosas secuencias de telefilmes norteamericanos. La calle es la prolongación de esa violencia electrónica.

Los católicos del Ulster, como los serbios, no olvidan sus batallas. Es la historia como masoquismo.

Tampoco los oprimidos católicos irlandeses olvidan aquel día negro en el Boyne, en el que el protestante Guillermo de Orange batió a su rey Jaime II. Fue en julio de 1690. Corre una leyenda: cuando los aviones se acercan al aeropuerto de Belfast, los comandantes pilotos anuncian por los altavoces: «Les rogamos pongan sus relojes a la hora del Ulster.» ¿Cuál es esa hora?: 1690, la de la famosa batalla que nadie está dispuesto a olvidar, unos porque la ganaron y otros porque la perdieron; y ahí empezó su desdicha.

TONY, GEORGE. En 1920 Londres aceptó la petición de los protestantes de incorporar Irlanda del Norte al Reino Unido. Los otros, los católicos, eran la «raza salvaje e indolente», llamada así por Disraeli, primer ministro británico del siglo XIX. Los «papistas» eran supersticiosos, avariciosos y gente inferior. Con la incorporación al Reino Unido, el poder, el dinero y los puestos de trabajo serían para los protestantes, el 60 por 100; la pobreza, el paro y la servidumbre, para los católicos, que son el 40 por 100. De vez en cuando los partidarios de la armonía, del buen entendimiento, experimentan con fugaces momentos de reconciliación. Meten a los niños católicos y a los protestantes en autobuses y se los llevan a las laderas de la Colina de la Cueva. Hasta ese momento los niños protestantes llamaban a los católicos «asquerosos fenianos» (miembros del Movimiento de Liberación de Irlanda, dirigido por los católicos contra la dominación británica) y los católicos a los protestantes «orangistas» (de Guillermo de Orange) o *dirty prods* (sucios protestantes). Son niños nacidos para odiar. Ellos también mantienen viva la guerra religiosa, los antagonismos y las sospechas étnicas, las batallas ganadas o perdidas. Pero ¿qué es lo que sucede cuando los niños de uno y otro lado se reúnen en el terreno neutral de la Colina de la Cueva, llevados por sus maestros? Todavía en el viaje de ida en el autobús, cada uno en el suyo, restaballan los insultos: el viejo rencor se negaba a ceder. Luego llegaba el día del silencio reparador, cuando la concordia o la mutua simpatía se tocaban con los dedos. Juegan juntos, exploran, meriendan, se olvidan de la batalla de 1690 y de la sangre que salpica las calles. De nuevo, cuando se acercan a Shankill, suburbio protestante que odia a los «papistas», o a Ardoyne, arrabal católico en el que el desempleo es endémico, vuelven las palabras gruesas, la animosidad, el encono.

Al acercarse a sus barrios, cuando pisen la alfombra del hogar, algo hará «clic» en su cerebro. Fin del conjuro. Hasta la próxima excursión a la Colina de la Cueva. Vuelven los prejuicios, dispuestos unos y otros a morir cada uno por su causa. ¿No podría ampliarse esa tregua, ese alto el fuego a todos los días? El psiquiatra Robert Coles se lo pregunta a los niños de regreso en el autobús. Se alzan de hombros, no quieren hablar de ello. La pregunta les quema: «Bueno, ahora volvemos a casa, ¿no?» Vuelven a lo que llaman *troubles,* a los problemas, a los disturbios de siempre. En el Líbano los llamaban *les evennements* (los acontecimientos).

Tony, un chaval de diez años, vivía en el barrio católico de Ardoyne, zona deprimida, foco de desempleo y resentimiento: «Belfast —sostenía el niño— está en manos de los británicos. Mi padre lleva en el paro cuatro años. No encuentra trabajo, le duele el estómago, debe ser la úlcera. Mi mamá opina que es cosa de la cabeza. Quiso entrar en una fábrica de cigarrillos y los protestantes hicieron que firmara en la lista de espera. Mientras tanto podía limpiar el suelo. ¿Un católico fabricando cigarrillos? Imposible. No le volvieron a llamar. Los soldados nos llaman "sucios fenianos". Dicen que somos como los cerdos y que debemos marcharnos al sur. Nosotros hacemos tremolar nuestras banderas irlandesas. Tan solo esperan que cometamos un error para matarnos.»

A los siete años, Tony llevaba mensajes de una casa a otra, al servicio de la resistencia nacionalista católica. Irlanda del Norte es para él una mayoría protestante hostil. En su pintura y dibujos se nota la presencia de la muerte. Tan solo un instante de luz: la cita de la Colina de la Cueva. «Hemos jugado juntos y nos hemos divertido juntos. Lo olvidamos todo por un día.»

George, un niño protestante del barrio de Shankill, de once años: «Tenemos un grave problema en el Ulster: los católicos son todos fenianos, quieren acabar con nosotros. Si no los mantuviéramos a raya ocuparían Belfast y nuestros seis condados pasarían a ser propiedad de Dublín y del Papa de Roma. Vivimos como cerdos en las granjas hasta que levantamos Belfast, construimos barcos, fábricas. No tienen cerebro —dice mi padre— en todo caso una patata por cerebro. Son bebedores y crían diez hijos por cada familia. No se puede dejar nada en sus manos, porque nos tocaría a nosotros hacer todo el trabajo, mantener limpias las calles mientras ellos se cruzaban de brazos y traían hijos y más hijos al mundo. Terminarían por echarnos al mar. Mi abuela dice que las iglesias de los "papistas" son como zoológicos. Yo no me he atrevido a entrar nunca a un templo católico, pero mi abuelo me contó un día todo lo que vio dentro. Se arrodillaban y se incorporaban, olía a cera derretida, estaba lleno de velas, no cantaban en inglés, se persignaban y metían ruidos raros. No sabían a veces si había que rezar o callarse, imitaban a los curas y había muchas monjas vestidas con sus ridículos ropajes. No se parecen nada a nosotros, ni en la iglesia ni fuera de ella. No veo otra solución —añadía George— que mandarlos al sur con los suyos para que nos dejen en paz de una vez.»

Sus enemigos afirman que «los irlandeses no saben lo que quieren y no descansan hasta conseguirlo».

Pero la jornada de la Colina de la Cueva dejó también una huella en un niño tan seguro de lo que decía, tan firme en sus convicciones anticatólicas. Algo de lo vivido con los niños «papistas» le tocó con su magia: «Tengo que reconocer que en la Colina pasamos buenos ratos.»

¿Y después? Belfast es la demostración de la teoría de Freud según la cual la agresión es un elemento psicológico, una pulsión de la infancia. Esa agresividad se traduce en el mimetismo de la guerra, de la puesta en práctica de lo que han escuchado en sus casas. La asignatura de la intolerancia. Por eso, encienden hogueras sobre las que arrojan las banderas de los adversarios, disparan imaginarias pistolas contra el otro lado, desfilan victoriosos a paso marcial como hacen los mayores, combatientes deseosos de demostrar su adhesión y devoción a la causa. Miran la televisión y aplauden sus éxitos, se alegran de las muertes de los enemigos tradicionales, lo que demuestra hasta qué punto los *troubles,* los problemas, han afectado a la fábrica emocional de sus jóvenes vidas. Durante los períodos de violencia, los católicos se ponen por lo general del lado del IRA y los protestantes del UVF

(Fuerza de Voluntarios del Ulster). No solo arrojan piedras y ladrillos, hacen de correos, observan, espían, sabotean lo que pueden, si es que no portan fusiles y armas blancas.

Los psiquiatras observan entre los niños síntomas de ansiedad, ojos acuosos, indigestión, respiración rápida, problemas en la piel y accesos de mal humor y de ira. Pero al mismo tiempo, pueden ser niños cariñosos, serios, trabajadores. Su vida es más rica: han conocido el dolor.

Un psiquiatra norirlandés contaba el caso de una niña que acababa de perder a su hermano en un choque armado con el IRA.

La niña no dejaba de llorar y vomitar. Los padres llamaron al médico. Creyeron que sufría un ataque de apendicitis: «Examiné a la pequeña. No tenía nada. Se tranquilizó al instante y me dio las gracias. Tenía ganas de hablar. "Me gustaría —dijo— que mi hermano siguiera con vida, pero sé que murió como lo que era, 'una buena persona'".» Intrigado, el médico le preguntó qué quería dar a entender con esa frase. La niña respondió que su hermano creía en Jesucristo, era un súbdito leal de la reina, trataba de ayudar a sus padres siempre que podía, visitaba cada día a los abuelos. Y luego añadió: «Billy sentía pena por los católicos, por los fenianos.» El psiquiatra, sorprendido por esta revelación de la niña, le interrogó por el significado de esas palabras. No dudó en contestar: «Billy creía que Dios nos ha hecho a todos iguales y nos enseñó que debemos luchar pero también rezar por nuestros enemigos, porque si no tendremos serios problemas cuando nos presentemos ante Él.»

CATHY. Los niños irlandeses plantean preguntas que dejan sin respiración a cualquiera. Un niño de ocho años sorprendió a un profesor con la siguiente reflexión: «¿Por qué el Príncipe de la Paz no baja del cielo y nos salva? Tengo la impresión de que no puede hacer todo por muy buena voluntad que tenga. ¿De dónde habría sacado un niño de ocho años semejante punto de vista, que sin duda sorprendería a los teólogos? ¿Lo habría escuchado en la escuela parroquial? No. Era el resultado de la meditación sobre un hecho de sangre: la muerte de una prima mayor que deseaba vestir los hábitos de monja. Una bala perdida le atravesó el cráneo. «Dios presenció la tragedia —añadió el niño—, porque lo ve todo, pero no pudo hacer nada para remediarla.» El párroco le dijo que era mejor que dejara de cavilar tanto. «Quizá —añadió— es que hay dos Dioses, uno para los protestantes y otro para los católicos. El psiquiatra Robert Coles quedó impresionado por la perspicacia del crío. «En Estados Unidos —concluyó— los niños nunca han visto disparar a un soldado o rodar tanques en las calles o la explosión de una bomba, un pariente o un amigo herido o muerto. Ninguno de ellos me ha impresionado tanto como los argumentos, las preguntas y la solidaridad de estos niños irlandeses.»

Lo que ocurre a su alrededor les afecta, les turba, les conmueve. ¿Qué es lo que empuja al combate, el sentido de la historia, los agravios del pasado, el fanatismo de la identificación religiosa, el odio tribal de venganza, la necesidad de sentirse unidos a alguien, a los vecinos, a la patria, la solidaridad con los suyos frente a los demás, definir al enemigo, saber quién es el amigo? Una madre católica norirlandesa se refería a sus hijos: «Ya sé que la vida hubiera podido ser mejor para ellos de haber emigrado a Estados Unidos; tendríamos a buen seguro un coche, una lavadora, comeríamos mejor que aquí. Pero la contrapartida es que mi primo tiene un hijo de dieciocho años al que detuvo la policía de Los Ángeles por exceso de velocidad. No solo eso. Llevaba droga en la guantera del coche. Otro hijo adolescente pertenece a una pandilla de delincuentes. Se pasan el día peleando con otras cuadrillas del barrio, y hasta se enfrentan a tiros y a cadenazos. Mis primos viven en la angustia porque nunca saben si el chico volverá vivo a casa. Roban coches, asaltan a mano armada. ¿Es muy distinta esa vida de la que llevamos aquí? Yo creo que a pesar de todo es mejor la nuestra. Se lo conté a mi hijo, que tiene la misma edad. Me contestó que menos mal que vivíamos en Belfast. Hasta teníamos a esos "cochinos orangistas" con los que enfrentarnos. Una noche pregunté a mis hijos si debíamos emigrar a Estados Unidos, decir adiós al dolor, a los policías británicos, a las metralletas, al odio que nos mostraban los *prods* (protestantes), a la lucha de todos los días, a la agonía de vivir en Irlanda del Norte. "¡No, por Dios!", me respondieron a coro. No somos gentuza. Nuestros hijos no se han maleado, no son egoístas. No piensan solo en ellos, en ese ego que los niños llevan dentro.»

Pero la causa exige una entrega, sobre todo en el lado católico. «Nunca hemos podido movilizar a los jóvenes protestantes como han hecho los católicos —explicaba un dirigente unionista—. Nunca lo han sentido con tanta fuerza. Combatir contra algo resulta más atractivo que defenderlo. El odio, el compromiso, se alimentan en los desfiles, las manifestaciones, pero sobre todo en los funerales, la inevitable imagen de marca del catolicismo militante norirlandés. Otra vez el sentido del martirio. Por añadidura, la participación en la violencia callejera, levantar barricadas, lanzar ladrillos, fabricar botellas incendiarias, quemar coches, es una cura contra el aburrimiento. Hay un fenómeno reciente, no con la dimensión de las trifulcas de pandilleros de Los Ángeles, pero que empieza a preocupar a los padres de Belfast. Son las excursiones en coche, sobre las que investiga Alexandra Stanley: «Es una exhibición de delincuencia juvenil muy extendida, apartidista y mortal, que tiene confundidos por igual a padres, paramilitares y policías. Los chicos roban un coche y lo conducen a toda velocidad por las calles, lanzándolo contra las barricadas de la policía o contra vehículos que circulan en sentido contrario de los "excursionistas". Cogen más coches de barrios católicos que de los protestantes; por eso el IRA ha empezado a disparar en las rodillas de todos aquellos que caen en sus manos.»

Simón, católico de quince años, afirma que sabe de qué parte hay que estar con el IRA, aunque distingue la emoción de las «excursiones» y de las revueltas en las que participa lanzando piedras: «Las revueltas las hacemos para divertirnos.»

Una madre católica de Londonderry (Derry, dicen los «papistas») hablaba de su hija de nueve años, Cathy, sin saber bien a qué atenerse. Les tomaba el pelo a los soldados británicos de la patrulla del barrio. «¿De qué nos tenéis miedo? —les decía a la cara—. Nosotros no tenemos armas y vosotros muchas.» Les habla de su padre, expulsado del trabajo por los protestantes. Les grita: «Los católicos son pobres, los protestantes ricos.» Un día se puso a discutir con un soldado y lo hizo con tal ímpetu, con tal fervor, que el británico le respondió: «Niña, tu puesto está en la Cámara de los Comunes (Cámara Baja del Parlamento británico).» «No —contestó irritada—, mi puesto esta aquí, este es mi país y no el tuyo.» La madre de Cathy no se explicaba qué podía inspirarle, de dónde, de qué secreto lugar podría venirle a la niña esa imaginación, esa viveza, esas ideas: «Es una cría pequeña, pero se va hacia los soldados para interpelarles. "¿Por qué nos apuntan, por qué aprietan el gatillo cuando está claro que nosotros somos los buenos?" La otra tarde dio con un soldado de origen paquistaní y Cathy le preguntó de buenas a primeras qué es lo que hacían aquí luchando por una reina vieja, por el energúmeno del reverendo Paisley (radical protestante) y su cuadrilla de gángsters. "Te recuerdo —le advirtió mi hija— que puedes morir. ¿Qué dirá entonces tu familia?" El soldado empezó a ponerse algo nervioso.

"Eres un poco descarada", le dijo. Pocos minutos después, para hacer las paces, el soldado sacó unas golosinas y se las dio a Cathy. Mi hija se metió el caramelo en la boca y le dio las gracias. "Es para ver si te endulza un poco la boca", rió el soldado. Después Cathy le confió que nada tenía contra él, que no le importaba que su piel fuera oscura, que deseaba con todas sus fuerzas que volviera sano y salvo a su casa. El soldado le dio las gracias y se despidieron como dos buenos amigos. El paquistaní me dijo que mi hija era muy maja. Al día siguiente Cathy volvió a la esquina donde el soldado montaba guardia. Charlaron otro rato como si se conocieran de toda la vida. Cuando mi hija rezaba sus oraciones por la noche, me explicó que pedía a Dios que salvara de cualquier percance a su amigo el soldado paquistaní. Un día decidió por su cuenta que vistos uno por uno los británicos no eran mala gante, que la culpa era de los protestantes ricos, del gobierno inglés que nos maltrataba. Se pasa el día hablando con Dios y contándole cosas. El párroco cree que Cathy es una cristiana auténtica. Afirma en sus sermones que nuestros hijos están cerca de Dios. Por eso pidió: "Dejad que los niños se acerquen a mí." Cathy le preguntaba al párroco por los protestantes. "¿No es verdad que se han portado mal con nosotros, que somos unos "cerdos" para ellos, que somos pobres, que ellos lo tienen todo?" "Pero el odio llama al odio —le contestó el párroco— y alguien tiene que cortar este ciclo. Cristo lo hizo, y si católicos y protestantes fuésemos buenos cristianos acabaríamos con este infierno."»

Cathy mostraba una madurez moral y una inquietud, una frescura, que ya quisieran para sí muchos licenciados universitarios o millones de niños narcotizados por la televisión.

Una niña protestante le dijo a su maestro después de dibujar el Arca de Noé: «Los metería a todos en el Arca, a católicos y protestantes. Todos son pecadores. Y al subir al Arca deberíamos rezar para que nos llevara hasta Él, que es nuestra única esperanza.»

Agente Naranja. Los niños se sienten atraídos por los soldados y viceversa. «Hey Salim», «Oye Salem» (cigarrillo mentolado), les pedían a los norteamericanos los chavales vietnamitas. Se traían largas conversaciones con gestos y palabras mal aprendidas del inglés. Los norteamericanos les enseñaban a jugar al béisbol en las afueras de los campamentos, les regalaban chicle, como se espera que haga todo buen soldado yanqui, los alzaban al cielo con sus hercúleos brazos. Vimos desde las carreteras, caminos y arrozales, cómo los soldados salvaban a niños amenazados por el napalm (proyectiles incendiarios). Desde la tierra se veían de otra forma las cosas. El Agente Naranja abrasó a cientos de miles de vietnamitas y contaminó hasta a los propios soldados norteamericanos. En los hospitales cerca de Saigón, vimos niños nacidos con deformaciones como consecuencia del Agente Naranja. Eran los hijos del Apocalipsis. El enemigo de esos aviones norteamericanos que volando a baja altura lanzaba kilos y kilos de un herbicida llamado Agente Naranja, no era el guerrillero «vietcong» (comunista vietnamita), sino los árboles, las plantas. El daño causado por el Agente Naranja durará décadas, tres generaciones por lo menos. En la aldea de Tan Xuan, cerca de Hanoi, los guías del gobierno te llevan a visitar a setenta niños cuyos padres fueron regados con ese «agente» espolvoreado al tresbolillo por las selvas y aldeas de Vietnam. El herbicida ha dejado una estela de cánceres, linfomas, deformaciones, cuyos efectos todavía se desconocen. Causa espanto comprobar, cuando te muestran fetos metidos en recipientes de formol, hasta qué punto la dioxina y el Agente Naranja pueden destruir la vida y crear tales monstruos. Como ocurre con las minas o como pasó en Hiroshima y Nagasaki, la guerra termina, pero quedan las semillas de la muerte.

HIROSHIMA. El padre Arrupe, médico y jesuita vasco que se encontraba no lejos de la ciudad japonesa de Hiroshima cuando el avión norteamericano *Enola Gay* lanzó la primera bomba atómica, llamada *Little Boy* (Muchachito), me contó el efecto que causó en los niños la primera explosión radiactiva: «Habían transcurrido unos días desde que ocurrió la explosión y no había vuelto a ver a una muchacha bautizada hacía menos de un año. Salí hacia Hiroshima. Los escombros hicieron desaparecer todos los puntos de referencia para dar con una calle o un edificio. Al cabo de cuatro horas de inútil búsqueda, unas muchachas me informaron: "Padre, por aquí, en aquella esquina, a la vuelta." Les rogué que me acompañasen. Un japonés jamás dice que no a un extranjero, pero en aquella ocasión solo me contestaron: "Sí, es allí, a la vuelta." Fui solo. En el lugar indicado me encontré con que unos palos sostenían un tejadillo de latas chamuscadas. Intenté entrar pero un hedor insoportable me echó atrás. Nakamura San apareció tirada en el suelo con las cuatro extremidades hinchadas. Supuraban un pus que en hilillos turbios caía y empapaba el suelo. La carne requemada, apenas dejaba ver más que el hueso y la piel. Así había permanecido quince días, tendida sobre una tabla sin cepillar, sin que la pudieran atender, ni limpiar, alimentada tan solo con un poco de arroz que le traía su padre, herido también en la explosión atómica. La espalda era una llaga medio gangrenada. No pudo cambiar de postura. Al tratar de limpiar la quemadura en la región coxal, me encontré con que la masa muscular corrompida, convertida en pus, dejaba ver una cavidad en la que cabía un puño cerrado, y en cuyo fondo hervía una madeja de gusanos. La niña falleció poco después.» Escribió la chilena Sara Vial:

Mírame bien aún pues soy la niña
quemada en Hiroshima
que te mira sin ojos, que te busca
sin plantas que caminan.
Que te roza sin mano, que te habla
sin lengua fugitiva,
que para decir mar llora sin lágrimas
porque es solo ceniza.
Que si estrechas su hombro se deshace
calcinada vasija,
soy algo que ha rodado por el viento
como un trozo de niña.

Nakamura San era una mártir del átomo, del relámpago que desgarró el cielo y destrozó la materia. «El niño ha nacido bien», fue el telegrama en clave que recibió el presidente de Estados Unidos, Truman, reunido con Churchill y con Stalin en la conferencia de Potsdam. La primera bomba atómica había explosionado con éxito en el desierto de Nuevo México, al pie de los montes Sangre de Cristo. No escribí nada en el libro de visitas del Museo de Hiroshima. Para qué. Los que firmaron antes que yo lo habían expresado todo, la pena, el horror, la compasión, la rabia, la solidaridad. En el Parque de la Paz, de la ciudad japonesa, los niños daban de comer a las palomas o lanzaban al aire cometas de pájaros de papel, el símbolo del cumplimiento de un sueño, el de la paz. Estos niños vestían como los hijos de los que arrojaron la bomba atómica, el 6 de agosto de 1945. Comían palomitas, bebían el refresco de los vencedores y jugaban al béisbol. El hombre que me vendió un perrito caliente era un niño en 1945, vivía en una aldea próxima a Hiroshima, no recordaba ni quería recordar la fecha. «Pero mi madre —me dijo— no la ha olvidado aún, tiene pesadillas.» No dijo más. Para los que sobrevivieron, el día de la bomba es un recuerdo demasiado directo, repetido, ruidoso, envolvente, pesado. «¿Quién se preocupa de mirar la flor de la zanahoria en el tiempo de las cerezas?», se preguntaba el poeta japonés Sode Yamaguchi, en el siglo XVIII. Los niños de Hiroshima se nos acercaban para probar su inglés con esta pregunta: «¿Ama usted la paz?» Sesenta y tres tomos recogen los nombres de los ciento ochenta y seis mil novecientos cuarenta y nueve muertos hasta hoy por la bomba atómica, un goteo de muertos retrospectivos.

Pregunté al padre Arrupe cuáles fueron las curaciones que le causaron más sufrimientos: «Las de los niños —repuso—. Todos saben que en Japón se adora a los niños. Al producirse a las ocho y cuarto de la mañana, la explosión que liberó una luz potentísima, como un fogonazo de magnesio disparado ante nuestros ojos, miles de niños quedaron separados de sus padres, heridos, abandonados a su suerte en la ciudad y sin poder valerse por sí mismos. Lo que nos desconcertó fue que muchas personas que no sufrieron ninguna herida, pasados unos cuantos días, venían a nosotros para decirnos que se sentían débiles, que se abrasaban por dentro. Poco después morían sin remedio. Tenían las encías ensangrentadas, la fosa bucal llena de heridas pequeñas, perdían los cabellos: eran los síntomas del ataque radiactivo.»

Al recorrer las atestadas salas de los hospitales infantiles de Vietnam, en el curso de la guerra y durante la posguerra, no podía por menos que recordar las imágenes y los testimonios de los niños de Hiroshima y Nagasaki. Eran rostros atónitos, como el de aquella niña de seis años con la piel achicharrada por el napalm, que me tendió la mano en Quinhon. Los norteamericanos adoran a sus niños. El niño es el rey del hogar, pero a dieciséis mil kilómetros de esas casas felices, los chiquillos vietnamitas morían o ardían bajo las bombas, como atestiguó aquella fotografía de la muchacha desnuda que huía del napalm, por la carretera. Cuando llegué a Saigón en 1966, había ya en Vietnam unos ochenta mil huérfanos de la guerra. Los ojos de aquella niña huérfana del hospital infantil de Quinhon hablaban por sí solos. No se necesitaba intérprete. Sufría en silencio, sin un solo quejido, por pudor, por elegancia, por educación.

VIII
Los niños esclavos

En el norte de Tailandia, en 1966, un campesino me ofreció a su hija de catorce años por dos o tres mil pesetas. Era para mí para siempre. Una niña esclava.

«Usted se la lleva donde quiera, y aunque esté casado no importa», me decía el padre. Ni le tembló la voz. Era práctica corriente por aquellas tierras. Los chinos de Bangkok recorrían las aldeas próximas al río Mekong para comprar adolescentes tailandesas o refugiadas de la guerra de Vietnam, muy solicitadas en el mercado de la capital por su belleza y su capacidad de trabajo. Las ponían a servir en un bar o a trabajar en una fábrica y las convertían en *minor wifes,* en sus «segundas esposas», en sus amantes. O las revendían a un precio muy superior. Los traficantes de esclavos de hoy se llaman a sí mismos «agentes laborales». Los siete millones de niños trabajadores de Tailandia se empleaban en oficios manuales. A las niñas más guapas las destinaban a los lupanares, con un horario de diez de la mañana a medianoche y cinco o seis clientes para cada una en sucios cubículos de dos por tres metros.

En Pakistán, una familia de veinte personas puede venderse al terrateniente por cien mil o ciento cincuenta mil rupias. Hipotecan a los hijos de generación en generación. Los torturan, los encadenan, los encierran en cárceles privadas. Son algo peor que siervos de la gleba, gentes de castas inferiores condenadas a trabajos forzados. «Nos deben mucho dinero», se disculpan los señores feudales. El sistema de trabajos forzados se abolió en 1992, pero cuatro años después la Comisión de Derechos del Hombre descubría en uno de los campamentos a cuarenta y cuatro familias reducidas a esclavitud, en la región del Sind. A cambio de su trabajo recibían quinientas rupias al mes y veinte kilos de harina.

EL TRATO. La niña campesina llegaba a Bangkok, a la estación de Hualampong, acompañada de su padre o de su madre. Allí mismo se hacía el trato en torno a un vaso de té. El padre pedía a su hija que fuera leal y obediente con su nuevo amo, y se despedía de ella en la estación con el dinero bien guardado en su faltriquera. Había vendido o cedido a su hija por cinco mil pesetas. El amo examinaría de inmediato la mercancía, pensando a qué iba a destinarla: al trabajo manual o al burdel. Todo dependía de la belleza, la edad, la salud. Cada año la madre volvía para llevársela a casa o para renovar el contrato. En ocasiones la niña-esclava no recibía nada para sí. Tan solo la cama y la comida. A los niños-obreros se les colocaba en fábricas clandestinas, ilegales, de las que había unas ocho a diez mil solo en Bangkok. Las enfermedades crecían en estas condiciones infrahumanas; en salas sin apenas ventilación, trabajaban más de ocho horas, sin vacaciones o fines de semana libres. La seguridad era nula, expuestos a toda clase de peligros y humos contaminantes.

Las niñas-vírgenes eran las más cotizadas en este deleznable mercado de carne. Después, una vez desfloradas, se pagaban por ellas diez dólares, y al cumplir los dieciocho su precio habría bajado a los tres dólares. Cada niña o adolescente se acostaba con un promedio de mil quinientos o dos mil hombres al año. Cada vez que la niña entraba al cubículo con el cliente dejaba caer una chapa diminuta en una botella marcada con su nombre. Al final recibía diez pesetas por cada chapa; el resto se dividía entre el propietario de la casa de té, el chulo y la policía del barrio. De vez en cuando las dejaban salir para hacer compras, pero siempre bajo la escolta de los proxenetas. Todas ellas usaban apodos. Les estaba prohibido revelar sus nombres reales o el lugar del que procedían. La que desobedecía las reglas recibía una soberana paliza.

«Mi madre quiere que trabaje y yo trabajo», me decía Sommuen, de doce años, pendiente en aquellos días de la renovación de su contrato en un taller ilegal de confección de ropa.

ALFOMBRAS. Era el portaestandarte de los niños-esclavos del Pakistán y lo mataron un día de abril de 1995 al claro de luna, mientras pedaleaba en su bicicleta. Tenía doce años y se llamaba Iqbal Masih. Era un peligro, una amenaza para la mafia organizada de los fabricantes de alfombras. Su último mensaje fue: «Importadores, clientes, decid NO a las alfombras fabricadas por niños.»

Iqbal, el niño-esclavo cristiano, descendiente de intocables en un país de mayoría musulmana, vivió lo suficiente para destapar los casos de explotación de los niños uncidos durante diez, doce o catorce horas al telar de alfombras. Ellos reciben unas monedas de los señores feudales, y la alfombra se vende carísima en las mejores tiendas de Frankfurt o Nueva York, por ciento cincuenta o trescientas mil pesetas.

El asesino era, para unos, un opiómano vengativo sorprendido por Iqbal y dos primos suyos en un acto de bestialismo, y para otros, el brazo armado de los empresarios de alfombras. ¿Por qué los explotadores eligen a los niños para ese oficio? ¿Por qué los han comprado a sus padres? Porque son dóciles y obedientes, porque no rechistan, porque son baratos, porque sus dedos son ágiles y su vista infatigable. A Iqbal sus padres lo vendieron a los cuatro años por dos mil pesetas, para que trabajara atado a un banco. Allí permaneció encadenado a su galera durante años bajo la severa mirada de los esclavistas.

En el Pakistán de Benazir Bhutto, la primera ministra, trabajan ocho horas diarias niños de menos de catorce años.

No habrá para ellos escuela ni horas de ocio y entretenimiento, ni caramelos; allí solo habrá alfombras, una tras otra, o toneladas de lana, de las que cargarán en su cabeza los niños-maleteros en las estaciones, trabajadores martilleando bloques de piedra en las canteras, fabricando ladrillos. Se dejan su infancia en el trabajo y en ocasiones la vida. No hay piedad para ellos.

Salamat, de poco más de ocho años, es el niño cristiano que estuvo a punto de ir a la horca por blasfemo. El juez lo absolvió por falta de pruebas. Los islamistas fanáticos se quejaron ante el tribunal descontentos del fallo de los magistrados. Querían a Salamat en el cadalso.

El hombre habrá llevado a cabo grandes descubrimientos, habrá llegado a la Luna y combatido graves enfermedades endémicas, fabricado satélites, técnicas nuevas y sorprendentes inventos. No importa. En recónditos lugares aparecen de pronto casos como el de Iqbal que sacuden conciencias y suscitan preguntas: ¿Será verdad que en puertas del siglo XXI puedan ocurrir monstruosidades como esta que protagonizan los niños esclavos del Pakistán?

El niño paquistaní nació cerca de Lahore, la ciudad de Kipling, el autor de *Kim de la India,* el Nobel cantor del imperio británico. Iqbal, llamado a denunciar los abusos de los señores de las alfombras, escapó del taller y se puso a estudiar en la escuela.

Debía recuperar el tiempo perdido, no solo por ansia de saber, por ambición personal, sino para reparar injusticias y convertirse en abogado de los derechos humanos, de los derechos de los niños. En tres años aprobó cinco cursos. En cuanto terminó sus estudios en Pakistán, una universidad norteamericana le concedería una beca para cursar la carrera que eligiera. Hasta que en abril de 1995 alguien, por cuenta propia o por cuenta de otros, empujado por la envidia, por el odio, loco particular o asesino a sueldo de la mafia de la alfombra, le disparó con una escopeta de caza. Iqbal se fue al suelo, con ciento veinte perdigonazos en la espalda, bañado en sangre. Pocos meses después, otro niño armado de valor guió a la policía hasta un taller clandestino donde no se respetaban los derechos de los menores, en violación flagrante de la ley que prohíbe la contratación de mano de obra infantil.

Son muchos los niños esclavos que trabajan en esas o parecidas condiciones en Pakistán, no se sabe con exactitud. Quizá veinte millones.

FINAS MANOS. Un día en Peshawar, ciudad fronteriza con Afganistán, la de los patanes altivos y las guarniciones inquietas, entré en una tienda de esteras, y al abrirse la puerta de la trastienda descubrí al fondo escuadras de niños trabajando en los telares. La luz interior era escasa y faltaba ventilación en la estancia. Al preguntarle al dueño, como surgido de un *Oliver Twist* oriental, si eran aquellos niños los que tejían las alfombras, me contestó que sí: «Son grandes artistas. Y están muy bien preparados. Sus manos son finas, hechas para este trabajo.»

—Pero ¿no cree usted que son demasiado jóvenes para tenerlos así todo el día?

—No crea —respondió impasible con su túnica blanca, el benefactor de la humanidad, redentor de los jóvenes—. Piense en la alternativa, la calle, la delincuencia, el hambre. Tienen suficiente para comer y cobran por su trabajo. ¿Qué más se puede pedir?

A los doce años, Iqbal era un niño frágil, escuchimizado, desnutrido. Todo el caso está rodeado de misterio y contradicciones. Según el certificado de bautismo, contaría diecinueve años. Esa es por añadidura la suerte, la mala suerte de las minorías oprimidas indefensas, el destino de los débiles. Un chiquillo, condenado a la esclavitud. Nadie puede con los poderosos lazos de familia, las conexiones sociales y de casta. Es una cadena de compromisos entre los propietarios feudales, los jefes militares, los burócratas y los políticos tradicionales. Los abusos se suceden, la justicia cede ante las alianzas de grupo y los intereses creados. Algunos casos de violación de derechos llegan hasta los tribunales, pero el sistema se defiende con prontitud: los legajos se apolillan en los archivos y los jueces, por muy irreprochables que sean, olvidan las demandas. Se echa tierra encima, se aplica la ley del olvido y de la prevaricación. No solo la pobreza es causa de un destino como el de Iqbal, sino las raíces opresivas de la sociedad, la intolerancia, la discriminación basada en la raza, en la religión o en el nacimiento. Esos no tendrán escuela para sus hijos, ni una casa decente con agua potable en los grifos. Son seres al margen.

El asesinato de Iqbal mereció tan solo unas líneas en la página de sucesos de los diarios de Lahore. Era una tragedia rural más. Sin embargo, cuando la prensa internacional se ocupó del crimen en primera página, con las fotografías del cuerpo del niño-esclavo que osó enfrentarse al clan de los tapiceros, las autoridades nacionales lo interpretaron como una interferencia, como un ataque a su sistema, a su cultura. Al fin y al cabo, manda el modelo del «pesgi», costumbre que consiste en que un padre vende a su hijo al usurero que le ha concedido un préstamo. Será una deuda de por vida, la servidumbre vitalicia, como un avatar, una reencarnación de la esclavitud. Las familias paquistaníes o indias se endeudan para siempre por las bodas de sus hijos. No importa, las familias son numerosas y siempre hay a mano otro hijo que pueden vender como carne fresca en el mercado de los «pesgi».

Eso fue también lo que le ocurrió a Iqbal: debió pagar con seis años de trabajos forzados las deudas contraídas por su familia para casar por todo lo alto a su hermano mayor. Doce mil rupias en total.

¿Por qué Ahmed Ashraf mató a tiros a Iqbal Masih? Quizá sus dos primos que pedaleaban con él tuvieran una pronta respuesta, pero la familia, para que no hablaran, los apartó del caso.

Hecha la ley, hecha la trampa: las denuncias se amontonan, los procedimientos se paralizan en los juzgados y terminan por olvidarse.

«¿Fue infanticidio?» «¿Fue asesinado Iqbal?» «Es una confabulación extranjera, una conspiración internacional contra el Estado de Pakistán», escribieron los editorialistas. El caso es que el asesinato de Iqbal está lleno de misterios. El Frente de Liberación contra el Trabajo Forzado lo utilizó para sus fines. Hicieron de él un héroe, lo exhibieron ante las televisiones extranjeras, lo pusieron en el punto de mira de los que deseaban mantener intactos sus privilegios al pedirle que encabezara el boicoteo de las alfombras paquistaníes. Lo dejaron solo ante el peligro. Ni la versión oficial sobre su asesinato, ni la que defendieron los sospechosos dirigentes del Frente de Liberación del Trabajo Forzado convencieron a los investigadores más exigentes. Es un enigma dentro de un laberinto. Para la respetada Comisión Paquistaní de Defensa de los Derechos Humanos fue un accidente, no un ajuste de cuentas. Es un asunto opaco, complicado y sórdido. El Frente de

Liberación no queda libre de sospechas, al contrario, su fundador y jefe, Ehsan Khan, está acusado de malversación de fondos. El conocido periodista Aylr Rehman, director de la Comisión de Derechos del Hombre, declaró meses después de la muerte del niño: «Estamos hartos del caso Iqbal, que huele a montaje. Que Ehsan Khan (huido al extranjero) venga a explicarse. Queremos conocer la verdad.» Tantas intrigas hicieron daño al ideal por el que se batió el niño. Pero se descubrió el negocio. Iqbal no trucó su biografía. Fue un niño-esclavo en los talleres de los fabricantes de alfombras; que fue privado de los derechos más elementales, es una trágica evidencia.

EL DESPERDICIO. En los caminos de Pakistán y la India hemos visto a miles de mujeres, muchas veces con niños con avitaminosis, mocosos y vestidos con trapajos, tirando de las faldas de su madre, llevando ladrillos sobre sus cabezas, y hemos visto también a los niños esclavos esmerilando platos en habitaciones a temperaturas que sobrepasan los cuarenta grados. Aftab Aziz contaba tan solo trece años pero llevaba ya siete en el negocio, volcado en el esmerilado de platos metálicos y sartenes, utillaje de cocina. En un taller clandestino, en una aldea remota o en un suburbio. Aftab tosía con frecuencia: no tardaría en caer víctima de las dificultades respiratorias o de la tuberculosis. Una vez que esto ocurra ya no valdrá para nada, cero a la izquierda, será un estorbo para su familia, a la que no ve desde que le vendieron a cambio de unas rupias, en este país de casi novecientos millones de habitantes, atenazado por la pobreza.

Veinte, cuarenta, sesenta millones de niños indios trabajan de sol a sol, muchos de ellos desde los cuatro o los cinco años. Valen para todo, para esmerilar platos, para trabajar en las cocinas, para pedir en las calles, para limpiar los depósitos de los superpetroleros, para trabajar en las hilaturas y tintorerías, recolectar en el campo, reparar coches, limpiar suelos y cuartos de baño. En el aeropuerto de Bombay, a la puerta de la India, te encontrarás a un niño de ojos grandes y oscuros que te pedirá «baksis», una propina mientras te entrega un trozo de papel para que te laves las manos. Por cada niño indio que pertenezca a una emergente clase media, darás de bruces con cuatro que viven por debajo del umbral de la pobreza, y en el medio rural, con un 75 por 100. Cada vez con más frecuencia, la miseria hace que las familias traten de buscar una salvación, una vida mejor; la alternativa: el éxodo masivo del medio rural a las grandes ciudades. Serán candidatos a vivir en los suburbios, bajo los puentes o en las aceras. Esa era la vida de un muchacho de doce años llegado de una aldea que, acompañado de su hermano pequeño, caminaba todas las mañanas al amanecer hacia el cinturón de la miseria, al norte de Delhi, para dirigirse a las escombreras. Era Sorajo el excavador. A las seis de la mañana estaba, como sus hermanos de Filipinas, de São Paulo en Brasil o de El Cairo, sumergido en las montañas de basuras humeantes.

También en las zonas prósperas, quién lo diría, empieza hoy a emerger una nueva clase: la sociedad del desperdicio.

Por muy inservible y superfluo que parezca lo que los ricos tiran al cubo de la basura, lo encontrará Sorajo, experto en gatear por las montañas de detritos, en descubrir botellas, plásticos, andrajos, ropa usada, cinturones o hilos metálicos que luego le comprarán por cuatro perras buhoneros o comerciantes de la chatarra y la inmundicia. Estos niños que pululan por el Tercer Mundo van vestidos de lo que han encontrado en el albañal: pantalones holgados para su cuerpo, gorras de béisbol, camisas deshilachadas, zapatos como los de Charlot...

Sorajo entregaba a su madre las ganancias del día: en las jornadas de grandes descubrimientos, hasta un botín de cien pesetas. Era un buscador privilegiado, un as en lo suyo, rápido, con vista de águila y garras de gato montés.

—Yo entrego a mi madre todo mi dinero, pero mi hermano mayor se niega a hacer lo mismo. Lo quiere todo para sí, para sus caprichos —confesaba Sorajo—. Pero nuestro mayor problema es la policía. La gente nos denuncia por el simple hecho de que nos llevamos lo que a ellos ya no les sirve.

ESTROPEAR EL PAISAJE. Estropean el paisaje. La primera dama de Filipinas Imelda Marcos levantaba tapias en las montañas de basura y en los cinturones de chabolas para que no se viera la mugre. Lo mismo hacía el arquitecto Potemkin para que lo feo y lo misérrimo escapara a la vista de su zarina Catalina II. Se oculta la pobreza y esta deja de existir, desaparece en un juego de manos de los prestidigitadores.

«Cuando se denuncia un robo —añadía Sorajo—, la culpa recae en nosotros. En seguida nos encierran en comisaría y solo nos dejan en libertad si pagamos un soborno que es una fortuna para nosotros.»

Los que no pueden pagar, o se pudren en las cárceles o los muelen a palos. Recuerdo que en 1966, el vicecónsul honorario de España en Calcuta, Raja Santosh, me llevó al cuartel general de la policía para saludar al comisario jefe, que era amigo suyo. Al pasar por las dependencias del cuartel pude ver a cientos de detenidos, niños algunos de ellos, delante de un sargento armado con el «lathi», la vara de castigo. Los molía a golpes y les pegaba en los nudillos. Ahora, al cabo de tanto tiempo, me pregunto si lo habré soñado. No creo, porque tomé notas de aquello.

Sorajo reconocía que, después de todo, su trabajo era más libre que el que realizaban los esclavos de las fábricas de alfombras o el de las minas, donde terminan enfermos de silicosis. Los niños son muy apreciados por los capataces de las minas: se cuelan por cualquier agujero y reptan por las galerías. Les hacen creer que es un juego. Pero Sorajo prefería la libertad del vertedero, donde era dueño de sí mismo. «Nadie manda en mí —decía—. Lo peor, además de las palizas de la policía, es que no nos dejan subir a los autobuses con nuestra carga de material recuperado y debemos caminar a pie muchos kilómetros.»

Te los encuentras en todas partes: en las estaciones, donde arrastran maletas que apenas pueden cargar; en los talleres de diamantes de piedras preciosas, donde son talladores experimentados; como chicos de los recados en las tiendas, como camareros, como *coolies* (estibadores). Al tomar el tren de Bombay a Madrás, en 1987, en mi vuelta al mundo en ochenta y un días, un rapaz se empeñó en arrastrar mi maleta hasta el vagón. Le dejé, ni siquiera le eché una mano para no herir su orgullo. Se ganaría a pulso la propina.

—¿Cuánto vienes a ganar al día por este trabajo de maletero? —le pregunté.

—Mucho —respondió, dejando ver una fila de dientes simétricos y blancos.

—¿Cuánto es mucho para ti?

—Diez, veinte pesetas, depende.

—¿Eso es mucho?

—La mitad más o menos es para mí, el resto debo entregárselo a mi patrón.

El patrono organiza toda una red de niños-maleteros, de niños-recaudadores, entrenados para causar lástima y estimular la mala conciencia del transeúnte, de niños-moscas, niños-vendedores. A veces, cuando tomo un té, me vienen a la memoria aquellas imágenes del Asam indio, niños-recolectores de la planta aromática, o que gatean bajo los arbustos de té para fumigar con pesticidas, brutalizados por el sol y por las horas de trabajo. En principio, en la India los menores de edad no pueden trabajar más de cinco horas. En la realidad, dos terceras partes de los niños completan una media de ocho a diez horas de faena. La elección es brutal: o trabajas en el horario que te imponen o te mueres de hambre. Carlos Marx describía a los niños de la revolución industrial, explotados de principio a fin en fábricas y talleres.

Hay quien dice que estos niños son invisibles. Lo que ocurre es que no se contabilizan en las estadísticas, como esos chavales de las ciudades españolas que se encaraman a los coches para limpiar parabrisas o atienden en los bares o trabajan en el campo. No constan en ningún lado como fuerza de trabajo. Cuanto más aumenta el desempleo más crece el número de los niños-hormigas que se ven obligados a trabajar. «Es inevitable y hasta necesario que los niños trabajen en países con millones de pobres, otra cosa es que lo hagan en puestos peligrosos o que les exploten. Ese problema no puede resolverse de la noche a la mañana», respondía el ministro de Trabajo de la India, P. A. Sangma.

BOICOTEO. Gabriela Stoikov, hija de padres alemanes, nacida y criada en Barcelona, es directora en Ginebra del Programa para la Erradicación del Trabajo Infantil, dependiente de la Organización Internacional del Trabajo (OIT): «Boicotear con sanciones comerciales a los productos fabricados por niños, como propone muchas veces el mundo industrializado, es una cruzada que puede tener efectos perversos. Boicotear una industria de alfombras y hundirla sin dar alternativas equivale a mandar a los niños a la prostitución y al narcotráfico. Cuando pienso en lo que hay que hacer me falta coraje, prefiero pensar en lo que vamos consiguiendo. Y prefiero hacer un *good boys club* (club de chicos buenos) a un club de chicos malos. Para imponer sanciones siempre hay tiempo, aunque creo firmemente que es mejor hacerlo al revés: dar incentivos comerciales a los países que avancen en la erradicación del problema.»

A Bangwan Singh lo encontré hace unos cuantos años en Nueva Delhi, cerca de la plaza Connaugth, donde cientos de niños-carteristas despluman a los turistas desavisados. Pertenecía al club de los chicos-apaleados. Cuando lo conocí tendría nueve años. El muchacho se fugó de su casa en las faldas del Himalaya. Sus padres se empeñaron en llevarle a la fuerza a la escuela. Los libros, las imposiciones familiares, los habituales castigos terminaron por hartarle. Robó doscientas rupias de la caja familiar y tomó el primer autobús con destino a una ciudad de la que nunca oyó hablar: Gaziabad. Fue contratado por el dueño de una casa de té a cambio de nada, de la comida y de un trozo de suelo para dormir.

«Trabajé sin descanso durante dos años, desde el amanecer hasta entrada la noche.» Cada vez que Bangwan vertía sin querer un poco de té sobre las mesas, o trastabillaba al servir, el patrón descargaba su látigo contra él, contra la espalda del torpe camarero de nueve años.

«Lo que me suceda es igual, siempre encontrará a alguien como yo dispuesto para trabajar a cambio de un plato de arroz y unos "chapatis". Lo que hacía menos daño eran los golpes. Se diría que mi patrón esperaba un fallo, la menor equivocación era motivo para apalearme la espalda. Un día tomé el petate cuando todos dormían, salí a la carretera que lleva a Nueva Delhi y me subí al primer autobús.»

Fue así como Bangwan entró en una de las zonas de mayor concentración de niños-obreros del mundo, cuatrocientos mil.

Gran parte de ellos viven en las calles. Hacen de todo: recolectan botellas, venden periódicos, se prostituyen por cuenta propia o ajena, merodean cerca de los hoteles de turistas, a lo que caiga. Cuando un grupo de muchachos de once a quince años de uno de los mercados de Nueva Delhi, la capital india, se unieron para afiliarse a un sindicato y escapar así, o protegerse al menos, de los pescozones, porrazos y la explotación a que los sometían los cabos de vara, los dueños de los comercios y la policía, el sindicato se negó a admitirlos porque una ley que data de 1926 prohíbe sindicar obreros de menos de quince años.

«Ya es cosa difícil organizar a los viejos, con que solo falta que nos vengan ahora los mocosos con sus exigencias», decía un funcionario del Sindicato Central, T. S. Francis.

No se ven trazas de que vaya a descender el número de niños-esclavos. Se calcula que si ahora son cincuenta o sesenta millones, serán setenta a finales de siglo. Tampoco los poderosos y sus aparentes progresos escapan a la regla universal. Unos y otros se hunden en la miseria, unos más ricos y otros más pobres.

Balones. Los niños del Pakistán fabrican, por setenta y cinco pesetas la pieza, balones de fútbol para los estadios de todo el mundo, que se venden hasta por diez mil pesetas a las grandes marcas deportivas. Una cuarta parte de los treinta y cinco millones de balones de fútbol que se fabrican en Pakistán están cosidos por niños que trabajan entre ocho y diez horas diarias por un salario de seis pesetas la hora. Miles de niños cosen los balones en las inmediaciones de Sialkot, cerca de la frontera india. Estos balones, a los que golpean estrellas del fútbol tan bien pagadas como Baggio o Ronaldo, se emplearon en los últimos mundiales de fútbol.

Veinte mil balones al mes. También estos niños son víctimas de la deuda de servidumbre y de usureros sin escrúpulos. Mudassar, de once años, cosía balones desde los ocho: «Me gustaría ir a la escuela, pero tengo que trabajar», decía. Los salarios son muy bajos para los hombres. Por eso recurren a los niños y las mujeres. «Al menos les enseñamos un oficio», aseguraba el jefe de uno de los talleres de Sialkot.

No solo en Asia florece la explotación infantil: en los lavaderos de oro del departamento peruano de Madre de Dios, los niños, hartos de los abusos, acudieron a las autoridades locales para elevar una protesta por la represión y malos tratos constantes. En unos lavaderos de oro situados a cincuenta kilómetros de la capital del departamento, se produjo, en 1991, el hallazgo de una fosa común con los cadáveres de cincuenta niños-trabajadores de entre diez y catorce años, que presentaban señales de haber sido torturados y algunos de ellos con orificios de bala. El tétrico descubrimiento levantó una considerable polvareda, pero el tiempo todo lo borra: envían a los menores a zonas más remotas del Amazonas para que escapen de los inspectores o de los periodistas curiosos. En la India, cuatro mil industriales fueron acusados de vulneración de las leyes que impiden el trabajo de los pequeños. Recibieron una condena simbólica: seiscientas pesetas de multa.

«¿Saben esos niños que los explotan?», le preguntaron a Rita Panicker, que trabaja desde hace años con los niños callejeros de Nueva Delhi.

La pregunta podría parecer capciosa, un poco tonta: «Claro que lo saben —respondió la graduada social nacida en el sur de la India—. Saben de sobra que los explotan: no es necesario que se lo expliquen. Saben también que es injusto que otros vayan a la escuela y ellos no.»

IX
¿Por qué disparan sobre nosotros?

En 1989, al pasar por la India, me llamó la atención una noticia que demostraba la malévola imaginación de algunos desaprensivos en su utilización de menores. Ha habido niños-cruzados, como hoy hay niños-camellos, niños-incendiarios como los que reclutó en 1490 el fraile dominico Jerónimo Savonarola, cuya oratoria fogosa y exaltada incitó a que cientos de muchachos recorrieran pueblos y ciudades con objeto de recoger ofrendas lujosas y objetos caros para arrojarlos a la hoguera. «Para alcanzar la salvación, ninguna ostentación.» Sus profecías apocalípticas en medio de tanta corrupción, los pecados del pueblo y los clérigos causaron tal terror y pánico que la gente, asustada, lanzaba a la hoguera sus lujosos vestidos, ropas y tesoros, los cuadros, los muebles.

Desde Herodes a Hiroshima, a Bosnia y Ruanda, el martirio de los niños no tiene fin. «¿Por qué disparan sobre nosotros?», nos han preguntado los niños incrédulos y confundidos en medio de las guerras modernas. Quedan cuarenta o cincuenta guerras pequeñas en el mundo. Tienen de dónde aprender, de un sangriento pasado. ¿Por dónde empezar? Enrique V prohibió que tomaran prisioneros a los niños. De los recién nacidos se podía obtener poco provecho, de modo que los degollaban. Al tomar Constantinopla, el sultán Mohamed II envió como regalo cuatrocientos niños griegos al rey de Granada, al de Túnez y al de Egipto. Catalina de Médicis desencadenó en París, al amanecer del 24 de agosto de 1572, la famosa matanza de San Bartolomé. «Entre las sangrientas escenas registradas aquel día que conmemora el martirio de San Bartolomé destacan la del joven marqués de Conti, suplicando clemencia para su tutor, Brion, que fue decapitado ante sus ojos; la de una niña de corta edad a la que desnudaron para bañarla en la sangre de sus padres muertos; la de una banda de chicos de diez años que, excitados por la sed de sangre de los asesinos, arrastraban a un recién nacido por los adoquines de las calles; la de unas criaturas de pocos meses que, hacinadas en cestos, fueron arrojadas al Sena, y la de unos muchachos que, tras mutilar el cuerpo del almirante de Coligny cortándole los genitales, arrastraron su cadáver decapitado por las cloacas de París.»

En 1857, en la India británica se amotinaron los cipayos (soldados) del ejército indio y apuñalaron a los niños de la guarnición de Su Majestad y quemaron vivas a las niñas. «Yo vi arder sus vestidos y su pelo —contaba Amelia Horne—. Luego la caballería entró en el río Ganges para decapitar a sablazos a cuantos seguían con vida. El aire transportaba los chillidos de las mujeres y los niños, solo interrumpido por las plegarias de los agonizantes que imploraban misericordia a Dios. Se me parte el corazón al recordar a mi hermana pequeña gimiendo: "Amy, no me dejes, no te vayas."» Peter Townsend recoge en *El grito de los niños* las matanzas de la población india en América del Norte. «Perdida toda esperanza en la Tierra, parecía que Dios se hubiera olvidado de nosotros», dijo en una ocasión Nube Roja, el último de los grandes jefes indios. En la última guerra de los boers en Suráfrica (1901-1902), el general Kitchener, comandante jefe del ejército británico, encerró a las familias boers (habitantes de origen holandés) en campos de concentración, donde murieron veintiséis mil mujeres y niños.

En la guerra civil española, en los dos conflictos mundiales, los niños serán víctimas propiciatorias. Sufren la guerra y hacen la guerra. Mi amigo Antonio García Barón, que pasó cinco años en el campo de exterminio nazi de Mauthausen (1940-1945) y se retiró al Amazonas boliviano, se incorporó a la columna del líder anarquista Durruti a su paso por Monzón (Huesca). Antonio tenía catorce años. El escritor inglés George Orwell, autor entre otros libros de *Homenaje a Cataluña,* combatió al lado del ejército republicano en la guerra civil española. «Luchábamos con bravura —escribió— pero con mucha menor organización que un rebaño de ovejas. Casi la mitad de los soldados, por llamarles de algún modo, eran niños de dieciséis años todo lo más. A veces se enardecían con gritos que querían ser guerreros; pero que proferidos por aquellas gargantas infantiles, sonaban más patéticos que los maullidos de un gato.»

Una de las movilizaciones masivas de niños se dio en la Cruzada de 1212. En la primavera y el verano de ese año, bandas de *pueri* (niños) obedecieron en Alemania y Francia a la llamada de los jefes mesiánicos, en pos de una misión divina. En Alemania, Nicolás prometió a los jóvenes cruzados, privados de armas y dinero, que triunfarían allí donde fracasaron los barones cristianos en su intento de rescatar los Santos Lugares y Jerusalén. Nicolás les aseguró que hasta el mar se abriría ante el paso de los niños, como había ocurrido con los judíos en el mar Rojo. Fue una estafa. Los niños que después de penalidades sin cuento lograron llegar a los puertos del sur de Europa, Génova, Brindisi o Marsella, murieron ahogados o fueron a parar a los mercados de esclavos de los piratas o de los países musulmanes. En cuanto a los numerosos peregrinos franceses del norte, muchos de ellos no pasaron de París, donde presentaron al rey una carta recibida directamente de Dios. Felipe Augusto les convenció de que lo mejor que podían hacer era regresar a sus casas.

En la *Gran Crónica* de Matheiu Paris se cuenta ese insólito movimiento: «Poseído por el enemigo del género humano (el diablo), un niño de oscuro nacimiento recorrió las ciudades y los castillos del reino de Francia, como si estuviera inspirado por Dios: "Señor Jesucristo —pedía en trance—, danos tu cruz." Los niños le seguían sin vacilar. Se diría que las maquinaciones del demonio hicieron que perdieran la cabeza: abandonaban a padres, madres, familiares y amigos y se ponían a cantar en el mismo tono que su jefe. Las plegarias y órdenes de los padres eran desobedecidas por los niños. Querían marchar hacia el Mediterráneo. Avanzaban en procesión, nadie pudo detenerles. La multitud de esas legiones de niños era tal que se aplastaban unos a otros. Los que lograron arrancar algún hilo del vestido del jefe-niño podían sentirse felices.»

Decepcionados y confusos, al llegar a Roma tomaron el camino de regreso. Los que partieron con cánticos y salmodias de victoria volvieron sobre sus pasos en silencio, desnudos y famélicos. La extraña aventura de la fe, la Cruzada de los niños, había terminado.

En cuanto al fogoso predicador Savonarola, acabó él mismo en la hoguera. Su doctrina sirvió para que bandas de niños, celosos de la misión que les encomendó el fraile, sembraran el miedo en torno a Florencia. Lavados sus cerebros, llegaron a ser los soldados más crueles y los heraldos más fieles de ese apocalipsis que predicaba el fraile dominico.

A La Meca. Es la historia de un abuso, de una explotación que no cesa. Ya en nuestros días, a un grupo de malhechores de la India no se les ocurrió otra idea que recoger niños pobres y deformes de Bengala para enviarlos a pedir limosna a la ciudad santa de La Meca. Les ofrecían dinero, puestos de trabajo, curaciones milagrosas: los cojos recuperarían sus piernas, los sordos el oído y los mudos el habla. La guerra de Bangla Desh en 1971 desplazó a millones de refugiados. Todavía los recuerdo alojados en enormes tubos de cemento. Muchos de ellos nunca regresaron a Bangla Desh. Aquellos niños-errantes por la Bengala Occidental India que, como me dijo un misionero salesiano español en Calcuta, vivían de comer tierra y de las calorías del sol, crecieron, tuvieron hijos, algunos de los cuales caerían en manos de los gángsters. Cuanto más deformes, más éxito tendrían en su forzada peregrinación a La Meca. La meta de todo buen musulmán, siempre que tenga posibles, es la de peregrinar a La Meca, de modo que en la ciudad saudí, cerca de la Piedra Negra, se congregaban millones de seguidores del islam.

La idea de los mafiosos indios consistía en distribuir niños bengalíes, los mismos que cantó Rabindranath Tagore, «el de inmenso corazón», como le llamó su amigo el poeta español Juan Ramón Jiménez, por los lugares más visibles de la ciudad santa. Solo debían extremar sus gestos de dolor y desgracia y extender la mano. Todas la mañanas los llevaban a un lugar determinado, los dejaban allí y pasaban a recogerlos al anochecer para contar lo recaudado. La historia me la contó en Calcuta el periodista Payal Singh. Los gángsters recorrían las aldeas más pobres de Bengala para firmar un «contrato» con los «elegidos», un viaje a Eldorado. Los niños volverían con montones de rupias en sus bolsillos al cabo de tres o cuatro meses de estancia en La Meca. Era todo un éxito, dada la generosidad de los peregrinos musulmanes, conmovidos por aquellos ojos legañosos que suplicaban o imploraban. «Me prometieron ocho mil rupias todos los meses, mientras mi hijo más pequeño permaneciera en La Meca —se lamentaba Kudu Sheik a la puerta de su casa de adobe—. Era una burla, una estafa. Nunca recibí el dinero prometido y al cabo de un tiempo la policía me devolvió a mi hijo en peores condiciones físicas, y traumatizado por la experiencia.» A su lado, Mumtaz callaba, no sabía expresarse más que con monosílabos. Tan solo había obtenido de aquella atroz aventura un reloj del ratoncito Mickey.

FANTASÍA. Es un calvario sin fin. El *contractor,* el contratista, el intermediario, busca entre la podredrumbe, entre los intocables de las aldeas o de la periferia de las grandes ciudades, presta a los padres un poco de dinero para sus «negocios» a un interés de un 100 por 100, de un 200 por 100 o incluso más. Luego se llevan al crío a las canteras, donde se pasará la vida destripando piedras, golpeando bloques. Les pagan un mísero salario del que habrá que descontar la pitanza y la dinamita con la que vuelan la cantera. O irán a parar a talleres de pirotecnia.

Indira Gandhi, que era muy orgullosa, afirmó en el Parlamento que los niños-obreros eran un invento de los países ricos para desacreditar a la India. «Quieren dar de nosotros una imagen que no es la nuestra», me dijo en Cachemira.

Durante unas semanas ayudé en los estudios de Calcuta, la ciudad «pestilente» descrita por el novelista Kipling, al director de cine Satyajit Ray, un hombre compasivo, autor de películas como *Apajarito, Pather Panchali* o *Apu.* Un cine lírico y crítico, historias de niños y jóvenes en dura lucha por la existencia.

«No te lo vas a creer —me dijo el realizador bengalí, premiado en los mejores festivales del mundo—, pero cuando se proyectó *Pather Panchali* en 1955, yo esperaba el grito general de indignación y protesta por las condiciones de vida de la India rural, pero no sucedió nada, absolutamente nada. Solo encontré el silencio y una velada repulsa. Esa no era la India que deseaban mostrar las autoridades.»

En efecto, años más tarde lo comprobaría yo mismo al intentar un ciclo monográfico sobre el primer período de la obra del famoso director: en Nueva Delhi solo recibí un aplastante silencio administrativo.

«¿Por qué no prueba con las películas de Bombay —ofreció a cambio un funcionario del Instituto Oficial—; son muy bonitas y están llenas de fantasía.» Esas sí se podían proyectar en todo el mundo: romances de niñas pobres que, tras superar obstáculos, terminaban por casarse con un apuesto joven de la alta sociedad, viril y multimillonario, con una casa de ensueño, muchos criados, muchos frigoríficos y cuartos de baño en todas las habitaciones.

LADRILLOS. «No tengo miedo a mi patrón, es él quien me tiene miedo a mí —dijo el niño Ganesh, en su desafío—. Quizá fue ese miedo de la mafia de los tapiceros el que llevó a Iqbal a la muerte. Le seguiría una explosión de ira y protestas antes del silencio.»

Ganesh sigue acarreando ladrillos, montañas de ladrillos diarios sobre una columna vertebral de diez años. En la fábrica de Siliguri, cada vez que sale del horno con ocho ladrillos sobre sus espaldas, recibe una chapa de metal. Tantas chapas, tanto dinero recibirá al final de la campaña, con las deducciones por la comida, harina y gastos de viaje desde la lejana aldea. Son siete meses al año trabajando intensamente. Ganesh se levanta a las cinco de la mañana y se acuesta a las doce de la noche. Hay por medio una interrupción de unas tres horas, cuando aprieta el calor. Esa es la vida de Ganesh y sus treinta compañeros de trabajo que, como él, viven sin sonrisas, sin juegos y sin lamentos.

Todos ellos, como los tapiceros de alfombras de Mirzapur, fueron reclutados por los *mudaladi* (usureros). Salieron de su aldea a cambio de un adelanto de dinero a sus familias, que no podrán devolver nunca. Un millón de niños indios trabajan en las canteras de granito, otro millón en las tejeras a cambio de unas trescientas pesetas a la semana.

«Me llamo Uma Sankar y tengo diez años. Trabajo desde hace dos años en la industria de la alfombra. Me levanto a las cinco de la mañana y estoy en el telar hasta las cinco de la tarde, con media hora de reposo. No tengo ni vacaciones ni fines de semana libres. Mi familia aceptó un préstamo de doscientas rupias y por eso estoy aquí.»

«Me llamo Sita y acabo de cumplir diez años. Trabajo diez horas al día en la fábrica de fuegos artificiales de Amatur. Me dan por ello seis rupias. Siempre estoy resfriada y tengo la vista cansada. Me gustaría ir a la escuela.»

«Me llamo Chinadorai, tengo once años y estoy empleada en una fábrica de fósforos. Mi horario es de cinco de la mañana a siete de la tarde. Todas esas horas las paso sentada y respirando los humos tóxicos. Vine hasta aquí por el pago de una servidumbre de deuda de la que me libré en 1987. Ese año mi contratista me vendió a H. S. Khemaki Seth.»

Así fue como Chinadorai se convirtió en un robot: tuvo un principio de bronconeumonía. No hay un portillo de salida para ese destino, ni un solo minuto de distracción, tan solo «chapatis», pan de harina y agua, y un caldo sobre el que flotan unas pocas lentejas. A la hora de comer toma su ración con la mano derecha, mientras la izquierda, mecánicamente, sigue moviéndose insertando las cabezas de los fósforos en el palito de madera. Lo mismo les ocurre a sus doscientas cincuenta compañeras de trabajo. Tan solo cuando llega la hora de acostarse, rendida por la fatiga, el brazo se adormece.

Miles de niños trabajan en las minas de oro del Perú. Mariel, una muchacha de trece años entregada por su padre a un agente a cambio de un préstamo, le prometió que después de trabajar volvería a casa al cabo de algún tiempo. Ha transcurrido un año y Mariel sigue allí, en un campamento protegido por hombres armados para que no se acerquen los inspectores de trabajo. Trabaja como pinche de cocina. Su padre nunca volvió a por ella.

Tailandia. Hace diez años se calculaba que centenares de miles de niños, algunos de cuatro a cinco años, trabajaban en Tailandia, sobre todo en la ciudad de Bangkok, donde cerca de la estación central se extienden los tugurios de improvisadas agencias de colocación.

«¿Quiere una muchacha sana y barata? ¿Necesita chico para todo?; los tengo de doce, trece, quince años...»

De octubre a marzo llegaban a la estación de Hualampong niños y jóvenes procedentes de las regiones agrícolas del nordeste tailandés. Yo vivía por entonces en una pintoresca posada de propietarios chinos situada justo al lado. Estos niños venían en grupos, dejándose llevar. La llegada a una ciudad tan ruidosa les producía gran desorientación. Era otro mundo, con el tráfico infernal, el humo, los grandes edificios, la prisa de los transeúntes, los vendedores de fritanga y ancas de rana apretados en las escaleras y andenes. Los niños llegados desde el norte azotado por la sequía terminaban en la agencia de colocación. Hasta sus aldeas llegó el agente para convencer a los padres de la bondad de la oferta: usted se quita una boca de encima y le damos un dinero. Después el viaje en tren hasta la estación central de Bangkok, la parada final. La venta del niño a una fábrica de seda o de caramelos, a un restaurante, a una estación de gasolina, a una red de vendedores callejeros, a unos aparcamientos, a un salón de masaje, a un burdel, a una compañía de autobuses. El niño se adapta con facilidad. Es dócil, trabaja con celeridad y tarda en dar señales de fatiga. Se le puede exprimir a conciencia, le pagas de menos y no se da cuenta. Lo aceptan todo. Esos eran los argumentos que esgrimían los explotadores en las agencias de colocación.

Entre octubre y marzo o abril, no cae una gota de agua en el norte de Tailandia. Desesperados, los campesinos deben aceptar los préstamos que con altísimos intereses les ofrece el usurero. La misma historia de siempre: se lleva al hijo como si fuera «el hombre del saco».

«Después de la muerte de mis padres —contaba una niña de once años llamada Sunant—, viví con mi abuela. La pobre no ganaba lo bastante para mantenerme. Una mujer que conocíamos se ofreció a darme trabajo, lo acepté. Me levanto a las cinco y me acuesto a las nueve, una jornada solo interrumpida por la comida, sopa de verdura, y un poco de arroz sin postre para todo el día. Me pagan cinco bat al día (el billete de autobús costaba por entonces un bat).»

A Pathi, una muchacha de doce años, le iba algo mejor: «No había trabajo en casa. Aquí gano mil cuatrocientos bat al mes (de aquellos tiempos, años ochenta). Es muchísimo. Todo lo que gano se lo envío a mi familia, que vive en Koras, a trescientos kilómetros de Bangkok. Casi nunca salgo, veo la televisión, en especial *Los ángeles de Charlie*. Tengo una camiseta con su nombre. Me gustan las historias de amores. ¿Si soy feliz? No sé qué decirle. A veces siento que sí lo soy, pero la verdad es que trabajo mucho y me encuentro rendida. ¿Si pudiera cambiaría a otro tipo de vida? No, no lo sé; no sé qué decirle.»

Puede que Pathi termine en la calle del vicio, la famosa Patpong, compartiendo la vida con uno de esos matusalenes chinos para los que una muchacha es un elixir contra el envejecimiento, o con un *farang* (extranjero) viviendo en Sidney o en San Francisco. Tal vez la entrenen como masajista o se convierta en chica de escaparate. El cliente escoge por el número que la candidata lleva prendido en el pecho o a la espalda, como los jugadores de fútbol. Las chicas bailan en un estrado, como ocurría en el barrio de la Ermita en Manila, en torno a viejos ingleses o australianos, cerúleos y de pelo blanco. Una de estas bailarinas me dijo una vez que ahorraba para casarse. «Mi novio está en el paro y no considera que este trabajo sea deshonroso. Lo importante es ser fiel aquí (ponía la mano sobre el corazón), y aquí (señalaba la frente).»

Marcelo vivía en Cebú, Filipinas. Desde los diez años hasta los doce trabajó como ayudante en un barco en el mar de China, como buzo para una flota pesquera. «Es una técnica que requiere que el mayor número posible de submarinistas se unan hombro con hombro para hacer que los peces entren en la red; no disponía de equipo submarino ni de botellas de oxígeno. Un año —explicaba Marcelo— se ahogaron tres amigos míos, otro quedó atrapado por la red a mi lado. A veces nos mantenían hasta cinco minutos bajo el agua sin salir a la superficie. La sangre fluía por las orejas y por la nariz. A nuestros dueños no les importábamos, porque a pesar de sentirnos enfermos nos golpeaban para que aguantásemos más tiempo sumergidos dentro del mar.»

Marcelo sufre las secuelas de esos tres años bajo el mar. Es carne de cañón, lo mismo que el niño indio que quizá se vea arrollado por un alud, víctima de una carga de dinamita mal colocada en la cantera, de una mecha mal prendida, de la silicosis, de la tuberculosis pulmonar. En una nación que prohíbe matar a las vacas y a los insectos, millones de niños se pudren en angostos cuchitriles sobre los que flotan vapores químicos abrasadores. Pobre del que caiga enfermo o resulte herido en los ojos por el ácido. O le duelan las manos o sufra quemaduras; perdería el puesto de trabajo y quizá la vida.

Los telares de la India, los textiles marroquíes, egipcios o tailandeses, los campos de caña de azúcar, filipinos o brasileños, los fabricantes de calzado portugueses, justifican el trabajo de los menores porque sigue siendo productivo para la nación. El concurso de los niños hizo que la India destronara a Pakistán de la cabeza de los exportadores mundiales de alfombras.

En Guatemala, de los treinta mil indios que bajan todos los años del altiplano a la llanura para trabajar en la zafra de la caña de azúcar, del café, muchos son niños.

«Me gustaría ir a la escuela —decía Omar, de ocho años, trabajador de un garaje del extrarradio de Beirut (Líbano)—, pero no puedo porque debo ganar para ayudar a mamá a criar a mis hermanos pequeños. Ella trabaja constantemente, mi padre murió durante los bombardeos de hace dos años y nos hemos quedado solos.»

En Filipinas, en la que fue base norteamericana de Olongapo, veíamos la llegada a puerto de la Séptima Flota, la aparición de autobuses procedentes de Manila llenos de chicas, muchas de ellas menores de dieciséis años. En 1994, el avión que nos llevaba de Bangkok a Phnom Penh, la capital camboyana, venía repleto de niñas y adolescentes: la demanda carnal de los miles de cascos azules acantonados allí era insaciable.

El premio Nobel de la paz de 1980, Adolfo Pérez Esquivel, afirmaba que en América Latina hay cien millones de niños que viven, comen y duermen en la calle. Lo que era una característica de hace diez años en Bogotá, los pobres «gamines», se ha extendido a toda Latinoamérica.

FLORES Y CAMELLOS. Hay «gamines» y «olvidados». Los «olvidados» mexicanos de Luis Buñuel. El éxodo rural es alarmante. Las grandes ciudades se ven incapaces para absorberlos a todos: no hay trabajo, no hay infraestructuras, no hay dinero. El resultado es la subproletarización de los trabajadores y sus familias. Puedes ser cortadora de claveles, *hospitality girl* en Manila o candidata a premio para el ganador de un torneo de cartas en Perú, en Iquitos; el vencedor recibe como premio una muchacha virgen.

En Bogotá y en Medellín, la exportación de flores es una alternativa a la cocaína. Los niños colombianos son los más apropiados para el trabajo en granjas y jardines: sus manos son pequeñas y veloces.

Luis se queja de los pesticidas: «Cuando rocían el campo me siento enfermo, pero mi familia necesita comer. Vinimos desde el campo a Bogotá y no tenemos documentos de identificación, por eso nos vemos obligados a aceptar lo que quieran darnos. Aquí de nada sirve protestar, en seguida irían a la policía.»

Estos niños trabajan entre las flores, entre las rosas de espinas, sin guantes, sin máscaras. Los efectos se harán notar dentro de veinte años cuando descubran que no pueden mover las manos ni controlar las extremidades. Si un niño empieza a trabajar en los campos a los ocho o nueve años, desarrollará problemas respiratorios. A los dieciséis, la circulación de la sangre se complica y no llegan a sentir nada en las piernas.

Tanya de trece años, se siente enferma después de cortar flores: «Me siento débil, me duele el estómago. Es como si estuviera borracha. La visión se hace borrosa y no puedo tenerme de pie. ¿Qué dice a todos estos síntomas conocidos el capataz de los campos de claveles, de Santa Cruz? Me dice que beba agua y vuelva al tajo.»

Los hermanos egipcios de Tanya faenan en la cosecha del jazmín que los empresarios venderán a las firmas francesas que fabrican cosméticos. Y los niños de la ciudad de los muertos, cerca de El Cairo, limpian cementerios.

En Mauritania, la esclavitud no ha desaparecido del todo: los «negreros» se llevan a los niños de los campamentos beduinos y los venden en la capital, Nouakchott. Suleika, de diez años, fue vendida a Mohamad por dos camellos. La niña logró escapar de sus garras pero el comprador dio con ella. Un tribunal declaró a Suleika «propiedad» de Mohamed. Asunto zanjado. El rastro de Suleika se pierde en el desierto, donde nadie la encontrará. Los que intentaron liberarla fueron detenidos por desobediencia a la autoridad judicial. ¿Quién pondría en duda la clarividencia de los jueces?

JAZMINES EN EL PELO. «La policía irrumpe en la fábrica del infierno: sesenta y tres niños salvados de la esclavitud», titulaba no hace mucho un diario de Bangkok. ¿Después? El silencio de que hablaba Satyajit Ray.

En Burkina Fasso, en el África más empobrecida, el 70 por 100 de la población infantil trabaja, y en Etiopía, el 42 por 100. De los países más pobres del mundo, veinticuatro se hallan en el África subsahariana. Las antiguas potencias coloniales la han dejado abandonada. En Brasil, aunque lo impide la legislación, un niño de cada tres está empleado en fincas agrícolas.

La industria egipcia del jazmín encierra sus secretos: es una flor delicada que hay que cortar por la noche porque el excesivo calor anula su perfume. Con los pies en el fango y aureolados de mosquitos, los niños egipcios trabajan desde la una de la madrugada hasta las diez de la mañana. ¿Su salario? Dos o tres libras egipcias, unas cuarenta pesetas diarias. El capataz se queda con el 10 por 100 de la cosecha de jazmín que recoge el millón y medio de obreros infantiles. Esa es la cifra oficial, la no oficial la eleva a tres millones por lo menos. ¿Y en el llamado mundo civilizado? En 1991, en nuestro vecino país, Portugal, trabajaban doscientos mil niños menores de catorce años. «Ya llegó mi hora, cada cual tiene su destino. No fue de la fábrica de Mora.» Este era el críptico epitafio escrito sobre la tumba de Francisco José da Sila, muerto a los trece años aplastado por un montacargas de la fábrica de Reinado Mora y enterrado en el cementerio de Guimaraes. Una mano anónima borró la referencia de la fábrica. «La culpa solo fue del destino.»

A todos los gobiernos, y con más razón a los europeos, les sientan mal las noticias publicadas en torno a los niños-esclavos o los niños-obreros. Portugal no es la excepción a la regla. A nuestro paso por la geografía portuguesa veíamos camiones que transportaban mano de obra infantil con destino a las fábricas textiles o de calzado. Esa imagen dejó de ser normal. En más en una ocasión los niños portugueses, con sus carteras al hombro, nos hacían auto-stop no lejos de la frontera española. Iban y venían a pie, a veces en distancias de bastantes kilómetros de su casa a la escuela. Y luego les esperaban las faenas agrícolas o el trabajo en las canteras. «Muchos europeos no se imaginan que las piedras de las calzadas por las que pisamos todos los días las cortan niños portugueses», apuntaba un semanario. Y otro escribió: «Una de las claves del desarrollo económico regional de Portugal es la existencia de una enorme fuerza de trabajo de menores de catorce años de edad, que garantiza la supervivencia de centenares de empresas industriales.» Hubo más: en un debate en el Parlamento británico se descubrió que Margaret Thatcher compraba el calzado en una zapatería abastecida por una empresa portuguesa en la que trabajaban niños.

España y Portugal. Esa era la otra cara de Portugal, la nación más pobre de la Unión Europea junto con España y Grecia. «Parece la entrada de una escuela», apuntaba Alfredo Cardoso, sindicalista comprometido en la lucha contra el trabajo infantil, al referirse a algunas fábricas de calzado y de cerámica.

Se sabía ya que muchas de las piedras que se colocaban en las calles europeas las cortaban y tallaban niños portugueses, a cambio de seis pesetas por cada bloque de diez centímetros. El ministro de Trabajo de Estados Unidos incluía a Portugal en la lista de países subdesarrollados porque se sirven de forma abusiva de mano de obra infantil, sobre todo en el norte, en los distritos de Braga, Aveiro y Oporto.

El sindicalista Fernandes, de la UGT, citaba el caso de España, donde los inspectores de trabajo «descubrieron quinientos mil casos de niños que trabajaban ilegalmente». Esa cifra había que multiplicarla por dos en la Gran Bretaña: según la organización Scottish Low Pay Unit, unos dos millones de niños británicos trabajan en los más diversos oficios, aunque no como en tiempos de Dickens en Londres o de Zola en Francia. Solo en los cuatro primeros meses de 1996 se detectaron más casos de menores explotados o ilegalmente contratados que en 1995. El ministro de Trabajo reconocía que lo descubierto solo es la punta del iceberg.

Hay un rechazo a la escuela: «No quiero volver, me niego a volver a la escuela; si mis padres me obligan —protestaba Miguel do Carmo, obrero de la construcción de catorce años—, me tiro debajo de un coche.»

La organización Medicus Mundi denunció en 1996 que había en España más de cien mil niños empleados, sobre todo en los sectores agrícolas del Sur. En la zona de Levante, los niños trabajan de forma clandestina en la producción de juguetes y calzado.

¿Y en Estados Unidos? Tan solo en el Estado de California, trabajan, también de forma clandestina, más de medio millón de menores que reciben míseros salarios y una alimentación de patatas, frijoles y harina de maíz, poco más. En Estados Unidos llegaron a trabajar más de dos millones de niños menores de dieciséis años. El fotógrafo Lewis Hines recogió antes de la guerra imágenes de niños-obreros, barrenderos, camareros, mecánicos, mineros o granjeros. La sociedad americana se sintió ultrajada al contemplar aquellas fotos de denuncia, de pobres criaturas que trabajaban doce horas diarias a veces en condiciones peligrosas por tan solo un puñado de dólares. Esas imágenes desaparecieron a finales de los años treinta. Más de cincuenta años después centenares de miles de niños norteamericanos eran víctimas de la explotación sexual. Un procurador de Washington calculaba en 1986 que en la capital federal existían por lo menos cinco redes de información que permitían elegir entre niños y niñas prostituidos. Las redes hasta ofrecían las fotografías del crío. Ahora se sirven del Internet. La tecnología, la informática, corren en ayuda de la prostitución infantil, de la pornografía sonora (voces de niños por teléfono como excitante sexual) o de la red de adopciones, niños a la carta.

Hemos visto en el cine la presencia de esos críos norteamericanos, en su mayoría negros, que viven en las calles realizando pequeños trabajos. En Gran Bretaña, los dos millones de menores trabajaban hasta cuarenta y ocho horas semanales.

SE ME ENCOGE EL CORAZÓN. En Francia, miles de menores turcos, yugoslavos, vietnamitas, camboyanos o africanos de Malí trabajaban al margen de la legalidad, sobre todo en talleres de confección de ropa. ¿Y en Italia? La confederación Sindicalista CISL fijaba en medio millón el número de niños-obreros, cien mil tan solo en Nápoles.

«Los niños más pequeños se dedican a labores de toda clase. Cargan pescado en Santa Lucía, para venderlo en la ciudad, otros venden fruta, miel, bizcochos», escribía el alemán Goethe, a principios del siglo XIX, sobre los «bambinos» napolitanos. Ahora, parte de los niños trabaja en casa o en talleres clandestinos o al servicio de la mafia. Marisa Álvarez, directora de Ayuda en Acción, me habla de esos niños que viven con sus familias y trabajan en casa: «Son niños que desde los cuatro o cinco años se hacen cargo de sus hermanos pequeños, que se ocupan de la comida, del ganado, de ir a por leña y de ayudar en el trabajo del campo. Y lo hacen no como algo temporal, transitorio, sino que es su forma permanente de vida. Son niños que no pueden jugar porque no tienen tiempo, que son, muchos, más responsables que los chicos de veinte años en nuestra sociedad y que cumplen jornadas laborales de doce horas.»

Marisa, que conoce la problemática infantil de Asia, África y América desde hace quince años, confiesa que las imágenes que más le han impresionado están relacionadas con los más pequeños: «Se me encoge el corazón —añade— al ver a niñas de ocho a diez años caminando kilómetros y kilómetros con grandes racimos de plátanos a la espalda que yo ni siquiera podría levantar del suelo. Niñas que en España estarían en una guardería cargan con sus hermanos a la espalda, cuidan del ganado o hacen la cola ante el pozo de agua. Lo acabo de ver en una región remota al noroeste de Uganda. ¿Qué sería de esas familias sin esas niñas?»

Los niños napolitanos han sido protagonistas de la vibración en la ciudad y de su proyección a través de la literatura y el cine. Niños simpáticos, traviesos y algo gritones que giraban en torno a Sofía Loren o a la Lollobrigida en sus panes, sus amores y sus fantasías. Esa era la visión folclórica y costumbrista, porque el cine escondía a las niños-esclavos en la geografía del hambre: Nápoles, la de *La piel,* del escritor Curzio Malaparte.

Gavino Ledda contaba en *Padre padrone,* llevada al cine por los hermanos Taviani, cómo le fue arrebatada la infancia y cómo lo llevaron al campo para convertirlo en zagal.

Otro escritor meridional, Fortunato Pasolino, nos dice: «Tenía once años cuando me destruyeron aros y tirachinas, me explicaron que la edad de los juegos había pasado.»

Los niños campesinos enlazan con los menores y adolescentes de la periferia de la ciudad en *Accatone,* de Passolini.

Son las reglas de la economía sumergida: la edad de jugar termina para suplantarla por la del trabajo clandestino. Hay que recoger manzanas o naranjas, varear olivos, fabricar fuegos artificiales, bolsos, zapatos. La sociedad napolitana se estremeció al conocerse la noticia: dos niñas-obreras se habían quedado paralíticas por el material manejado en su trabajo, materiales nocivos. Un golpe de emoción y luego todo se olvida. El problema es duro de pelar a pesar de las leyes y del Año Internacional del Niño y de la Protección de la Infancia Desvalida. Unicef y las demás organizaciones deben luchar contra toda clase de inconvenientes. La misma suerte han corrido millones de menores, los saltimbanquis de Calcuta que nacen en la calle, los pequeños limpiabotas de Estambul o de Ankara con sus cajas de betún claveteadas, niños pastores del altiplano boliviano, niños-obreros italianos.

Se declaran contentos de su trabajo, aunque su salario sea bajísimo; trabajan más de ocho horas diarias. Una sindicalista italiana del grupo Acli descubrió que el 1,07 por 100 de los niños encuestados declaraba que tenían otras aspiraciones, como por ejemplo la de ser algo el día de mañana. El resto tan solo esperaba mejorar en el trabajo, ganar en seguridad y cobrar un poco más. Los niños proletarios son baratos, maleables, no protestan, no forman sindicatos, se les puede poner de patitas en la calle sin problemas ni indemnizaciones. En Filipinas podían contratar una familia entera de la etnia negritos por dos mil pesetas. Por otras dos mil, podías comprar un niño esclavo en el Sudán atravesado por la guerra civil. Los milicianos árabes organizaban incursiones contra los poblados dinkas en el sur, mataban a los hombres y se llevaban a las mujeres y a los niños-esclavos. Eso en 1996.

Hace unos años, en Ayacucho, al norte del Perú, «la ciudad de los muertos», cuna del movimiento terrorista Sendero Luminoso, el director de mi hotel, corriendo por el pasillo, tocó angustiado mi puerta y dijo: «¡Salgamos todos! ¡Han colocado una bomba!» Salí con lo puesto pero no hubo nada. Una falsa alarma que bien podía haber sido cierta, porque el hotel sufrió varios atentados en el pasado. Días después se descubrió que la falsa amenaza iba dirigida a una juez de menores de la capital que investigaba el comercio de venta o adopción de niños peruanos. Perú contaba con nueve millones de niños entre uno y catorce años, y con una fuerte demanda de ellos. Por eso la «mafia» de la adopción persigue a los jueces que no pueden ser comprados, secuestran niños en los portales o en las calles, los compran y los venden. Hasta tienen madres a sueldo a las que hacen parir un hijo por año. Son máquinas de fabricar niños.

El precio de un niño o niña viene a ser, según las oscilaciones de la oferta y la demanda, de unos diez mil dólares. Hay madres que, arrepentidas por lo que han hecho, tratan de recuperar a sus hijos. Así empieza un vía crucis, un peregrinaje de reclamaciones judiciales sin salida y sin fin, extorsiones y sobornos en el orfanato. «No se preocupe, se encuentra bien, ahora no puede ver a su hija.» Disculpas de los mafiosos cuando la madre insistía en ver a su hija; le ocultan la verdadera razón: la pista de sus hijos se ha perdido. No se sabe dónde, quizá en Francia, en Inglaterra, en Alemania, en Estados Unidos... En ese caso la frase era siempre la misma: «Es por su bien y por el del niño.»

X
Tengo once años y hago la guerra

Una patrulla española, en la guerra de Marruecos de principios de siglo, sorprendió un día a un soldado rifeño desprevenido y lo hizo prisionero. Era un crío de catorce años armado de un fusil Mauser más grande que él mismo.

—¿Que haces aquí, mocoso? —le preguntó el oficial español.

—Yo, aprender —le contestó el niño, impertérrito.

El fusil, «la fusila», era para los combatientes del Rif, en la franja del norte mediterráneo de Marruecos, el mayor tesoro. «La fusila», el Corán, el caballo y, a bastante distancia, la «mujera». Los niños bereberes llevan «la fusila» y la pólvora en la sangre. Saben zancajear por las barrancas y a falta de escuelas ese era su aprendizaje, la escuela de las peladas montañas y los desgalgaderos del Rif.

Dos días después del desastre del Annual, en julio de 1921, se rompió la comunicación entre las distintas guarniciones españolas. Murieron diez, quince mil soldados arrollados por los guerrilleros del cabecilla Abdelkrim. La situación era tan desesperada para los sitiados, cortadas las líneas telefónicas e inutilizado el heliógrafo de señales ópticas, que el general Navarro se vio obligado a aceptar la oferta de un muchacho moro de unos catorce años presente en la posición.

«No sé quién es este niño, ni de dónde ha salido —escribe el teniente coronel Pérez Ortiz en su diario—. Encanijado y medio desnudo, muy avispado y discreto para su edad, hablando regularmente nuestro idioma, cree fácil burlar la vigilancia del enemigo y llevar a Tistutin, entre los guiñapos de su sucio ropaje, un pequeño papel para el jefe de estas fuerzas. Y así lo hace y aún llega otro día a Monte Arruit (el fuerte español en el que la mayor parte de sus defensores serán pasados a cuchillo al cabo de unos días) trayendo los datos que allí le dan para nosotros. Sabemos por el mensaje que traía el niño que hay comunicación con Zeluán, que la vía férrea debe estar expedita, y que el último tren que circuló fue el de la tarde del 23 de julio de 1921.»

El niño-soldado y el niño-enlace, correo, espía. ¿Quién puede pensar en él como mensajero del enemigo? Cruza las líneas con su «papela» (así la llaman los moros) y lleva y trae mensajes de un lado a otro de la geografía bélica. Corren sobre los campos minados para despejar el camino a los carros de combate y empuñan armas más grandes que ellos. Les han enseñado el odio al enemigo y la inevitabilidad de la violencia. «Combatís por una causa justa —gritaba el comandante "misquito" a sus muchachos, unos doscientos, el ejército de los niños en la selva de Honduras, a orilla del río Coco. La causa es justa aunque muchos de vosotros no calcéis zapatos.» Sus enemigos eran los sandinistas nicaragüenses. Durante meses emboscarían a los destacamentos, harían saltar puentes y volarían depósitos de municiones. Es lo que les enseñaron en los campos de entrenamiento en la parte hondureña del río Coco, en las marismas infestadas de mosquitos.

Bernabé Lacut, de doce años, hundía el cuchillo en el vientre de una tortuga que le serviría de almuerzo:

—No podemos consentir —decía— que los sandinistas ocupen nuestro país a sangre y fuego. Los mataré a todos.

—¿Pero sabes por lo que combates?

—Mataron a mi madre y a mis dos hermanos.

—Entonces se trata de una venganza...

—Sí, hasta el último cartucho. Bueno, hasta el último cartucho no, porque ese será para mí. Los sandinistas no me cogerán vivo.

La víspera de la batalla, Bernabé, entre el canto de los papagayos y el zumbido de los mosquitos de la malaria, se ponía a rezar apoyado en su fusil de asalto Kalasnikov.

Más allá de la jungla, resonaban los tiros de artillería. «Calibre 81», aseguraba, con conocimiento de causa, el comandante en jefe de los misquitos, Steadman Fagoth, tumbado en su hamaca.

—¿Por qué recluta niños para la guerra?

—Los padres saben que deben enviarnos a sus hijos. Quizá éstos no sepan por qué combatimos, pero los necesitamos.

Cuando faltan hombres en filas, los niños son bienvenidos. Así ocurre en medio mundo. Doscientos mil niños hacen la guerra, empuñan las armas, pelean....

En la capital de Nicaragua, Managua, Alma Baltodano, heroína de la resistencia sandinista contra el general Somoza, desde los trece años entrenaba a los «muchachos» para hacer frente a los misquitos y a los contras (contrarrevolucionarios). Una bomba que iba destinada para los soldados de Somoza le voló las manos. ¿Por qué enviar a los niños a la batalla?: «Porque esto no es la Europa del bienestar. Aquí un niño de ocho años sabe ya que cada nuevo día significa para él una lucha por la supervivencia. ¿Por qué no debería combatir si va en ello su futuro?» Para Fidel, de once años, combatiente del M-19, grupo guerrillero colombiano, «la muerte es mucho más divertida que un juguete». Ese era el título de la película de la Cruz Roja *Tengo once años y hago la guerra.*

Revolución de los muchachos. A lo largo de las guerras y guerrillas centroamericanas hemos visto a muchos niños volcados a la batalla. Eran reclutas coriáceos, entusiasmados. En el largo conflicto para echar del poder al dictador Somoza, los sandinistas supieron aprovechar ese fervor, ese misticismo. Recuerdo una tarde cuando, cercada Managua por los «muchachos» sandinistas, visité a unos amigos para compartir unos vasos de ron. Al llegar, la casa estaba patas arriba: «Están locos —bramaba Jorge—, son unos chavos (chavales), necesitan armas y se las han llevado. Pero son armas de coleccionista. ¿Que harán con una espingarda de pistón del siglo pasado, o con una escopeta de caza de un solo tiro?»

Eran niños de doce, catorce años los que se llevaron las armas de museo de Jorge, decididos a lanzarse contra las ametralladoras de la Guardia Nacional de Somoza. Poco después los abatían a tiros en el centro de telecomunicaciones, cuando se disponían a tomarlo con sus armas antediluvianas. Un sacrificio inútil, pero era la «revolución de los muchachos». Es la perversión de la guerra: los niños no pueden quedar al margen, como víctimas o como soldados. Siempre habrá ideas que lo justifiquen. No hay un solo comandante de un ejército de liberación o de una guerrilla tercermundista que no haya elogiado el valor y el coraje de sus niños-soldados.

«Son los mejores, los más disciplinados, los más baratos —nos decía un jefe afgano de los "guerrilleros de Alá"—, no se rebelan nunca, obedecen ciegamente todas las órdenes.»

Le faltó decir: y no son capaces de valorar las consecuencias de sus acciones. La suya es una guerra justa. No hay elección. En efecto, han visto morir a sus padres a manos del enemigo, viven en condiciones de pobreza inimaginables, los explotan, los golpean. La salvación está en el fusil o en el «bazoka», el mítico RPG, el lanzagranadas; desde Beirut a El Salvador, desde Mozambique, Sudán o Somalia hasta Nicaragua.

El fusil, el Kaláshnikov o el M-16 convertirá a niños de diez o doce años en adultos. Es el instrumento que les servirá, no para modificar su condición social, que eso es cosa de los teóricos, sino para hacerse respetar, para sentirse grandes, mayores, a la altura de sus padres.

«Con el fusil en la mano, me toman en serio», explicaba un muchacho angoleño.

También en Estados Unidos miles de padres vestían a sus hijos con uniformes de combate o de camuflaje para que tomaran parte en maniobras militares privadas. El enemigo era el comunismo soviético. Terminaron volando el edificio de Oklahoma. Estos niños, sobrealimentados y juguetones, recibían consignas patrióticas desde la cuna y disparaban con fuego real contra un tanque de cartón sobre el que se podía leer: «Destruid al ejército rojo.» Había que aprovechar el impulso, el instinto infantil de agresión del que hablaba Freud, para hacer de ellos bravos soldados en el juego de la vida y de la muerte.

Los obispos católicos de la República Federal Alemana lanzaban la voz de alarma en su carta pastoral de 1983: «Seguimos con preocupación la mentalidad militarista que forma parte, cada vez más, de la educación en las escuelas y de la formación profesional. Nos tememos que esa educación tienda a resolver los conflictos por medio de la violencia y debilite el carácter pacífico de las generaciones futuras.» «Los niños están expuestos desde muy pequeños —escribe Rojas Marcos— a la glorificación del macho, del "Rambo", del hombre que llega a líder mediante la violencia del héroe violador. Otra excusa cultural es la glorificación de la competitividad. La tercera justificación cultural es el principio diferenciador de los "otros", según el cual hay grupos sociales que no son tan "buenos" como nosotros. Puede tratarse de los inmigrantes, los homosexuales, las mujeres, los viejos...» O los enemigos de la patria.

El espíritu militar. Los niños de Hitler aprendían en el colegio las excelencias del combate. Eran tiempos de exaltación de la guerra. Ortega y Gasset escribía en *España invertebrada:* «La fuerza de las armas no es fuerza bruta, sino fuerza espiritual.»

Les enfants de la patrie: los niños de la patria. La sangre, se decía antes de la primera guerra mundial, es «una tonificante cura de hierro para la humanidad» y, para Ruskin, «el fundamento de todas las artes, la base de todas las demás virtudes y facultades de los hombres». Se hacían lenguas del valor educativo y del aspecto ético de la guerra. En estas guerras pequeñas a las que nos referimos hoy apenas si se tienen en cuenta esos conceptos. La realidad es más prosaica, pero algunos móviles, los mecanismos que mueven a los hombres, proceden de lo que el profesor George Mossé llama en *The fallen soldiers* (Los soldados caídos) el «mito de la experiencia bélica».

La primera guerra mundial es la madre de todas las batallas. Los soldados empiezan a morir en cantidades industriales, trece millones entre 1914 a 1919, que se convertirán en sesenta millones en la segunda guerra mundial. Pero es la primera conflagración la que pone las bases de la carnicería. Se estimula el culto a la guerra. Las nuevas tecnologías de destrucción hacen que en la primera guerra caigan más del doble de soldados que en los grandes conflictos librados entre 1790 y 1914. Napoleón, en su invasión de Rusia, perdió «solo» cuatrocientos mil hombres.

Hasta que se descubran los efectos de la guerra, ésta se idealiza con el mito del machismo y de la camaradería en las trincheras, un antídoto contra la soledad y el aburrimiento, la defensa de la patria y de una noble causa. Los futuristas italianos se referían a la *guerra festa,* la guerra como una fiesta.

El *esprit militaire,* el espíritu militar como taller para la formación del carácter, al son de himnos como *La Marsellesa.*

El poeta alemán Schiller se refiere al soldado que se libera por medio de la guerra de las ansiedades y apreturas de la vida cotidiana. Es la «camaradería masculina», la *Mannerbund* que tan destacado papel desempeña en la historia de Alemania. Hay que pasar por la prueba de la masculinidad. Ese nudo gordiano se corta en la guerra, salvaguardia «contra el afeminamiento». «La guerra es una excusa de los hombres —escribe Tolstoi en *Guerra y Paz*— para marchar a la aventura.»

LA VIDA ES ENERGÍA. Ya tenemos los elementos motores de la generación de 1914 que se lanzó con entusiasmo a la primera guerra mundial: el patriotismo, la búsqueda de un propósito en la vida, una misión que cumplir, el amor a la aventura y los ideales de la virilidad. La sorpresa llega cuando los combatientes descubren que hay un enemigo enfrente que no quiere morir y que devuelve el fuego.

Los jóvenes, muchos de ellos falsifican la edad para poder entrar en fuego, se presentan voluntarios en los banderines de enganche. En novelas y obras de teatro del siglo XIX se narra la historia del alumno que no ha cumplido aún los quince años y que escapa de la tiranía de la escuela y del despotismo familiar, de la hipocresía burguesa. ¿Qué mejor escenario que el campo de batalla? La guerra permitirá el nacimiento del «hombre nuevo» que con tanto ahínco persiguieron los totalitarismos. Jünger habla de la guerra como «transformación de la vida en energía». Energía masculina. Es la regeneración en el vigor, la energía y el entusiasmo. Robert Musil, el novelista austriaco, se refiere a lo «hermosa y fraterna» que puede ser la guerra. Puede hablarse del amor ciego a la violencia entre los que corren hacia las trincheras como si acudieran a una fiesta o a un banquete, los de la «generación del 14».

Todos auguraban una guerra corta, rápida. Fue un conflicto largo y mortífero. Tan solo en la batalla del Somme, en 1916, los británicos perdieron cuatrocientos mil hombres. En la de Verdún, entre alemanes y franceses, los primeros perdieron doscientos ochenta y un mil soldados, y trescientos quince mil los segundos. En esa carnicería quedaron las pasiones y emociones bélicas de 1914. Un boletín del ejército alemán redactado en los primeros compases de la guerra, en noviembre de 1914, decía lo siguiente: «Al oeste de Langemarck, regimientos juveniles que cantaban el *Deutschland über alles* (Alemania por encima de todo) arremetieron contra las trincheras enemigas y las tomaron. Era nuestra patriótica juventud en acción, dispuesta a lograr la victoria al precio que fuera.» Tras esa batalla en la que tomaron parte «grupos de escolares» Theodor Korner escribió: «La felicidad descansa solo en la muerte y el martirio en la batalla.» Es una frase que podían suscribir casi setenta años después los ayatolás de Irán. En su libro *Mi lucha,* Hitler advertía que después de haber intervenido en la batalla los supervivientes marchaban de manera distinta a como lo hacían antes: «Ahora, muchachos de diecisiete años parecían hombres.» Ese es uno de los mitos que impulsan al niño hacia una guerra cuyas consecuencias desconoce. Su talento para resistir se deriva en parte de la ignorancia de las alternativas.

SOLDADITOS DE PLOMO. Los pequeños combatientes de hoy se alimentan de telefilmes bélicos, de películas de guerra y tebeos de Rambo, Chuck Norris o Bruce Lee. Antes de la primera guerra mundial lo hacían con los soldaditos de plomo y las tarjetas postales. Estas imágenes nos pintan a los mozalbetes vestidos de uniforme, con medallas en el pecho, sables y cascos de acero sobre las cabezas. Los niños son el símbolo de la continuidad entre las generaciones. Una de las tarjetas postales más celebradas en Alemania mostraba a un padre y soldado en uniforme, con su hijo recién nacido en los brazos. Se inaugura la era de los juguetes bélicos. El primero reproduce el carro de combate que los británicos estrenan en 1916. Un año más tarde llegaban tanques de juguete a los mercados franceses. Los soldaditos de plomo aparecieron por primera vez en la corte de Luis XIV, importados de Alemania: coleccionarlos era una forma de educar a la juventud para la guerra. Hoy los soldaditos de plomo son de carne y hueso y empuñan armas de verdad. Los juegos de la guerra se representan en la realidad virtual y en las pantallas de vídeo. En 1916 se reflejaban en los textos escolares, en los dibujos y viñetas, en las obras teatrales para niños.

En *Los soldaditos de Dios,* obra teatral de una monja alemana, un arcángel, con un lirio en la mano y el báculo en la otra, se aparecía a siete niñas dormidas para invitarlas a que entraran en combate con la valentía de los soldados.

Una de las niñas confiesa su sueño: resultó herida por los rusos antes de que acabara con el último de ellos. Otra niña afirma que ha lanzado bombas sobre Bélgica. «De esta manera —escribe George Mossé— un cuento de hadas se utilizaba para trivializar la guerra, para romantizarla.» La literatura, el cine se servirían pronto con entusiasmo de los niños-héroes de guerra o de aventura, como lo era Jim, el pequeño protagonista de *La Isla del Tesoro,* de Stevenson. El siglo XX es el de los juguetes bélicos: el soldadito de plomo echa a andar y se transforma en guerrero de las galaxias.

De los árboles de Navidad cuelga un arsenal. La industria del juguete bélico movía, en 1990, una cifra de negocios superior a los mil millones de dólares. El juguete de guerra se perfecciona para acercarse cada vez más al original. Algunos ejecutivos necesitan jugar a la guerra para relajar sus nervios. Armados con pistolas cargadas con tomatina, se enfrentan en los bosques y cerros los fines de semana. Desde 1987, los juguetes «interactivos» permitían intervenir, con pistola o metralleta de ficción, en el curso de la historia de una serie televisiva. Los niños de hoy desintegran con sus rayos láser. Los críos norteamericanos verán al año mil anuncios y trescientos «spots» publicitarios que predican las maravillas y las bondades de los juguetes bélicos. ¿Por qué a los niños les fascinan las guerras? En un artículo publicado en la revista *New Society,* David White descubría que los niños reclamaban más tebeos y juguetes bélicos a medida que los mayores contaban sus recuerdos de antiguos combatientes. En parte por eso, concluía White, la segunda guerra mundial no terminó en 1945 y se «perpetuaba en el mundo imaginario de los niños». En Vietnam poco pudieron inspirarse como consecuencia del famoso síndrome de la derrota, pero la «Tormenta del desierto» o Somalia, con aquel desembarco casi marciano, retransmitido en directo por televisión, dieron un impulso a este tipo de juegos. La pedagogía de guerra.

JUVENTUDES HITLERIANAS. Del soldadito de plomo y las enseñanzas teóricas en la escuela, se pasó al encuadramiento de los niños alemanes en la Jungvolk. «Veamos lo que los alumnos han traído a clase, las experiencias bélicas de sus mayores, balas, trozos de obús convertidos en joyas. Miremos las fotografías. Un día en las trincheras bajo fuego nutrido. Un ataque aéreo. Explota una granada. El funeral de un camarada. Su última carta.» Cuando Alemania se bate en retirada quedan los chavales y los ancianos, la

Volkssturn, niños de once años lanzados contra los carros aliados. Hitler premia a uno de los pequeños héroes con la Cruz de Hierro el día de su último cumpleaños, el 20 de abril de 1945, en Berlín. Las juventudes hitlerianas se batieron hasta el final. *Baby Divissions,* les llamaban los soldados norteamericanos. «Con las primeras luces del alba, la infantería se hizo con el control de Monte Royal, el último bastión de las SS (fuerzas de choque nazis) en Falaise. Así pudieron descubrir —narraba un testigo— a los que les tuvieron en jaque desde la víspera. Eran niños, y tenían rostros de niños quemados por las llamas. Pensativo, un canadiense recogió una armónica caída junto a un lanzagranadas.»

Miles de armónicas, de muñecas, de ositos de peluche, de retratos de familia, recogieron los verdugos de los campos de exterminio nazis. Pertenecían a los niños que como la alemana Ana Frank acompañaban a sus madres judías. Sophia Litwinska logró sobrevivir al campo de exterminio de Auschwitz, en Polonia, creado por Hitler en abril de 1940. Allí mataron a millón y medio de personas, judíos en su gran mayoría. «Tuvimos que abandonar nuestros camastros y formar casi desnudas ante los médicos —contó Sophia—. Éramos más de tres mil mujeres de todas las edades, desde ancianas a niñas y adolescentes. A las que por enfermas o débiles no pudieron dejar sus camas les tomaron el número; estaba claro que las condenaban a muerte. A aquellas cuyos cuerpos aparecían esqueléticos o que no recibían la aprobación de los caballeros encargados de la selección les tomaron también el número. Sabíamos lo que les esperaba. ¿Podríamos salvarnos nosotras? Pasamos la noche en el bloque número cuatro y al día siguiente nos trasladaron al bloque número dieciocho. Hacia las cinco y media de la tarde llegaron los camiones a Auschwitz. Nos subieron a ellos, desnudas como animales. Nos conducían a las cámaras de gas. Me dio la impresión de que el lugar al que nos llevaban era una sala de duchas. Había toallas colgadas, cremas y hasta espejos. No puedo recordar cuántas nos encontrábamos en la sala de duchas. Estaba aterrorizada. Ni siquiera recuerdo si las puertas estaban o no cerradas. La gente lloraba a mi alrededor. Gritaban, se mesaban los cabellos y se agredían unas a otras. Había allí gente saludable y fuerte, gente debilitada y enferma. De pronto vi cómo salía el humo de un tragaluz del techo. Era el gas Cyklon B. Rompí a toser, las lágrimas brotaban de mis ojos, sentí como si me asfixiara. Ni siquiera me puse a mirar a las demás porque cada una de nosotras se concentraba en lo que le ocurría a ella y solo a ella.» Fue en ese momento cuando Sophia Litwinska escuchó su nombre. No se sentía con fuerzas para responder, pero levantó la mano. Se salvó de puro milagro, la tomaron por una alemana de raza aria.

El 27 de septiembre de 1945 les llegó la hora de la salvación, la liberación a los últimos de Auschwitz, espectros vivientes dignos de Goya o El Bosco. El pánico de las SS ante la inminente llegada de las tropas rusas les salvó la vida. A los demás los sacaron horas antes en la «marcha de la muerte». Los presos caminaron día y noche en columna. Mal abrigados, mal alimentados, debieron soportar temperaturas de veintiocho grados bajo cero. Los que desfallecían en el camino recibían un tiro de los escoltas SS y eran abandonados en la cuneta. La escritora israelí Halina Birembaun, que contaba quince años cuando la noche del 18 de enero de 1945 la sacaron de Auschwitz, relata en sus *Memorias* cómo fue aquella «marcha de la muerte»:

«Nos hicieron marchar sin descanso toda la noche, todo el día siguiente y todos los días y noches que siguieron. Al que le abandonaban las fuerzas lo remataban a tiros. El camino, helado, quedaba sembrado de cadáveres de hombres, niños y mujeres, con el cráneo perforado por las balas.»

Antes de la guerra en la Europa ocupada por los nazis se contaban un millón seiscientos mil niños judíos. Tan solo se salvó el 7 por 100. El precio fue más alto que el de los mayores: se salvaron el 33 por 100 de los adultos. En una redada en Francia, en 1942, hicieron prisioneros a nueve mil judíos. Cuatro mil eran menores de edad. Del total, regresaron vivos treinta. Ninguno de ellos era un niño. Bernard Lemel fue uno de los once niños judíos sometidos a «experimentos médicos» en el campo de Sachsennausen. El médico nazi trataba a los niños como animales de laboratorio. «Yo tenía que andar siempre —recuerda Bernard—, con una sonda metida en la boca que me llegaba hasta el intestino para que el médico pudiera administrarme las sustancias en todo momento.» Los niños tenían entre ocho y dieciséis años. Arnold Dohmen se llamaba el jefe de la sección experimental del campo. A Saúl Hornfeld le destrozaron el hígado y el estómago. Bernard, que vive en Israel, no quiere volver a Alemania: «Me he jurado no volver a pisar jamás suelo alemán y lo cumpliré.»

En los manuales escolares podían verse dibujos de formaciones de carros y soldados de infantería, armados de sus lanzagranadas, abriendo fuego sobre el enemigo. Mientras tanto, los altavoces difundían extractos de los discursos de Hitler. En una circular enviada a todas las escuelas por el ministro de Cultura y Educación del III Reich se invitaba a los maestros a combinar las teorías patrióticas con la práctica intensiva del deporte: «De esta manera se endurecerán, hasta que podamos hacer de ellos buenos soldados.»

XI
Ríos de leche y miel

Cada maestrillo tenía su librillo. En los textos escolares del Irán de Jomeini, una mancha roja en los márgenes de cada página simbolizaba la sangre de los mártires. Era un manual de ciento noventa y tres páginas, cubierto de fotografías del imam, que incluía preguntas como esta: «¿Cómo podemos liberar Jerusalén?»

Respuesta: «Podemos conseguirlo si liberamos Irak y destruimos el partido Baas» (el partido único iraquí).

«Dar detalles sobre el sacrificio de vuestros camaradas y sus palabras en el momento en que pasaron a convertirse en mártires.»

En el breviario para los niños-soldados de Irán había consejos para elevar su moral: «Piensa con toda intensidad en el paraíso, en los ríos de leche y miel, en los ángeles vestidos de azul.»

En la selva o en los desiertos, sobre las dunas o bajo gigantescos árboles, en los calveros de los bosques, los niños-soldados reciben sus clases de dogma, su adoctrinamiento ideológico-político. En el Líbano, veíamos hace años a los niños palestinos de Arafat entrenándose con fusiles de madera. Hacían la instrucción, marcaban el paso o respondían a las arengas patrióticas, trotaban sobre el polvo, entraban en trance. En su libro de texto figuraban los dibujos de una gallina, un conejo, un gato, un caballo. Al pie podía leerse: «Una gallina tiene una casa, el gallinero; el conejo tiene su casa, la conejera; el gato tiene la suya, la gatera. Todos los hombres tienen una casa. Es un lugar de alegría y seguridad, pero el palestino no tiene casa. ¿Dónde está la casa del palestino? La casa del palestino está en Palestina. En la casa del palestino habita el enemigo. ¿Cómo podrá el palestino recuperar su casa? Tan solo por medio de la lucha y el sacrificio.»

Así nos enseñaron a nosotros, los niños españoles de la posguerra, las hazañas bélicas de Viriato, el pastor lusitano, del Cid o de Pelayo, de todos los héroes que la patria ha dado. La asignatura se llamaba Formación del Espíritu Nacional.

En *Los Justos,* drama de Albert Camus, el revolucionario radical Stepan descubre su arma secreta para la victoria final: «El día en que decidamos que no hay que tener ninguna contemplación para con los niños seremos los dueños del mundo. Ese día la revolución triunfará.» Dora, su amiga, le responde: «Ese día la revolución será odiada por toda la humanidad.»

No estemos tan seguros. Se utiliza a los niños como carne de mortero, mina y cañón porque para cada combatiente su causa es la justa, Dios está de su parte y en la guerra todo vale. En el nombre del mismo Dios se matan unos y otros: paz en la tierra a los hombres de buena voluntad.

Que se lo pregunten al niño afgano sometido a bombardeos de napalm o de gas tóxico.

Cerca de Razni, tres soldados soviéticos crucificaron a un pastor de nueve años: su madre no pudo pagar un rescate de dos mil afganis, menos de cuatro mil pesetas. O que se lo pregunten a los familiares de los cincuenta mil iraníes muertos en combate en 1983. Una gota de sangre en el océano del holocausto infantil. Que se lo pregunten a las niñas vietnamitas violadas por los piratas tailandeses; a los niños libaneses que se automutilaron porque la bomba había matado a sus padres y los dejó vivos a ellos.

«No es que quieran morir —afirmaba un médico—, es que no quieren vivir.»

El instinto de supervivencia los salva al final, a menos que estén destinados al sacrificio. Si la vida de un hombre no vale nada, menos valdrá la de un niño.

Casos como el del niño-bomba de Perú conmocionaron a eso tan nebuloso que hemos dado en llamar la «Comunidad Internacional».

Pero llega la «fatiga de la compasión» y caen en el olvido.

Tres hombres de Sendero Luminoso, el movimiento peruano de signo maoísta, llevaron a un niño en un Volkswagen y lo depositaron en una acera frente a la comisaría de policía. Llevaban en la mano tres bastones de dinamita con una mecha muy corta. Todas las mechas son cortas para los niños peruanos. El niño-bomba se desintegró sobre la acera.

DEPORTE NACIONAL. Cada vez más los niños son víctimas o verdugos de las guerras modernas. Se les obliga a ver la vida a través del cañón de un fusil. Niños de Afganistán que no han conocido otra cosa que la guerra, porque cuando los soviéticos se fueron después de pelear once años contra los guerrilleros de Alá, ayudados por los Estados Unidos, llegó el eterno retorno de los conflictos tribales, la lucha entre las diversas facciones afganas. La guerra es el deporte nacional. Ahora las guerras no se libran entre las naciones, sino en el interior de las naciones. Del temor de la guerra atómica se ha pasado a las guerras atomizadas, étnicas, religiosas, etc. Antes caían principalmente los soldados, hoy, sobre todo, mujeres y niños. En este siglo la proporción de las bajas civiles sobre las militares creció de un 5 por 100 en la

Primera Guerra Mundial a un 50 por 100 en la Segunda, y a un 90 por 100 en los conflictos de las últimos tiempos.

En los pasados diez años dos millones de niños han muerto en las guerras, entre cuatro y cinco millones han quedado lisiados o heridos, otros cinco millones han ido a parar a campamentos de refugiados y doce millones se han quedado sin hogar. En 1994, tan solo en unos pocos meses, más de cien mil niños resultaron muertos en Ruanda. Joaquín Ruiz-Giménez, presidente del Comité Español de Unicef, pidió en julio de 1996, en el curso «Los niños y la guerra», de la Universidad Complutense, «zonas de paz» que fueran «áreas vitales de espacio humanitario incluso en los conflictos más sombríos». Afganistán ilustra con claridad los efectos de la guerra en los menores: de cada cuatro pequeños, uno muere antes de llegar a los cinco años. La esperanza de vida es de cuarenta y cuatro años, la segunda más baja del mundo. Los niveles de nutrición son los más pobres del globo, lo mismo que el índice de escolarización, si exceptuamos Somalia, también sumida en una guerra tribal. Sesenta mil niños afganos necesitan piernas artificiales.

«El problema fundamental —decía Bob Mckerrow, agente de la Cruz Roja en Kabul— consiste en qué hacer con una generación perdida de jóvenes de veintisiete o veintiocho años que han empuñado un rifle desde que tenían catorce o quince. ¿Qué podemos hacer con medio millón de chavales con nostalgia de gatillo? No los vamos a poner a todos a vigilar embajadas...»

En Afganistán, el 25 por 100 de las mujeres son viudas, lo que hace aún más difícil la supervivencia de los pequeños.

Adila, de cuarenta y cinco años, cuyo marido resultó muerto en combate, entregó al orfanato a cuatro de sus nueve hijos, incluidos dos gemelos: «Tan solo puedo dar de comer a cinco de mis hijos», decía compungida.

No solo era la supervivencia física la que estaba en riesgo. Los niños afganos, acostumbrados a una cultura de guerra, debían habituarse a otro tipo de vida que no fuera el ciclo del odio y el baño de sangre.

«Nuestros hijos —aseguraba un psiquiatra— no conocen otro mundo, otra situación que esta. No conocen una alternativa a los bombardeos y al fuego de artillería y al hecho de que sus familiares hayan caído muertos a su lado.»

La explicación es válida para otras zonas del mundo. La escuela de los niños afganos ha sido la guerra. No ha hecho falta que los fuercen a vestir el uniforme de guerrillero, del *mujahidin* (combatiente de la fe): lo piden. Es un orgullo para ellos combatir en la *jihad,* la guerra santa, junto a los mayores, con el AK-47 en la mano. Su mayor triunfo es el de matar a un enemigo, como para los *simbas* africanos lo es el matar a un león. Por eso estos niños-guerrilleros han escalado montañas, han tendido celadas a los soviéticos y a sus aliados afganos y al fin, el gran día, la fortuna les pone ante un soldado soviético, abren fuego y matan. Lo hacen sin ningún escrúpulo, sin dudar un segundo. Son hombres de pelo en pecho. ¿Puede haber mayor felicidad que cobrar la pieza más grande? Allí está tendido a sus pies el cadáver del infiel, muerto y bien muerto. Ha recibido varios tiros de gracia. El niño-guerrillero afgano arde en deseos de encontrar a su padre o al jefe de la unidad para comunicarle que ya ha pasado la prueba, para mostrarle la oreja cortada del enemigo muerto, su cartera o su chapa de identificación.

—Hemos venido aquí a luchar, no a jugar —confesaba Sahin Sha, un niño *mujahid* de diez años, como si fuera consciente del papel que le reserva la historia.

¿Qué otra cosa que el Kalasnikov le puede quedar a este huérfano en la vida? Le han dado la oportunidad de que sea un hombre a los diez años. En los campos de «desintoxicación» de la guerra, los psiquiatras deberán devolverle a la infancia, al niño que fue. Se resistirá; la guerra es bonita, reúne todos los ingredientes para atraer al pequeño; el Kaláshnikov es su juguete. Puede matar. El poder en la boca del fusil. No sienten miedo, son resistentes, aunque de pronto bajan la guardia y se comportan como lo que son, niños: «Tiran piedras —me decía el jefe guerrillero Mohamed Wali— o les gastan bromas a los mulos.»

El Corán y el fusil. Desde los cinco o seis años, aprenden a desmontar el fusil, a engrasarlo para los mayores, a acarrear alimentos y cantimploras de agua. Hay una misión para cada uno, al margen de la edad. No existen otras referencias para ellos, ninguna distracción fuera del combate, ni la televisión ni *Barrio Sésamo,* ni dibujos animados. Un solo objetivo, con el Corán en una mano y el fusil en la otra: la destrucción del ateo soviético. Saben morir como los mayores. A veces resultan heridos y el dolor les devuelve a la realidad. Algunos de ellos en Birmania, en Mozambique o en el propio Afganistán, han salido al frente engañados con la droga. Los héroes de la heroína.

En 1965 me llamaba la atención la edad de los soldados del ejército del rey de Afganistán, reclutas de pelo rapado que deambulaban por Kabul como criaturas perdidas. Quince años era la edad de incorporación a filas, la más baja del mundo.

Una sucesión de golpes de Estado y la invasión soviética en 1979 no dieron respiro a los niños afganos. Derribado por los «mujahidines» el gobierno comunista, la guerrilla de Alá se puso a combatir por el control de Kabul. Uno de los primeros cohetes disparados sobre la capital redujo a cenizas el orfanato en el que se habían refugiado mil doscientos niños. Los reclutadores no perdieron el tiempo.

«A los niños de más edad se los llevaron para luchar —decía Hosain Ali, uno de los maestros del orfanato— y a los más pequeños los utilizaron como pastores del ganado que acompaña en su andadura a los *mujahidines.*»

El secuestro es una forma de reclutamiento. En 1992, en Sudán, doce mil quinientos niños de entre nueve y dieciséis años fueron arrancados a la fuerza de sus chozas por las tropas rebeldes «para asegurarse la cuota necesaria de soldados». El criterio para alistar no podría ser más estrambótico: bastaba con que tuvieran dos molares sanos. En otros casos y en otras zonas no era necesario el secuestro, porque los niños gravitaban en torno a las organizaciones militares en busca de seguridad, y de algo que llevarse a la boca. No era poco lo que obtenían a cambio de su incorporación a estas fuerzas irregulares: comida y medicinas, ropa y un abrigo seguro. En Liberia, donde unos seis mil niños libran una guerra que dura más de siete años, han recurrido a toda clase de métodos para asegurarse la fidelidad de los niños-reclutas: les han forzado a beber alcohol, les han hecho tomar drogas y una mezcla de caña de azúcar y pólvora que según los brujos es el mejor estimulante del coraje y del valor. O que les hace invisibles.

CIANURO. También en la isla de Sri Lanka, la antigua Ceilán, los niños son guerreros. Llevan una bolsita colgada sobre el pecho que contiene una cápsula de cristal con polvo de cianuro blanco que tragarán en caso de que sean detenidos por las fuerzas del gobierno. No es un truco cinematográfico; tan solo en 1987, diecisiete «tigres», así son llamados los separatistas tamiles que tratan de lograr la independencia por las armas, se quitaron la vida con cianuro. Estos niños se entrenan con fusiles de madera hasta que llega el ansiado momento en que reciben un fusil o un lanzagranadas. La minoría separatista, cuyo principal grupo guerrillero es el Frente de Liberación Elam Tamil, lucha contra la mayoría de ceilaneses, el 76 por 100 de la población.

Sri Lanka es ese lejano y exótico país de elefantes y budistas pacíficos que de vez en cuando nos sorprende a la hora de los telediarios por la explosión de una bomba en un mercado, que mata a cientos de personas. Ya no es noticia que mueran quince o veinte en un atentado. Isla en forma de perla, situada a los pies de la India, más de cincuenta mil personas han muerto a lo largo de trece años de una guerra étnica. Dos veces al año, los rebeldes tamiles se acercan a las escuelas de la península de Jafna para llevarse a los niños abocados a matar o morir. Para llevarlos consigo, los agentes reclutadores recurren a todo tipo de trucos, discursos llenos de fiereza y fotografías provocadoras. De las escuelas se los llevan sin transición a los campos de adiestramiento, sin ni siquiera avisar a sus padres. Son niños ingenuos que dan el paso sin pensárselo dos veces. Muchos de ellos, al conocer la experiencia y despertar de su sueño, piden que los devuelvan a sus casas. Ya es tarde para echarse atrás. Les someten a durísimos castigos hasta que se les pasan las ganas de reclamar el regreso. Unas clases de patriotismo tamil y se convertirán en guerrilleros fanáticos dispuestos a dar su sangre por la causa. Al hacerse cada vez más manejables y ligeras las armas es más fácil que puedan utilizarlas los niños para las batallas. ¿Quién no es capaz de empuñar un M-16 norteamericano o un Kaláshnikov AK-47 de fabricación soviética o china?

Uno de los mejores historiadores sobre la guerra, el británico John Keegan, nos habla de lo que ha supuesto la revolución tecnológica para la incorporación de los niños a filas: «Antes de la invención de la pólvora no hubiera tenido sentido enviar a un niño contra un hombre armado con una espada; lo hubiera matado del primer tajo. Pero la presencia física, la envergadura y la fuerza cuentan cada vez menos. Nuevas versiones del fusil AK-47 y el norteamericano M-16 pesan menos de tres kilogramos cada uno: un niño los puede llevar con facilidad. Es capaz de disparar seiscientos tiros por minuto, y resulta mortífero, incluso en manos poco entrenadas de niños excitables.»

Si los padres han muerto, si las escuelas han cerrado o han sido destruidas por el bombardeo, resulta más atractivo recibir instrucción en un campamento de guerrilleros que quedarse en casa hambriento y desesperado. Ya apenas si necesitan adiestramiento, basta con unas pocas lecciones. La aventura es más atractiva que la vida callejera. Así se formó en Liberia la Brigada de los Niños. También ocurrió en la guerra de Bosnia: el pequeño Dragan, de diez años, se quedó huérfano. Empezó limpiando los fusiles de los serbios que cercaban la ciudad de Tuzla, una de las protegidas en teoría por la ONU, y terminó con un cuchillo al cinto y peines de ametralladora en torno al pecho, abriendo fuego con su AK-47, como un soldado más. Llevaba puesta una camiseta que le regalaron sus padrinos con la leyenda *Born to kill* (Nacido para matar). Estos niños reciben nombres aparatosos que no hacen sino excitar su pólvora: *Rambito, Capitán Kid* o *Superman.*

Fue en los años cincuenta cuando empezaron a ladrar los perros de la guerra étnica en Sri Lanka, pero se recrudeció en 1983 y en 1987 los independentistas se fueron a las escuelas para alistar niños.

«Son voluntarios», aseguraban los «tigres» tamiles. Algunos lo eran, pero otros, como hemos visto, debían permanecer en filas, salvo que prefirieran la quema de las casas y propiedades de los padres. No les privan de nada para estimular su pasión por el combate: proyección de películas de héroes, de mártires, como hacían Josef Goebbels, el ministro de Propaganda de Hitler, Stalin para hacer frente a los nazis, o Saddam Hussein. A los escolares de origen tamil, antes de dar el paso hacia los campamentos, les enseñan a cavar trincheras y a desfilar, y los rodean de armas de juguete para que se familiaricen con ellas. El futuro se les presenta en blanco o negro: o el imperialismo ceilanés o la causa tamil, sagrada, justa e infalible. La elección es inmediata, la guerra es más divertida que la escuela. Esperan que les enseñen a conducir un tractor o una motocicleta. Les prometen unas gafas como las que llevan los héroes de las películas. Basta con eso para que se dispare la fantasía. La técnica de atracción consiste en correr por escuelas y colegios la voz del proselitismo: «Mis amigos se han unido a los "tigres".» Después de un período de entrenamiento, vuelven a la escuela para contar a sus compañeros de pupitre las bondades del reclutamiento y la lucha: organizan desfiles militares, clases teóricas, pintan del color de rosa su incorporación a filas. «Es el único camino que os queda. En las plantaciones de té nunca os darán trabajo porque sois hijos de rebeldes tamiles.»

Niños-guerreros, niños-milicianos, niños-soldados. Los llamen como los llamen, aparecen por todas partes, desde Armenia hasta Sierra Leona. Cada vez son más, a pesar de la Convención de Ginebra y del acuerdo de las Naciones Unidas para los Derechos del Niño, ratificado por ciento setenta y seis países.

Federico el Grande de Prusia se lanzó en el siglo XVIII a la batalla al grito de «Niños, morid conmigo en la patria». Los niños formaban parte de su ejército. Después se ha utilizado a los menores como ejemplo, como caja de resonancia. Siempre habrá a mano un Tambor del Bruch, héroe en 1808 en la lucha contra los franceses, un corneta heroico que inflame los corazones. En este momento se detecta la presencia de niños-soldados en más de veinticinco conflictos armados. En Birmania, que los generales que mandan en ella llaman ahora Myanmar, hemos visto niños-soldados en las filas del ejército central y en las diversas tribus y facciones que desde hace años se incorporan a la guerra. Sobra la materia prima, cada vez hay más niños y jóvenes en el Tercer Mundo.

OPIO Y PÓLVORA. Kung Sha era un señor de la guerra y de la heroína en el llamado Triángulo de Oro formado entre Birmania, Laos y Tailandia. Dos tercios de la heroína que envenena el mundo procedían de esta región controlada por Kung Sha, una república fantasma llamada Shan. Su bandera era azul, verde y roja con un círculo blanco en el centro. Su territorio se situaba a caballo entre Birmania, Tailandia y China.

También Kung Sha los necesitaba como combatientes de su república, tapadera del tráfico de heroína a gran escala. Todo presentaba la apariencia de un lugar tranquilo, dirigido por un bondadoso padre de familia encargado de dar rancho y escuela a «los ángeles perdidos» en la selva. En realidad su divisa era: moral, higiene y opio, y su capital se llamaba Ho Mong. En efecto, los niños practicaban con sus fusiles de bambú, se endurecían. Las familias, los que las tienen, vienen con ellos a buscar refugio en Ho Mong porque las fuerzas del ejército de Rangún, la capital, incendian sus chozas, violan a sus mujeres y a sus hijos. ¿Hay otra alternativa a la miseria que Ho Mong? Los padres aceptan que sus hijos formen parte de ese ejército privado que protege el cultivo del opio y ha hecho de Kung Sha uno de los hombres más ricos de Asia.

«Mi familia es pobre —confesaba Sai Ai, de nueve años, enrolado en el ejército del señor del opio—. Había días que no teníamos una escudilla de arroz para todos. Acompañado de mi hermano, debía recorrer la selva poniendo trampas a los pájaros y los roedores para completar nuestras raciones de comida. No podíamos seguir así y mi padre decidió enviarme al campamento del Tigre para que hicieran de mí un soldado. Aquí como bien, aprendo muchas cosas y tengo amigos.»

Este ejército de los niños birmanos vestidos de uniforme caqui forma parte de las fuerzas armadas de Kung Sha.

«Mis niños no son una tribu, una banda o una organización mafiosa, sino un ejército nacional —se defendía Kung Sha—, un ejército al servicio del Estado. Son nuestra esperanza, el relevo indispensable.»

Como padre amantísimo de la tropa infantil, Kung Sha besaba a los pequeños, felicitaba a los más ardorosos en el combate, los reunía a su alrededor para cantarles una canción de Julio Iglesias. Nunca faltaron las armas porque se pagaban con el tráfico del opio. Estos niños que le rodean permiten al señor de la guerra ofrecer a los que llegan al campamento del Tigre la imagen del benefactor, protector de los desvalidos. En realidad era uno de los hombres más buscados, el enemigo público número uno de las organizaciones en lucha contra el narcotráfico. ¿Qué ocurrirá con estos pequeños tras la rendición del padrino del Triángulo de Oro? Cuando los desmovilizan, la vida normal les sume a muchos de ellos en la desesperación: los que han combatido no pueden adaptarse a la nueva realidad. Les falta algo esencial, la droga de la acción bajo el fuego.

En el levantamiento campesino de Chiapas, en México, en 1994, los periodistas comprobaron sobre el terreno el entrenamiento de niños entre seis y quince años en el patio de una escuela, bajo el mando de un miliciano zapatista a las órdenes del subcomandante Marcos. Entre los insurrectos de Colombia no faltaban los niños guerrilleros. Fueron de los primeros. Entre malvivir en las calles de Bogotá, de Cali, de Guayaquil o Medellín y echarse al monte para sentirse identificados con los hombres, eligieron la segunda opción. Por eso, Ezequiel podía decir con orgullo a sus trece años: «He matado a varios hombres y cuando sea mayor llegaré al grado de capitán.»

Ha habido niños en todas las guerrillas latinoamericanas. La última en Chiapas, donde fue detenido un crío indígena de doce años llamado José, que apenas chapurreaba unas palabras de español. El Ejército Zapatista de Liberación Nacional lo metió de hoz y coz en la batalla de Ocosingo, donde las autoridades lo acusaron de complicidad en la muerte de dos soldados del gobierno. José Hernández fue reclutado a la fuerza, recibió un uniforme de campaña, un fusil y la orden de disparar contra el ejército. Era la víctima de un conflicto, un niño indio tojobal presa de la injusticia desatada en la zona. Sin comerlo ni beberlo, José fue atado de pies y manos y conducido a un calabozo de San Cristóbal de las Casas como prisionero de guerra. Por fortuna, ayudado por gráficos y dibujos, José pudo demostrar su inocencia y ser devuelto sano y salvo a Chiapas, de donde había salido.

Bho Hta, de once años, un niño birmano de la raza karen, tribu que lucha por la independencia contra el ejército central desde 1948, fue a parar a las filas del Ejército de Liberación que haría de él un soldado puritano y marcial y un tirador implacable; aprendió en seguida a montar y desmontar un fusil M-16, al que recortaron los cañones. Es uno de los niños-centinelas de uniforme azul, apostado junto al puente del río Moei, entre Tailandia y Birmania. Vive en una choza de bambú junto con otros nueve niños combatientes, pesca en el río y juega al póquer con sus compañeros. Poco más tiene que hacer, salvo ver la serie de Rambo en vídeo. El Ejército de Liberación karen es su familia, su razón de ser. Las aldeas birmanas se han quedado sin niños. Cuando no son las tribus que luchan por su independencia, el ejército central es el que se hace con ellos para mantener su fuerza de trescientos mil hombres. El teniente Brown alababa a los pequeños combatientes, «aunque a veces, cuando nos bombardean, se les olvida ponerse a cubierto, se excitan demasiado. Hay que ordenarles que se metan en los refugios. Cuando están con los adultos vuelven a ser unos niños».

En el viaje desde Rangún hasta Mandalay, al norte, la ciudad que cantó Rudyard Kipling, pueden verse desde el tren formaciones de niños en los andenes. Una forma de escapar al servicio militar a los doce o catorce años fue su ordenación como monjes budistas; los monjes no van a la «mili». Sin embargo, los jefes de la etnia karen, que son de religión cristiana, al ver mermadas sus tropas, prohibieron que los niños fueran convertidos en bonzos. Así estalló una nueva guerra dentro de la guerra.

En estos enfrentamientos no existen fronteras entre combatientes y civiles. Unos y otros se ven envueltos en ellas. Lo mismo ocurre lejos de las guerras tercermundistas, en los barrios de las grandes ciudades, incluidos Estados Unidos, donde la ruptura de los lazos familiares, la falta de oportunidades, la glorificación de la violencia, invitan a los niños y a los jóvenes a imitar la guerra en peleas sin fin entre las distintas bandas. Quizá serían felices en la guerra real, como la que desde hace años se libraba en la ex colonia portuguesa de África, Mozambique, o en Liberia, que fue una vez nación de los libres, formada por esclavos liberados traídos de Estados Unidos.

XII
Nacido para sufrir

«Nacido para sufrir» es el apodo, el nombre de guerra de un muchacho de quince años que combate desde los diez en el conflicto liberiano. Ha estado al frente de una unidad de niños-guerreros y su misión consiste en avanzar de noche hacia las posiciones enemigas, cortar unas cuantas cabezas, dejarlas en las encrucijadas como muestra de su valor y su crueldad y, cumplidos los deberes, volver a la base.

«Es muy sencillo —explicaba "Nacido para sufrir", cuyo verdadero nombre es Paul Nelson—. Ellos nos matan y nosotros los matamos.»

Tras esos intensos años de guerra en la selva en los que Paul mató a decenas de enemigos fue llevado a un centro de rehabilitación de niños-soldados en la capital Monrovia. En una de esas treguas africanas, que vienen a ser un paréntesis entre dos guerras, Paul entregó su fusil y aceptó volver a la normalidad.

«Devolverles a la sociedad, reintegrarlos a la realidad, enseñarlos a ser niños otra vez será muy difícil, pero no hay otra alternativa. Estos niños han visto y vivido algo que nosotros no podemos ni imaginar», aseguraba Ford Dennis, encargado de un programa de ayuda a los niños-soldados en Monrovia.

El problema es que la capital liberiana era, en la primavera de 1995, escenario de nuevos combates. La paz duró el tiempo de un suspiro. Las facciones volvían de forma encarnizada a la lucha. De nuevo se repetían las truculentas escenas del pasado: cabezas cortadas, perros que se zampaban el brazo de un combatiente, el descenso al infierno de los enfrentamientos africanos... Esos niños en proceso de rehabilitación ¿habrán vuelto a las andadas?

Nadie sabe a ciencia cierta cuántos niños combaten en Liberia, pero pueden llegar a miles. Sus misiones no son auxiliares, secundarias. Están bajo el fuego, en operaciones difíciles detrás de las líneas enemigas. Siembran el terror allí por donde pasan.

«Dios nos libre de un niño armado en una de estas guerras locales», comentaba un veterano corresponsal. El chaval no está dispuesto a perder su fusil, el símbolo de su poder, el instrumento para la subsistencia. Nunca lo hará por un saco de arroz o por un par de sandalias. Es muy sólida su relación con la unidad militar, con los jefes que han mandado en ellos, que les han atiborrado a veces de marihuana, anfetaminas y valium.

Uno de los caudillos liberianos, Charles Taylor, envió a miles de niños-guerreros hacia la toma de Monrovia en la campaña de 1992. Muchos de ellos quedaron en las marismas. Junio David, de doce años, se encontraba entre los que figuraban en la vanguardia del ataque. Le llamaban *Captain Do-or-Die Killing Mission,* Capitán de la Misión Vence o Muere: «Yo era el jefe. Un guerrero fuerte. Cuando los mayores huían, nosotros seguíamos allí, frente al enemigo, sin retroceder un palmo.»

EN UNA JAULA. David mostraba las heridas causadas por la punzante vegetación en la zona pantanosa por la que pasaron, y en el pecho una cicatriz del tamaño de una moneda. La bala, decía, no penetró en su cuerpo protegido por la magia: «Sientes la bala pero llega el espíritu y la rechaza. Sigues combatiendo.»

Estos niños que han sido nombrados coroneles y generales, algunos de ellos empezaron a combatir a los ocho años. No ven con buenos ojos la disciplina que se les impone en los centros de reeducación.

«No dejan que nos hagamos cargo de ellos. Es como si los metiéramos en una jaula», explicaba uno de los maestros liberianos.

David es un adicto a la marihuana. Relaciona la hierba con la llamada de la selva, el grito de Tarzán. Los enfermeros los llevan a la cama, los bañan, y así, a veces, David o Paul se calman. Algunos de estos niños-guerreros, como Eze Zean, alias coronel «Fuego de la jungla», aceptan entregar las armas a cambio de un sueldo, pero el dinero no acaba de llegar, se aburren en el centro, no encuentran un trabajo bien remunerado, escuchan el tam-tam de los jefes rebeldes, el crepitar de los fusiles de asalto. «Música celestial» la llama Eze Zean, y escapa de nuevo hacia la selva. Es la rendición imposible de Ezen, ni siquiera podrá volver a la casa materna. Su madre ya no lo reconoce: «No queremos un monstruo así en nuestro hogar. Que no vuelva.»

La desintegración del núcleo familiar es el problema. Los niños intentan encontrar otros modelos.

Los niños africanos en Uganda, Mozambique, Angola, Liberia, Somalia o Sierra Leona han sufrido las mismas o parecidas experiencias; hasta han probado la carne humana. Han disparado a quemarropa sobre una anciana porque les había negado unos gramos de arroz, o mataron a sangre fría, a machetazos, a un espía enemigo. No es fácil olvidar; algunos de los niños-soldados internados en los centros de rehabilitación se siguen llamando

«Capitán» o «General». Defienden con uñas y dientes su territorio o sus escasas propiedades. «Que nadie las toque —advierten— o saco un cuchillo.»

Tarde. En Uganda los llamaban los «kadogos», los pequeños. James, de doce años, era uno de ellos. Tomó parte en la conquista de Kampala, en 1986, con el ejército del actual presidente Yoweri Museveni. Después se quedó como guardaespaldas al servicio de un oficial:

—Me gustaría ir a la escuela, pero me da la impresión de que es tarde.

—¿Tarde, a los doce años?

—Sí, porque tengo que dar de comer a mi madre y a mis hermanos. Le debo mucho al ejército, me salvó de la muerte — reconoce James.

Se siente orgulloso de haber contribuido a la caída de un régimen tras veinte años de torturas y persecuciones. Estos niños no son tratados como seres humanos, sino como instrumentos de combate. Es la peor forma de explotación. Tres mil niños con edades por debajo de los dieciséis años lucharon en Uganda para derribar al régimen de Obote. Apenas si se reclutan niñas, pero en Uganda combatieron quinientas. La mayoría de los niños-soldados eran huérfanos. Veinte mil ugandeses fueron asesinados en cuatro años y medio de terror. El ejército pasaba a sustituir a la familia. Los niños-guerreros parecían guiados por un notable espíritu de desquite, de miedo y de venganza.

Kabanda no había cumplido nueve años cuando vio cómo los soldados del UNLA mataban a sus padres: «Lo van a pagar», decía cuando se incorporó a las fuerzas de Museveni.

Stephen Owang contaba trece años cuando fue testigo de la irrupción de los soldados de Obote en su aldea: «Mataron a doce de los nuestros. Los conocía a todos. Eran amigos míos. Los asesinos tienen que morir. Por eso entré en guerra con ellos.»

En Liberia, los niños fueron los primeros en incorporarse al ejército de liberación empujados por el afán de desquite. En El Salvador, durante los años ochenta, comprobamos cuál era la forma en que las fuerzas armadas arrastraban a la «mili» a los adolescentes: los sacaban a culatazos de los autobuses, los detenían en plena calle, en las escuelas, en los mercados, y se los llevaban al cuartel. Así se hacían soldados. Como los hijos de los ricos tienen coche propio y nunca viajan en autobús se libraban de estas «razzias» de los militares salvadoreños para llenar las filas de un ejército diezmado por la larga guerra. Otro tanto ocurría en Guatemala. En estos dos países, Guatemala y El Salvador, los jóvenes han pagado un alto precio. Los ricos hacen las guerras y los pobres mueren en ellas.

En Vietnam del Sur, los padres adinerados «sumergían» a sus hijos para que no fueran a la guerra. A cambio de un puñado de dólares bien invertidos en los mandos militares, un soborno a tiempo, el chico se quedaba en casa. Hay un refrán latinoamericano que dice que no hay general que resista un cañonazo de un millón de dólares. Lo mismo que en El Salvador o Guatemala, en Vietnam del Sur veíamos cómo la policía militar perseguía a los muchachos en las barriadas pobres, los hacían bajar de las motocicletas y los trasladaban a las cajas de reclutas. Así fue como perdieron la guerra, alagartándose los jóvenes de familias con fortuna, desertando o viajando al extranjero para librarse de la «mili». En cambio, al otro lado de las trincheras, los *vietminh,* niños o jóvenes, se pasaban a la guerrilla comunista para combatir al invasor norteamericano.

La disculpa de los militares salvadoreños para cazar a los jóvenes no era otra que la falta de papeles, de documentos de identidad. Una tarde en Chalatenango, cuando viajaba en autobús, hicieron descender a un grupo de muchachos, los colocaron con las manos arriba y les pidieron la documentación. El primero de ellos se justificó como pudo: nunca había tenido papeles, otro respondió que las partidas de nacimiento ardieron al incendiarse el ayuntamiento de su pueblo. Sus argumentos no convencieron al militar encargado de la leva. Ni siquiera les autorizó a recoger sus zurrones. Pasaron a un vehículo de transporte de tropas y partieron en dirección al campamento. Los muchachos salvadoreños fueron hostigados por las dos partes, el ejército central y la guerrilla del FMLN (Frente Farabundo Martí de Liberación Nacional). La guerrilla recurrió al reclutamiento forzoso de niños de doce a quince años, a partir de 1983: todos los que no se unieran a ellos debían abandonar la aldea o el pueblo en el que vivían. Al que se negara, lo ejecutaban.

En 1986 el FMLN prescindió de estas prácticas porque contribuían a la pérdida de apoyo popular.

MUERTECITOS. En Guatemala, los paramilitares recorrían las aldeas mayas para llevarse a niños de trece y catorce años. Era una flagrante violación del texto constitucional. «Es para defender la democracia», justificaban su acción las patrullas de la llamada Defensa Civil. En Etiopía ocurría otro tanto: de los doce mil soldados etíopes hechos prisioneros por las fuerzas eritreas, centenares de ellos contaban menos de catorce años.

Una de las cinco ramas del Frente Salvadoreño, el Ejército Revolucionario del Pueblo, abrió a principios de los ochenta una escuela, una academia militar de menores. Los niños se levantaban a las cinco menos cuarto de la mañana, después del baño y el desayuno entraban a clase hasta las once. La tarde la pasaban memorizando biografías de los héroes salvadoreños más próximos a la izquierda. Los de memoria más feliz y los entregados a la causa se graduaban en la escuela militar a partir de los doce años. Allí aprendían a tratar a la población civil, a obedecer órdenes superiores, en suma, a ser buenos revolucionarios: «Aprendimos a defendernos del enemigo —confesó uno de los alumnos—; yo ni siquiera sabía que tenía enemigos. Creía que era demasiado joven para tenerlos, pero con el Frente supe que los tenía, vaya si los tenía.»

No me sorprendió la preparación dialéctica de estos muchachos salvadoreños inscritos en la guerrilla. Cuando una patrulla del ERP nos detuvo en plena carretera, en Villa El Triunfo, uno de los soldados, que no tendría más de quince años, vestido de mono azul, se encaró conmigo en una lección teórica irreprochable, en términos marxista-leninistas: «Déjense de fotografías y traigan zapatos para los niños. A ustedes los periodistas occidentales todo esto les resbala, viven en sus países con sueldos millonarios, sin entender que esta es una fuerza de liberación de un pueblo sometido y torturado.»

Un campesino, Antonio Cantal, nos mostraría horas después un montón de cadáveres: «Aquí, en vez de frijoles, parece que cultivamos muertecitos.»

Las dos partes se servían de los niños como espías y delatores, mensajeros, colaboradores para las más diversas tareas. A veces a los niños-soldados les acompañaban sus madres, y a veces la prole completa. Ya ocurrió en la revolución mexicana. La guerra se hacía en familia. En Laos, en 1966, en una descubierta con el ejército gubernamental apoyado por los Estados Unidos pude comprobar, no sin asombro, que en las posiciones fijas en la selva, cerca del río Mekong, en Ban Tan, los soldados de pantalones verde olivo y pañuelos al cuello fabricados con paracaídas acampaban con sus mujeres y sus hijos, los cuales les ayudaban a engrasar armas y a cargar con las piezas munición de mortero.

Las mujeres, con sus animales domésticos incluidos, vivían en los embudos abiertos por la artillería. Hacían el amor y hacían la guerra. Allí daban a luz, tendían la colada, preparaban el rancho. Fue una guerra surrealista, porque cuando un amanecer en que nos sorprendió, todavía dormidos en el campamento, un nutrido fuego de fusilería de los comunistas de Patet Lao, con todo estoicismo nuestros soldados del ejército real laosiano rompieron a disparar al aire, recogieron sus pertrechos y se retiraron, nos retiramos con paso sereno. El tableteo de las ametralladoras no dejaba de escucharse procedente del otro lado de la jungla, pero debían abrir fuego en otra dirección porque ni una sola bala hizo impacto a nuestro alrededor. Era la guerra fantasmagórica de Laos. Al preguntarle al teniente Bun May, con su cinturón de granadas de mano y su pistola 11'43, qué es lo que pasaba allí, me contestó con viva inteligencia: «Mi hermano, mis primos están al otro lado, con los comunistas. Lo mismo les ocurre a mis soldados. ¿Para qué matarnos unos a otros si somos todos parientes?»

De prosperar esta actitud del teniente Bun May, las guerras hace tiempo que se habrían acabado en el mundo.

El éxito de encuadramiento logrado por los niños-soldados en Uganda se explica porque, huérfanos o abandonados por sus familias, hallaron un hogar en el ejército, estabilidad, comida y cama, la perspectiva de una promoción, orgullo y respeto. Para los comandantes, sus *boys,* sus chicos, eran lo primero. En lugar de obligarles a aprenderse de memoria los textos de Marx o de Mao Tse-tung, les enseñaban los valores de la disciplina y de la honradez, y por encima de todo, el respeto a los ciudadanos. Un oficial de Zimbabwe alababa el trabajo de los niños-guerreros: se mueven con libertad, nadie sospecha de ellos, conocen el terreno que pisan o se adaptan pronto a él, demuestran una lealtad que rara vez se aprecia en los adultos. «Si los niños se vienen con nosotros, contaremos con un apoyo vital para las operaciones de guerrilla: la población local; los niños tiran de ella.»

El pago a su lealtad sin fisuras es a veces estremecedor: detenciones masivas, demolición de casas, como en Palestina, política de tierra quemada en Guatemala o El Salvador (los norteamericanos la llevaron a cabo en Vietnam en la Operación Fénix), éxodo de cientos de miles de refugiados, aldeas incendiadas, guerra psicológica para destruir las bases de apoyo de la guerrilla, matanzas de campesinos en Perú sospechosos de ayudar al movimiento guerrillero Sendero Luminoso...

«En Nicaragua, era un delito tener entre quince y veinte años», escribió el monje poeta Ernesto Cardenal. Las dictaduras, de cualquier signo que sean, soportan mal a los jóvenes porque su sed de justicia les lleva a pedir un cambio, a exigir la verdad, a pedir lo imposible. Nadie podía detener una idea cuya hora había llegado. Lo malo es que en ocasiones los adultos empujan a los niños hacia malas causas. Hitler pedía «una juventud violenta, dominadora, valiente y cruel, con el brillo en los ojos de la bestia feroz». Para Gandhi, «la paz empieza en los niños». Lo que empieza, más que nunca estos últimos años, es la guerra. «En una guerra —decía el pie de foto de la película de Oliver Stone *Platoon*— la primera víctima es la inocencia.» Y es la verdad. El niño es una mercancía valiosa, seductora, evocadora; enternece, sacude conciencias, produce dividendos. La radio del Irán de Jomeini repetía el lema: «Que ninguna escuela se quede sin la felicidad de hacer la guerra.» Hasta que los ayatolás comprendieron que el precio que habían pagado era demasiado alto. En 1959 la Declaración de Derechos del Niño de las Naciones Unidas establecía que la «humanidad debe dar al niño lo mejor de sí misma».

No hace falta que el niño vaya a la guerra o se vea sumergido en ella y en sus desastres: basta con echar un vistazo a las estadísticas de malos tratos en los hogares de Occidente. «Para desarrollar su personalidad, el niño, debe estar rodeado de afecto.»

Hemos inventado juegos de la guerra para que los niños puedan matar en la pantalla electrónica. Tiros a diestro y siniestro, persecución de marcianos, eliminación de enemigos, con los dedos en los botones, ra-ta-ta-ta-ta. Les hemos inculcado la fascinación de las armas. En las salas de cine de Saigón, los niños se desahogaban con las películas belicistas, con los filmes violentos de «karatekas» con cantidad de muertos por metro de celuloide: apenas si había diferencia entre lo que ocurría en la pantalla y lo que sucedía fuera de ella. Una doble ración de tiros. No es extraño que muchos de ellos desarrollaran una actitud agresiva y un comportamiento antisocial. Es su caldo de cultivo, el modelo de *Rambo.* «Me encanta el papel de Rambo —confesó Sylvester Stallone—, pero los juguetes bélicos no son lo mejor para los niños.» La fascinación de la guerra: las imágenes que contemplan en la televisión se perpetúan en su mundo imaginario. ¿Dónde queda *El Principito,* de Antoine de Saint-Exupery? Lo ha derribado un rayo láser.

XIII
La vida no vale nada

Hay una militarización consciente o inconsciente del niño. En primer lugar, conviene identificar al enemigo. El doctor Remy publicó en 1983 un libro titulado *Cuarenta mil niños al día,* fruto de sus experiencias en Vietnam, en el norte de África y en Líbano: «Confieso que no puedo entender cómo se puede enviar a los niños al campo de batalla. ¿Quizá porque desborda la idea que tengo del hombre? —se pregunta el médico francés—. Lo que me parece a todas luces incomprensible es que los militares puedan, fría y deliberadamente, tomar la decisión de alistar a un niño como soldado. Las guerras transcurren siempre en medio de una extraordinaria improvisación y yo no creo en la racionalización de una batalla, en la que el niño pudiera ser de utilidad específica. Siempre me han impresionado los documentales sobre la primera guerra mundial, tipo *Verdún, visión del horror,* comprobar cómo lo que se les pedía a los pobres soldados de segunda clase, como por ejemplo salir de las trincheras bajo el fuego enemigo, era de un infantilismo evidente. El adulto, al obedecer esas órdenes, debía transformarse en un niño capaz de obedecer ciegamente a su sargento o a su teniente. A veces creían necesario emborracharlos para infantilizarlos aún más, para que consintieran en riesgos insensatos. Si se utiliza a los niños en las guerras es porque no se puede infantilizar de manera suficiente a los adultos. Pero insisto, encuentro inconcebible que pueda existir un solo oficial en el mundo capaz de enviar a los niños a correr a través de un campo trufado de minas con el fin de ahorrarse las vidas de sus soldados.»

«¿Es fatalismo? —se preguntaba el doctor Remy—. No, lo que ocurre es que en los países del Tercer Mundo la vida no vale nada, mucho menos que entre nosotros. La mujer etíope sabe, por ejemplo, cuando tiene seis vástagos, que perderá cuatro. Así las cosas, podemos preguntarnos si una familia que vive en uno de estos países no estará dispuesta a ofrecer a uno de sus hijos a la patria como lo ofrece a la enfermedad, a la desnutrición. El orgullo familiar, la respetabilidad social, no son palabras inútiles. Y para los padres de estas regiones desfavorecidas del mundo, el dolor de perder a un hijo podrá parecer en algunos casos menos importante que el prestigio social que le valdrá la muerte de un hijo como un héroe.»

Los buenos y los malos. La doctora de psicología infantil, representante del Líbano en la UNESCO durante varios años, Ghislaine de Coulomme-Labarthe tiene algo que decir sobre una problemática que conoce a fondo, el efecto de los conflictos armados en el desarrollo psicosocial de los niños: «Yo creo —afirma Ghislaine— que si los soberanos utilizan los niños-soldados es porque son a la vez maleables e inconscientes. Por lo tanto, se les puede encargar misiones y acciones que un adulto rehusaría llevar a cabo. El niño no tiene conciencia de la realidad de las cosas de la guerra, ni del peligro; hay que aprovechar su inexperiencia. Sabemos, después de los estudios realizados, que el niño no es patriota y la noción que tiene "de los buenos y de los malos" difiere sensiblemente de la que pueden tener los adultos.»

Según la psicóloga, el niño necesita identificación y afecto. De eso se aprovechan los que les envían al frente, a ese frente que ya no es como el de las guerras mundiales, de trincheras y posiciones fijas, sino de guerrillas; un escenario volátil, cambiante, en el que no se sabe de dónde va a llegar un disparo. Han muerto más periodistas en la guerra de la ex Yugoslavia, en Líbano o Centroamérica que en las guerras mundiales, incluyendo Vietnam. También los corresponsales han sido víctimas del caos en los conflictos interiores, donde el guerrillero, el francotirador, aparecen donde menos se les espera. «Los niños a los que se quiere convertir en soldados —añadía Ghislaine— tienen ya un padre, un hermano o un primo en la guerra. Se identifican siempre con los modelos que eligen entre sus mayores. Para creer, el niño o el muchacho necesita esa identificación; habrá visto, por añadidura, revistas o películas bélicas y querrá parecerse a esos héroes.»

La realidad imitaba al cine. En mi primer viaje con un destacamento norteamericano en Vietnam, hacia la zona C, la frontera con Camboya, descubrí que aquellos movimientos, la forma de andar, de hablar, de dictar órdenes, de masticar chicle para espantar el miedo, de manejar el M-16, ya los había visto en el cine en *Las arenas de Iwo Jima,* en *Objetivo Birmania* o en *Guadalcanal.* De pronto, aquellos mocetones se ponían a caminar por la jungla como John Wayne o como Errol Flynn.

Las personas que influyen en el niño pueden condicionar sus respuestas, su comportamiento: los padres, los profesores, los maestros a los que respeta. Se explota todo, la necesidad, el afecto, la agresividad latente y hasta las necesidades familiares. En el Irán de Jomeini, los padres le explicaban al niño que si vestía el uniforme de combate vivirían mejor gracias a él. En efecto, una vez muerto, destrozado por las minas, cada familia recibía un estipendio. «Estoy segura —añadía Ghislaine— que hay una relación lúdica entre el niño y la guerra. El juego y la imaginación son dos nociones estrechamente ligadas entre sí. Pero el juego y la realidad no lo son en el espíritu del niño. Cuando el niño juega a la guerra emplea siempre el condicional: "Serás prisionero... y yo, ya estaría muerto".»

La inconsciencia del niño: «No tiene noción de la muerte porque la muerte no se puede concretar por definición. Porque el niño, al contrario que el adulto —explica Ghislaine—, no tiene el sentido de la abstracción. Eso no existe en sus estructuras cognoscitivas. Si pierde a un pariente o a su animal doméstico preferido, no comprende por qué de pronto ha dejado de verles. Es muy difícil explicarle por qué. El niño no está traumatizado por la idea de la muerte como tal, sino por los dramas que engendra, por la gente que ve llorar a su alrededor, por la separación. La idea de la muerte se concreta con lentitud. Como no han adquirido esa noción, tantos jóvenes de dieciséis o diecisiete años se suicidan sin la menor vacilación.» La guerra les deja un rastro de agresividad, de neurosis.

EL HOMBRE NUEVO. He visitado varias veces en la capital camboyana, Phnom Penh, la ciudad osario, el campo de Tuol Sleng, escuela de crueldad de los kmeres rojos entre 1975 y 1979. Allí están almacenadas calaveras de los asesinados en masa y las fotografías de los niños exterminados. Pol Pot, el líder de la guerrilla, en un vuelo paranoico hacia una sociedad sin clases, hacia «el hombre nuevo», ordenó la deportación de los habitantes de las ciudades para purificarlos, para reeducarlos en el campo y redimirlos en los arrozales. Había que extirpar el tumor maligno, destruir toda huella del imperialismo y la corrupción. Desde los coches que veía flotar sobre los ríos o apilados junto a las carreteras, despanzurrados, hasta las medicinas modernas. Pol Pot sacralizó las carretas de bueyes y la medicina casera. Hay relatos terroríficos de niños ensartados por las bayonetas de otros niños como ellos a los que por medio de la intimidación y la tortura se les convirtió en protagonistas de la sangrienta revolución.

Fueron los gritos del silencio. El doctor Haing Ngor, asesinado en California en 1996, logró escapar de los campos de la muerte de Camboya, e interpretó en la pantalla *(Los gritos del silencio)* su papel en la vida real. «Durante el período comunista —escribió— me vi obligado a comer carne humana. Un niño kmer rojo había matado a un padre de familia que se encontraba muy enfermo. Nos comimos al muerto puesto que no había otra cosa, pero a cada instante sabíamos que el niño podía matarnos o denunciarnos bajo la acusación de antropofagia.»

Mandaban en Camboya los verdugos, imberbes calzados con sandalias de neumático y tocados con gorros azules. Se prohibió la religión, que era el opio del pueblo. De los quinientos médicos, tan solo se salvaron cincuenta y siete.

Los kmeres rojos violentan al niño en sus raíces, convirtiéndolo en un sádico vengativo, en instrumento de su utopía asesina. En nuestro viaje por el interior de Camboya, poco después del genocidio, bastaba con cavar unos centímetros en la tierra, en los arrozales, para descubrir restos humanos. «La mayor tragedia del siglo XX», la llamó Edward Kennedy. De seis o siete millones de habitantes, exterminaron a más de dos millones. El Angkar, el partido único, estimulaba la delación de los hijos a los padres para destruir por completo el tejido familiar. Se mata a golpes de azadón para ahorrar balas. No hay compasión para los débiles. Los matrimonios son forzosos y al doctor Haing Ngor lo golpean con saña porque ha llamado a su prometida «cariño» en lugar de «camarada».

Al llegar al hotel Le Royal, de Phnom Penh, descubrí que faltaba algo en el paisaje conocido: la catedral católica había sido demolida y en su lugar crecían los hierbajos. Se abolió el dinero, dinamitaron los Bancos, quemaron los libros. El bibliotecario Maokim me mostraba las cenizas de aquel auto de fe, del Fahrenheit 454. En los anaqueles, decía, «solo ha quedado un libro, el libro rojo de Pol Pot». Los niños soldados entretenían el ocio martirizando a los animales del jardín del príncipe Sihanuk. Quemaban ratas vivas, cortaban con el machete las colas de los monos, arrojaban a gatos y perros al foso de los cocodrilos. «De los animales —me contó Sihanuk— pasaron al hombre.»

TROFEOS DE CAZA. La sonriente Camboya en la que el poeta escuchaba «la voz inteligente de la pereza» se vio envuelta en la locura súbita, en el *amok.* Los niños eran los más sanguinarios: destrozaban los cráneos de los universitarios y de los estudiantes a golpes de azada. «¡Morid, imperialistas!», gritaban llenos de furia; la consigna de Pol Pot era *xoon lantemo* (ejecutar en masa). Un día en Batambang, al norte del país, un estudiante cometió el error de quejarse a la jefatura del campo de concentración porque estaba muerto de hambre. Un niño soldado kmer rojo le abatió a tiros mientras le gritaba: «Hemos vivido cinco años en el bosque, hemos comido hojas y raíces. Ahora te toca a ti.» El aprendizaje en la selva fue completo.

El niño empieza por torturar lagartijas, por vaciar los ojos de un cárabo, por pegar fuego a los murciélagos y termina por hacer lo mismo con el hombre. Los kmeres rojos, como antes los soldados del general Lon Nol, al que sacaron del poder, se fueron a por sus enemigos tradicionales, los vietnamitas que habitaban junto a los ríos; les cortaron las cabezas y se comieron sus hígados. Los niños del ejército del dictador pronorteamericano se fotografiaban luego con las cabezas decapitadas en las manos, como trofeos de caza. En Phnom Penh, nos han contado las sevicias a las que sometían a la población los torturadores de doce o trece años.

No podían estarse quietos: el celo de los niños y adolescentes para el partido único era tal que se pasaban el día y la noche espiando a los prisioneros. Vigilaban cada palabra, cada gesto. «Lo más prudente era callar, no quejarse del calor ni de la sed, del hambre o del cansancio. Los que no podían más y pronunciaban alguna palabra de queja eran expuestos al sol y privados de agua durante horas. El clima de terror era tal —me contaba un superviviente— que aldeas enteras temblaban ante la presencia de tres o cuatro kmeres rojos.» El mismo niño que rocía la cola del gato con gasolina o le prende fuego o descuartiza un insecto o un saltamontes aplica la misma técnica, sometido a ese lavado de cerebro, con licencia para matar todo aquello que se pone a su alcance.

El Estado se ha convertido en «papá» y «mamá», apuntan los manuales escolares. El *gong* levantaba a las cuatro y media de la mañana a este atribulado pueblo de hormigas, con diez y catorce horas de trabajo diarias por delante. Los niños eran obligados a recoger los excrementos de los animales y todos los prisioneros debían contribuir con una cuota obligatoria de orina.

Camboya se transformó en un «inmenso campo de trabajo», afirmaban con orgullo los kmeres rojos. Era el regreso brutal a la madre tierra.

En los dibujos de los niños prisioneros de Tuol Sleng descubrí su angustia. Pintaban lo que habían visto, los ahorcamientos, los golpes de azadón en la nuca, el éxodo, los prisioneros convertidos en antorchas humanas, las fosas comunes. Tuol Sleng era el laboratorio de tortura; hoy es el museo del horror, como Auschwitz o Dachau. Aquí mataron una a una a veinte mil personas «traidores a la causa revolucionaria o espías extranjeros». A las mujeres les arrancaban los pechos con tenazas y luego colocaban tarántulas sobre sus heridas. Ben Karina, secretaria del Banco Nacional, me confesaba que había sufrido amnesia total: «Viví en estado de locura durante casi dos años. Llegué a ver casos de canibalismo. Un día los guardianes del campo descubrieron a una muchacha que guardaba un trozo de carne humana entre hojas de banano. A mis seis hijos los mataron uno a uno, ejecutaron a mi marido. Me pasaba las noches hablando sola, deambulaba sin rumbo fijo. Me salvé porque estaba loca. Me dejaron al cuidado de los cerdos.»

Chum Sonchay toma nota del asesinato de sus diez hijos hasta que también él cae en la ordalía camboyana. Dejó un diario titulado *Librito de la muerte.* El 1 de mayo de 1976 escribe un epitafio en la tumba clandestina de uno de sus hijos, Pey, de seis años:

> Papá no dice mentiras. Si supieses...
> No puedo evocar tu recuerdo
> sin que se me humedezcan los ojos.
> Sí, hijo mío, no puedo olvidar un solo instante.
> Ya no duermes con tu papá,
> sino entre la alta hierba.
> ¿Dónde estás, hijo mío?
> ¿De verdad no puedes volver?
> Esta vez partiremos sin ti.
> Descansa, Pey...

Todo lo que hagan los niños utilizados como emisarios, como demiurgos, llegará de forma más directa al corazón de los adultos. Hay una reducción al absurdo de la figura y el alma del niño. Cuando el presidente sirio Hafez el Asad celebró el décimo aniversario de la guerra del Kipur (o del Ramadán de 1973) contra Israel, no se le ocurrió otra cosa que situar en un estrado a un grupo de niños que, al son de la música militar, se pusieron a masticar culebras vivas ante el público y las cámaras de televisión.

Bautismo de fuego. El general Henri Eyraud se batió en Indochina y en Argelia y era profesor en la Escuela de Lenguas Orientales en París: «Es evidente —dijo a Alain Louyot, viejo compañero en las rutas de Asia, de Irán y del Oriente Próximo, para su libro *Gosses de guerre*— que las guerras de guerrilla de los últimos cincuenta años se han hecho con niños y jóvenes. El interés para los que utilizan a combatientes de doce a veinticuatro años sin distinción (la mayoría de edad no es la misma en el Tercer Mundo que entre nosotros) estriba en que son irreflexivos, inconscientes. A partir del bautismo de fuego, y sobre todo cuando se han sumergido en la guerra, han visto a sus amigos muertos o heridos a su lado, se produce una madurez que les invita a reflexionar sobre los riesgos, sobre el peligro.»

«Mientras uno no resulta herido, se cree que eso les puede ocurrir solo a los demás. Porque los niños tienen "el coraje de la inconsciencia" —añadía el general—. Recuerdo haber evitado por muy poco que mis tiradores marroquíes en el delta del Tonkin, en la guerra de Indochina, abrieran fuego una noche sobre una supuesta columna de *viets* (comunistas vietnamitas) que avanzaba hacia nosotros. En realidad eran niños que, inconscientes del peligro, se aproximaban en la oscuridad después de que su aldea hubiera sido destruida por el fuego. Además, los niños pueden ser atraídos con facilidad hacia la acción, sobre todo si se cultiva su natural gusto por el riesgo. Si los kmeres rojos de Camboya han cometido un genocidio es porque eran niños y por lo tanto incontrolables. Los utilizaron para matar y torturar.

No se hubiera llegado a atrocidades de esa magnitud con una tropa de soldados adultos, y por lo tanto más reflexivos. Es verdad que en las tácticas de combate, en los antiguos regímenes, era necesario infantilizar a la tropa dándole de beber para infundirle valor. Los jóvenes tabores avanzaban al paso sobre el campo de batalla en filas cerradas y con uniformes de colores vivos.

»En efecto, es necesario mucho coraje para cerrar filas cuando su vecino cae y sigue adelante. Pero la guerra moderna como yo la conocí, en Indochina o en Argelia, no era ya eso. Hace falta que los soldados pongan todos los sentidos en alerta para adaptarse a situaciones imprevistas, utilizar el terreno. Yo creo que si los iraníes se sirvieron de niños en el conflicto contra Irak es sobre todo porque, al menos al comienzo, los voluntarios afluían en ese ambiente revolucionario de guerra santa propicia al martirio. A los niños-soldados, las autoridades de Teherán no los podían mezclar con el ejército regular o con los guardias revolucionarios. Crearon entonces unidades de *basidji* (voluntarios) para ellos. Como los niños no sabían hacer nada en el campo de batalla, los enviaron en oleadas hacia terrenos minados, lo que es muy sencillo. Eso permitía ahorrar las vidas de los guardias revolucionarios, las cuales estaban consideradas como más preciosas porque habían recibido, al menos, una rudimentaria formación militar. Este razonamiento significaba que los dirigentes iraníes hacían abstracción de cualquier sentido humanitario, de cualquier piedad. Y cuando vemos a todos esos niños que se han hecho matar por nada, sin que ni siquiera Irán ganara la guerra, podemos decir que tarde o temprano les llegará la hora a los responsables de la hecatombe.»

MÁQUINAS DE MATAR. ¿La hora de la rendición de cuentas? Los años pasan, los muertos se olvidan, sean niños o adultos, y nadie paga por los errores, por esas tumbas de inocentes a los que se hizo creer que luchaban por la causa justa y que al morir subían al paraíso. Hay, sin embargo, finales felices, como el del mozambiqueño Rodrigo Novela, secuestrado cuando era muy niño por la Renamo (Resistencia Nacional Mozambiqueña), la fuerza anticomunista que aterrorizó el país en una guerra civil que duró dieciséis años y terminó en 1992. Rodrigo tiene dos tipos de heridas: las corporales, ya cauterizadas, en el hombro y bajo el ojo derecho; y las otras, las espirituales, que con buen ánimo está dispuesto a que cicatricen. Ha entrado en la escuela de Chibuto para recuperar el tiempo perdido. Sus compañeros de aula son mucho más jóvenes que él, pero no le importa, está decidido a aprender a leer y escribir. Es el primer paso. La guerra quedó atrás. «Aquí trabajaré y crearé una familia. No quiero saber nada de la guerra, nada. Maté y robé y estoy avergonzado por ello», afirmaba.

Una vez más, los niños combatían en la bárbara guerra de Mozambique en los dos lados. La edad media de los reclutas de la región era de once años. Todos los métodos fueron válidos para someter su voluntad, para transformarlos en máquinas de matar: los colgaban de los árboles, a los ocho años les obligaban a asesinar a sus padres y cortarles la cabeza. Esa era su forma de unirlos al grupo de combate.

«Al principio —recuerda Rodrigo— lo pasaba mal, pero luego uno se acostumbra a matar. Da igual. Es lo que te piden que hagas y lo haces. No se me pasó por la cabeza desertar. ¿Adónde hubiera ido? Los del gobierno mataron a mis padres y a mi abuela y estaba solo en el mundo. Además, los métodos eran expeditivos: a la primera señal de insubordinación te pasaban por las armas.»

A su amigo Franice le obligaron a incendiar la choza de la familia y se lo llevaron al frente. Desde entonces no se ha recuperado. Sufre de ansiedad y depresión. No encuentra remedio a sus males. A la tragedia mozambiqueña (un millón de muertos) se unieron los estragos de la sequía y el hambre.

Manuel Caliza fue secuestrado por el Renamo. Desnudo y armado con un AK-47 lo sacaron de un orfelinato en Maputo y lo metieron en la jungla, de la que ha vuelto con la desmovilización: «Nos ordenaron cosas terribles —recuerda ya con dieciocho años—. Nuestros objetivos no eran militares por lo general, sino las aldeas, los civiles. Llegábamos por la noche y abríamos fuego, cayera quien cayera. La orden era disparar en todas las direcciones.»

Uno de los niños recuperados en el asilo de huérfanos se encerró en sí mismo, aislado, paranoico, agresivo. Al parecer, había matado a mucha gente. «En su presencia —confiaba uno de los enfermeros— nunca hay que bajar la voz porque puede creer que conspiramos contra él.» Hasta entonces había cumplido a rajatabla con las reglas del juego. Se les organiza con facilidad y no hacen preguntas. Es la sumisión total al comandante: eso solo se puede lograr con un niño.

Absalao Cumbane fue raptado por el Renamo cuando los «bandidos armados», así llamaban a los guerrilleros anticomunistas apoyados por el gobierno surafricano del *apartheid,* entraron por la noche en la aldea cuando todos dormían.

«Entraron en nuestra choza y golpearon a mi madre y a mis hermanas. Luego nos separaron y no los volvería a ver hasta mucho más tarde. Me entregaron un fusil y poco después empecé a disparar contra todo lo que se moviera, autobuses, coches que circulaban por la autopista, aldeas. Corría la sangre todos los días. Los niños cobardes eran ejecutados por otros niños delante de los demás para que sirvieran de escarmiento.»

Cuando regresó a casa se encontró con su madre: ni siquiera recordaba el nombre del niño. Cuando le informó que su padre y sus hermanos habían desaparecido, contestó: «Qué le vamos a hacer, así es la guerra.»

Echaba de menos la vida en la guerrilla y un día desapareció por el mismo lugar por el que había vuelto.

«Con los niños no hay vuelta de hoja —decía Jean-Luc Legrand, encargado de la reeducación de estos miles de niños guerreros—. Se creen dioses capaces de amedrentar, felices con sus armas. Nada les hace entrar en razón. No se les puede ofrecer nada a cambio de la vida ni solicitar clemencia.

»Sus jefes les hacían beber sangre humana porque eso les haría invulnerables a la balas. Las armas son juguetes, una metralleta es un juguete. Quieren lograr la aprobación, el aplauso de los adultos, por eso los superan en barbarie, en crueldad.»

Hay niños mozambiqueños que lamentan, al volver a la realidad, todo el mal que han causado. Uno de ellos lloraba al comprender que a los ocho años había sido obligado a decapitar con un machete a sus padres. Fue la prueba de fuego para que le entregaran lo que más deseaba: un *akayan,* un AK-47. Sufrió el síndrome de Estocolmo: adoraba a los secuestradores, le apartaron de una existencia miserable y tediosa para vivir la catarsis de la acción. Empezó disparando a los cerdos y a las bandadas de pájaros para hacer puntería. Después pasó a los hombres. Era el guerrero perfecto.

En este tipo de enfrentamientos no hay una edad mínima para empuñar las armas. Las niñas secuestradas pasaban a ser esclavas de los comandantes guerrilleros.

EL OSITO DE PELUCHE. El regreso a la normalidad no es nada fácil para ellos: los vuelven a tratar como niños y eso no les gusta. Se creen veteranos, dueños y jefes de sí mismos. Con la reconciliación han recibido dos mil pesetas, un machete y un kilo de semillas. ¿Adiós a las armas? Quizá. Echan de menos a su amigo, el fusil de asalto, que nunca pregunta cuántos años tienes. Da igual quién sea el que apriete el gatillo. El fusil es su osito de peluche. Ahora los han dejado solos con sus pesadillas y se mean en la cama. Jamás lloraron mientras combatían con «los bandidos armados». Ahora obedecen a los mismos mecanismos: si alguno de sus compañeros fuma, lo denuncian al director del centro. Su percepción del bien y el mal se resume en términos de obediencia y castigo. Permanecen alerta como en la selva, pendientes del menor ruido. Les sobresalta el petardeo de una moto. El estruendo de un tubo de escape les saca de quicio. Sufren de sacudidas nerviosas. Los llaman «instrumentalizados». Están convencidos de que nadie puede quererles después de lo que han hecho. Es difícil para los educadores exorcizar esos recuerdos de sangre. También ellos pintan fusiles en acción, chozas incendiadas, cuerpos ensangrentados. Tal vez, dentro de un tiempo, sosegados, vuelvan a dibujar árboles, flores y ríos. Hay que hacer desaparecer de su conciencia la culpa. Deben contar su pasado para olvidarlo:

—¿Hubieras sido capaz de matarme? —pregunta el médico.

—A ti no porque te necesito, pero a tus hijos sí.

—¿Querías matar, te apetecía matar?

—No, pero de no haberlo hecho, me hubieran ejecutado a mí.

Su comportamiento, más o menos normal, no significa que estén curados. Pueden recaer. Nadie sabe lo que será de ellos dentro de unos meses, de unos años.

XIV
POEMA DE AMOR

Humberto Alexander Aguilar, de cuclillas sobre una mesa en el jardín del hotel Camino Real, en San Salvador, contemplaba descorazonado mis zapatillas de tenis. Tenía once años y ganaba dos o tres colones al día, por «en vez». Eran once hermanos. Humberto tuvo suerte de librarse de la guerra. Se levantaba a las seis de la mañana y comenzaba su vagabundeo por la ciudad con su caja de betunes en la mano.

«Me gano la vida honradamente —decía—. En cuanto consigo dos o tres colones me voy a casa para que mi mamá me dé de comer arroz y frijoles. Los días de fiesta hay pollo y un "fresco" (refresco).»

Todos los días vivía en su barrio de la periferia de la capital salvadoreña alguna sangrienta batalla.

«La última fue ayer. Todos estábamos dormidos. Primero comenzaron a tirar, pa-pa-pa-pa-pa, como de aquí adonde está ese señor. A cada rato se escuchaban los balazos. Luego se llevaron a los muertos en un camión.»

Pero nada comparable a la mañana en que Humberto descubrió la guerra en toda su intensidad, justo cuando su papá salía hacia el trabajo: «Se veía por el cerro cómo corrían unos muchachos enmascarados, poco mayores que yo, y otros vestidos de verde los perseguían. Llevaban boina. Eran los soldados. Por arriba zumbaba un helicóptero. Comenzaron a tirar granadas que levantaban mucho humo. Los encapuchados disparaban contra el helicóptero. Los muchachos corrieron a refugiarse en una casa, dispararon muchas balas y al marcharse dejaron un papel clavado en la puerta; al final, los de la casa habían muerto todos. Los muchachos gritaban al retirarse: «¡Ligas populares Veintiocho de Febrero, venceremos!» Al lugar llegaban nuevas camionadas de soldados. Les dieron verga a los guerrilleros. La gente salía a la calle, se asomaba al cerro para ver qué pasaba. Ganaron los soldados de boinas verdes. Trajeron prisioneros a los muchachos, los pusieron manos arriba y luego los tumbaron boca abajo. Pero nuevos muchachos bajaron del cerro, mataron a un soldado y le pusieron un papel ensangrentado en el pecho. Algunos de los encapuchados escaparon por un barranquito. Pero un verde de los que tenían una insignia con dos flechas y un rifle en la solapa del uniforme disparó contra los que huían, le acertó a uno, que cayó dando tumbos desde arriba por el talud, hasta nuestros pies, muerto. No tendría más de catorce o quince años. Le manaba la sangre del pecho y tenía los ojos abiertos. Después trajeron un tanque para dominar el cerro. Hicieron trece prisioneros y les ataron las manos con nailon. Al rato volvieron más guerrilleros y soldados, más tanquetas, más helicópteros. Sonaron nuevos disparos. Toda la gente estaba asustada.»

A sus once años, Humberto Alexander Aguilar no temía la guerra, tan solo sus fantasmas, sus presentimientos. Primero la pobreza y ahora la guerra.

Los salvadoreños, como en general los centroamericanos, llevan la poesía en la sangre. Alberto, de quince años, escribió un poema que nos leyó en 1983. Era un «compa», un compañero guerrillero en el Frente:

Nuestra guerrilla
es un poema de amor,
un poema escrito en sangre
de batallas y cuerpos mutilados y anónimos,
aparecen al atardecer a la orilla de la carretera.
Dispara, «compa»
el olor a pólvora es nuestro perfume;
dispara, «compa», dispara.

«A veces —me decía el limpiabotas Humberto en su peculiar lenguaje— pienso que me van a matar, me agarran locuras y delirios. Un día yo y mi hermano íbamos en un "bus" cuando subieron tres guerrilleros pequeños, como de quince años. Cada uno de ellos llevaba un arma, una tartaja, como una metralleta recortada. "No se alarmen que no les vamos a hacer daño. Pero váyanse todos, bájense del 'bus'." Mi hermano y yo corrimos hacia la puerta. El conductor se bajaba también cuando uno de los muchachos le dijo: "Usted no se va, maneje." Después, agachado, pude ver cómo paraban el "bus", disparaban contra las llantas y le prendían fuego.»

Humberto, reflexivo de pronto, añadía: «Entre unos y otros matan a los papás y luego le toca a uno llevar "el pisto" (el dinero) a casa.»

La ilusión de Humberto era ver los mares, como el niño de *Los cuatrocientos golpes,* de Truffaut, y poder llevar «pisto» a su mamá:

«Mi papá es jardinero, y mi mamá lava la ropa. Mi cumpleaños fue el primero de noviembre. Pedí a papá que me comprara un pastel como regalo, un *cake* (pastel) pero no le alcanzaba. No había plata. Me compró a cambio una sandía. Alguna vez acompaño a mi mamá a la iglesia, que ella reza mucho y llora. Cuando cumpla quince años haré la primera comunión, dice mamá. Y ese día seguro que habrá *cake*. Mientras tanto, estudio como puedo, cuarto grado, las matemáticas, pero eso no da "pisto", no nos da para vivir; el lustre sí, que me enseñó mi hermano Eduardo que es un maestro. Me costó bastante aprender el oficio, aunque todavía soy aprendiz. Todo el material de la caja, pastas marca Búfalo, cepillos, bayetas, líquidos, me cuesta doce colones. Uno de mis hermanos es paracaidista, otro es "compa", guerrillero. A otro lo mataron en el volcán de Guazapa. Yo prefiero lustrar zapatos. Hay veces que me regañan, que si mancho los calcetines, que si no tengo fuerza bastante para frotar, pero siempre cae el colón. Con lo que gano vuelvo a casa, entrego el "pisto" en la cocina y comemos. Mi casa tiene dos habitaciones, la cocina y el cuarto donde dormimos todos, seis en total.»

ESCUELITA. Humberto tiene un amigo, Carlitos, cuyo padre trabajó para Orden (un escuadrón de la muerte) y al que le mataron los «muchachos», los que llamaban «compas», los guerrilleros. Sus otros dos hermanos mayores son soldados en el ejército. Uno de ellos ascendió en el escalafón hasta el grado de teniente después de matar a su madre de un tiro en la cabeza porque se inclinaba más hacia otro de sus hijos, que combatía con la guerrilla izquierdista. También aquí las familias están divididas, si quedan familias, porque muchas de ellas fueron barridas por los enfrentamientos. Un «compa» en el volcán de Guazapa confesó que no le quedaba nadie, a todos los mataron, a un lado o a otro: «No tengo casa, no tengo familia, no tengo adonde ir. Mi familia es el Frente.»

René, de quince años, contaba que a un tío suyo, considerado como «subversivo» por el ejército salvadoreño, lo prendió la Mano Blanca (otro escuadrón de la muerte) y lo hizo picadillo en la plaza de Cabañas: «Primero le cortaron las piernas y las manos, luego los ojos, las orejas y la lengua. Lo dejaron allí desmembrado pero vivo, hasta que se desangró por completo. En el Copinol, despedazaron a cincuenta campesinos, de los cuales veinte eran menores de quince años, y los arrojaron a una fosa.»

Según la Organización de Derechos Humanos de la archidiócesis, mil novecientas cincuenta y cuatro personas fueron asesinadas en El Salvador en los tres primeros meses de 1984. Por eso muchos de los jóvenes salvados de las matanzas se iban derechos a la «escuelita», la academia militar de la guerrilla, chavales en su mayoría de doce y catorce años. La «escuelita» recibía un mínimo de cincuenta reclutas al mes, de ellos unos treinta y cinco serían combatientes y el resto quedarían como enfermeros, cocineros y encargados del suministro de ropa y material. Por cada guerrillero eran necesarios cuatro para las tareas auxiliares.

Los niños combatientes en El Salvador, armados a veces con granadas de fabricación casera y explosivos, solo hablaban de la guerra; porque esa era su única experiencia. En la montaña no había ni televisión, ni libros, ni salas de cine. Su escuela era la guerra, su música, el grito ideológico «¡Viva el partido marxista-leninista!», o el canto en formación de la Internacional. Eran tan jóvenes que no sabían lo que podía ser el marxismo, o lo que significaban las palabras del himno comunista. «El tiempo nos sobra, la vida solo un poco», decía Pedrito antes de gritar «¡Viva las heroicas luchas de los trabajadores!»

Línea de volcanes ofuscados por las nubes, lentas carretas de bueyes, soldados que buscaban iguanas, que Colón llamó «sierpes» y Hernández de Oviedo «dragones». «Sabroso el lagarto, sabe a pollo», aseguraba Ronaldo Alfredo Arias, en el cuartel de la Tercera División de Infantería. Por los agujeros del muro de protección las novias hablaban con los soldados. Era el muro de San Miguel. En la catedral, del siglo XVIII, de fachada blanca y barroca, una anciana, toda vestida de negro, leía un gastado misal junto a la pila de los bautizos. Desde los sótanos, las catacumbas, llegaban salmodias y susurros de oración. María Espina Jiménez parecía resignada: «He perdido a dos de mis hijos en el Frente, a tres de ellos en el Atlacatl (batallón de las fuerzas armadas salvadoreñas). Solo me queda rezar y pedir a Dios que los haya acogido en su seno.»

Al párroco René Valle los «compas» del Frente le ordenaron que hiciera redoblar las campanas de la iglesia para congregar a la población. Los guerrilleros escogieron a niños y jóvenes y se echaron al monte. De nada valieron las protestas del obispo de San Salvador. Los del gobierno esperaban a sus reclutas a la salida de las escuelas.

Me uní a una patrulla de cinco soldados de la Tercera de Infantería que se dirigían a través de un maizal hacia la aldea más próxima. A pesar del sudor, del uniforme empapado, del fusil polvoriento, de las botas sucias, los cinco de la patrulla se mostraban optimistas. El licenciamiento estaba próximo: tan sólo a dos meses vista. Uno de los soldados, Carballo, llevaba su nombre escrito con tinta en la gorra, en la cantimplora que bailaba sobre su espalda, en el cinturón de paracaidista. Julio César hablaba de su «chamaca», Carballo trazaba planes para el futuro: «Me iré a *Uachinton,* donde tengo unos primos. Eso si me dejan pasar de México. En *Uachinton* mis primos viven muy bien de lavar a los muertos gringos.»

Rolando Alfredo Arias se alistó en el ejército a los catorce años. Le faltaban dos meses «no más»: «Creo que me he ganado un descanso, porque esta vida es peligrosa y monótona. O te matan los "compas", los "subversivos", o te mata el aburrimiento. El toque de diana suena a las cinco de la mañana. Después del desayuno todo se reduce a caminar sin descanso, para "darles recio", como dicen nuestros jefes. Son quince, veinte, hasta veinticinco kilómetros de caminata al día. Al enemigo lo vemos a veces cerquita, o lo sentimos, o escuchamos el eco de las detonaciones. Estamos siempre en su busca, y la verdad es que lo encontramos muy pocas veces. Ellos nos atacan sobre todo por la noche.»

Al llegar a la aldea cantaban los gallos y sonaban disparos de fusilería. Estaba desplegada la unidad de infantería en plena operación de limpieza de subversivos. Ajeno a la refriega, con una pacha de guaro en la mano (una botella de aguardiente), un anciano, cojitranco, descendía de la colina. Un joven teniente gritaba a uno de sus hombres de vanguardia, paralizado por el miedo detrás de una ceiba: «Arráncate de una vez, huevón.» Fue un chaval de quince años el que dio el paso hacia la colina armado de su M-60. Desde allí desalojó a tiros a los pocos guerrilleros apostados en las alturas. «Lo ves —le reprendió el teniente refugiado en el árbol—, tiene que venir un bebé para darte una lección.» Mientras tanto, el operador de radio repetía su cantilena: «Romeo llama a Julieta, Romeo llama a Julieta, que nos manden el tango.» El «tango» era la tanqueta.

POBRES MUCHACHOS. En las elecciones de 1982, la guerrilla salvadoreña lanzó ataques sobre nueve barrios de la capital. Bajaron de los volcanes para sabotear las urnas. Hacia las cuatro y media de la madrugada me despertaron ráfagas de ametralladora. Sonaban cerca. Cuando llegué al barrio de San Antonio Abad, una camioneta Chevrolet se llevaba los cadáveres de doce «muchachos», muertos en la batalla que comenzó al alba. Los cadáveres formaban un amasijo sanguinolento. Vi chicos y chicas, adolescentes. Estaban destrozados. No hubo para ellos rendición posible: el mejor guerrillero es el guerrillero muerto. La cabeza de una niña golpeaba el exterior de la caja. Los soldados del ejército se secaban la frente, sentados junto a la escuela, y limpiaban sus fusiles M-16. Fue un ataque suicida, una locura, asaltar la escuela de San Antonio Abad, convertido en colegio electoral. Una llamada por radio al helicóptero y la guerrilla estaba perdida. Pobres muchachos. En el escenario había ramas de ceiba arrancadas, masa encefálica en torno a un montón de adoquines, rastros de sangre. Los cazaron uno a uno. Tan solo un irresponsable pudo enviar a aquellos niños al matadero.

El teniente José Leonardo Vallejo bebía de su cantimplora. Entre los cascotes y los casquillos, resudado, observaba el paso de un autoblindado hacia el sur. Uno de sus soldados seguía las instrucciones y quemaba las gorras de los guerrilleros del Frente. Otro recogía las fotografías caídas al suelo de una cartera de plástico. Pertenecía a la guerrillera cuya cabeza colgaba del Chevrolet. Eran fotografías familiares, de niños reunidos en torno a una tarta de cumpleaños.

«A ésta se le acabó todo», dijo el teniente sin una pizca de misericordia.

«La sangre de los niños —escribió Neruda— corre hacia las calles, como... como la sangre de los niños.» No le quedaban fuerzas para la metáfora. Como diría Carlos Fonseca, fundador del Frente Sandinista de Nicaragua: «El amanecer fue una tentación para estos muchachos.» El cura asturiano Gaspar García Laviana, que tomó el fusil en 1977, cayó junto a los sandinistas en el Frente Sur. En Tola, el pueblo en el que fue párroco, me enseñaron uno de sus poemas:

A morir, a morir,
guerrillero,
que para subir al cielo
hay que morir primero.

Al cura asturiano le hubiera sorprendido lo que algunos dirigentes sandinistas hicieron con su revolución, la «piñata», las mejores casas, los mejores coches, las mejores amantes fueron para ellos. «¡Qué radiante su futuro! ¡Que igualdad ante la gente!», escribió García Laviana en sus *Cantos de amor y guerra.* La nicaragüense fue la revolución de los «muchachos»: más de la mitad de la población contaba menos de quince años. El dictador Somoza ordenó a la Guardia Nacional que abriera fuego sobre todos los manifestantes mayores de once años. En Monimbo, comprobé que mataron a niños de tres y cuatro años. En siete años de guerra, murieron en Nicaragua o resultaron heridas cincuenta mil personas, la mayoría niños. Los «compas», del Ejército Revolucionario del pueblo salvadoreño, asesinaron al más apasionado y sincero poeta de El Salvador, Roque Dalton. «Todo revolucionario —escribió Camus— termina por convertirse en un opresor o en un hereje.»

El periodista nicaragüense, durante muchas semanas mi compañero de cuarto, Danilo Aguirre, refugiado en la Embajada de España bajo la protección de aquel caballero barojiano llamado Pedro de Arístegui, vivió angustiado por la suerte de su hijo, combatiente con los sandinistas. Yo le traía noticias del frente: el final de la guerra se acercaba. Danilo, perseguido por el dictador Somoza, recuperó la confianza y la sonrisa. Sin embargo, la noticia que temió en noches de pesadilla y amaneceres de angustia le llegó, nos llegó, cuando menos la esperábamos. Su hijo Danilo, combatiente de las escuadras sandinistas en Masaya, murió en las últimas horas de la guerra. Danilo hijo cometió la imprudencia de acercarse a una tanqueta de la Guardia Nacional después de haber disparado su lanzagranadas. Un francotirador acabó con su joven vida. No hay lástima mayor que ser el último muerto de una guerra.

PAÑUELOS. El niño limpiabotas, Humberto Alexander Aguilar, conocía al dedillo la topografía salvadoreña del horror. Al día siguiente me guió hasta el Playón. «No deje de traer un par de pañuelos», me recomendó. En el Playón yacían los muertos, los asesinados por el ejército. Era un paisaje lunar, cubierto de una capa de lava, observado palmo a palmo por los zopilotes y los buitres, cubierto de cadáveres a medio enterrar. Enrollamos los pañuelos en torno a la nariz para amortiguar los efectos del hedor. En Vietnam llevábamos Vick Vaporub para estos casos. Eran los asesinados anónimos, sin nombre, sin derecho a una tumba. Pero si este era un lugar siniestro, lleno de cuerpos descuartizados en medio de la desolación del paisaje, había otro recomendado en los folletos turísticos: la Puerta del Diablo, junto al Parque de Balboa, donde trasladaban los cadáveres de los «subversivos», lo cual no impedía que el consejo de la Oficina de Turismo fuera este: «No deje de llevar varios carretes de color. El lugar lo merece.»

El itinerario, de la mano de Humberto, incluía el Hospital Militar a la hora de las visitas. Madres, novias, abuelas, hermanas, niños, parientes, ante un sinfín de cuerpos de soldados jóvenes, rotos, mutilados por la metralla, con muletas, en sillas de ruedas, con rostros irreconocibles, quemados, las extremidades cortadas... Este era el reflejo, el escaparate del enfrentamiento entre el ejército y los «compas», la doliente metáfora de una guerra que causó setenta mil muertos y cientos de miles de heridos. Al despedirme de Humberto me acordé de los limpiabotas centroamericanos, como surgidos de la película de Vittorio de Sica *Sciuscia,* de mi amigo Nayo, de once años, cariñoso y de ojos saltones y un poco tartaja, que tenía la palabra «insuperable» escrita en el antebrazo. Su territorio era el Parque Central de la ciudad de Guatemala, los umbrales de las pensiones, los comedores populares, que olían a pollo campero, a tortillas y tamales. Gorras de béisbol, criollas insinuantes, transeúntes tristes y amables. Guatemala se extendía en una teoría de casas bajas como preparadas para recibir la sacudida de un nuevo terremoto. Guatemala de Miguel Ángel Asturias, de volcanes y amebas, de machetes, iglesias coloniales resquebrajadas, de ruinas mayas y guerrillas, de Cristos negros e indios brutalizados, de arqueólogos y fotógrafos del National Geographic. Las «patrullas escolares» con niños armados de Winchester recorrían las zonas rurales. Cerca de Nayo merodeaba otro colega con caja de lustrar y tatuajes de betún. Se miraban con ojos enrabietados. La vida es dura. Conocen las reglas del juego en medio de tan feroz competencia: sobrevive el mejor, el más resistente. Nayo hacía crujir la bayeta sobre mi zapato como lo hacían sus compañeros de Saigón, de Bogotá, de São Paulo, que veían al mundo en cuclillas. Al conocer a Nayo, bajo el alboroto de los mirlos del Parque Central, le pregunté que cómo le iba en la vida: «Soy totalmente feliz», recalcó to-tal-men-te, como saboreando su felicidad.

FELICIDAD. Era la primera vez que alguien me confesaba que era feliz. No puedo olvidar aquella respuesta del renacuajo guatemalteco, sus ojillos negros y brillantes que parecían confirmar su estado de ánimo. ¿Qué idea se hacía Nayo de la felicidad? No hay un camino hacia la felicidad; la felicidad es el camino. Así lo debía entender Nayo, quizá como Maurice Bejart, para quien el baile era la forma de «dominar cada músculo y lanzarlo a la felicidad». Nayo era el Bejart de los «limpias» de «Guate», que lanzaba la bayeta hacia la dicha y la ventura por unos cuantos quetzales, como lo era Ngo Tung, de diez años, mi amigo el lustrabotas del restaurante A Bach de la capital survietnamita. Saigoneses en calzón corto comían a su lado tallarines con palillos. En la rebotica guardaban las fotografías de los antepasados, el pebetero y los candelabros de bronce, las flores artificiales y las sillas que llamaban de «madera de hierro», inmunes a las termitas. Cuando apuntaba el día, todo el mundo se echaba a la calle. Los niños jugaban a los *carraux* (cuadraditos), un nombre todavía francés en un universo que se pasaba al inglés con todo el equipo. Era una especie de ajedrez del pobre. O jugaban a derribar montículos de naipes (con la imagen de los «condotieros», los caudillos chinos), a zapatillazo limpio ante la curiosa mirada de los *my,* los norteamericanos. Entre el bosque de piernas de los *my,* los chavales pugnaban por recuperar sus canicas de vidrio. Cuando la poderosa bota del Gulliver de uniforme verde chutaba sobre la pirámide de naipes, el crío de Saigón disparaba una imaginaria ráfaga de ametralladora, barrapabah, barrapabah....

«Suchau no mony, gif mi fait pi, chap, chap.» El limpiabotas estaba sin blanca y mendigaba cinco piastras. Para decir «chap, chap» (hambre) se tocaba la barriga con la mano izquierda y golpeaba la caja de betún con su cepillo. En la orilla izquierda del bulevar Le Loi, junto a La Cave, abría su terraza mi restaurante preferido, A Bach. Los camareros ordenaban de viva voz a la cocina: «pollo con arroz cantonés», «ragú de cordero», «bisté con macarrones», «arroz a la americana». Su voz se confundía con la cacofonía de los martillos neumáticos, el voceo de los periódicos de gran formato. Los gigantes norteamericanos tropezaban con los toldos del mercadillo, llenos de libros de segunda mano, de James Michener, de discos de Barbra Streissand, de transistores y pijamas de seda de China, de chapas de identificación con el grupo sanguíneo, de «cazadoras CBS», laca, lencería, el famoso elefante de cerámica, gafas de sol, budas orondos de madera negra. Los niños pedigüeños y los limpias zascandileaban por el bulevar Le Loi y venían a tu mesa, insistentes, con su disco rayado. *Suchai no mony.*

XV
MENTES Y CORAZONES

El poeta que sobrevivió a la batalla de Hué lo describió así:

> He visto fosas y trincheras
> llenas de cuerpos de mis hermanos y hermanas.

El soldado enamorado le respondía con un corto poema de esperanza y ternura:

> Antes amaba a mi país por sus pájaros y mariposas,
> porque había días en que uno hacía novillos,
> pero ahora amo a mi país porque en cada puñado de tierra
> estas tú, amor mío.

Lo que vimos y vivimos en Vietnam fue no solo triste, doloroso, sino macabro. Un coronel norteamericano alimentaba a su perro con los corazones arrancados a los «vietcong». Se cortaban cabezas de guerrilleros comunistas, se las colocaba en fila y se ponía un cigarrillo encendido en cada boca. Las orejas se ensartaban como cuentas, se conservaban como trofeos trozos de cadáveres. Los cráneos eran el despojo favorito. El entonces coronel George Patton III («Me gusta ver volar brazos y piernas») llevaba un cráneo de *vietcong* en su fiesta de despedida, como pudo comprobar el fotógrafo inglés Griffiths. Los soldados se hacían retratar con un pie sobre los cuerpos enemigos, como un cazador blanco con el pie sobre la cabeza de un león africano. Decían los italianos de Mussolini que la guerra *e bella ma incómoda,* pero en Vietnam había generales y coroneles que disfrutaban con ella. Cuando llegábamos los corresponsales a las bases, los militares más exhibicionistas pedían luz y sonido a sus *boys.* Tras un copioso almuerzo, el general Hollingsworth sentía el «tam tam» de la guerra y la acción: subía a su helicóptero para liquidar *vietcong* a la hora del postre. *Apocalypse now.* «No hay nada que me guste tanto como matar "charlie cong" (comunistas). Sí, señor.» Esta era la manera de ganarse las «voluntades y los corazones» de los vietnamitas.

«Para ganar esta guerra —señalaban los manuales de alto mando norteamericano— debemos ganar antes las mentes y los corazones del pueblo de Vietnam del Sur.»

The hearts and minds. Las mentes las volaban a tiros y los corazones se los comía el perro del coronel.

MONOS AMARILLOS. Con My Lai, la matanza en 1968 de cientos de niños, mujeres y campesinos en la aldea vietnamita, se alcanzó el clímax de tan sucia guerra. Los hombres de la compañía C, I Batallón, 20 Regimiento de Infantería, XI Brigada, División Americana, entraron en marzo de 1968 en la aldea de My Lai, a las órdenes del teniente William Calley. Distribuyeron en grupos a hombres, mujeres, ancianos y niños, y los fusilaron. Los heridos recibieron un piadoso tiro de gracia. «Un niño muy pequeño (vestía tan solo una raída camisa) se acercó para estrechar la mano de los muertos. Uno de los soldados que tenía detrás se arrodilló a treinta metros del niño y lo mató de un tiro», afirmó un testigo.

Hacía tiempo que Estados Unidos perdió la inocencia. El teniente Calley, de veintiséis años y natural de Miami, tenía cara de niño, aparentaba ser un ciudadano normal y en sus cabales. El reportero Seymour Hersch visitó a un veterano herido en combate, Paul Meadlo, de veintisiete años, que confesó que había matado con su fusil a docenas de civiles vietnamitas en My Lai. A cambio de diez mil dólares lo llevaron a los estudios de la cadena de televisión CBS para que se desahogara. La entrevista duró cuatro minutos, y aquel soldado, descompuesto, con ojos avergonzados y voz vacilante, confesó ante millones de telespectadores que era de convicciones profundamente religiosas, pero que había matado con su M-16 a mujeres, ancianos y niños recién nacidos, y que se vio obligado a herirse a sí mismo para no seguir matando sin desobedecer las órdenes que recibió del teniente Calley. *Delenda est Vietnam.* El teniente Calley fue juzgado en Fort Benning y reconoció su horrible crimen: disparó sin interrupción durante una hora sobre grupos de aldeanos de My Lai. Mató a un bonzo budista de un tiro en el rostro a quemarropa, y a un niño de dos años que el monje conducía de la mano. En cierto modo, el caso de My Lai sirvió, en medio del psicodrama, para liberar a los soldados norteamericanos de sus sentimientos de culpa. Los testimonios de crueldad comenzaron a llover sobre las redacciones. Los editores, que durante un tiempo guardaron información sobre el grado de brutalidad que alcanzó aquella guerra, la publicaban ahora en primera página: niñas violadas en los manglares, prisioneros arrojados desde aviones y helicópteros, ametrallados con las manos atadas a la espalda, torturados o ahogados porque se negaban a contestar preguntas. Los corresponsales norteamericanos perdieron la amnesia. Uno de ellos contó cómo los soldados de una división norteamericana azuzaron a un perro agresivo contra un viejo sospechoso de pertenecer al «vietcong» y vio cómo el perro desollaba, igual que los nazis hicieron con sus alanos en los campos de concentración, al anciano de la cabeza a los pies. Un sargento ofreció a sus hombres «tres días» de permiso para quien liquidase a aquel «mono amarillo».

Estos eran hechos rutinarios, de los hijos de aquellos héroes que libraron al mundo libre del nazismo y juzgaron los crímenes de guerra alemanes en Nuremberg. Con episodios como el de My Lai, que acabaron con la brutal matanza de civiles vietnamitas, la guerra imperial contra el comunismo perdió el romanticismo que algunos ingenuos le atribuían. No fue una guerra romántica para ninguna de las dos partes. Y en 1975 cayó sobre Vietnam, gobernado por dinosaurios comunistas, un telón de bambú. Años después, Estados Unidos ganó con el dólar y el inglés una guerra que le costó cincuenta y ocho mil muertos.

Al teniente Calley lo encerraron durante treinta y nueve meses en una celda de lujo de Fort Benning, donde se le permitió vivir acompañado de su perro, de su canario y de los peces de su acuario. Su novia manifestó a la prensa: «Ya lo ven, es incapaz de matar a una mosca. Miren con qué mimo cuida de sus animales y lo gentil que es.»

Nazis. También Himmler, jefe de la Gestapo y ministro de Interior del III Reich, consideraba la caza como un «puro asesinato». «La naturaleza —decía— es hermosa, todos los animales tienen derecho a vivir.» Pero no dudó en enviar a las cámaras de gas a seis millones de judíos. Himmler invitaba a los jóvenes nazis y a oficiales de las SS al exterminio de judíos en Auschwitz. Hubo madres que intentaron disimular a sus hijos pequeños entre los montones de ropa, pero los vigilantes no las perdían de vista. Los niños lloraban al dirigirse con sus madres a las cámaras de gas, pero los verdugos les entregaban muñecas, juguetes para que se calmaran, de modo que entraban en los santuarios de la muerte con la sonrisa en los labios jugando con un osito de peluche. Había madres que antes de que se cerraran las puertas metálicas de las cámaras de gas gritaban a los guardianes de la «solución final»: «¡Salvad al menos la vida de mis hijos!»

Una madre judía que iba a la muerte con sus cuatro hijos pequeños se detuvo ante los oficiales de las SS en Auschwitz para gritarles: «¿Cómo podéis matar a estos pobres hijos míos? ¿Es que no tenéis corazón, monstruos?» No, no tenían corazón. Se sirvieron de los niños como cobayas para experimentos inéditos y científicos. Una deportada, Mimi Greünberg, salvada del holocausto, contó lo siguiente: «Yo he visto a una mujer querida y mimada un día por los suyos dar a luz a un niño en el campo de exterminio. Era un hijo deseado, concebido en el hogar familiar. El padre agonizaba en otro campo. Llovía a mares sobre el techo del barracón de madera, sobre el cuerpo sacudido por los dolores del parto, la mujer se retorcía de sufrimiento sobre el húmedo cemento empapado por el barro que arrastraban millares de pies, contemplada por miles de ojos. Mil mujeres la vieron en el fango, el cuerpo medio desnudo, bañado en su propia sangre. Destrozamos nuestras camisas sucias para envolver a la criatura. Yo he visto a un niño, recién nacido, morado de frío, tendido sobre el cemento fangoso, bajo el aguacero. A pesar del sacrificio, la madre no pudo conservar a su hijo; se lo llevaron allá abajo, donde todos nuestros hijos, tan hermosos, encontraron la muerte: a la cámara de gas y al crematorio.» Pronto saldrían en forma de humo y ceniza por las chimeneas de Auschwitz.

Bosquecillos de mangos. En 1974, el juez Robert Elliot puso en libertad al teniente Calley con este razonamiento: «La guerra es la guerra y en todas las guerras muere gente inocente como en My Lai.» El segundo aterrizaje en la Luna coincidió con el descubrimiento en 1969 de la matanza en la aldea vietnamita. Por un lado, Estados Unidos abría horizontes a la humanidad, y por otro, mostraba el horror de My Lai, donde cerca de quinientos viejos, mujeres y niños fueron asesinados a sangre fría en cuatro horas, con casos de violación, de sodomía, de mutilación. Los que cometieron el execrable crimen eran muchachos normales de dieciocho, diecinueve o veinte años, que jugaban al béisbol, masticaban chicle y soñaban con Ann Magret o Raquel Welch. Lo que fue primero una «matanza» se convirtió luego en una «tragedia» y más tarde en un «incidente». La memoria es frágil.

La mía no lo es con respecto a unas experiencias que viví dos años después, en 1970 y 1971, en el nacimiento de una nación, Bangla Desh, desgajada del Pakistán. Al poema del bengalí Rabindranath Tagore *Sonar Bangla* (Mi Bengala dorada), le pusieron música los independentistas y ese fue el himno de la nueva nación. Era un poema que hablaba de la naturaleza y las confidencias de un niño a su madre:

> Tus cielos y tus vientos
> son la música de mi vida.
> ¡Oh, madre! En la primavera, el perfume
> de tus bosquecillos de mangos
> vuelve mi corazón loco de gozo.
> ¡Oh madre! En el otoño, en tus campos floridos
> he oído el rumor de tu risa llena de dulzura.
> Qué belleza, qué amor, qué afecto
> he hallado a la sombra de los bananos
> y al otro lado de las márgenes del río que huye.

Ahora los ríos de Tagore bajaban turbios de sangre y lodo. Los afluentes del Ganges y del Bramaputra, los canales interiores, arrastraban miles de cadáveres. Las aves de presa, los buitres («¡Ya suena el grito! ¡Caza abundante!», se leía en *El libro de la selva,* de Kipling) se lanzaban en picado hacia los ríos. Sobre el millón de muertos surgió la nación: Bangla Desh.

En Nueva York, los Beatles compusieron la canción del genocidio *Concierto de Bangla Desh,* y la población bengalí, como pude comprobar en Indonesia, tras la represión de Suharto, se negó a comer pescado de río.

«Ahora nos toca a nosotros» («It is our turn»), me decía en la ciudad de Jessore, el 18 de diciembre de 1971, un guerrillero de liberación, un *mukti bahini* de quince años llamado Abdul.

Era la hora de la venganza contra los paquistaníes de Oriente. La urgencia por vengar a los muertos fue el primer reflejo de los vencedores, de aquellos guerrilleros, niños y adolescentes, que con viejos fusiles y navajas barberas se lanzaron al desquite. Desde que entré en territorio bengalí, por Bangaon, el relato de los horrores presidía diálogos y testimonios. Casi todos mis interlocutores habían perdido a un familiar o a un amigo. Como si todo el país, el de los campos de yute, los bosquecillos de mangos, los arrozales fuera un inmenso Dachau.

Los niños guerrilleros nos llevaban hasta las fosas comunes, las zanjas de los muertos abiertas en los líricos jardines de Tagore, para mostrarnos el resultado de nueve meses de represión desencadenada por el presidente de los dos Pakistanes, el general Yahia Khan.

Las represalias no se hicieron esperar. En la venganza, el débil es siempre el más feroz. Pronto se vieron en las calles, en los bosques, en las aldeas, las primeras víctimas entre los verdugos derrotados, con la ayuda de la primera ministra Indira Gandhi. Los «biharis» habían cobrado veinte rupias (unas doscientas pesetas de entonces) y una botella de licor por la entrega de cada bengalí muerto. El que se venga conserva frescas las heridas. En aquella *vendetta* no estarían ausentes los niños. Como en la Croacia del *Kaputt* de Malaparte, los colaboracionistas del régimen de Pakistán Oriental guardaban en sus chozas sacos con ojos, orejas y pechos. Estos musulmanes llegados del Bihar indio y de otros puntos del subcontinente hicieron, muchos de ellos, causa común con el ejército paquistaní desde la partición de 1947. En la revancha de sangre tomaron parte activa los niños espoleados por sus padres. Pude ver en Kulna cómo despedazaban a docenas de *biharis.* Antes, los paquistaníes eliminaron a un 30 por 100 de la población de la ciudad. En la jungla se cazó a los colaboracionistas como se caza al tigre de Bengala. Después, los jóvenes guerrilleros pasearon los cadáveres por las aldeas, para arrojarlos a continuación a los ríos y a las acequias.

En el carrusel de sangre, vimos al cruzar por los pueblos cómo a los milicianos paquistaníes y a los «biharis» los ataban a los camiones para arrastrarlos. Dejaban tras de sí tiras de piel, huellas de sangre, vísceras. Eran, al final, masas sanguinolentas. En el centro de Kulna, junto al Parque Central, la formación de corros de gente señalaba la captura de un prisionero. El primero que vi era un hombre grueso y musculoso, de unos cuarenta años, un pingajo. Tenía la mirada perdida en el cielo, hematomas, cortes de navaja, profundas heridas en todo el cuerpo. Entre espasmos y convulsiones, la víctima, vestida con el *longhi* tradicional, la falda de algodón, sufría el último suplicio. Era la hora de los niños. Con punzones, clavos oxidados, finos palos de bambú, los niños de Kulna remataban gozosos la obra bestial de los mayores, y animados por ellos perforaban los oídos, la boca, el ano de los prisioneros. En el parque, cada pocos centenares de metros se formaban corros en torno a prisioneros moribundos a los que lapidaban, pateaban, torturaban. Los niños, felices, gritaban de placer y de sadismo. No les voy a ahorrar detalles: uno de ellos, que tenía el pecho salpicado de sangre, arrancó con un punzón los ojos del *bihari.* Fue muy aplaudido. Después, entre todos, arrojaron el cuerpo ya sin vida a una acequia.

«Este mismo que ve aquí —me dijo un campesino de Kulna, a guisa de disculpa, al descubrir mi expresión de horror— es el responsable del asesinato de todos mis hermanos...»

El niño torturador era su hijo. Esa es una imagen que me ha perseguido durante mucho tiempo, porque tuve la sensación, la misma que los pocos periodistas europeos y norteamericanos que me acompañaban, de que éramos corresponsables de aquellas muertes. No hubo forma de disuadir a los responsables del bárbaro espectáculo. Al volver horas más tarde a mi base en Calcuta telefonée a la Cruz Roja Internacional. Estaban al tanto de tan atroces represalias: «No podemos hacer nada —respondieron—. En Jessore han disparado sobre nuestras ambulancias que trataban de evitar la barbarie. Hemos denunciado los hechos al gobierno provisional de Mujibur Rahman y estamos a la espera de noticias.»

De regreso a Calcuta, en todas las aldeas se celebraban juicios populares. Colocaron a los niños en primera fila. Los prisioneros, con las manos atadas a la espalda y la cabeza gacha, soportaban gritos, escupitajos y golpes, mientras, en medio del tumulto, el tribunal leía la lista de los crímenes. Era la sagrada violencia: se creían con derecho a tomar la justicia por su mano, la «justicia revolucionaria». Quevedo escribió: «y no hallé cosa en la que poner los ojos / que no fuera recuerdo de la muerte».

Veinticinco años después, Bangla Desh sigue siendo una de las naciones más pobres del mundo. También aquí los niños, a los que llaman *urchins* (golfillos), cabalgan sobre las basuras para llevarse cartones y trozos de tela, todo lo que tenga algún valor por mínimo que sea. Su destino es el mismo que el de los «homens garibú» (hombres ratas) brasileños y los «pepenadores» de México, un foco de salvajismo. De hurtos, robos y peleas pasaron a la acción directa, a poner bombas de fabricación casera. Motaleh y Yunus, de diez y doce años, fueron detenidos en noviembre de 1987 cuando se disponían a colocar una bomba artesanal a la puerta de una comisaría de Dacca, la capital.

El mismo o parecido fenómeno se daba en Filipinas. En 1986, año de la revolución contra la dictadura conyugal de Ferdinand Marcos e Imelda Romuáldez, el régimen desfalleciente echó mano de bandas de niños llamados «vigilantes» para atacar a los enemigos, a la oposición. Armados de pistolas, ametralladoras y con cinturones de cartucheras, sembraron el terror en las aldeas. En 1988, ya bajo el gobierno de Corazón Aquino, ante una comisión senatorial que le pedía cuentas, el teniente coronel Franco Calida admitió que había reclutado a niños de ocho a diez años para su organización Alfa Masa (Arriba las Masas). Las fuerzas armadas filipinas no dejaban por ello de alistar bandas de niños-milicianos para hacer frente al Nuevo Ejército Popular, de signo maoísta, que alimentaba sus unidades de combate con menores de edad. También aquí la materia prima es abundante y barata. El ejército rebelde ha formado *sparrow units* (unidades gorrión), para eliminar a policías y soldados.

XVI
EL LAVADO DE CEREBRO

Primero el adoctrinamiento, la formación política, el lavado de cerebro. Después el fusil M-16. La pensadora Agnes Heller, de la Escuela de Budapest, expulsada del Partido Comunista en 1973, ha escrito que, hace muchas décadas, los teóricos del totalitarismo inventaron el término «lavado de cerebro». «La expresión indicaba exactamente su significado —señalaba la autora de *Revolución de la vida cotidiana*. El adoctrinamiento totalitario lava el cerebro humano de todo aquello que hasta entonces lo conformaba: conocimientos cotidianos acumulados, normas y hábitos morales, credos políticos y religiosos, disposiciones sentimentales y cosas por el estilo. Tras haber sido sometidos a un lavado de cerebro —añade la discípula y ayudante de Lukacs—, hombres y mujeres pueden ajustarse muy fácilmente a toda clase de doctrinas, lógicas y credos que desafían tanto su sentido común como sus convicciones previas. Cualquier cosa que los poderes adoctrinantes quieran que crean, la creerán a partir de entonces.» Se daba por hecho que la mente humana es una especie de *tabula rasa* que podía llenarse fácilmente de cualquier cosa; sin embargo, también se suponía que el relleno podía ser borrado a voluntad.

Agnes Heller ha estudiado también los mecanismos del olvido: las experiencias se sumergen en el subconsciente de hombres, mujeres y niños. «Estas experiencias no pueden ser devueltas a la superficie a través de canales normales. Hay una especie de resistencia a sacar a la superficie este material, y la experiencia reprimida, a menudo se manifiesta, indirectamente, en suicidios, depresión crónica y otros padecimientos psicológicos. Las heridas provocadas por el inmenso sufrimiento permanecen abiertas mientras se mantienen bajo la conciencia, yaciendo en secreto.» Agnes Heller sostiene la hipótesis de que todas las experiencias que se mantienen atrincheradas en el fondo mismo del inconsciente, las experiencias que conciernen al comportamiento, son las más reacias a salir a la superficie. Es este, con toda semejanza, el caso de las víctimas de la ira totalitaria, los internados en los campos y en los guetos. El sufrimiento provocado por el hambre, la sed, las palizas o la tortura se recuerda bastante bien y, sin embargo, se olvida. Las escenas de humillación más profundas, frecuentemente, se entierran en el inconsciente, porque la asociación de vernos a nosotros mismos en un estado humillado no es sino una autohumillación. Las acciones que debieran ser aceptadas como nuestras, mediante el gesto de hacernos cargo de ellas, se sumergen de forma muy profunda en nuestro inconsciente.

Alma de Afganistán. Peshawar, en Pakistán, junto al paso del Kyber, era la retaguardia de los guerrilleros de Alá. El afgano es un pueblo individualista, fiero y desmesurado, enemigo tenaz, romántico y medieval, supersticioso, estoico y orgulloso, generoso y cruel, con su turbante verde, cartuchera cruzada sobre el pecho como en las películas de Pancho Villa y fusil manufacturado. En la ciudad fronteriza, los jueves por la noche, que es cuando se celebran las bodas, los invitados disparan al aire con sus AK-47. Hay niños que aprovechan las bodas para su bautismo de fuego y pólvora. También ellos quieren disparar, el fusil es su «totem». Antes olía a marihuana (la ruta hacia Katmandú de los *hippies),* a leche, pólvora y miel. Ahora solo huele a pólvora y a cordita.

En su despacho, un hombre bueno con el que me carteé durante años, mi amigo el profesor Majrooj, que más tarde sería asesinado en una de las interminables batallas intestinas entre los diversos movimientos de resistencia, me mostró la fotografía de un niño sin brazos. «Me llamo Habid —decía al pie de la imagen—, soy el alma de Afganistán, valiente, libre. Una mañana, un helicóptero soviético voló sobre mi aldea lanzando hermosos juguetes, camiones de miniatura, plumas, encendedores, hojas verdes de plástico y una mariposa. Me encantan las mariposas. Me di cuenta demasiado tarde de que no era un juguete. Era una bomba que explotó en mis manos.»

La guerra olvidada, la guerra sin fin. Primero entre ellos, entre las tribus, luego contra los soviéticos, que no levantaron cabeza desde Afganistán, y después de 1989, de nuevo entre ellos. El *Alaju Akbar* (Dios es grande), se puede interpretar con muy diversos ritmos, letras y entonaciones. También los niños lo gritan en las escarpaduras del Kyber.

Los británicos no pudieron con los belicosos afganos, los dejaron por imposible. Si se leen los informes enviados a Londres por los jefes militares, los espías o los simples viajeros del siglo pasado, nos encontramos con frases como estas: «Nunca se rinden.» «Resisten, no hay quien pueda con ellos.» «Combaten hasta los niños.» «Son unos salvajes.» El honorable Curzon escribía en 1889: «Durante cincuenta años, Afganistán ha inspirado en el pueblo británico un temor supersticioso.» La vocación afgana, el pasatiempo nacional, es la venganza de sangre en las abruptas montañas. La guerra es la continuación de la venganza por otros medios. Es una pena que la eterna guerra arruine un país tan hermoso, porque esa geografía, las caravanas hacia el norte, el desierto, los lagos, los minaretes y los fuertes abandonados, el deporte nacional (juegan a caballo con un balón en forma de cabeza de cordero), las cordilleras nevadas, las cuevas de Buda exhalan un perfume de belleza y autenticidad.

«Nadie ha podido domesticar a Afganistán —me decía el profesor Majrooj, exilado de la Universidad de Kabul—. Tampoco podrán con él los soviéticos.» El tiempo le dio la razón. Cuartel general de la resistencia durante el largo conflicto contra la ocupación soviética (un millón de muertos afganos, treinta o cuarenta mil muertos soviéticos), Peshawar hervía de guerrilleros montados en Mercedes y enriquecidos en toda clase de tráficos.

Beso de tornillo. Los soviéticos de Breznev invadieron el país en 1979 para abrirse una salida al sur o para acoquinar a los norteamericanos en las postrimerías de la guerra fría: situaron en el poder a su aliado comunista. Los soviéticos, que tuvieron en Kabul su Saigón, cerraron el país a cal y canto, mientras que la guerra santa prendía en los contrafuertes de las montañas. Muerte al invasor pagano, sacrílego y marxista. En 1965 llegué a Kabul justo a tiempo para presenciar los disturbios que estallaron tras la proyección de una película de Rock Hudson y Liz Taylor, en la que ésta recibía complacida un interminable beso de tornillo. Ya por entonces, la moral islámica no podía soportar tamaña afrenta, de modo que los fanáticos incendiaron el local. Los «mulahs», los sacerdotes, arrojaban ácido al rostro de las estudiantes que, de acuerdo con la campaña de occidentalización de Nadia Sha, asesinado en 1933, se atrevían a salir a la calle sin velo. Treinta años después, los «talibanes», una especie de curas «trabucaires» y estudiantes de teología, llevan a las ciudades conquistadas en esta nueva guerra civil un viento de moralidad y puritanismo sin precedentes: las estudiantes no pueden salir de casa si no van acompañadas y cubiertas, los futbolistas deben jugar con pantalones largos, han puesto fuera de la ley el juego del ajedrez y las cometas, está prohibido afeitarse la barba. Si entran algún día en Kabul, la capital, estos integristas que derriban antenas parabólicas prohibirán la televisión. No hace falta decir que sus tropas están nutridas de niños y adolescentes.

Dice un proverbio local que los afganos sólo viven en paz (entre ellos) cuando guerrean (contra un enemigo exterior). Derrotado, desalojado el enemigo exterior, se ponen a combatir con denuedo entre ellos. El jefe de los *talibanes* (los buscadores de la verdad) se llama Mahamed Akunzada y es el exterminador de todos los vicios y corruptelas de Occidente. Le siguen doscientos mil fanáticos, niños y adolescentes muchos de ellos, a todas partes. Afganistán, una de las más pobres naciones del mundo (ocupa el número 170 en la escala de la miseria en un total de 173 países), reúne también una de los mayores densidades de armas del mundo. Las escuelas no se han abierto desde hace muchos años: el 90 por 100 de la población es analfabeta y tres de cada diez niños pueden morir antes de cumplir los cinco años. Esos millones de niños afganos no han conocido otra cosa que la guerra, el desarraigo, los campos de refugiados, el manejo del AK-47. *Haraba* (adelante) es un grito de combate que vale para todas las gargantas. En los primeros tres años del nuevo conflicto, desde que se fueron los *suravis* (los rusos), han muerto veinte mil personas. La única industria de Kabul es la que fabrica piernas ortopédicas. No da abasto a la demanda. Kabul vive sometida al tiro de los morteros, de los cohetes. Si triunfan los islamistas, Teherán será Disneylandia comparada con Kabul.

Los niños de Kabul no saben ni la edad que tienen. Viven de pan seco, peladuras de fruta y un poco de té amargo. Los *tali-*

banes y los guerrilleros se sirven de ellos como correos, como pastores, o los utilizan para recoger leña. Ahmed, de nueve años, vive de la venta de bolsas de plástico. La metralla le alcanzó en la pierna, pero los médicos pudieron salvarla. Ha vuelto a su puesto de venta, situado entre las ruinas: «No me gustan los cohetes —dice—, pero menos me gusta quedarme sin sustento, de modo que sigo trabajando.»

Las calles de Kabul ven la incesante procesión de niños cojos y mancos.

Mientras tanto, los *talibanes* no dejan de disparar y de cortar orejas. En Gazni, a un centenar de kilómetros al oeste de Kabul, amputaron las orejas a unos sesenta comerciantes porque no respetaron la orden de los fundamentalistas de reducir el precio de los productos. «Si entonces no nos escuchasteis —amenazaban blandiendo el cuchillo—, tampoco ahora necesitáis las orejas para nada.»

Niños de nervios de acero, huérfanos de Kabul, combaten por quinientas o mil pesetas de soldada al mes. Para los chavales, es peligroso salir a jugar, porque les esperan las minas o los misiles. Estos niños nómadas de las calles desconocen el significado de la palabra «voy a jugar». Nunca les han contado un cuento para dormir, no saben lo que es una caricia o una palabra de consuelo. Muchos de ellos trabajan en la costura o en otros oficios, bajo el fragor de las bombas, por sesenta pesetas al mes, el precio de un kilo de arroz.

En el hospital Indira Gandhi, de Kabul, el tercer piso es el de los niños heridos, sin memoria y sin futuro. No hay electricidad. Los médicos y cirujanos trabajan al borde de la extenuación, en sótanos de casas bombardeadas noche y día. Abdul, de catorce años, lleva el lanzagranadas a la espalda y el AK-47, el Kalasnikov, en la mano. «Lucha desde hace dos años por seiscientas pesetas al mes. Lucha sin saber por qué. Porque su padre murió hace dos años y porque también él era soldado —escribía desde Kabul un periodista francés—. Lucha porque no ve otro medio de alimentar a su madre, a su hermana y a un hermanito. Su madre está tan avejentada, tan consumida, que no podemos creer la edad que confiesa, treinta y cuatro años. Nos dice que se siente orgullosa de Abdul, y que Abdul ha perdido el derecho de sentirse niño. Se ha quedado sin niñez. No tiene miedo porque está segura de que Alá le protege. Nos gustaría que Abdul nos contara cosas de su vida, su reclutamiento, que nos hablara de su madre, de sus compañeros, de sus sueños, de la manera que se imagina la paz, si es que cree en ella. Pero Abdul se calla. Fuma una colilla tan corta que se quema los dedos. Desmonta su arma, la inspecciona, el cañón, la culata, el cargador, las municiones. Abdul es un niño exclusivamente interesado en su fusil de asalto.»

Después de las manifestaciones de abril y mayo en 1980 en Afganistán, los agentes soviéticos encarcelaron a niños y estudiantes en universidades y escuelas, en la siniestra prisión de Pule-Chaki. Un niño afgano contó, en 1986, cómo fue interrogado, golpeado y torturado por los soviéticos: «Un día lanzaron a los perros sobre nosotros. A uno de nuestros compañeros le rompieron la mandíbula a golpes. Durante seis noches nos tuvieron de pie atados a los árboles. En la prisión central de la Jalalabad, a la que nos trasladaron, había mil cuatrocientos presos políticos. De ellos, setenta tenían menos de doce años. Como yo no había cumplido los trece años, me condenaron tan solo a dos años de prisión. A diecisiete de nosotros nos pusieron en libertad con motivo de una amnistía parcial. Algunos niños prisioneros fueron quemados vivos. Los padres no pudieron reconocer los cadáveres de sus hijos porque estaban calcinados.» Los My Lai de los rusos.

El sargento Igor Rykov, desertor del cuerpo expedicionario soviético, reveló que el teniente Gevorkian mandaba su unidad desde que llegó a Afganistán un año antes: «Un día apareció en el campamento, acompañado de un prisionero, un niño afgano de cerca de catorce años. Nos explicó que el pequeño era a buen seguro un enemigo porque echó a correr en cuanto vio a los soldados. En nuestra unidad había un soldado llamado Oleg Sotnik que no soportaba la visión de la sangre. Por eso el teniente le entregó su bayoneta para que matara al niño. Es difícil describir el rostro de Sotnik, el cuerpo del soldado temblaba todo entero. Por el contrario, el niño, sentado en el suelo, parecía tranquilo. Sotnik hizo acopio de sangre fría y apuñaló al niño en el pecho. Entonces el teniente gritó fuera de sí: "¡Idiota!, no es así como se mata a un hombre. Mira cómo se hace". Tomó la bayoneta y la hundió en la garganta del niño.»

Los «niños de la guerra» españoles fueron llevados a la Unión Soviética por decisión de sus padres. Los comunistas griegos secuestraron a veintiocho mil niños, casi todos de Macedonia, a los que llevaron a países de detrás del telón de acero. La mayor parte de ellos no regresaron jamás. La reina Federica de Grecia cuenta en sus *Memorias* que al llegar a pueblos remotos se encontró con las lamentaciones de las madres: «¡Haga que nos devuelvan a nuestros hijos!» «Usted es madre como nosotras y nos comprende.» «¡Por caridad, que nos devuelvan a nuestros hijos! ¡Se han llevado a los chicos, a las chicas e incluso a los bebés! ¡Han dejado vacías las escuelas! ¡Tengan compasión de nosotras!»

CRISIS DE IDENTIDAD. Los soviéticos raptaron a unos diez mil niños al año para transformarlos en espías o expertos en sabotaje. Salían vuelos militares de Kabul a Taskent. Muchos de ellos fueron secuestrados en plena calle y otros arrancados de sus hogares en presencia de los padres. El 5 de noviembre de 1984, un millar de menores afganos, de edades comprendidas entre los siete y los nueve años, fueron trasladados a la Unión Soviética para que estudiaran en sus escuelas. Los acompañaron al aeropuerto (recoge el momento Alain Louyot). La primera dama de Afganistán, la señora Karmal, esposa del entonces jefe del Estado, veía en este viaje «un magnífico gesto de amistad de la Unión Soviética hacia el pueblo afgano». Durante su período de formación en la URSS, los niños aprendieron a llevar los explosivos hasta el objetivo, a leer mapas de Estado Mayor, a lanzar granadas, a reptar por el terreno sin ser vistos, a matar con arma blanca. Se les podía ver montando guardia con aire marcial, en torno al cuartel general de las fuerzas soviético-afganas en Kabul.

La periodista Domitille Lagourgue recogió el testimonio de Naim, un joven educado para el espionaje y el sabotaje: «Tenía diez años cuando los soviéticos vinieron a buscarme a la aldea para llevarme a Kabul, donde me reuní con otros mil niños. Primero nos llevaron a Samarkanda (Uzbekistán), donde nos retuvieron tres meses. Luego viajamos a Taskent. Recibimos cursos de ideología marxista y entrenamiento militar. Después, nos enseñaron a infiltrarnos en los grupos de resistencia. Al principio, los soviéticos nos obligaban a beber alcohol. Poco a poco nos acostumbramos al vodka. Lo mismo hicieron con el hachís. De vez en cuando nos traían muchachas afganas y los de más edad de entre los nuestros tenían que violarlas. Yo no lo hice nunca.

»Al cabo de seis meses debimos pasar un examen. De mil candidatos superamos la prueba doscientos. Volvimos a Afganistán. Nuestra misión consistía en llegar hasta las líneas de los *muyahidin* (combatientes de la libertad) y hacernos pasar por huérfanos, para conocer el armamento, los efectivos y los objetivos de la resistencia. Dormíamos en casas en ruinas. Según las informaciones que recogiéramos, los rusos nos pagaban primas que iban de mil a dos mil afganis. En una ocasión, cerca de Kandahar, los *muyahidines* hicieron prisioneros a tres soldados soviéticos. Después de hacernos pasar por huérfanos abandonados, entramos en la base militar en la que se encontraban los prisioneros soviéticos. De esta manera pudimos localizar las armas y los prisioneros. Cuando volvimos para informar sobre lo que habíamos visto, los soviéticos nos llevaron a un helicóptero para que les señaláramos la base de los combatientes afganos. Tomaron muchas fotografías. Dos días después, bombardearon toda la base y encontramos entre los escombros los cuerpos de los tres prisioneros. La operación fue un éxito.»

Otros niños de la guerra afganos, atrapados hoy en el túnel del tiempo y de la historia, fueron enviados a la Unión Soviética para aprender cómo ser buenos comunistas. Ahora que el comunismo ha caído en el olvido, también se ha olvidado a los millares de niños perdidos en Rusia. Son niños sin patria, como los españoles de la ex URSS, ni rusos, ni afganos. «El régimen soviético cometió un doble crimen contra estos niños —dice Mhamed Azam Arsalai, diplomático afgano en Moscú—. Primero mataron a sus padres, y luego los trajeron aquí, lejos de su patria.» En Moscú, en un jardín de infancia, viven y estudian ocho jóvenes afganos junto a doscientos rusos, en un barrio industrial de la ciudad. Uno de ellos que ya tiene diecisiete años, Said Zivari, viajó a Rusia hace más de seis años: «Cuando llegamos éramos muy felices. Ardía la guerra en Afganistán, donde no podíamos ir a la escuela. Todo se vino abajo. Cuando vinimos a Moscú, este era un país perfecto, ahora las cosas están mal. Ahora Rusia también está destruida.»

El padre de Said era paracaidista y combatió al lado de los soviéticos. Después de que su padre cayera en combate, las autoridades lo enviaron a la Unión Soviética. Su madre vive aún, pero

Said no puede imaginarse cómo podrá reunirse con ella: «Yo no la puedo ayudar y ella no me puede ayudar —asegura—. Solo empeoraría las cosas si volviera a Afganistán.»

La situación de los afganos recuerda mucho a la de los niños de la guerra españoles: la misma crisis de identidad, la misma frustración, idéntico abandono. Darmal Hamedi, de diecisiete años, cree que sus padres viven pero no sabe dónde: «Nuestra casa fue destruida por completo. Es imposible estudiar allí, la economía está por los suelos. Si no podemos estudiar o trabajar en Afganistán, ¿para qué volver?»

Más de trescientos niños afganos residen en la ex Unión Soviética. Los afganos antisoviéticos interpretaron la salida de los niños como un golpe a la sociedad islámica, como el secuestro ideológico de sus futuras generaciones.

«Su situación es trágica —afirma Arsalai—. Muchos de ellos ni siquiera conocen sus nombres. No saben leer ni escribir en su idioma. No conocen su religión, que es la musulmana. No tienen dinero. El país que los trajo se ha ido y el gobierno ruso, que sufre sus propios problemas, no les puede ayudar.»

«Ahora estudiamos la historia de la ex Unión Soviética —afirma Said—, podemos hablar más de eso que de nuestra propia historia.»

Los afganos que todavía viven en residencias infantiles están en mejor situación que los mayores ya licenciados en la universidad: estos últimos no tienen casa ni comida ni dinero ni un puesto de trabajo, ni familia, ni pasaporte, ni una patria.

XVII
El miedo a lo peor

Apenas si me llegaba a los sobacos. El fusil que empuñaba era como quien dice más grande que él, pero la ley, la ley de Beirut, la de las barricadas y los puestos de control, la de los secuestros y las guerras sucesivas, crónicas, estaba de su lado. La ley del fusil. Los niños beirutíes aprendieron pronto ese código de barreras de control, de los distintos ejércitos privados. La guerra de 1975 lo estropeó todo, aquel Beirut suave y sensual que conocí en 1965, en el que la regla máxima era *vivre avec,* convivir, se transformó en Stalingrado, agujereado y lleno de cráteres.

A partir de 1975 se echaron unos contra otros como jaurías enloquecidas y se acabó la armonía, el entendimiento. La escritora libanesa Nadia Tueni hablaba del cáncer que la minaba y del cáncer que devoraba a su nación, «esa muerte que carcome, fea, lenta, viciosa, esa muerte tan libanesa». La fascinación de la muerte.

Los niños libaneses nos daban lecciones de estrategia y sobre el calibre de las diversas armas, fascinados por los obuses que escupían fuego, los carros de combate, cuyas rodadas empezaban a morder el asfalto de la que fue capital de la Suiza del Oriente Medio. Identificaban el *stacatto* de las ametralladoras de 150, el suave crepitar de las armas ligeras, el «solo» de la artillería pesada, el coro de los órganos de Stalin, el «bang» supersónico de la aviación israelí, en fin, todo el arsenal que en pocos meses convirtió aquel paraíso en un averno. Los niños de las diversas facciones guerrilleras abandonaron, muchos de ellos, las escuelas para ponerse a la altura de los mayores. Los vimos combatir casa por casa, dirigir el tráfico con sus Kalasnikov en la mano, su aire de avezados guerreros, sus gestos y rictus copiados de las películas. Aquel era un elemento nuevo en el paisaje de Beirut, donde pronto no faltó ya nada por ver. «Lo peor —decía un cartel colgado en una agencia de prensa— está por venir.»

Natalí, la hija de un amigo, preguntaba a sus padres, al despertarse sobresaltada, por el intercambio de fuego y el tableteo de las ametralladoras: «¿Por qué se casan en medio de la noche?» Natalí asociaba los disparos con las bodas.

Los padres no sabían qué hacer con los niños una vez acabadas las emociones de los juegos electrónicos y los vídeos. Ya no sabían cómo tratarlos. Se apiadaban de ellos, preguntaban a sus amigos psiquiatras cuál era la mejor manera de educarlos en circunstancias tan dramáticas. Los adolescentes descubrieron su fuerza y su poder, el que les daban las armas que algún movimiento guerrillero entregó a cambio de que cumplieran unas consignas. Hubo quienes se hicieron los dueños de casa ante la expresión atónita de los padres. «Han aprendido el poder que les dan las armas y a punta de pistola hacen que un hombre de negocios se ponga de rodillas y pida clemencia», explicaba Samir Khalat, profesor de Sociología en la Universidad Americana de Beirut, la ciudad sin ley en manos de mozalbetes de doce o catorce años, decididos a imponer sus condiciones.

Otras pandillas de niños hambrientos se buscaban la vida hurgando con sus punzones en las ruinas, en busca de no se sabe qué tesoros. Otros trabajaban como limpiabotas, como vendedores de chicle y chucherías en la calle principal de Hamra, el corazón del oeste. «Que Dios te proteja», musitaban cuando les comprabas un chicle. ¿Y quién les protegía a ellos? Habían perdido el sentido del peligro y se enfrentaban a la muerte como algo normal. No conocían otra experiencia. «Quizá nos equivocamos al enseñar a nuestros niños que no temieran nada —se lamentaba la escritora Lina Mikdadi—. Es un error porque no trazan una línea en torno al miedo como los adultos. Si no tienes miedo, no tienes miedo a nada. La muerte es algo normal. Lo sorprendente para ellos es que alguien muera por causas naturales. El que muere de un disparo, en una refriega, o por efecto de una bomba, no tiene importancia. Cae en seguida en el olvido. Son unos niños nerviosos, asustadizos, necesitados de ternura y afecto.»

OLVIDAR. Las familias se rompían, el número de los divorcios aumentó hacia cotas desconocidas. Estos niños formaban parte de la generación del miedo. Más de cuarenta mil de ellos murieron a lo largo de la contienda civil y fue diez veces mayor la cifra de los que resultaron alcanzados por la metralla y quedaron inválidos o impedidos para el resto de sus días. La maestra Hada Azam se refería a la educación de los menores en la cruda violencia callejera: «La mayoría ha olvidado lo poco que sabía, ni siquiera saben contar hasta cien, ni leer o escribir. Hemos perdido a los niños, se han quedado sin escuelas y se pasan la vida tratando de ayudar a sus padres para sobrevivir. El estruendo de las explosiones hace que pierdan la capacidad de concentración. No se interesan por nada. Hasta se preguntan qué es lo que hacen en el mundo. Han perdido muchos de ellos el apetito de vivir. Consideran que la agresión y la violencia son formas normales de comportamiento social. Son niños tristes, o muy egoístas o muy sensibles. ¿Qué será de ellos el día de mañana, si logran sobrevivir? ¿Qué clase de monstruos habremos creado? Aquí lo raro es morir de causas naturales.»

Los psiquiatras descubrieron un nuevo síndrome, la claustrofilia: los niños no soportaban la salida al exterior y pedían a sus padres que les dejaran en casas sin ventanas ni balcones. Ni siquiera querían que sus padres salieran fuera de sus casas, se negaban a dormir solos y a veces rechazaban la comida.

«Me gustaría haber muerto con mi hermano —confesaba Mustafá, de trece años—, la vida no merece la pena.»

Talal, maestro en Beirut, afirmaba que a los niños «les cuesta concentrarse. Y por las noches no hay clases porque la luz se va».

Ibrahim, de doce años, pasaba más tiempo con el Kalasnikov que en la escuela. A lo único que aspiran es a irse, a salir de aquí. Danny, de quince años aseguraba: «Quiero a mi país, pero la vida es imposible. No es culpa mía si nací en medio de una guerra. Estuve con las milicias cristianas, me hicieron creer que ellos eran los buenos y los demás los malos. Me "enganché" en la droga. Estuve a punto de morir en el hospital. Los dirigentes hacen la guerra y es el pueblo el que la sufre. ¿Para qué sirve vivir en un país como este? Estaríamos mejor muertos. No haces planes de futuro porque mañana puedes estar muerto.»

Un hombre entró en una tienda de ultramarinos situada en un barrio obrero de la capital y pidió un bote de leche en polvo. «No se lo puedo pagar hoy —dijo como disculpa—, pero vendré otro día.» El tendero se negó.

El hombre, contrariado, sacó su revolver y disparó sobre el tendero. «Mi hijo necesita esto para vivir», dijo mostrando el bote de leche en polvo.

Modi Bitar Seman ha contado el diálogo entre una madre y su hija de cuatro años en la ciudad exasperada:

La niña: —Mamá, he oído un ruido, han comenzado los bombardeos.

La madre: —No son bombardeos, es que nuestro vecino de arriba ha cerrado bruscamente la puerta.

—Pero ¿es que nuestro vecino se pasa el día dando portazos? Ayer le dijiste lo mismo a mi hermano pequeño y tiene miedo. También yo soy pequeña, pero comprendo un poco lo que pasa.

—Tienes razón. Son bombardeos. Poco importa, vienen de fuera.

—¿De dónde? ¿De Trípoli?

—No, de la montaña.

—¿A qué vienen estos bombardeos? ¿Por qué? ¿Qué es lo que pasa? No me gusta la guerra, mamá. ¿Te gusta a ti la guerra?

—No, no me gusta.

—¿Pero a los que bombardean les gusta la guerra...?

—Hay gente que no se pone de acuerdo, hace la guerra y dispara proyectiles.

—No me gusta nada la gente que dispara sobre nosotros. ¿Por qué están enfadados? ¿Qué es lo que les hemos hecho?

—Nosotros, hija, no estamos contra nadie, pero de vez en cuando disparan sus obuses contra gente normal. Anda, duérmete, cariño...

El sueño es el mejor antídoto para las preguntas que no tienen respuesta.

En el Líbano se hablaba de la muerte como en otros sitios de la lluvia o el tiempo. «¿Quiere la habitación con vistas a los tiroteos o con vistas a los coches-bomba?», preguntaban al recién llegado en la recepción del hotel Commodore.

Porque las habitaciones eran de alto, moderado o relativamente bajo riesgo. En su bautismo de fuego, los corresponsales recibían un cuarto con vistas a los coches-bomba, el ala más peligrosa. Cientos de periodistas vivieron de milagro en el hotel Commodore, en el barrio de Hamra, en el Beirut-Oeste. Hasta que le llegó al establecimiento la hora del cierre. Los últimos combates de 1987 lo dejaron maltrecho y saqueado. Estaba hecho una pena. Agujereado el Saint George como un queso de gruyer, el Commodore era uno de esos hoteles desde los que se ha escrito la historia contemporánea, como el Continental de Saigón, el de Graham Greene en *El americano impasible.* Los Intercontinentales de Amman, Teherán o Managua, el Ledra de Nicosia, el Camino Real de San Salvador, el Carrera de Santiago de Chile, el Rachid de Bagdad, el Intercontinental de Dahram, el Moskua de Belgrado, el Esplanade de Zagred o el Holiday Inn de Sarajevo.

Los niños del barrio acudían al Commodore, con pepitas de girasol en la mano, para saludar a su amigo, el loro *Coco.* Un día su jaula apareció vacía. El pájaro, neurótico, voló, fue robado o se lo tragó la guerra. Un periodista británico llamó desde Nicosia para ofrecer una recompensa por el loro robado, desaparecido o secuestrado. Para los niños del centro de Beirut fue una pérdida irreparable, la última señal del desastre. «Nuestro loro sobrevivió diez años de guerra y quiero que me lo devuelvan sano y salvo», pidió el corresponsal. *Coco* era un loro gris de África del Sur, propiedad de un hombre de negocios inglés que al abandonar el Líbano, a principios de la guerra civil libanesa en abril de 1975, se lo confió a un reportero de la BBC.

Los periodistas le enseñaron a *Coco* a silbar la guerra. Era un loro políglota. Hablaba el inglés, el francés y el árabe, pero su especialidad era la imitación y reproducción de los sonidos bélicos. Nadie imitaba mejor que *Coco* la explosión de un mortero, las balas de ametralladoras pesadas, el rugido de los aviones israelíes o el impacto de las granadas. *Coco* era más que un loro para todos nosotros, y para los niños, un talismán, un compañero de las horas bajas o alegres. Cantaba *La Marsellesa* mejor que Edith Piaf y adoraba a sus amigos tanto como detestaba a sus enemigos. Allí, a su lado, se curaba el miedo, se sobrevivía, los periodistas se peleaban por las líneas de télex. Y se bebía con largueza.

El Commodore inscribió con letras de oro su nombre en el libro Guinness de las plusmarcas. En la barra circular de su bar se consumió la ronda de bebidas alcohólicas más cara de la historia. Nos hemos bebido allí los más insospechados cócteles a las horas más inverosímiles. El hotel era una fortaleza inexpugnable. Sus dueños palestinos garantizaron la relativa seguridad de los periodistas durante doce años. La invasión israelí de 1982 fue un duro golpe para el hotel. Hasta se llevaron los libros y los periódicos que un armenio vendía en un quiosco situado junto a la recepción. La piscina, ocupada primero por las milicias chiítas de Amal y luego por los drusos de Jumblat, estaba llena de casquillos de bala: lo que faltaba en el Beirut Occidental se encontraba en este mágico hotel. Desde comida china hasta el mejor champaña francés. Entonamos el réquiem por el Commodore. *Coco* silbó por última vez la *Quinta Sinfonía* de Beethoven y no volvió a aparecer. Eran lo que los beirutíes llamaban los *evennements,* los acontecimientos.

Los francotiradores, los secuestros, los coches-bomba, como bellas artes maléficas de Beirut. El Líbano ha sido un laboratorio, una escuela, un teatro de crueldades. El francotirador fue la pesadilla de los beirutíes, la ciudad cobaya, desgarrada, cortada en dos. El «cadáver maquillado» de que hablaba el poeta. El francotirador no es un loco asesino. «Es, por el contrario —lo describía Patrick Meney en *Même les tueurs ont une mére—,* un joven, a veces, un adolescente, disciplinado, cuyos jefes conocen minuto a minuto su actividad y su posición.» No responde a ninguna ideología política o religiosa. Se ha vendido al mejor postor, como los cazarrecompensas de las películas de Sergio Leone. No tiene ningún complejo de culpa. Es un instrumento, le transmiten las órdenes por *walkie-talkie,* obedece, aprieta el gatillo y mata. Es un asesino a sueldo. Se contaba en Beirut que al principio de la guerra un francotirador mató a su propio hermano. Un poco como en *El malentendido,* el drama de Albert Camus. Lo supo al volver a casa. También acabaron con la vida de mi amigo Edouard Sahab, director de *L'Orient-Le Jour.*

Su punto preferido era la línea de demarcación, la «línea verde». Por eso la cruzábamos con aprensión, con un nudo en la garganta y el estómago encogido. Al comenzar la guerra, el «paco» cobraba trescientas cincuenta libras libanesas por hombre abatido. Poco más que el precio de un cartucho. Uno de estos francotiradores, de dieciséis años, explicó su técnica: «Veo que llega el peatón, coloco la mira telescópica sobre los quinientos metros y lo centro. Esta operación me lleva unos treinta segundos. Veo cómo avanza por la calle, tengo la impresión de que le tiendo una trampa, de que le impongo un itinerario. Le digo mientras apunto: "Ven, ven pequeño, ya eres mío." Sé que va a morir sobre el asfalto, le quedan treinta segundos de vida, veinte, diez, cinco...»

«La guerre est finie? Cette foi si, la guerre est finie?», se preguntaba una vez más Aicha, en su casa de Beirut-Oeste, en la Avenida de Verdún. Es bajita, morena, resistente. Tiene el pelo corto y el ánimo indestructible: «Me habré hecho esta pregunta miles de veces. ¿Ha terminado la guerra? Cuando hemos creído tocar la paz con las manos, las bombas volvían de nuevo para pulverizar mi esperanza.»

La paz siria: Damasco dictaba su ley. *La guerre cette fois, c'est finie.* «Hay algo peor que lo peor —decía André Gide—, y es el miedo a lo peor.»

XVIII
Los justicieros

Han llegado los «justicieros», los que barren las calles de niños molestos, de golfillos, de ladrones y drogadictos, o de niños pordioseros, la escoria de la sociedad.

El Brasil de la playa de Ipanema que cantaba Frank Sinatra, de la samba, de las «tangas» atrevidas, de los cuerpos gloriosos y bronceados, de Pelé y Romario, del Carnaval y de las canciones que hace ya muchos años entonaba para nosotros el poeta Vinicius de Moraes en una taberna de Rio, es otro Brasil.

El «justiciero» brasileño parte a la caza del *menino da rua,* lo acecha, lo persigue, lo mata. Cobrará un dinero por ello y lo hará en la impunidad total, porque la suya es una labor higiénica, de eutanasia social: hay que limpiar la sociedad de estos pequeños criminales. ¿Quién podrá explicarle al justiciero que estos niños han nacido en la calle, han perdido a sus padres, que no han recibido ningún tipo de educación, que desde los cinturones de la miseria, desde las *favelas* (barrios chabolistas de Rio de Janeiro) se ganan la vida cada día como pueden para llevarse algo a la boca? Algunos de ellos se convertían incluso en ángeles exterminadores. Dejaban de ser víctimas para pasar a ser verdugos. Aquí no son niños de la guerra, sino que es la guerra de los niños.

Entre enero de 1984 y junio de 1989, el IBASE (Instituto Brasileño de Análisis Sociales y Económicos) descubrió que en nueve de los veintitrés estados de la Federación Brasileña habían matado a mil trescientos noventa y siete menores. De esa escabechina no se libraba nadie en las calles de las grandes ciudades, ni el chaval que no pertenecía a esas bandas juveniles pero que tenía aspecto de vagabundo y pasaba por casualidad por allí, ni la niña que vendía su cuerpo y ni siquiera podía comprarse unas ropas decentes. ¿Hay algo más fácil que matar a un niño? Se ha producido una pauperización de las clases medias y conviene buscarse una cabeza de turco para protegerse, para institucionalizar la venganza privada y el infanticidio. Se forma una caja común entre los comerciantes o empresarios de barrios amenazados con la criminalidad infantil o juvenil; tanto tienes tanto pones. El proceso es bien sencillo: se busca a los cazarrecompensas, que abundan en las ciudades brasileñas en paro, se les transmite la orden: «Queremos limpiar la calle en dos días.» Se les ofrece un dinero. La policía echa una mano.

En enero de 1989, veintitrés niños fueron detenidos y conducidos a la comisaría para menores de Rio de Janeiro; tan solo nueve salieron con vida. Pronto se descubrió la verdad: más de la mitad de los milicianos exterminadores de niños pertenecían a la policía o habían formado parte de ella y la habían dejado al encontrar un oficio mejor pagado. La pistola o la placa les hacían invulnerables.

Pero no solo matan, sino que, en múltiples ocasiones, lo que hacen es mutilar cuerpos de niños, les desfiguran el rostro, les arrancan los ojos, les seccionan los genitales, de tal manera que cuando los encuentran sus familiares son seres irreconocibles e imposibles de identificar.

En septiembre de 1990, Monique Badoro Campos escribía: «La justicia está paralizada. La bandas exterminadoras han construido barreras difíciles de superar, influyen las redes de contactos y el tráfico de influencias, pero sobre todo el miedo. Se abren pocas investigaciones y las que se abren se cierran pronto, cuando llegan a los Tribunales han desaparecido los testigos.» El exterminador y sus protectores se han convertido en un pequeño Estado dentro del Estado: el presidente de la Comisión de Justicia y Paz de Pernambuco fue secuestrado y torturado. ¿Quién se atrevía a alzar la voz de la justicia ante enemigos tan poderosos y tan bien armados?

CORTE DE LOS MILAGROS. Las matanzas de inocentes ocurrían en pleno centro de Rio, en el barrio de Candelaria, donde fueron asesinados nueve niños que formaban parte de esa corte de los milagros, de ese inmenso cinturón del hambre que afecta a treinta y dos millones de niños y adolescentes en el país más grande de América Latina. Esa clase media asustadiza opina que no está mal limpiar las calles de basura infantil. El siguiente paso consiste en buscar mercenarios, ex militares, ex policías, agentes de empresas privadas de seguridad, paramilitares que ponen en pie de guerra destacamentos como el llamado Ángeles de la Guardia, con licencia para matar. Llevan a cabo una labor «social» y encima cobran. No queda rastro de sentimiento de culpa después de apretar el gatillo. «La mayoría de los brasileños —aseguraba Ligia Costa, investigadora de la Universidad Federal de Rio de Janeiro— practica una omisión silenciosa. Dicen: "Yo no mato a los niños, pero tampoco me importa que sigan vivos."»

En mayo de 1996, la justicia brasileña condenó a treinta años de prisión a uno de los acusados de la matanza de la Candelaria. El ex policía Marcus Vinicius Borges fue a dar con sus huesos en la cárcel, pero el desarrollo del proceso demostró que los otros tres acusados por el crimen serían absueltos por falta de pruebas.

No solo eso; según juristas brasileños, Borges saldría en libertad en 1998.

El presidente de Brasil, Fernando Henrique Cardoso, expresó su satisfacción por la condena. Las organizaciones internacionales, entre ellas Amnistía y Américas Watch, consideran la condena de la justicia brasileña como un hito que demostraba que el país no toleraría en adelante la matanza sistemática de *meninos da rua* en las principales ciudades de Brasil. Luego surgieron algunas dudas. Brasil volvió a la realidad. «Es de noche y la ciudad duerme. No, en Brasil esto no es verdad; la ciudad no duerme, no descansa, no para. Está siempre despierta, atenta, vigilante. Las calles brasileñas son fúnebres y festivas, agresivas y acogedoras, y es en este contraste, en esta mezcla de lágrimas y sonrisas, de desesperación y silencio, donde los niños y las niñas de la calle, trabajadores, pobres, van construyendo su historia, su vida. Una realidad cruel, amarga, para quien es tan frágil, tan vulnerable y tan desprotegido.» Así comienza el libro *Caminos de la calle,* de Aury Lessa, cofundadora del Movimiento de los Niños y Niñas de la Calle en Brasil. Es el volver a empezar, aunque el juicio contra Marcus Vinicius Borges vino a demostrar para el gobierno democrático que «no se tolerará la impunidad por matar a menores».

A lo largo del proceso, volvieron a primer plano las circunstancias del asesinato, en julio de 1993, mientras dormían bajo una marquesina, de nueve niños junto a la iglesia de la Candelaria, por un grupo de policías militares cuyo vehículo apedrearon poco antes. «Es un problema de difícil o imposible solución —afirmaba el sacerdote vasco Florencio Fernández de Gorostiza, párroco del barrio de Vista Alegre en Rio—. No se atajan las causas que los propician: falta de educación, pobreza, exclusión social. Estos chicos están marcados para morir. No se les puede recuperar a corto plazo. No han recibido amor familiar y es normal que devuelvan violencia. Yo he conocido a algún "pivete" (menor delincuente) que me ha confesado haber matado a más de cuarenta personas. Cualquier fin de semana, en Rio, hay un promedio de un centenar de muertes violentas. Hay más muertes que en Bosnia, estamos en un clima de guerra pero es algo rutinario...»

Brasil de las tres P, «pretos, pobres, putas». Los «pretos» son los negros. El 83 por 100 de los niños asesinados son negros. Los sobrevivientes molestan, saben demasiado, sobre todo en la Baixada Fluminense, considerada como el barrio más violento del mundo. Jair Krischke, del Movimiento para la Justicia en Porto Alegre, al sur de Brasil, nos dice que «cuando un niño brasileño de la calle llega a los seis años, ha vivido tan crueles experiencias que su edad real es de treinta años. Los niños conocen al dedillo a los gángsters y a los "narcos". Si los detienen y hablan pueden poner al descubierto redes de traficantes de droga». Se les aplica la ley del silencio. Lo llaman «la quema del archivo». El héroe de la película *Pixote* del brasileño Hector Babenco, un crío de doce años, cuando se rodó la película en 1983, fue ejecutado por la policía en 1989, cuando contaba dieciocho. Empezó como «avión», correo de la droga, y terminó como traficante. Murió en el anonimato. Alguien ha definido a Rio, la *cidade maravilhosa* de ayer, como «la gran tragedia urbana del siglo XX». La calle es el hogar y el infierno del niño. «Por favor, sáqueme de aquí», suplican a los turistas que, tostados por el sol de Copacabana, se aventuran por las calles de la ciudad.

El «pivete» es el ladrón, el «trombadinha» es el carterista, el «maloqueiro» es el delincuente, el «marginal», el criminal. Cada uno de ellos roba en São Paulo tres veces al día. Si llega a los treinta años es un milagro. Los ha cantado Chico Buarque: «No sinal fechado, ele vende chiclete, carpincha na fanela, se chama

Pelé, pinta na janela, batalha algun trocado, apponta un canivete.» Como el Pelé de la canción, estos chavales esperan en los semáforos, intentan vender un chicle, se esmeran con el paño sobre el cristal del coche, se acercan a la ventanilla, mendigan unas monedas y, si no quedan satisfechos, amenazan al conductor con una navaja.

NIÑOS DE LA CALLE. Uno, dos, tres, cuatro y más niños asesinados al día, de los siete millones de «meninos» que merodean por las calles de las grandes ciudades. Los escuadrones de la muerte de ayer, que mataban rojos y homosexuales, son los «justicieros» de hoy. Llaman a sus víctimas los «niños bandidos». Ya se sabe que el mejor bandido es el bandido muerto. Se llaman a sí mismos «los justicieros de las lacras sociales». Un procurador del Estado se cubrió de gloria matando a bastonazos a un «pivete», un niño ladrón. El periodista Gilberto Dimenstein, autor de *Guerra dos meninos,* denunciaba el conflicto no declarado, el exterminio clandestino y silencioso, ante la mirada distraída e indiferente de buena parte del país: «Esta es una guerra civil encubierta. En Brasil, las personas se conmueven más por la muerte de un árbol, la moda ecologista, que por el asesinato de un niño.»

Herbert tenía doce años cuando escapó de casa. Su padre borracho le pegaba todas las noches. Su destino no podía ser otro que Rio de Janeiro, con toda la libertad en sus calles. Pronto descubrió que había cambiado la garrota del padre ebrio por la porra de los policías que le perseguían a él y a sus amigos por la plaza central de Cinelandia. La Disneylandia de Rio era una cárcel, un centro de crueldad y dificultades sin cuento, un matadero. Se estrenó como limpiabotas, pero con tanta competencia el oficio no daba para comer. Había que robar relojes y «reventar» algunas tiendas. Pero éstas se protegían cada vez más, lo mismo que las residencias de los ricos, auténticas murallas con alambradas de pinchos, circuitos cerrados de televisión y feroces perros hambrientos como guardianes. Herbert se colocó bajo la protección de los «garotos» (muchachos). Dormía en la calle junto al Teatro Municipal, sobre cartones, cubierto con harapos o sacos de plástico. Herbert buscaba la huida de las palizas familiares, algo para comer y un poco de afecto, y se encontró con esto. No era cosa de volverse atrás. Era ya el típico *menino da rua,* niño de la calle, armado de una navaja pequeña. Lustró zapatos, lavó coches, vendió chucherías.

La policía brasileña informó que mil quinientas bandas juveniles e infantiles, distribuidas tan solo en São Paulo, disponían de diez mil armas de fuego. El mulato Herbert no era uno de ellos, pero supo en su momento que uno de sus compañeros de correrías había disparado contra un empresario para robarle. Este muerto exigía venganza. Herbert, que no tuvo nada que ver con el asesinato, murió ametrallado mientras dormía. A su lado, en aquel revuelo de cartones y cuerpos de niños que botaban sobre el asfalto, murieron cuatro chiquillos y otros tres resultaron gravemente heridos. «Dulces sueños», se dijeron para sí los «justicieros» de Rio. Al día siguiente, un puñado de manifestantes desfilaba por esas mismas calles con carteles en los que podía leerse: «Los niños callejeros son nuestros niños.» Miles de ciudadanos cariocas los vieron desfilar con una media sonrisa en los labios: «Muchos de estos niños han matado a los doce años. Solo merecen la muerte.» La policía, una de las más corruptas del mundo, no hizo nada. En 1993, cuatro *meninos da rua* morían asesinados cada día. A veces, caían en peleas por el botín entre bandas rivales, o entre narcotraficantes. Hay muchas formas de morir y todas valen. Brasil es la nación más rica de América Latina, dos veces y media mayor que la Europa Occidental, pero también la que exhibe más dramáticas diferencias entre ricos y pobres entre sus ciento cincuenta y tres millones de habitantes, a pesar de ser la octava nación más industrializada del mundo. Un diputado al Parlamento de Brasilia gana poco más de treinta mil pesetas. Tendrá que arreglárselas, como harán funcionarios y policías. Cada año nacen tres millones seiscientos mil niños. El 98 por 100 de los crímenes queda sin resolver. En estos últimos cuarenta años, las poblaciones rurales se han dirigido a los centros urbanos, como hizo Herbert para instalarse en la precariedad y agitación de los suburbios y vivir en la calle: un nuevo ejército de desarraigados. Nacen al año más de dos millones de niños. El gigantismo de las cifras brasileñas deshumaniza sus tragedias. Otro tanto puede decirse de las estadísticas en las que envolvemos a los niños. «Hay momentos en que no sé quién es el criminal y quién es el policía», afirmaba el secretario de Seguridad brasileño. Las líneas se confunden. Todos los que defiendan a los niños de la calle, como le ocurrió al arzobispo de São Paulo, Evaristo Arns, pueden ser acusados de apologetas de la marginalidad y cómplices de los ladrones.

Las perversiones son frecuentes en las comisarías. La psicóloga Ana Vasconelos, que dirige una institución para proteger a las *meninas* prostitutas, contó que los policías tenían la fijación de patear el vientre de las adolescentes embarazadas. Dimenstein relata el caso de una joven que suplicó al torturador que le pateaba el estómago: «Si eres hombre, pégame con la mano.» A lo que respondió el policía: «Tu vida no merece ni mi mano.»

CARNE FRESCA. Se calcula que medio millón de niñas entre diez y diecisiete años se dedicaban a la prostitución al final de la década de los noventa en el Brasil de la samba y de Copacabana. El delito de ser pequeño.

Las niñas-prostitutas han zarpado a bordo de alguno de los vapores que navegan por el Amazonas y sus afluentes, con dirección al puerto de Laranjal do Jari, al norte de Brasil. Es un viaje que dura tres días y dos noches. Gilberto Dimenstein siguió sus pasos hasta el prostíbulo propiedad de Bucho do Bode. Unas cuantas frases reciben a las recién llegadas: «Ésta es para mí», o «Ya llega carne fresca.» Esta bienvenida —escribe el periodista brasileño en su libro *Meninas da noite*— forma parte del ritual. Cada vez que las niñas desembarcan se vive una auténtica fiesta. Esa noche, todos los hombres discutirán para decidir quién tendrá el derecho de pernada, el primero en pegar «un bocado a la carne fresca». En este clima insalubre, las niñas prostitutas pierden en seguida su valor, lo que en palabras de uno de los chulos significa que «es necesario un recambio de mercancía». Cuando los clientes se cansan del «producto» ha llegado el momento de vender a las chicas de acuerdo con la ley del traspaso. Se mueven de una región a otra del Amazonas, de un garimpo (campamento minero) a otro.

A las chicas las atraen con la oferta de trabajo en un restaurante o una cantina, cuando lo que les espera es la esclavitud pura y simple. Todo empieza cuando el proxeneta recuerda a cada una de las chicas que solo podrán quedar en libertad una vez que hayan pagado la deuda contraída, el billete del barco. Esa deuda crece sin cesar, por la compra de ropas, perfumes, medicinas, comida, que realiza el jefe del burdel a tarifas arbitrarias. El dinero ganado en el comercio carnal va a parar de forma directa al dueño del prostíbulo. «La pobreza —explica Lourdes, directora de un centro de acogida de prostitutas en Belén— empuja a estas niñas a la calle. Nada tienen para vender. No saben leer, ni escribir, ni cocinar. Solo pueden vender lo único de valor que poseen, su cuerpo.»

Si el cuerpo no vale, o se desprecia, siempre serán útiles como *formiguinhas* (hormiguitas), como «camellas» a las que se ha habituado a la «mela», una especie de «crack». Esto en una forma de mantenerlas atadas al patrón: no hay «mela» si no hay «hormiguita», el correo de la droga. De las cincuenta y tres niñas que entrevistó Dimenstein, la mitad procedían de hogares rotos. Cuando le pregunta a una prostituta adolescente por el padre ideal, ésta responde: «El que solo me pegara de vez en cuando.»

Luiza Cavalcanti, de catorce años, contesta que escapó de casa porque su padrastro la golpeaba: «Cada vez que mi mamá salía de casa mi padrastro aprovechaba para besarme. Me quejé ante mi mamá, pero ella no hizo nada. Por eso me fui. Prefería la calle.»

Una de las chicas del Amazonas pidió a su cliente que la pagara y recibió dos tiros en la vagina.

Lucía trató de escapar varias veces, hasta que el dueño del club nocturno la ató a la parte de atrás de su coche y la paseó por el pueblo: «No le bastó —confesó Lucía—, porque luego untó limón sobre mis heridas.»

Las denuncias de malos tratos caen en saco roto: basta un soborno al policía o dejarle vía libre hacia los camastros de las chicas del burdel.

Lucía cree que el sida es una enfermedad que se contrae en el río.

XIX
Los sicarios

En Santa Fe de Bogotá, capital de Colombia, la nación hermosa, atribulada y culta, la patria del realismo mágico, los «gamines», llamados así por turistas franceses llegados en los años cincuenta (*gamin* en francés significa niño), se entrecruzan por las calles. Son los hijos de la calle colombiana, de todos los colores y pelambres, de tres a dieciocho años, limpian parabrisas, lustran botas, zascandilean, hurtan, aspiran vapores de pegamento, importunan a los caminantes, cometen fechorías en una actitud en la que se conjugan la insolencia y la apatía. No dejan de moverse, inquietos, excitables, desasosegados.

—¿Por qué este nerviosismo, César?

—Tengo que moverme, porque si me estoy quieto, de golpe me encuentro con mi mamá.

—¿Qué quieres ser cuando seas mayor?

—Reunir mucho dinero para darle a mi mamá, a mis hermanitos.

La mamá está siempre presente en sus pensamientos, casi tanto como la ley del movimiento continuo. Van de acá para allá todo el tiempo, recorren la ciudad colgados de los autobuses. Se refieren con ternura a su madre, quieren protegerla, resarcirla del abandono que le causó ese padre que ellos nunca conocieron, o de ese padrastro que les trataba a patadas. Por eso quiere el dinero, para salvar a su vieja, a su madrecita del alma. Para un «gamin», la mamá es siempre una santa. Uno de ellos nos contó su historia, idéntica a la de tantos niños errabundos, díscolos, maliciosos, espabilados a la fuerza, como el Gravroche de *Los miserables,* de Victor Hugo.

«La mamá nos trajó de Medellín, donde trabajaba en un café, pero su sueldo no le alcanzaba. Le propusieron entonces que regalara a sus dos niños, pero ella se rebeló. Prefirió venirse a Bogotá. Se peleaba mucho con mi papá y por eso se separaron. Aquí en la capital conoció a Raúl Rocha. Él la quería mucho, pero a mí me tomó ojeriza; por eso me regañaba. Me castigaba. Un día no pude más y me fui de casa. Lo primero que hice fue buscarme un grupo, unirme a otros niños como yo. Así es más fácil vivir.»

En efecto, los «gamines» deben pertenecer a una pandilla, su tribu. No conciben la vida en solitario. Para defenderse crean su propio código, su propio lenguaje, una jerga secreta que incluye palabras al revés y términos propios, complementados a veces con gestos, gritos, signos de manos o dedos, silbidos o mohínes. Se ocultan bajo todo tipo de apodos para que nadie pueda identificarlos por sus nombres reales o sus apellidos. Se llaman *Carapiedra, Ojo de Águila, Ratón, Conejo,* pero nunca utilizan su nombre de pila, si es que alguna vez lo tuvieron. Son de una sorprendente agilidad física y mental. Todo lo hacen con rapidez. Quitan los limpiaparabrisas o el retrovisor del coche en un abrir y cerrar de ojos, y desmontan una llanta en menos que canta un gallo. Son de una asombrosa habilidad manual. Son supersticiosos, pues su vida depende de lo insólito, de lo inesperado. Hay calles por las que no pasan y palabras que no se atreven a pronunciar. No trabajan los domingos, porque es día de mal fario.

Ese día juegan al fútbol con los compañeros, duermen, se bañan en el primer charco que encuentran, llevan al cine a la «noviecita», una «gamina».

Las niñas también forman parte del mundo de la gaminería en un universo de machos. Viven en la calle, su elemento, duermen bajo los puentes, entre las alcantarillas. Han huido de sus casas porque recibieron fuertes castigos. No quieren sufrir los atropellos de los padres, hermanos, primos, tíos. Entrarán en la prostitución muy temprano. Algunas siguen los pasos del Lazarillo de Tormes: conducen ciegos por las calles. Aunque pueden compartir la misma picaresca y la burlona actitud de los muchachos que condiciona su comportamiento, aunque mendigan y roban, las niñas colombianas son menos beligerantes. Por lo general, no se las ve arrebatando carteras y sirven más bien de «campaneras», vigilan y avisan cuando llega el peligro. Son más dóciles frente a la autoridad y se pliegan a la voz que les invita a estudiar, a aprender un trabajo, y es así como vemos «gaminas» cosiendo, bordando, tejiendo, vendiendo, tratando de llevar una vida estable y, sobre todo, protegiendo a sus hijos cuando los tienen.

«Por ningún motivo —decía una "gamina"— quisiera que mis hijos vivieran en la calle. Sé bien lo que es eso. Por eso me sacrifico, trabajo como una mula para que no les falte lo esencial. Mis hijos irán a la escuela. Aprenderán un oficio. Eso se lo garantizo.»

Pero se dan casos como el de aquella niña de rostro angelical, de unos once años, que atracó hace tiempo a una mujer, en el interior de un taxi, con la complicidad del conductor. El atraco se llevó a cabo en una concurrida avenida de Bogotá: «Me dijo que le gustaba mi chaqueta de gamuza. Después me abrió el bolso y me sacó veinte mil pesos (unas tres mil pesetas), me arrancó la cadena y me dijo que fuéramos a sacar plata de mi banco», relató la víctima, una mujer que pidió el anonimato por razones de seguridad. Esa escena no sorprendería hoy. La prostitución, la drogadicción, la indigencia y la inmigración de las zonas rurales alimentan la delincuencia. Cada dos minutos se comete un delito en Bogotá. En cuanto llegas a la capital recibes de tus amigos los correspondientes consejos y advertencias: hay calles más peligrosas que otras, zonas vedadas, itinerarios prohibidos, alarmas, señales. No hagas ostentación de riqueza. Hay que pasar inadvertido, como en la mili, y llevar algún dinero en el bolsillo, porque los ladrones son muy irascibles y matan a los que van de vacío. El niño corre hacia ti y de un golpe maestro te arrebata el reloj de la muñeca, o se lleva el bolso de un tirón; si el botín compensa, lo celebrará con un pitillo de marihuana o esnifando pegamento.

En un área de tan solo ocho barrios bogotanos pululan tres mil niños y adolescentes entre doce y diecisiete años que viven del comercio carnal. Uno de los chulos contó lo siguiente: «Cuando de mis ocho muchachas mayores cambié a cuatro por menores de diecisiete años, mis ganancias aumentaron y pude crear otro negocio por el mismo sistema, pero por desgracia, la competencia hizo otro tanto. Es fácil encontrarlas de esa edad. A los policías les gusta el *show* y no preguntan la edad. Si lo hacen, ellas contestan que tienen dieciocho años cumplidos. Si se deprimen, si algo va mal, recibirán su ración de "basuco", una mezcla de cocaína y polvillo adulterado que despeja sus preocupaciones, o una ración de "boxer", bencina. En Colombia no falta droga barata para "colocarse".»

Cloacas. Hay «gamines» que viven en las cloacas día y noche, como ratas flotando sobre los detritos y los excrementos. Quién sabe si incluso han nacido allí, entre las aguas negras. Este es su refugio. Aquí, los «desechables» escapan de los escuadrones de la muerte y aquí ha venido a buscarlos Jaime Jaramillo, un hombre de negocios que, estremecido por el sórdido espectáculo, creó la Fundación Niños de los Andes. «Permitan que un "gamin" hable por mi boca», pidió Jaime. Es una de esas organizaciones que con medios muchas veces insuficientes se han volcado en ayudar a los necesitados. Nada es suficiente, porque los escuadrones de la muerte llegarán un día, como a Rio o a São Paulo, para exterminar «gamines». En los ochocientos kilómetros de alcantarillas y cloacas los «gamines» aparecen ametrallados o muertos sobre las aguas fétidas. Viajé a Medellín hace más de treinta años. Era por entonces la capital industrial de Colombia y el destino preferido para las vacaciones de muchos colombianos. El clima es agradable, soleado y cálido, protegida la ciudad por montañas en un fértil valle. Los niños, esas criaturas que en las películas tiran de la manga de Humphrey Bogart, recién llegado al Caribe, nos paseaban hasta la catedral de Villanueva, en la calle 56, frente al parque Bolívar, donde los domingos a la sombra de las palmeras tocaban las orquestas locales. En las calles 52 y Carrera 53, los comercios rebosaban de barras de oro protegidas por perros guardianes famosos por su fiereza. Era Medellín, la ciudad de tulipanes y orquídeas de todas clases. Ahora, algunos de los hijos de esos mismos niños que quizá tiraron de nosotros hacia la catedral o hacia el Museo Zea, disparan con sus metralletas ligeras Ingram o con sus Uzis o con sus revólveres, y matan. Medellín es conocida en el mundo, más que por sus barras de oro o sus tulipanes, por el Cártel, grupo de empresas de la droga fundadas por el difunto Escobar y por los sicarios (del latín *sicarius),* asesinos a sueldo. El sicario de Medellín, Jorge, alias *La Plaga,* es uno de ellos. A los once años un muchacho le robó la bicicleta, Jorge dejó que se confiara: «Un año después cogí un "fierro" (arma de fuego) de un primo mío y me fui a por él, a por el ladrón, y le dije:

—¿Te acuerdas de la bicicleta que me robaste?

«El “pelaíto” se hizo el bobo y respondió:

—¿De qué bicicleta me hablas?

»Yo le refresqué la memoria:

—¿No recuerdas cuando me diste un golpe para robarme la bicicleta y te la llevaste?

—No, no recuerdo nada.

—Pues vas a recordar enseguida.

»Saqué el revólver y le disparé en la pierna. Trató de echar a correr renqueando.

—¿Sigues sin recordar nada?

—No me mates. ¿De qué bicicleta me hablas?

Disparé todos los tiros del tambor sobre mi primer muerto.» Así fue como *La Plaga* se hizo asesino a sueldo.

MATAR POR ENCARGO. El primer muerto es el más difícil, después todo discurre sobre ruedas. *La Plaga* acudía al altar de la Virgen del Carmen de Medellín, rezaba por su madre, su «cucha», y encendía unas velas para que todo fuera bien. Luego, anudaba un rosario en torno al «fierro», la Smith Wesson 38, y salía espiritualmente reconfortado y dispuesto a cumplir con su misión. «Antes de abrir fuego me santiguo —añadía *La Plaga*—, eso me tranquiliza.» Jorge acababa de cumplir los dieciséis años, se sentía fuerte, poderoso con su Smith Wesson. Mataba por dinero, por comprar ropa nueva, discos de rock, una nevera para su madre, un televisor en color, porque el humo del cañón le hacía sentirse mayor, mejor, más seguro. Pueden matar por tedio, por fatalismo, por orgullo, por rabia, por venganza, o «porque me faltaron» («faltoniar»). Estos niños-asesinos, sicarios, han asesinado por los que no dan la cara a políticos, directores de periódicos, ministros, jueces, candidatos a la presidencia, empresarios... En 1990 se cometieron en Medellín más de cinco mil asesinatos, muchos de ellos por unos pocos pesos, por una motocicleta o por un equipo de música. Todo con tal de salir de la miseria y el paro, con tal de presumir ante las chicas, con tal de «farriar» (fardar, presumir), con tal de poder comprar lo que hasta ahora quedaba fuera de su alcance. Basta con presentarse ante el «fuerte», el contratista de sicarios. En Medellín siempre hay alguien a quien ametrallar, alguien a quien ajustar las cuentas.

Empiezan en las esquinas, «asaltando o cobrando peaje con cuchillos», escribe el periodista catalán Joaquín Ibarz, que conoce bien la realidad de Medellín. Luego fabrican rudimentarias armas de fuego, como el «changón», escopeta de un solo tiro; el trabuco, hecho con un tubo y madera, o los petardos, con latas de cerveza, pólvora y clavos. Pasan a saquear casas y robar carros (coches), se enfrentan con otras pandillas, trabajan para un expendedor de «basuco» (derivado de la coca parecido al «crack») ahuyentándole la competencia. Después conducen motos y coches, consiguen armas sofisticadas y se meten al negocio grande: matar por encargo. Con su primer homicidio dejan de ser «chichipatos» (chorizos) y ascienden a la categoría de «desechables», tal como ellos mismos denominan a los sicarios. Ya no hacen «cochinadas», como robarle un reloj a un vecino, sino «trabajos». Si logran conectarse con la mafia o los paramilitares, culminan su carrera y pasan a formar parte del sicariato profesional. Ser malo está de moda y el objetivo es ser más malo: «Yo lo que quiero —afirmaba uno de los sicarios— es matar mucha gente, conseguir mucha plata y después que me maten.»

La psicóloga Elvia Velázquez se lo explicaba al periodista: «Estos jóvenes adoptan una filosofía diferente de la vida, una mentalidad en la que no importa el futuro, en la que no interesa ser bueno ni alternar socialmente o casarse. Solo ambicionan tener poder inmediato y jactarse del riesgo. Es una exageración de los rasgos de la adolescencia. El adolescente es inseguro; entonces quiere mostrar poder. Es como si pensaran: en esta sociedad no tengo oportunidades. Y asumen una actitud defensiva frente a la imposibilidad de ascenso social: "No me importa, me hago matar."»

No importa la muerte porque son los novios de la muerte. A los quince años, muchos de ellos han matado ya a seis, ocho o diez personas. Cuantas más muescas en el cinturón, más respeto tendrán y más encargos recibirán. Tanto desprecian la muerte que algunos de ellos se gastan el primer salario en la compra de un nicho en el cementerio. «La muerte —le dice a Ibarz la escritora Laura Restrepo— es para ellos descanso, paz, la única manera de librarse del autismo rabioso que les consume.»

«No hay luto. A los diecisiete años —escribe el corresponsal de *La Vanguardia*—, Jairo Oquendo ordenó a su madre que se vistiera de rojo el día de su entierro, y un año después ella cumplía la orden. No hay duelos ni llantos: los compañeros del difunto celebran que lo lograra "y está donde debe estar". No hay flores ni rezos, sino música a todo volumen, rock o salsa, según la última voluntad. Otro muchacho afirma, ante el cadáver de su amigo: "Para mí la muerte es una fiesta. Que no me lloren ni me recen. Que no me carguen luto."

»También le ha pedido a su madre que se vista de rojo el día del funeral, y que en lugar de rezos "ponga música rock alta, para que se enteren bien los vecinos. La vida es solo una moda. Uno no dura mucho, por eso hay que vivir bueno".»

DIOS Y MADRE. El «fierro», la Virgen, la «cucha» (la madre), los escapularios, un «pepazo» (disparo) se corre, pasa de lado si uno tiene escapulario o ha rezado a San Tadeo, el patrón de los «narcos» y de los sicarios. Jairo Oquendo llevaba en el brazo tatuada la frase «Dios y Madre». «Yo ya maté a mi primera víctima, "despegué"», pronunció la frase ritual tras el primer asesinato. El despegue de Jairo, fue como el de Andrés Arturo, de quince años, que mató en el aeropuerto al líder de la izquierda, Bernardo Jaramillo. Confesó que lo hizo por su madre, por necesidad, por un adelanto de setenta mil pesetas. Estudió en las escuelas del crimen, creadas por los «capos» del narco, atraído con regalos, botas, balones de fútbol, zapatillas Nike. Los jefes del narcotráfico pasaron a ser sus modelos, sus héroes. Un día, tal vez, sería como ellos, tendría fincas extensas y ejércitos de guardaespaldas. Haría de su madre una reina, con cocinas relimpias y capillas llenas de vírgenes y santos.

«A mí no me importa morir, si la "cucha" queda bien», decía uno de los sicarios de Medellín. Se «chutaba» con basuco y rock duro: «Si amaneces triste, ¡mátate!, si la policía te molesta mucho, ¡mátate! ¡Mátate! ¡Mátate! ¡Mátate!» No importa vivir poco, lo importante es vivir bien, a lo grande, a lo Pablo Escobar, pregonan estos rebeldes sin causa y sin casa, nacidos de familias llegadas del interior de Antioquia.

«Cuando llega la noche —cuenta el cineasta Víctor Gaviria, que ha rodado una película sobre los sicarios—, la gente se divide entre "carro-locos" y "amuraos". Los primeros son los muchachos que van de un lado a otro ofendidos por todo, ofendidos de nacer, con ganas de tener alguna identidad aunque sea en la muerte. Y los "amuraos" son los que hacen vida junto a los muros, aquellos que se acuclillan a fumar "basuco".»

«El depósito de cadáveres se llena de cuerpos de niños y adolescentes. A veces se nos han juntado hasta doscientos —afirmaba un funcionario de la morgue—, y solo podemos tenerlos una semana. Si al cabo de ese tiempo no acuden a identificarlos, los echamos a la fosa común. No tenemos neveras para tanto muerto.»

El funeral por Pablo Escobar, el capo de los narcos de Medellín, fue todo un acontecimiento social. Más de cinco mil personas acudieron a decirle adiós, en diciembre de 1993, Chuco entre ellos, que entró en el sicariato a los catorce años para llevar armas y servir de correo a los malhechores de la droga. Su idea fija era la de matar para regalarle una casa a su «cucha», a su madre. Venía de los barrios pobres del nordeste de Medellín: «Mira, hermano —le dijo al periodista Alfonso Salazar, autor de *Nacido para morir en Medellín*—, Pablo Escobar ha muerto, pero nosotros seguimos en la misma pobreza, el mismo desempleo, las mismas autoridades corruptas, y el mismo paisaje de coches blindados, hombres con chalecos antibalas y guardaespaldas, la cultura de la protección física.

»Todo empezó a principios de los años setenta con las batallas entre los narcos y sus ejércitos, cinco mil de ellos jóvenes sicarios. El índice de homicidios subió como la espuma en Medellín. En 1980, setecientas treinta personas murieron de forma violenta, en 1990 eran cinco mil quinientas, en una ciudad de un millón setecientos mil habitantes.» Desde 1990 se registran cien asesinatos diarios, de los que el 99 por 100 quedan impunes. La peor combinación de desgracia ha caído sobre Colombia: «El narcotráfico, la corrupción política, la expulsión de los campesinos de sus tierras, la militarización contra los que se oponen al régimen», aseguraba el investigador y jesuita Francisco de Roux.

«La muerte como rutina —escribe Salazar—, la desintegración social y familiar. Los sicarios han nacido carentes del sentido de respeto hacia los demás o por la vida. Grupos de adolescentes han crecido bajo la indiferencia de los cadáveres amontonados en las calles. Son el resultado de la ausencia de prototipos morales o culturales. Hicieron de la fuerza bruta y del amor al lujo los pilares de sus relaciones sociales. Las bandas juveniles, las "galladas", fueron el resultado no solo de la crisis socieconómica, sino de la crisis de legitimidad de las instituciones sociales. En muchas familias, el amor y la ternura han desaparecido, lo mismo que la autoridad. Cuando un niño se une a la banda, encuentra en su jefe el modelo de identidad que nunca encontró en su familia. Las madres mantienen con frecuencia una actitud ambigua ante sus hijos delincuentes. No aprueban lo que hacen, pero les protegen y permanecen a su lado hasta el final. Cuando las actividades de sus hijos representan una mejora en las condiciones de vida, crece el nivel de tolerancia. Dios y madre, todo por la "vieja". Los "narcos" son los ídolos de los jóvenes, los benefactores idealizados como Pablo Escobar, mitificado como un Robin de los Bosques. En una encuesta en 1993, para elegir al personaje más importante de Colombia, entre los estudiantes del distrito del nordeste, apareció en primer lugar Pablo Escobar, con el 21 por 100. El entonces presidente César Gaviria quedó en segundo lugar, con el 19,6 por 100, y el 12,6 fue para el portero de la selección, René Higuita. Abandonados por el Estado, descompuestas las instituciones, les quedaba el ejercicio de la violencia como forma de insertarse en la sociedad, de existir, la "gallada" como vida en común, sin sumisión a la autoridad, cuyas reglas no comparten.

»Es la lealtad, a su manera, la solidaridad, la excitación, el gozo, la aventura en un mundo masculino. La vida como la muerte, la muerte como la vida. La violencia, el sicariato, como forma de reconocimiento.

»Si miramos ciudades como Caracas o Rio de Janeiro —continúa Salazar—, encontramos una situación similar a la de Medellín. En estas ciudades, los narcos han formado un ejército de adolescentes en las barriadas de chabolas, para salvaguardar sus territorios, y se sirven de esos jóvenes, como carne de cañón, en sus enfrentamientos con los rivales y con las autoridades. Si no fuera por las inmensas sumas que los traficantes obtienen del comercio de la droga, sería virtualmente imposible que reclutaran tantos adolescentes, que pudieran comprar armas y en general la posibilidad de corroer y desintegra la sociedad.»

CAZAR CULEBRAS. Salazar obtuvo el testimonio de un jefe de banda de veinte muchachos de entre quince y dieciocho años: «Mi "cucho", mi padre —le dijo—, murió cuando yo tenía siete. Entonces me tocó tirarme al rebuque para ayudar a mi mamá y a mis hermanitos. Por eso me metí en la delincuencia, pero también porque me nacía. Yo desde muy pequeño he sido "maloso". Mi "cucha" es una dura. Está conmigo en las buenas y en las malas. Yo recuerdo mucho la primera vez que me tocó matar. Estuve quince días que no pude comer, porque veía al muerto hasta en la sopa. El hombre quedó frito de una. Eso fue duro. Pero después fue fácil. Uno aprende a matar sin que le quite el sueño. Cuando alguien quiere entrar a trabajar con nosotros, yo pregunto quién es y según los datos analizo si lo mato o no.

»Son muchachos que ven la realidad. Ellos saben que estudiando y trabajando no consiguen nada, y que en cambio, con un muerto, se levantan las "lucas" (dinero). En el barrio hay muchos niños que quieren meterse en la delincuencia; yo lo único que les digo es que si quieren hacerlo que lo hagan seriamente.

»Muchos comienzan robando cadenas y ahorrando para comprar una escopeta, que es lo más barato. Nosotros les regalamos las cápsulas, y ellos con eso hacen sus atracos. A nosotros nos buscan de todas partes del país: de la cárcel, del poblado (barrio de lujo de Medellín), de Itagui. Son personas que no se quieren banderear y le contratan a uno para cazar culebras. Cobramos dependiendo de la persona que sea. Si es un duro (jefe), se pide por lo alto. Es que uno se está arriesgando la vida, la libertad y el "fierro".

»Si toca salir de la ciudad a darle a un "pesado", cobramos tres millones de pesos (unas setecientas veinte mil pesetas). En la ciudad, lo menos es de medio millón (unas ciento veinte mil pesetas). No nos importa a quién hay que darle; el caso es que hay que acostarlo. Muchas veces uno no sabe a quién le va a dar. Después uno se entera, casi siempre por las noticias de la radio; pero frescos, lo importante es que ya trajimos lo de nosotros. Cuando voy a dispararle a una persona, lo único que pienso es "de malas que se encontró conmigo". Uno ya está enseñado. Yo a lo que voy, voy. Si está de espaldas, lo llamo para tomarle la foto de frente y cuando está voleado, le estoy dando.

»Nosotros entrenamos de noche, a las tres de la mañana, en una finca. Pongo frascos en fila y los quiebro todos. Es que uno tiene que ir a la fija cuando tiene que hacer un trabajo. Si uno va a matar a alguien, no tiene sino una oportunidad y no puede fallar. Con las películas también aprendemos mucho. Vemos cintas de pistoleros, Chuck Norris, Cobra Negra, Comando Stallone... Miramos cómo coger armas, cómo hacer coberturas, cómo retirarnos...

»Cuando voy a los cementerios, veo una manada de matones tremendos que conocí en vivo y en directo. Siendo yo un "pelao" (muchacho) me mantenía por ahí jodiendo con un trabuco, hasta que llegaron los finados, Lunar y Papucho, que me patrocinaron con armas buenas. Entonces empecé a matar y a robar en forma. Uno se pone violento, porque hay mucho *man* (hombre) que quiere cazarlo y monopolizarlo, porque es "pelao". Pero uno no puede ser bobo y dejarse pisar. A todo el que chocaba conmigo le iba mal. El "cucho" (padre) mío murió hace diez años. Era un duro (jefe). Me enseñó muchas cosas, pero como era tan vicioso nos dejó embalados. Recuerdo mucho la primera vez que me tocó matar. Yo había herido personas, pero no había visto los ojos de la muerte. Fue en Copacabana, un pueblo cercano a Medellín. Un día por la mañana estábamos robando en una casa finca, y sin saber de dónde se nos apareció el celador; yo estaba detrás de una puerta, entró el guardián y de puro susto le metí los seis tiros del tambor. A mi amigo Papucho lo tumbó la gente de arriba. Al picarón le arrastré y él se tragó el anzuelo. Lo invitaron a cuadrar un "cruce" y lo encendieron a plomo. Lunar me nombró segundo, porque él y yo nos entendíamos casi sin hablar, una "parcería" (amistad) tremenda. Al Lunar también lo mataron rápido; es que era muy frontero, no se arrugaba por nada. Era un gozón tremendo, repetía todo el día que estábamos en tiempo extra. Y gozando se murió; estaba bailando tres cuadras abajo y le empacaron tres tiros por la espalda. El "pelao" que le dio murió muy rápido; esa misma noche le montamos la cacería. Con la muerte del Lunar, otro chaval de la "gallada" quiso coger el mando. Me tocó encenderme con él y demostrarle quién mandaba. Por ponerse de "picao" (gallito) anda cargando tierra con el pecho. El velorio y el entierro del Lunar fueron un completo carnaval. Durante tres días estuvimos escuchando su música, esnifando y bebiendo, hasta que la familia decidió enterrarlo. En la iglesia, le despedimos con salsa a todo volumen, le paseamos por el barrio, en el cementerio le sacamos a hombros y nos fotografiamos con él.»

Esta es la historia de Jairo, que resultó herido de bala en uno de los combates y que yacía en una cama del hospital de Medellín.

«Al fin no nací para semilla. Lo que me duele —decía— es que no me hubieran llevado de una, para no tener tiempo de sentir dolor y morir sin poder decir siquiera "me mataron".»

Guerrillas. Este era el sicario, el «pelao», pero otros niños combatían con los rebeldes en la sierra, en la guerrilla. Ya en el siglo pasado, en Colombia se formó un batallón de niños-soldados, en la región de Santander, y otro conocido como «Batallón Sardinas» («sardina» significa adolescente). Hoy en la guerrilla del FARC (Fuerzas Armadas Revolucionarias Colombianas) combatían niños de doce y catorce años, como Ramiro, o también lo hacían con el cura aragonés Manuel Pérez, del ELN (Ejército de Liberación Nacional).

Ramiro fue hecho prisionero por el ejército colombiano cuando disparaba su AK-47. Son unos dos mil los niños que luchan en la sierra, sobre todo, en la FARC, de Manuel Marulanda, alias *Tirofijo,* la más antigua de las guerrillas. Ramiro, de catorce años, fue herido tres veces: «No me maten, no me maten» gritó a los soldados de la Séptima Brigada que le tomaron preso en un puente.

Tres niños guerrilleros cayeron a su lado, pero Ramiro se salvó de chiripa. La historia de Ramiro conmovió a Colombia, al verle herido, tumbado, ensangrentado, con los brazos en alto:

«Era el 24 de diciembre de 1995, y yo tenía unos tragos de más —confesó Ramiro—, dos guerrilleros bebieron conmigo y me propusieron marchar con ellos. El día de Navidad fueron a buscarme a la finca donde trabajaban mis padres. De allí fuimos a los Alpes, a una hora y media de camino. Después anduvimos durante cinco horas y a las dos de la madrugada llegamos al campamento. Allí había otros diez niños. Uno de los guerrilleros arregló el "cambuche" (la tienda) y nos echamos a dormir. A la mañana siguiente, el *negro Jairo,* comandante del Frente 31, me dio el equipo, la carpa impermeable, la chaqueta y el uniforme. Cuando llegué, ya me arrepentí, pero me tocaba echar "pa'lante". Uno se escapa y donde lo topan lo matan.»

Álvaro, de doce años, confesó al ser detenido en un campamento donde adiestraban a los niños con fusiles de madera, que quería vivir «una aventura de televisión».

Mérida Castanero entró en el Frente 31 de la guerrilla de *Tirofijo* cuando contaba doce años. Recibió instrucción militar y política, se entrenó con fusiles de madera y combatió durante seis años con el nombre de guerra de *Sol Ángel.* En enero de 1996 fue gravemente herida en combate. Ahora no puede mover la mitad de su cuerpo y habla con dificultad. Declaró a Cristina Fernández que en la guerrilla el trato a las mujeres es igual que a los hombres, salvo que ellas reciben ropa interior negra, cada tres meses, y mantienen relaciones sexuales con el beneplácito del comandante.

Desheredados. Un día aparecieron en las calles de Bogotá carteles publicitarios en los que se invitaba a los «gamines», a los niños, a su propio entierro. Los firmaba un consorcio anónimo de comerciantes, hombres de negocios y «buenos ciudadanos». En efecto, en el espacio de diez días, seis de ellos fueron cosidos a balazos. Otros, en serio peligro, corrieron a refugiarse en las cloacas, entre las heces. Jaime Jaramillo, el empresario del petróleo que se ocupa de los niños de las alcantarillas de Bogotá, les lleva ropa, medicinas y alimentos: «Sé de algunos, que llevan diez años en los subterráneos. Lo más deprimente es que ya se ven niños en los cloacas de la segunda generación, niños nacidos y criados en las cloacas. No pueden ir al hospital a dar a luz. En ningún centro sanitario los admiten sin dinero ni seguro. Así que las chicas se quedan embarazadas y tienen los hijos solas, bajo la tierra. Viven en el más vicioso de los círculos viciosos. No son angelitos —añadía Jaramillo—. Todos, desde el primero hasta el último, son adictos al pegamento, y los mayores al "basuco". Para vivir entre las mierdas de las cloacas deben ahuyentar el hambre y el frío, y para eso se enganchan al pegamento. Para comprar pegamento tienen que mendigar, aunque poca gente les da dinero, o robar, o prostituirse. Y si roban, los escuadrones de la muerte los matan. Todos los niños dicen lo mismo: que los escuadrones de la muerte están formados por policías francos de servicio, pues los han reconocido después de haberlos visto con uniforme. Las proximidades de los grandes hoteles y los centros comerciales son las mejores zonas para robar. Parece una broma, pero todos los niños de las cloacas viven en las mejores zonas de Bogotá.»

DESPERDIGADOS. En América Latina, hay en la calle entre treinta y cuarenta millones de niños-abandonados, «pivetes» brasileños, «meninos da rua», «gamines», «pájaros fruteros» peruanos. Más del 50 por 100 de los veintitrés millones de peruanos vive en la pobreza. Ocho de cada diez peruanos están en el paro o subempleados. México une a los veinticuatro multimillonarios de la lista de los más ricos de la revista *Forbes,* los cuarenta y ocho millones de pobres. El 48 por 100 de los treinta y nueve millones de habitantes de Colombia vive en la miseria. En las zonas rurales el 90 por 100 de los colombianos depende de la economía de subsistencia. Son pobres de solemnidad. Brasil es, desde hace siglos, la nación del futuro. Las fuertes desigualdades sociales empujan a estos críos a las zonas residenciales, donde los ricos levantan auténticos baluartes para defenderse de la marabunta invasora. En la calle encuentran menos violencia que en el hogar. Los psicólogos se refieren a la «dinámica de expulsión» para describir las circunstancias familiares en las que crecen los niños de la calle: «No hay solidaridad —escribe Helene Zuber en *Los desheredados*—, ningún miembro de la familia espera nada del otro, los padres no mantienen una relación afectiva con los hijos y son incapaces de controlarlos. Éstos, por otro lado, pierden la confianza en sus padres. En América Latina, el castigo corporal suele considerarse, sobre todo desde la predominante óptica machista, como algo esencial en la educación de los hijos. Estas medidas «educativas» incluyen: golpes contra la pared, puñetazos en la cara que hacen saltar los dientes, patadas en el estómago, latigazos e incluso torturas sexuales. Las niñas tienden a soportar más violencia física (incluso la violación repetida por parte de sus familiares) durante más tiempo que los niños, antes de romper con la familia y lanzarse a la vida solitaria. Por eso, según las estadísticas, solo del 5 al 30 por 100 de los niños vagabundos son de sexo femenino.»

«Todo puede empezar con la pérdida del puesto de trabajo. Padres que se sienten inútiles porque están en paro y madres al límite de sus fuerzas que no saben dar salida a la frustación y agresividad de otra forma que no sea agrediendo a sus hijos. La caída en la miseria provoca un grave desajuste en el reparto tradicional de los papeles familiares. Cuando un padre de familia no puede sostener a los suyos, la ley en la que se basa su autoridad y su autoestima se desmoronan. Tarde o temprano se siente culpable, se deprime, empieza a beber y a pegar a su mujer y a sus hijos, a los que finalmente abandona», explica el sociólogo argentino Norberto Liwski a Helene Zuber. La tercera parte de los menores de edad latinoamericanos está en la calle. Un niño de Pernambuco se abraza a Helene y le pide: «Señora, lléveme consigo.» Se llama Dilson, bajito, moreno, de mirada rebelde. Los policías le ataron de manos y pies y lo arrojaron al río. Le arrastró la corriente y se salvó en un banco de arena. Tiene profundas ojeras debido a la cola de zapatero que inhala para espantar el hambre. En su jerga callejera, la «giria», cuenta que «un día mi padre casi me viola, pero yo le di en la cabeza con una botella y escapé». Se refugió en una banda, una «zurma», el equivalente a la «gallada» colombiana.

PIRAÑAS. Los he visto en Lima, en la plaza San Martín o a la puerta de los grandes hoteles, en Miraflores o San Isidro, atentos a los movimientos del turista. Un «petiso» o un «piraña» se acercó hasta mi bolso, lo rajó con una cuchilla y se llevó lo primero que encontró a mano. Era un artista. Los gritos de los transeúntes me alertaron cuando ya el niño corría hacia su refugio con el botín. No es raro que en las calles de Lima alguien te advierta: «Tenga cuidado, le siguen.» Son por lo general, los «petisos», llamados así por un niño de ese nombre que murió de frío, o también «pájaros fruteros», más pequeños, que roban fruta de los mercados. Los más violentos son los «pirañas» o «lanzas», que llevan armas blancas.

«Yo vivo aquí —nos decía Elmer, de doce años—. Tengo un reloj de dos pisos, un cine, un hotel, árboles, fuente, bancos y hasta un monumento.»

Quizá nunca sepa que ese monumento es el del general San Martín *El Libertador*, el héroe argentino de la independencia americana. Vive en la plaza desde que llegó procedente de la cordillera hace seis años. Sigue descalzo, pero el «petiso» se cree dueño de la plaza de San Martín.

Se mueren de tristeza, por eso algunos se rebelan, quieren vivir por lo menos el «nirvana» de la violencia, moverse, agitarse, cambiar, robar. Es su lenguaje como forma de comunicación. Ciento ochenta y tres indígenas, niños y adolescentes en su mayoría, se han suicidado en el continente latinoamericano en los últimos cinco años: es la consecuencia del racismo, la opresión, la pobreza, la desesperación, la pérdida de los valores culturales, de la autoestima y el orgullo. El intento de suicidio, en febrero de 1993, de seis niños de la tribu Innu, en Canadá, de entre diez y dieciséis años, conmovió al mundo entero. Los niños fueron encontrados con la cabeza en el interior de un contenedor de gasolina. Les roban las tierras, sobrevuelan sus territorios a todas horas. También la epidemia de suicidios infantiles afecta a los indios del Matto Grosso brasileño: treinta muertos y treinta y seis intentos de suicidio se han contabilizado desde principios de 1990. «Cuando llegan los blancos, construyen enormes granjas, talan los bosques, los pájaros dejan de volar y los peces mueren. El Gobierno ayuda a los banqueros y abandona a los indios en sus reservas.»

De la selva a las calles de las grandes ciudades, el niño sobrevive como puede. En Estados Unidos, en cuyos hogares el niño es rey, cincuenta mil menores murieron por armas de fuego entre 1979 y 1991, una cifra equivalente al número de muertos de la guerra de Vietnam. Nadie se libra de la violencia o del abandono, ninguna ciudad. Pensé que Tegucigalpa, la capital de Honduras, tan recoleta, con buganvillas en patios andaluces, podía haberse librado de la plaga, pero donde anida la pobreza los niños callejeros brotan como hongos después de la lluvia. Allí aparecieron también en calles, parques, jardines, en la plaza, bajo la estatua ecuestre del general Morazán, con su bolsa de pegamento colgada al cuello. Se detenían un rato para inhalar.

Víctor, de nueve años, creía que «andar "lucas" (alucinado) es rico». Nadie puede explicarle que el pegamento sintético para el calzado puede dañarle los pulmones y el cerebro. Cae en prolongados silencios, le cuesta coordinar las ideas, expresarse. La mayoría de los niños latinoamericanos, más de ochenta millones, son pobres, y la mayoría de los pobres son niños.

SÍNTOMAS. Guatemala es el país que registra un porcentaje mayor de niños pobres e indigentes. Le siguen Perú, República Dominicana, Brasil, Colombia, Panamá, México, Venezuela.

El niño guatemalteco es perseguido con saña. A los ciento cincuenta mil civiles muertos en Guatemala une la triste marca del mayor número de desaparecidos, cincuenta mil. Un soldado confesó: «Tenemos que eliminar a los niños casa por casa, porque los padres pasan el veneno (de la subversión) a los niños. Se tiene que matar a los padres y a los niños de diez, ocho y cinco años, debido a que ellos han escuchado las cosas que dice su padre y los niños las llevarán a cabo.»

Los niños no son el problema, sino el síntoma del problema real. Es como el sistema castiga a sus miembros más débiles. Hay mujeres mexicanas, como María Camacho, de treinta y ocho años, que lanza a sus ocho hijos a la calle, porque es la única manera de sobrevivir. Porque la crisis económica muerde entre los más débiles. En 1992 había once mil niños en las calles de México capital, niños sin hogar; ahora deben ser unos cuarenta o cincuenta mil. Aparecen por todos lados. También ellos sienten la tentación del suicidio. Como esas criaturas que a veces aparecen arrastradas por las aguas en Perú, o colgadas o reventadas bajo un puente. En junio de 1990, me encontraba en Lima cuando la policía «limpió» y «peinó» las calles. Unas cincuenta mil personas fueron detenidas, encerradas en cárceles que son escuelas de delincuencia. ¿Puede una «razzia» de ese estilo resolver el problema de la delincuencia en las calles, que tiene raíces estructurales, profundas?

Un movimiento de extrema izquierda como Sendero Luminoso quiere salvar a su manera a los niños, con representaciones de guiñol en las que se ridiculiza a los políticos del momento, se ensalza al chino Mao Tse-tung y se resalta la necesidad de levantarse en armas contra los «explotadores». Sendero enseñaba a chavales de cinco o seis años que no saben lo que se traen entre manos, a lanzar explosivos o atacar las Fuerzas de Seguridad. Una de las cosas que más me llamó la atención, en 1995, en la guerra de la India contra Pakistán, en Cachemira, fue que los niños musulmanes independentistas hacían lo que los adultos más cobardes no se atrevían: apedrear coches de la India, insultar a los soldados y hostigarlos. Ese fue el aprendizaje; terminaron poniendo bombas.

En Perú, en 1990, nacían ochenta y dos bebés cada día. Uno cada minuto y medio.

«Parece que la sociedad nos considera un peligro, cuando en realidad somos víctimas de ella», se quejaba Joaquín Tequejama, de dieciséis años, miembro del Movimiento de Adolescentes y Niños Trabajadores del Perú.

Se mire por donde se mire, aparecen estos niños desamparados. ¿Cuántos son? Nadie lo sabe. Son estadísticas aproximadas. Un abogado me dijo una vez en Lima: «¿Quién puede contar a los que no existen?» En Cuzco, una noche, en la ciudad de los Andes peruanos, había caído la temperatura y los niños pegaban la frente y la nariz contra los cristales del café Extra para ver la televisión. Estaban descalzos, polvorientos, andrajosos. Algunos de ellos sostenían cajas de tabaco: la venta pitillo a pitillo, como en Manila y tantos otros lugares. Temblaban de frío. Al salir un parroquiano penetraron temerosos en el establecimiento, para recibir un hálito de calor. Se diría que aquella era una escena de una película neorrealista como *Milagro en Milán,* por ejemplo. El dueño les dejó entrar hasta que recibieran el soplo de calor. Después les invitó a salir. Se disolvieron por la ciudad sagrada de los incas, la capital arqueológica de América del Sur, por la plaza de Armas, la Plaza Mayor, y buscaron acomodo para pasar la noche. A dos de ellos el dueño del café les ofreció cobijo a cambio de que limpiaran el suelo. Otros buscaron el sueño, la evasión del hambre, de la realidad, esnifando gasolina o pegamento.

Uno de estos niños se llamaba Serapio, tenía nueve años. Era muy bajo de estatura para su edad. Su madre murió, su padre y sus dos hermanos lo dejaron en la estacada: «No me querían», dijo con una sonrisa tímida y nada vengativa, como si fuera algo normal. Serapio vivía con su abuela, vieja y enferma, que dependía del nieto para alimentarse. Un buen día de mendicidad en las calles le proporcionaba doscientas pesetas. Era frecuente que le robaran la recaudación, la mugrienta camisa, los pantalones mil veces zurcidos, o las zapatillas de segunda mano. Serapio no podía defenderse. Se hizo amigo de un niño mayor, de once años, pero murió de una enfermedad a consecuencia del frío y la desnutrición. A Serapio le llamaban la atención los anuncios de la tele, llenos de imágenes brillantes, de comidas abundantes, de refrescos y de juguetes en hogares en apariencia cálidos y acogedores, que veía a través del cristal del café Extra. O sea que existía otro mundo lejos de aquella ciudad que vio nacer y morir a un imperio.

—¿Crees que la gente se preocupa por los niños? —le pregunté.

—No —respondió con una sonrisa.

A los nueve años, Serapio había corrido delante de los agentes de la policía, de los pederastas llegados de fuera, de niños mayores que él, deseosos de golpear y herir para huir de sus propios problemas y frustraciones. Para la policía, Serapio, solo en el mundo desde los seis años, era un vago y un maleante, un adulto prematuro. Quizá tuvo suerte: pudo escapar al destino de aquel niño guatemalteco, Luis Jerónimo, al que un taxista de la capital roció con gasolina y le prendió fuego. Estos niños son la bomba de relojería de la sociedad.

«Hay en estos críos —decía Pedro Tacón, de una de esas heroicas organizaciones que han decidido ocuparse de los menores abandonados en las calles— un ingrediente de humanidad que no se encuentra en sociedades desarrolladas y es el ingrediente profético, de la esperanza. Estos niños son proféticos por el simple hecho de existir, proféticos por lo que puede ocurrir a la humanidad si no nos ocupamos de ellos, proféticos por la hondura de la desesperación del hombre y por el sufrimiento que provocan, el egoísmo, la codicia y la hostilidad. Al mismo tiempo son proféticos del nuevo mundo, que podría ser el suyo si los tratáramos con dignidad y respeto.»

Durante la guerra de Nicaragua, un niño que trabajaba en una gasolinera se acercó a los periodistas que viajaban en el coche y les preguntó qué de dónde eran y si en su país había guerra.

—No —le respondió un reportero—, no hay guerra.

El chiquillo, desconcertado, preguntó entonces: —¿Cómo es un país sin guerra?

Miles de niños vivían también en las calles de Nicaragua, huérfanos de la guerra, en una nación en ruinas, desmantelada por el largo conflicto. Las primeras bandas de niños de ojos turbios, harapientos y con olor a pegamento en su boca aparecieron en 1987. Los llamaban los «huelepegas». Su centro de actuación eran los mercados de Managua, donde robaban, donde circulaban con sus frascos de pegamento.

«Yo no quería, pero los otros muchachos más grandes me decían que si no olía a "pega" me golpeaban. ¿Qué puede hacer uno?», se preguntaba Luis Cruz, de doce años, originario de Río Coco, al norte de Nicaragua.

Cada frasco de pegamento, a la venta en el mercado, en las tiendas de reparación de calzado, costaba tres córdobas. No era mucho. Bastaba con robar unas cuantas tapas de combustible o espejos retrovisores.

«Han visto la guerra, sienten miedo a la noche y por eso buscan pegamento —decía Zelinda Roccio, encargada de ayudar a los golfillos de los mercados—. Todo el mundo se siente con derecho a pegarlos si los ven con pegamento en la mano.»

A Nahaman Carmona López cuatro policías guatemaltecos lo encontraron inhalando pegamento, lo arrojaron al suelo y lo golpearon hasta hacerle perder el sentido. Tenía trece años. Le rompieron el hígado y las costillas. Murió días más tarde de lesiones internas: «Solo quise ser un niño, ellos no me dejaron», decía una lápida conmemorativa en el lugar del crimen.

Un niño hondureño, Mauricio Efrain, limpiabotas de profesión, me dijo que quería tener amigos: «Las malas compañías lo único que quieren es enseñarme a esnifar pegamento. Yo no quiero ser "resistolero" (consumidor de una cola llamada Resistol).»

A un hermano suyo lo habían robado las bandas encargadas de secuestrar niños para abastecer el mercado de adopciones. Los secuestradores llevaban a los niños, a poder ser menores de cuatro años y de color trigueño, a las «casas de engorde» para su recuperación física, antes de venderlos por doce mil dólares a matrimonios en su mayoría procedentes de Estados Unidos.

XX
Plaza de Mayo

En Argentina, durante la dictadura militar (1976-1983), o en Chile, desde el golpe de Pinochet en 1973, no se salvaron los niños. La hermosa Buenos Aires era una ciudad hosca y fosca, agazapada, cruzada por vehículos negros todo terreno, que se llevaban con destino desconocido (o no tan desconocido) a sospechosos y disidentes, a matrimonios de izquierdas, a familias enteras con sus hijos. Doscientos sesenta y seis españoles desaparecieron bajo la dictadura militar argentina.

Mientras las terrazas de los cafés bonaerenses aparecían llenas a rebosar, ante el Palacio de Justicia veía a cientos de mujeres que hacían cola para preguntar a los magistrados por el hijo, el esposo o el novio desaparecidos. O se llegaban hasta las puertas de la Escuela de Mecánica de la Armada. Detenciones, torturas, ejecuciones. Tiraban a los presos desde los helicópteros. Los cadáveres aparecían a veces en el río de la Plata. El cuerpo de una mujer apareció con dos ratas cosidas en la vagina.

Al llamar en marzo de 1977 al timbre de las casas de tus amigos o conocidos descubrías el latido del miedo, el recelo, el sigilo, la desdicha. Se hablaba en voz baja, con evasivas. Esa es la Argentina de los generales y almirantes. Al entrevistarle en su chalet de Puerta de Hierro en Madrid, Juan Domingo Perón, derribado por un golpe militar en 1955, me pintó un futuro de rosas para su país. Allí estaba a su lado Isabel Martínez, su esposa, y quizá espiaba nuestra conversación, oculto en algún lugar de la casa, López Rega, *El Brujo.* Se decía que juntos hacían ritos necrofílicos en torno al cadáver de Eva Perón, la heroína de los descamisados. El regreso fue apoteósico: Perón volvió en 1973 y fue reelegido. «Isabel-Perón, un solo corazón», gritaban las masas. Perón murió en 1975, dejó en el poder a su viuda, Isabel, atacada por la rebelión izquierdista del ERP (Ejército Revolucionario del Pueblo) y por los «montoneros» (peronistas de izquierda). «Son buenos chicos, disciplinados, quizá idealistas en exceso», me dijo de ellos Perón. Argentina se quedó sin pulso, sacudida por cábalas y corruptelas. Quedaba el ejército del destino manifiesto.

La inflación estaba a punto de alcanzar el 100 por 100. Era el caos, la bancarrota. Decía Trotski que derribar al gobierno es tan fácil como pegarle un puñetazo a un paralítico. Nadie movió un dedo cuando en marzo de 1976 las fuerzas armadas tomaron el poder en Buenos Aires. Daba lo mismo. Isabel, la ex animadora de los cabarés de Panamá, fue a parar a la cárcel. «Señora, esto se ha terminado», le dijeron a la efímera presidenta. Así comenzaron los años de plomo. Nadie acudió para protestar a la plaza de Mayo, ante el balcón de la fachada rococó de la Casa Rosada, donde en otro tiempo Perón movilizaba a las masas. «Al principio respiramos con alivio —me decía un dirigente del poderoso sindicato peronista CGT—, pero ahora vemos que llega el miedo. Los "milicos" han venido para quedarse.» Un «orden nuevo», sin piedad, sucedió al desorden.

EN LA AGENDA. Los militares emprendieron una guerra sin cuartel contra los «subversivos». No se salvó ni el apuntador. Bastaba con que tu nombre apareciera en la agenda de un amigo o conocido de izquierdas. Las «Fuerzas Especiales», con el rostro cubierto con una capucha, llamaban a tu puerta, la derribaban a hachazos si no abrías. Obreros, médicos, abogados, profesores, estudiantes, políticos, sindicalistas fueron internados con los ojos tapados en los sótanos de los cuarteles, para ser sometidos a la «picana» (tortura por medio de electricidad) y a interminables interrogatorios. La respuesta de la policía y el ejército fue esta: «Han desaparecido voluntariamente, para cambiar de vida.» El general Videla, jefe de la Junta Militar, se encogía de hombros, lo mismo que su compañero, el aviador Agosti, y el almirante Massera, conocido como *La pantera rosa.* «El mundo que protesta, se equivoca —decía Massera—; defendemos los derechos del hombre contra los "subversivos", los corruptos, los delincuentes. Hay que extirpar las raíces morales del mal argentino.» Así empezó la caza de brujas. Al terminar la guerra de las Malvinas, pude presenciar entre la nube de gases lacrimógenos que me dejó ciego durante minutos, el final del régimen militar y de la guerra sucia. Tiempo después se supo que más de quinientos hijos e hijas de las víctimas de la Junta Militar habían sido robados por los verdugos, por los comisarios y policías del régimen. Ha sido la tragedia de los desaparecidos argentinos. En su oficina de la calle Corrientes, de Buenos Aires, las abuelas de la plaza de Mayo, decididas al rescate de esos niños, ofrecen una doble visión de los años negros. Por un lado, los padres, por otro, los hijos. Ellas emprendieron en 1977 la tarea de buscar a los hijos de los desaparecidos, sus nietos. A un lado pueden verse las fotografías amarillas de los padres. A otro, las fotos de los bebés, secuestrados por los siniestros «Patotas», grupos armados encargados de los raptos bajo la dictadura. Aquí figuran algunos de los casos:

«El 23 de diciembre de 1977, Aida Cecilia Sanz Fernández fue secuestrada en su domicilio. Casi en Navidad se la llevaron cuando estaba a punto de dar a luz. Los secuestradores se llevaron también a la madre de Cecilia, que había llegado de Uruguay para asistir al parto. Una persona liberada el 31 de mayo de 1979 informó a la familia que Cecilia había dado a luz a un bebé el 27 de diciembre de 1977, que le fue arrebatado de inmediato. Se hicieron gestiones tanto nacional como internacionalmente, pero todas fueron inútiles.»

Estela de Carlotto, madre de una desaparecida, era la presidenta de las Abuelas de Plaza de Mayo: «La mayor parte de los niños que recuperamos —dijo— estaba en manos de policías, que fueron los asesinos y los torturadores de los padres de esos niños. Los policías, que forman el estrato más bajo de los uniformados, viven en barrios populares, compran en los mismos comercios en donde compra el resto de la gente. Es muy difícil que puedan engañar. Nosotros recibimos denuncias anónimas de sus vecinos, que veían a la esposa de un policía con un bebé en el carrito y se preguntaban de dónde lo habría sacado. Pero con los militares de alta graduación es diferente. Ellos viven en búnkers, muy protegidos. Los niños van a la escuela de militares, al club de militares, sus amigos son hijos de militares... Es muy difícil conseguir información. Pero estamos seguras de que la mayoría de los pequeños desaparecidos están con esos militares. En la Escuela Mecánica de la Armada (uno de los centros de tortura, no lejos de la Casa de Gobierno) funcionó una maternidad; allí nacieron muchos hijos de secuestradas. Había una lista de marinos y militares, cuyas mujeres eran estériles, que esperaban su turno para tener un bebé; elegían al niño por el color de la piel o por el color de los ojos de su mamá. Niños que ya como adolescentes o jóvenes llaman papá a policías y almirantes.

GEMELOS. Todo comenzó cuando el juez del Tribunal de Buenos Aires, Jorge Luis Ballestero, ordenó la devolución de dos adolescentes a sus familias biológicas. Eran dos hermanos gemelos, Gonzalo y Matías, nacidos el 2 de abril de 1977. Dos días después del nacimiento fueron adoptados por Samuel y Beatriz Miara, un comisario de policía y su esposa. No los abandonó una madre indignada, al contrario, antes de desaparecer para siempre, la madre los ocultó como pudo durante diez días. Fue a finales de 1993, dieciséis años después de su desaparición, cuando los argentinos conocieron a través de la televisión la peripecia de los dos hermanos gemelos. El procedimiento era nazi: en diciembre de 1941, Hitler ordenó que se ejecutara de inmediato a los que «representaban un peligro para la seguridad de Alemania». Había que hacerlos desaparecer en la «noche y la niebla», sin que dejaran rastro. Nadie debería facilitar ningún tipo de información sobre la suerte de los desaparecidos. ¿Cuál era el objeto de esta técnica de noche y niebla? «La intimidación», respondió el general Keitel.

Las familias revolvieron cielo y tierra para dar con los niños desaparecidos. ¿Habrían muerto con sus padres? Facilitaron toda suerte de pistas, indicaciones y detalles: «La pequeña es de piel color mate, cabellos y ojos oscuros», o «tiene una pequeña mancha rosácea por encima de la ceja», o «pequeño quiste sebáceo junto a la nuca». En una ocasión, varios soldados vestidos de paisano, llegados en coches de color blanco, rodearon un piso en el que almorzaba un joven matrimonio con su hijo de tres años. Una vecina les había confiado el suyo de trece meses, mientras ella acompañaba a su hijo mayor al médico. Los intrusos no distinguieron entre hijos propios y ajenos: se llevaron a los dos. A veces, en un tiroteo, mataban a los padres y se quedaban a los niños. Las familias preguntaban por la suerte de la criatura que la detenida llevaba en su vientre. Ella desaparecía, «chupada» por los policías y soldados. ¿Y el niño?

La historia argentina de la infamia: cuerpos descompuestos, cráneos agujereados de balas, suplicios chinos, todas las torturas imaginables. Trescientas mil personas desaparecidas entre 1976 y 1983. ¿Quiénes eran Gonzalo y Matías? ¿Eran hijos de Liliana Ross, detenida cuando se encontraba embarazada de cuatro meses? ¿Quién era el comisario Miara? Un oficial de la célula antiterrorista en tiempos de la Junta Militar, un torturador, el hombre que, acusándola de subversiva, envió a Liliana a la muerte tras apoderarse de sus hijos gemelos en una celda de la cárcel de Olmos, donde dio a luz. Durante años, las abuelas de la Plaza de Mayo persiguieron a Miara por toda Argentina y más tarde en Paraguay, adonde huyó con sus «hijos». En septiembre de 1993, los gemelos le fueron entregados a la hermana de Liliana. Pero los niños se rebelaron con violencia contra su tío legal, trataron de escapar varias veces de su nuevo hogar, hasta que el juez Ballestero los entregó a una familia provisional. Fue una decisión salomónica. El caso de los gemelos dividió a la opinión pública. Argentina redescubría la memoria de los años de piedra, perdía de pronto su capacidad de olvido. Las Abuelas se fijaron una misión comprometida: dar con todos los menores desaparecidos en brazos de los asesinos, unos quinientos, y devolverlos a sus familias. Las fotografías de los niños circularon en la prensa y la televisión. Era un proceso largo y complicado, el de verificar partidas de nacimiento, de adopción, pruebas de sangre para los exámenes genéticos, movilización de jueces y tribunales. El juez Ballestero se encontraba ante un niño inocente al que debía confiarle la verdad: sus padres eran unos falsos padres: «Mi deber es el de mostrar al niño para qué sirve la ley. Le han mentido. Le han engañado sobre sus orígenes con la complicidad implícita de la sociedad. Porque tiene derecho a saber quién se equivoca y de quién es la razón. Yo debo ayudarle a que recupere su identidad en el seno de su auténtica familia.»

Las restituciones fueron por lo general dolorosas: «La restitución es un acto quirúrgico —afirmaba la psicóloga Alicia Lo Giúdice, consejera de las Abuelas—. La brusca pérdida de los referentes históricos conduce al niño a perturbaciones de despersonalización temporales, pero muy dolorosas. Se resiste a aceptar esa verdad que le da miedo, porque le proyecta hacia un universo impalpable.»

Punto final. Se rompió la ley del silencio. El Gobierno decretó la ley de punto final, indulto para los culpables, pero las Madres y las Abuelas de Plaza de Mayo no cejaban en su búsqueda y en su denuncia. Los bebés del golpe de Estado «vivieron» un psicodrama, como Gonzalo y Matías, un culebrón televisado. Gonzalo y Matías asistieron a la proyección de un documental sobre la caída del muro de Berlín. Gonzalo se sintió conmovido por la reciente historia: «Esa gente nunca se dio cuenta que había otro mundo al otro lado del muro. Todo lo que sabían era lo que el sistema comunista les contaba. Cuando por fin cayó el muro, descubrieron que el mundo era mucho más grande.» Gonzalo no cayó en la cuenta de la ironía que encerraban sus palabras: los gemelos vivieron a su vez en un muro de Berlín de la mente. Desde su nacimiento en un campo de concentración, en abril de 1977, todo a su alrededor estuvo preparado para evitar que descubrieran su verdadera identidad de hijos de desaparecidos. Porque sus documentos falsificados les daban como hijos de Samuel y Beatriz Miara. Por miedo a perder a los gemelos, los Miara construyeron en torno a los hijos robados un muro de Berlín. Para Gonzalo y Matías, Samuel Miara no fue el torturador o el muñidor de las desapariciones, sino un padre amantísimo y devoto, un patriota y un católico ejemplar. «Los chicos —decía Beatriz Miara— se han identificado tanto con nosotros que no están interesados en sus orígenes.» Pero Gonzalo y Matías tenían sus propias ideas sobre la guerra sucia: «El exterminio no es el camino legal», decía Matías. «La policía tenía que haberlo hecho de otra manera —opinaba Gonzalo—. Debía de haber guardado a los prisioneros para devolverlos a sus familias una vez terminada la guerra.»

A Elena Gallinari la devolvieron a su familia natural en 1987: «Es como si hubiera vuelto a nacer —dijo—. De pronto debía convertirme en otra persona, había vivido en una burbuja. Cuando mi abuela me dijo que tenía las mismas manos que mi madre, comprendí que había vuelto a casa. Cambié el nombre que había llevado hasta entonces, el de Nancy Viviana Madrid, por el de Elena Gallinari. En mi cuaderno escolar taché el primer nombre y escribí el segundo nombre real.»

Elena Gallinari tuvo un regreso traumático a su nuevo hogar: al día siguiente sufrió una aguda crisis nerviosa y se puso a gritar contra su madre, porque se hubiera metido en política. Después, ya con quince años, se recuperó, maduró, reflexionó: «Es duro saber que tus padres han desaparecido, me gustaría estar con mi madre. Nada tengo de ella para recordarla. Ni su voz, ni su piel, ni su olor.»

A estos niños del regreso les ocurrieron fenómenos curiosos. Laura, que volvió en 1984 a su familia biológica, al principio protestó ante el juez, pero una vez llenado el vacío emocional se puso a crecer: «Cuando llegué era baja y gordita y de pronto me puse a crecer hasta sobrepasar en estatura a mis primos.»

XIMENA. Ximena contaba dos años cuando llegó al orfanato del Estado con un cartel sobre su pecho, en el que se leía: «Soy hija de subversivos. Hoy han matado a mis padres.» Una fisioterapeuta del orfanato, Susana Siciliano, se hizo cargo de la niña.

Seis años más tarde, la abuela materna de Ximena presentó ante los jueces los papeles de su derecho a la restitución. Ganó la causa, pero la niña se negó a dejar a Susana Siciliano. Ésta organizó una dramática protesta ante los juzgados centrales y ante las cámaras de televisión. Ximena amenazó: «Me suicidaré antes de irme a vivir con esa vieja loca.» El juez Horacio Cattani decidió sobre el caso: «Ximena me tuvo en vela durante noches y noches. Yo había tenido en mis manos toda clase de asuntos, pero nunca me encontré con un caso tan difícil. Mis amigos me decían: "¿Cómo puedes sentenciar a favor de la familia original y en contra de la familia de corazón?" Ximena se fue a vivir con su abuela a Rosario, donde dicen las crónicas que es feliz desde entonces. El Tribunal Supremo falló en contra de la sentencia de Horacio Cattani. Argumentó que había sido una decisión errónea, pero no cambió el estado de las cosas. A partir de ese momento, las restituciones se hicieron más difíciles al limitar el derecho de recurso de las familias biológicas. La polémica no cesó desde entonces. «Mi opinión —declaraba la psicóloga Alicia Lo Giúdice— es que si el niño estuvo en manos de un responsable de la represión, no debe verlo. Aunque el chico quiera verlo, no hay que dejarle. Para el niño, tiene un peso decisivo la mentira. Los niños que han vivido con "apropiadores" han sentido una situación de mucha violencia psíquica, por todo lo que significa haberles robado una vida y dar por verdadera una historia que era falsa. La restitución es como volver a reacomodar las cosas. Una niña solía decir que tenía armado un rompecabezas, y que éste se había desarmado y ahora tenía que volver a armar otro. El interrogante es saber si esta violencia vivida aparecerá en la generación siguiente.»

Carla Graciela, de nueve meses, vivía con su madre, Graciela Rutilo Artes, en Oruro, Bolivia. Hasta Bolivia llegó la larga mano de los militares argentinos. Graciela madre fue secuestrada y torturada por agentes bolivianos, a los que sucedieron luego los argentinos. Mientras los verdugos torturaban a la madre, el bebé, Carla Graciela, era colgado boca abajo en la misma sala. La madre y la niña fueron llevadas en forma ilegal a Argentina. Allí se perdió la pista de Graciela Rutilo. La niña fue entregada a una familia. Pero la abuela decidió buscar a su nieta. Se unió a las Abuelas de Plaza de Mayo. Exhibió la fotografía de Carla Graciela y un día la muchacha la vio por televisión. Hoy Matilde Artes y su nieta viven en Madrid. Se calcula que fueron entre doscientos sesenta y seis y cuatrocientos los españoles desaparecidos durante la dictadura militar argentina. En septiembre de 1996 el juez de la Audiencia Nacional Baltasar Garzón dictó un auto por el que pretendía llamar a declarar a centenares de personas implicadas en la desaparición de los doscientos sesenta y seis españoles durante la «guerra sucia».

La verdad alimenta la conciencia, mientras que la mentira la intoxica. El clima familiar de mentiras y disimulos alteró y deformó la mente de la niña Ximena, distorsionó su personalidad. El juez desveló ante Ximena el secreto de su vida. No era la que ella creía que era. Rompió la trama, el tejido de mentiras en el que había vivido hasta entonces. La muchacha se encontró de pronto ante la verdad. La incredulidad alternaba con la rabia y la desesperación. Toda la construcción de certezas personales empezó a vacilar. Ximena sintió la angustia. Creía vivir una pesadilla introducida de matute en sus sueños infantiles: los padres eran unos usurpadores. La pesadilla invadió la realidad. Ante el peso de las revelaciones del juez, Ximena duda, llora, desorientada. No sabe quién es, no sabe quiénes son sus auténticos padres. No sabe a quién creer: deberá construirse una identidad verdadera en la adolescencia, una nueva verdad personal. Ximena pasó la prueba.

Yunque y martillo. La matanza de El Mozote por el ejército salvadoreño, en 1981, ilustra el calvario de los niños centroamericanos. En noviembre de 1992, cien esqueletos de niños fueron exhumados en El Mozote. En este lugar murieron un millar de campesinos a tiros de los soldados, en el curso de la operación militar «Yunque y Martillo». Fue entre el 8 y el 16 de diciembre de 1981. El brutal asesinato en masa se debió a la sospecha, infundada, de que los campesinos de El Mozote apoyaban a la guerrilla del Frente Farabundo Martí de Liberación Nacional. Solo sobrevivió Rufina Amaya, que, oculta bajo las ramas de un manzano, vio morir a toda su familia, a todos sus vecinos, a todo el pueblo: «Entraron el 10 de diciembre por la tarde, sacaron a la gente de sus casas y los tendieron en la calle boca abajo. Allí estaban apelotonados mujeres, hombres y niños. En esa posición los soldados los interrogaban, querían saber si en el lugar había guerrilla. A las ocho —recordaba Rufina— nos volvieron a levantar y nos encerraron en diferentes casas. Los niños lloraban de hambre, porque no teníamos nada que darles de comer. El día 11, a las cuatro de la mañana, nos volvieron a sacar de las casas y nos pusieron en fila frente a la ermita. Dos filas hicimos, una de hombres y otra de mujeres y niños. En ese momento llegó el helicóptero.»

Y en el helicóptero viajaba el teniente coronel Domingo Monterrosa Barrios, comandante jefe del batallón Atlacatl, de siniestra memoria, entrenado en la contrainsurgencia por militares norteamericanos.

«Así que se fue el helicóptero —continuaba Rufina su relato— entraron a amedrentarnos con cuchillos puestos en los pescuezos de los niños. Los hombres daban voces en la iglesia. Me subí a un banco de la casa. La puerta de la iglesia estaba abierta y vi a los hombres maniatados y con los ojos vendados. Ellos pasaban por encima del montón de los hombres y les daban culatazos con los fusiles, oíamos los gritos de los hombres. Vimos que sacaban a tres y los degollaban con los machetes. Cuando vi que mataban al papá de los niños, me puse a llorar en el banco. Comprendí que los iban a matar a todos.

»La matanza de las mujeres comenzó a mediodía: Primero sacaban a las jóvenes y las violaban. A mí me quitaron los niños de los brazos. Ahí había un montón de niños chiquititos, recién nacidos, llorando en el quicio de la casa. Yo, por no entregar a la niña de pecho, me quedé la última de la fila. Vinieron dos soldados y me aventaron a la niña donde los mayorcitos. Las mujeres gritaban que no los mataran. Yo lo que hice fue arrodillarme en la tierra y pedirle a Dios. Gateando me metí detrás de una ramita y los soldados, por la tribulación de las otras, no me vieron. Cuando mataron a los adultos, solo quedaban los niños.»

El gobierno salvadoreño sostuvo que El Mozote fue el resultado de un choque armado con la guerrilla, pero Rufina, que perdió cuatro hijos ese día, uno de ellos de tan solo ocho meses, lo vio todo: «Sobre las siete de la noche dijeron: "Ya se terminaron los adultos, solo quedan los cabrones de ahí", refiriéndose a los niños. Uno de los soldados, le dijo al otro: "Hay niños bien bonitos ahí, pobrecillos", y el otro le respondió: "¿Pero es que no sabes la orden que traemos? El operativo es de tierra arrasada, solo nos falta pasar el rastrillo." Entonces mataron a los niños a balazos y prendieron fuego adonde estaban muertos. Pasaron unos soldados con candelas encendidas, pero en el fuego lloraba un niño y uno de ellos dijo: "Matad a ese cabrón, está llorando, matadlo." Y fueron los soldados y ya no se oyó llorar al niño.»

Rufina Amaya se escondió en el monte, vagó por las quebradas durante un mes y pasó el resto de la guerra en un campamento de refugiados en Honduras. En 1990 volvió a Segundos Montes, cerca de El Mozote. El llanto de su nieto, dice, le recuerda al de los niños de El Mozote. «Los niños gritaban: "papá, los están matando". Yo pensé "Dios mío, dame valor para contarlo".»

Llegó la hora del adiós a las armas, después de setenta y cinco mil muertos y cientos de miles de heridos en El Salvador. Sin embargo, esas mismas armas les servían de herramientas de trabajo a grupos de delincuentes que roban, asaltan, secuestran y saquean. Queda en pie la miseria, la marginación. Sobran las armas. En las zonas fronterizas de Honduras, Nicaragua y El Salvador, se puede comprar un Kaláshnikov por tres mil pesetas. Siete de cada diez centroamericanos viven en la pobreza. En Guatemala, después de treinta y seis años de guerra, se cometen entre ocho y diez asesinatos diarios, veinte robos de vehículos, incontables atracos. Dos campesinos, Roberto Girón y Pedro Castillo, fueron condenados a muerte y fusilados por la violación y asesinato de una niña indígena en 1993. El alto índice de criminalidad de las bandas mafiosas, los guerrilleros armados y desmovilizados, los salteadores de caminos, ponen en peligro los procesos de pacificación y reconstrucción. Algunos de los niños secuestrados en El Salvador durante la guerra civil volvieron a sus hogares destruidos. Regresaron también los refugiados, poco a poco, y los niños que hicieron la guerra. Era llegado el tiempo de los «mea culpa» —dice el Eclesiastés que hay un tiempo para callar y un tiempo para hablar—. «Fue un error reclutar a los niños —dijo Chano Guevara, tras firmarse la paz en México, en enero de 1992—, pero por desgracia así es la guerra. Yo dirigí las operaciones en el Cerro de Guazapa, a veinte kilómetros de El Salvador; fue duro ver a los niños en nuestras filas, como lo fue verlos reclutados por las fuerzas armadas.»

Algunos de los niños combatientes con los rebeldes empuñaron por última vez sus armas para disparar al aire en el desfile militar en memoria de los guerrilleros y los civiles muertos desde que la guerra comenzó, casi doce años. «¡Que viva la paz!», exclamó Norma, de quince años, dos de los cuales los pasó al lado del FMLN, después de vaciar el cargador de su AK-47 «¿Qué harás ahora?», le preguntaron a Luis, un guerrillero de doce años, cuando entregaba la metralleta de asalto. «Quiero irme a casa», dijo lacónicamente.

XXI
El dilema de Said Ferdi

La fotografía del cadáver de Fátima Godbane, de quince años, con el cuello cortado, el rostro lleno de cuchilladas, el 14 de marzo de 1995 fue portada de los periódicos argelinos. Argelia sangra. Los diarios publicaban el relato del calvario de esa colegiala, secuestrada por seis islamistas y asesinada ante un centro docente en Ued Djer, a cuarenta kilómetros al sur de Argel. La terrible historia de este crimen, llevado a cabo por los integristas del Grupo Armado Islámico, se conoció un día antes de que otras tres mujeres fueran asesinadas por islamistas en Argelia. El GIA, el más radical de los movimientos integristas, quiso secuestrar al joven Homed Khaled Kermi para integrarlo a la fuerza en el maquis. Su madre resultó herida cuando intentó defender a sus dos hijos, que fueron degollados en su presencia.

El lunes 13 de marzo de 1995, por la mañana, un comando de seis hombres, con fusiles de cañones recortados, hachas y puñales, con el rostro descubierto, irrumpió en la clase de Fátima Godbane. Se lanzaron sobre ella, le arrancaron la bufanda, le desgarraron el «hiyab» (velo islámico), que solo usaba desde hacía quince días. Los pistoleros arrastraron a su víctima a diez metros de la escuela. Uno de los hombres ató las manos de Fátima a la espalda, con un cable metálico. Otro tiró de su cabeza hacia atrás.

Después le tronzó el cuello y le asestó varias puñaladas en el rostro. Sobre la mano de la adolescente dibujaron a pluma el símbolo del GIA, antes de arrojar su cadáver a la puerta del colegio y huir en coche. El GIA prohibió, en 1994, la enseñanza superior y secundaria.

Nadie se libra de la furia asesina de los militantes radicales del islam, ni de las represalias de las fuerzas armadas argelinas que en 1992 escamotearon al FIS (Frente Islámico de Salvación) el triunfo electoral en la segunda vuelta de las elecciones. Han matado a músicos, jueces, deportistas y niños. Así hasta cuarenta o cincuenta mil asesinatos en pocos años.

«Nadie está a salvo —me decía un médico en Argel—. Nunca sabes si te va a tocar a ti mañana. Vivimos amenazados, de prestado. Los tranquilizantes se han agotado en las farmacias. Mi hija de siete años me pregunta por qué matan a la gente. Cuando escucha las noticias, pregunta: "¿A quién han matado hoy, mamá?" Casi todo está prohibido en el código de los comandos islamistas: la música extranjera, el servicio militar, las antenas parabólicas, el alcohol, los extranjeros, el idioma francés, las discotecas, el lápiz de labios, llevar pantalones, el rostro de la mujer descubierto o la mirada impúdica. ¿Cómo se decide que una mirada es impúdica?» Desde mi hotel, el viejo Aleti de los corresponsales de la guerra de independencia, situado en plena zona de influencia del FIS, escuchaba por la noche los intercambios de disparos entre los comandos integristas y las fuerzas del orden. Antes del amanecer, recogían los cadáveres. «No hay noche por larga que sea que no encuentre el día» (Shakespeare en *Macbeth).*

Otra generación perdida. El 50 por 100 de la población argelina tiene menos de dieciocho años. Argelia dobla el número de habitantes cada treinta y dos años. En 1988 tomé el avión que enlaza Alicante con Orán. Había estallado la revuelta popular a media hora de vuelo desde la capital alicantina. En Orán, pude comprobar las consecuencias de los disturbios: edificios incendiados, tiendas saqueadas, carros de combate en calles y plazas. Los niños y adolescentes tomaron parte en la «intifada» argelina. Era otra generación perdida, con muy pocas salidas al margen del «trebendismo» (contrabando) o el «hitismo» (del árabe «hit», muro), poner la espalda contra la pared y las manos en los bolsillos. El paro, el aumento de los precios, la crisis económica, la imparable corrupción oficial fueron el caldo de cultivo para el nacimiento del FIS. Los jóvenes buscaban una salida en la mezquita y entre los predicadores. Solo les quedaba el Corán y la acera. En los pisos de las ciudades viven hacinadas docenas de personas. No hay sitio, no hay viviendas. En octubre de 1988, la juventud se sintió harta, frustrada, sin perspectivas de encontrar trabajo, subproletarizada. En Argel, la ciudad blanca «con la arquitectura de Cannes pero la atmósfera de Aberdeen», hermosa, escuálida, cochambrosa y triste, los jóvenes lo invadían todo: calzada, cafetines, mezquitas, plazas, campos de fútbol... Su único desahogo eran las evoluciones de Maradona por televisión. Riad el Feth, el parque de la Victoria, era la meca de la juventud dorada argelina, de los hijos de papá, de los altos funcionarios y los corruptos advenedizos que se labraron una fortuna a la sombra del régimen del partido único, el FLN. Eran ciento cuarenta y seis hectáreas de modernidad, mientras que la *casbah,* la alcazaba, se caía a pedazos. Argel fue concebida para albergar a ochocientas mil personas. En octubre de 1988, mes de los disturbios, contaba con tres millones. La explicación me la dio un colega argelino: «El presidente Chadli quería, al construir esta ciudad para los jóvenes, con videoclips, *flippers,* cines o restaurantes de comida rápida, arrebatárselos a los centros de captación del islamismo. Pues bien, lo primero que los jóvenes airados argelinos asaltaron fue esa imagen de marca del régimen, Riad el Feth. Los adolescentes y los jóvenes atacaron los símbolos del consumo y el lujo. El parque era un barco anclado en los altos de Argel, en un crucero perpetuo hacia la sociedad de consumo. Había lujosas joyerías y tiendas de ropa de noche, ciento cincuenta comercios, pero el salario medio apenas si superaba las veinte mil pesetas al mes. Un kilo de carne costaba dos mil quinientas pesetas. En Orán, por cinco litros de agua se pagaban seis dinares. Cuando llegué a Riad el Feth, limpiaban los vidrios rotos de los cuarenta restaurantes saqueados. Los "chi chis", que así llamaban a los niños bien, frente a los "bojis", los pobres, pusieron a buen recaudo sus Kawasakis que hacían petardear por las colas de serpiente que son las calles de Argel. El símbolo de la modernización estuvo a punto de arder en la pira, el auto de fe de los jóvenes y adolescentes desencantados. Para evitar el abrazo del oso de la miseria y el miedo, muchos de los jóvenes argelinos se pasaron a los grupos armados. Los comandos islamistas dinamitaron más de setecientas cincuenta escuelas a principios de 1995, no solo porque enseñaban asignaturas contrarias al islam, sino como protesta contra un sistema que les había excluido demasiado pronto. Para los niños, que no habían leído a Frantz Fanon, médico antillano que vivió en Argelia, teórico de la violencia liberadora en las naciones oprimidas, los adolescentes, los jóvenes la violencia era una tentación. Para otros, lo era la salida del infierno, pero ya no concedían visados para Francia, la tierra prometida de antaño. Los niños vendían cigarrillos de tabaco americano comprados a los marinos españoles a o los tripulantes del barco que une Argel con Marsella. Los vendedores de tabaco argelino están bajo amenaza porque contribuyen al esfuerzo de guerra del régimen: sus beneficios van a parar a las arcas del Estado. En cambio, los cigarrillos de contrabando pueden venderse sin problemas. Comprar los periódicos en lengua francesa también entraña sus riesgos.»

Brutalidad, represión, guerra santa. Hay barrios de los que han desaparecido los jóvenes, los adolescentes: o se han ido con los grupos armados o se los ha llevado el ejército.

«Si pudiera, me iría a nado hasta Francia o España —me decía Brahim, de quince años—. El otro día cortaron la cabeza a dos niñas y las dejaron en una encrucijada. Te cortan en pedazos como si fueras un cordero. Todos tenemos miedo. Las familias también están alteradas. Hay gente que duerme en sitios distintos, que se queda en casa para evitar las balas perdidas y los asaltos, vengan de donde vengan. Desconfían unos de otros. En fin, que estoy desmoralizado. Nada me interesa, es como si no existiera. Me limito a comer y beber. No sé adónde ir ni qué hacer. Desde que me levanto por la mañana, voy al café y allí me quedo todo el día mirando a las musarañas.»

Quedan los grupos armados. Críos de doce, catorce, dieciséis años se han convertido en actores político-militares tradicionales de la sociedad argelina: en «muyahidines», combatientes de la fe. Entre los quince y los veinticinco años, un argelino de cada dos está en el paro. «¿Para qué ir al colegio?», se preguntaba Brahim.

En las calles de Belcour o el barrio de Messonier, los niños, los adolescentes venden vaqueros, cuchillas de afeitar, radiocasetes de contrabando, para patrones que conducen Mercedes, llevan gafas Ray Ban o visten ropa de Cerrutti. La escuela de estos niños no es otra que la «huma», el barrio, el toque de queda, el mercado negro, las asociaciones islámicas, las casetes con prédicas de moral y combate, las mezquitas. El sentimiento de injusticia y abandono, la represión de los militares se ha traducido en cólera. Otros se han quedado en tierra de nadie, entre un régimen corrompido y el proyecto de una sociedad islámica demagógica, restrictiva y autoritaria.

Hubo en el pasado quienes quedaron atrapados entre dos fuegos, el de los colonizadores franceses y el de los «muyahidin», los combatientes por la independencia. «Todo se desvanece, salvo el recuerdo», escribió un argelino de madre española, Albert Camus.

SIN CUARTEL. Uno de los libros más desgarradores que he leído sobre ese período es el de Said Ferdi *Un niño en la guerra*. Detenido por una patrulla francesa cuando solo tenía trece años, fue torturado y obligado a colaborar con el ejército francés. Ya se sabe que con un niño se puede hacer lo que se quiera. En esa guerra de independencia, que duró siete años, murieron un millón de argelinos. Fue sin cuartel. Y sus efectos llegan hasta nuestros días. Y vi a los *pieds noirs,* los franceses nacidos en Argelia, apiñados en el puerto de Marsella, con sus maletas atadas con cordel. Un refugiado desembarcaba con un cachorro de dogo en una cesta: También éste es un *pied noir,* tiene un par de meses y se llama *Éxodo*», me dijo. Se vieron obligados a elegir entre el ataúd y la maleta. El libro de Ferdi, es un alegato contra la violencia. Said Ferdi duda entre pasarse a la rebelión o colaborar con los franceses. Es un niño desorientado, extraviado: sin comprender demasiado ni cómo ni por qué, se convierte en delator. Francia lo arrastra en su derrota, «despreciado por los vencedores y olvidado por los franceses», como escribe en el prólogo el novelista de origen español Michel del Castillo. «Nací en 1944, en un pueblo cercano al Aures. Mi familia era pobre y numerosa, catorce hermanos. Mi padre trabajaba de bracero agrícola en la finca de unos latifundistas. Un trabajo muy duro, pues los aperos de labranza eran muy rudimentarios, pero le gustaba trabajar y tenía la firme voluntad de salir adelante —escribe Said Ferdi—. Los "maleantes", como llamaban los colonos franceses a los independentistas, se rebelaron en 1944. Argelia se incendió de punta a punta.»

El niño Said Ferdi colaboró al principio con el comisario político de los insurrectos, escondido en el pueblo. Dos hermanos de Ferdi se han echado al monte con la guerrilla antifrancesa. «El comisario —escribe— me utilizaba a veces para llevar mensajes a su familia o a otras casas. Mi corta edad hacía que pasara inadvertido y me recorría el pueblo de un lado a otro, llevando mensajes.» Un día el comisario se reunió con el padre de Ferdi. Tras un penoso silencio, dijo: «Se acabó, todos los "yunuds" (combatientes del ELN, Ejército de Liberación Nacional) que había en la montaña han sido aniquilados, y tu hermano también.» El sobre que le entregó el comisario contenía doscientos francos. «Pero ¿podía acaso consolarse, con doscientos francos, a una familia que acababa de perder un hijo? La casa se volvió triste y temíamos que mi hermano mayor pudiera correr la misma suerte.» El hermano mayor llegó una noche, sentó a Siad en sus rodillas y le contó sus aventuras, las escaramuzas con el ejército francés. «Nos confesó que antes de incorporarse a la guerrilla era necesario prestar juramento sobre el Corán, no traicionar jamás, combatir hasta la muerte e incluso matar al padre y a la madre si la causa revolucionaria así lo exigiera.» Said le interrumpe y pregunta a su hermano si ejecutaría esa orden de matar a sus padres, si se lo ordenaran:

—¿Por qué lo preguntas? Eso no sucederá nunca.

—Y si sucede, ¿lo harías?

—Sí —contestó sin dudar un segundo.

Said se quedó mudo durante un rato, dejó de juguetear con su hermano. Luego, a la hora de partir, el guerrillero cogió en brazos a Said y con lágrimas le murmuró al oído: «Hasta la vista o, tal vez, hasta nunca.»

CANTOS PATRIÓTICOS. Said Ferdi se convirtió en un mensajero de los rebeldes hasta que los militares franceses descubrieron en su macuto un libro de cantos patrióticos impreso en Egipto. Fue su perdición. El niño argelino fue conducido a un patio rodeado de celdas y a una sala más grande en cuyo centro había una mesa de hierro con correas.

—No sé nada —dijo asustado.

—Será mejor que hables, si no quieres que te torturen —le aconsejó el intérprete—. Hablarás a la fuerza.

—¿Hablar de qué? No conozco a nadie.

El suboficial empezó a golpearle la cabeza con un bastón. «Los golpes se hicieron cada vez más fuertes, hasta que empecé a chorrear sangre. Entonces me golpeó más fuerte aún. La paliza duró dos horas. El intérprete me dio dos patadas y me ordenó que me desnudara. Yo permanecí inmóvil. Me colocaron desnudo sobre la mesa, atándome con correas por las extremidades y la cintura. No querían creer que no supiera nada teniendo dos hermanos en la guerrilla. El suboficial se puso al lado de una caja de la que salían dos cables y una manivela. Me enrolló el extremo de uno de los cables en el pene y, manteniendo el extremo del otro apoyado en una de mis orejas, dio unas cuantas vueltas a la manivela. El dolor fue tal que parecía que iba a ahogarme. Di un grito horrible. Durante cada interrupción, volvían a interrogarme. Como yo no respondía, comenzaba de nuevo. Desde entonces, incluso muchos años después, cada vez que recordaba aquellos momentos me entraban temblores por todo el cuerpo. La sesión fue interrumpida al cabo de veinte minutos por la llegada de un hombre tocado con un quepis, que se dirigió al suboficial. Aunque no comprendía sus palabras, me di cuenta de que aquel hombre protestaba por el trato que me estaban dando. Él mismo me soltó y me condujo a las cocinas. Tenía la cara ensangrentada y me temblaba todo el cuerpo. En la cocina me lavé y me ofreció algo de comer, pero no pude probar bocado. Entonces me llevó a su despacho, y comprendí que me encontraba en presencia del capitán que estaba al mando del cuartel.»

Said se quedó en el cuartel, secuestrado. «Te tendremos aquí para protegerte del FLN —le dijo el capitán—, pues se llevan a todos los chicos de tu edad para enviarlos a Túnez o para meterlos en la guerrilla.» Su padre, que le daba por desaparecido, dio al fin con él. «Nada más entrar se quedó paralizado por el estupor al encontrarme en aquel estado. Durante los diez minutos que nos concedieron bajo la vigilancia del intérprete, apenas si intercambiamos algunas palabras. La emoción nos ponía un nudo en la garganta. Nuestra verdadera comunicación estaba en la mirada.»

Said Ferdi acompañó a los franceses en sus asaltos a las aldeas, a pie, en helicópteros, vio cuerpos destrozados, quemados por el napalm. «Aquel primer espectáculo me hizo vomitar durante todo el día. Dije al capitán que había comido algo que no me sentó bien. Yo estaba anonadado ante el espectáculo de los soldados, que se abalanzaban sobre los cadáveres para arrancarles todo lo que poseían, anillos, relojes, carteras, gorras y botas (cuando las llevaban). Más indignante todavía era que, a veces, destripaban los cuerpos con sus bayonetas. En los cuerpos quemados, reblandecidos por el napalm, hincaban palos. Las matanzas me afectaron incluso más que las sesiones de tortura a las que me sometieron. Un niño gritaba mientras sostenía la cabeza de uno de los degollados: era su padre. En ambos lados se cometían crímenes horribles. Volví a sufrir pesadillas y temblores.»

NO SÉ QUIÉN SOY. Este fue el escenario de tragedia en el que se movió durante años el niño Said Ferdi. Una operación detrás de otra en los «aduares», las aldeas, y en las crestas de las montañas. Pero el horror de la situación, cientos y cientos de muertos, de uno y otro lado, lo refleja mejor que las cifras una anécdota de la que Said fue testigo. «Un soldado de la segunda sección divisó un cuerpo que aún se movía y sin dudarlo le disparó una ráfaga con su PM. Se acercó al cadáver para recuperar el arma y descubrió que el que agonizaba era su padre. El soldado perdió en aquel mismo instante la razón. Obligó a sus camaradas a que le desarmaran y sujetaran para impedir que cometiera una locura. Fue evacuado en helicóptero a un hospital y dado de alta dos meses más tarde, cuando pareció volver a su ser. A los pocos días desertó y murió en una escaramuza combatiendo al lado de los "fels" (del árabe "fellagh", bandido, nombre con el que los franceses designaban a los guerrilleros y, en general, a los simpatizantes del Frente de Liberación Nacional). Sin la menor posibilidad de elección, el padre se alineó con los "fels" y el hijo, hecho prisionero por los franceses, no tuvo otro remedio que alistarse con ellos. Enfrentados el uno al otro, en contra de su voluntad, ambos terminarían encontrándose con la muerte.»

El niño lo presencia todo, torturas, incendios de aldeas enteras, ametrallamiento de inocentes. «Ya no sé quién soy —dirá Said—. Soy prisionero de los franceses y estoy condenado a muerte por los "fels" ¿Qué puedo hacer para salir de este mal paso que me ha reservado el destino?» Nada. Said no podrá hacer nada.

La noticia estalló como una bomba durante la mañana del 19 de marzo de 1962. La inquietud se adueña de los soldados: «El alto al fuego ha entrado en vigor esta mañana —les informó el capitán—. Por tanto, ya no saldremos de operaciones. Para nosotros, la guerra ha terminado.»

Said volverá a su pueblo para conseguir un acta de nacimiento falsificada, que le permitirá firmar el alistamiento y pasar a

Francia como soldado. «El capitán, el subteniente y yo entramos en el despacho del alcalde de mi pueblo y fue entonces cuando oí la primera vez que llamaban "señor" a un civil árabe. El subteniente, al dirigirse al alcalde, le dijo: "Buenos días, señor alcalde", y le explicó el objeto de nuestra visita: se trataba de adelantar cuarenta y dos días la fecha de mi nacimiento. El alcalde respondió que no, en tono autoritario. Nos acompañaron educadamente hasta la salida, sin que sirviera de nada la intervención del capitán. Faltó muy poco para que estallara un incidente. Por primera vez, era un civil el que hacía la ley.»

Said atraviesa su pueblo. «Yo, que casi siempre permanecía con la cabeza baja y no osaba mirar de frente a nadie, me puse firme, mirando las calles, las casas, la gente...; fijando en mi memoria por última vez mi pueblo, con el que tanto había soñado. Al pasar, vi la escuela en la que recibí mis primeras lecciones. Reconocí a muchas personas, sobre todo a mis compañeros de clase. Pasaba por allí y no sabía cómo decir adiós a mi infancia, a tantas cosas tan importantes para mí. Sentía una alegría inmensa, una satisfacción profunda al contemplar a toda aquella gente feliz por la independencia, a la vez que una inmensa tristeza, el pesar y la pena de tener que abandonar mi pueblo para siempre. Aquel día de abril me pareció que la vida se detenía a la salida de mi pueblo.

»El 26 de abril, los franceses destruyeron por completo el cuartel, todas las instalaciones, el tendido eléctrico, las baldosas, los lavabos, las duchas. Said, hacinado en la caja de un camión militar camino del exilio, atravesó una Argelia en ruinas. Alegría popular por un lado, por el fin de la guerra y la llegada de la independencia, y rostros graves por otro, los de aquellos que perdieron un padre, un hermano, un hijo o un pariente cercano. Entramos en la ciudad de Bona al anochecer. Al cruzar la ciudad, sus habitantes, adivinando nuestro destino, no dejaron de hacernos cortes de manga durante todo el recorrido. Los soldados argelinos que cumplían el servicio militar en Francia acababan de ser repatriados en el mismo barco que nosotros debíamos coger. Nada más bajar a tierra, comenzaron a insultarnos, tratándonos de traidores y vendidos. Estalló una verdadera batalla campal entre "buenos" y "malos". Al fin pudimos embarcar.»

Said dice adiós a su tierra. Se dirige hacia el puente de popa y desde allí mirará hacia Bona, la ciudad de las paredes blancas y los ladrillos rojos. «Al contemplar por primera vez el mar, con todo lo que había soñado con él y con los barcos, debía haberme maravillado, sorprendido, pero nada me interesaba tanto como aquella tierra, aquel paisaje que abandonaba para siempre. Tenía la edad de los sueños, las esperanzas y los proyectos, pero solo había conocido pesadillas, desesperación y desaliento. Mientras los otros chicos de mi edad aprendían y evolucionaban, yo solo había conocido el horror. No me enseñaron más que el odio y el manejo de las armas. Mientras que ellos aprendían un oficio y contribuían a mejorar el bienestar general, a mí me enseñaron a destruirlo todo y a robar a mis semejantes. Mientras ellos podían elegir según sus posibilidades y sus gustos, yo tenía que soportar toda clase de humillaciones, sin que nadie se preocupase jamás de mis ideas o de mis puntos de vista. Durante esa fase de la vida en la que todos los sueños pueden realizarse y todos los proyectos parecen posibles, mi único anhelo era la paz, pero incluso cuando ésta llegó seguí dolorosamente marcado por aquellos años de "aprendizaje". Había suspendido el "examen final". Nunca acepté del todo esos conocimientos y, a pesar de mis esfuerzos por olvidar, sufro más que nunca, y me doy cuenta de que me faltan y me faltarán siempre los años más felices de mi vida, que me fueron robados por los hombres.»

Hacia las siete de la tarde, levó anclas el barco que llevaba a Said a Francia. «Poco a poco, fue adquiriendo velocidad el crucero y las luces desaparecieron una a una, mientras me internaba en el Mediterráneo, en el que mi alma y mi espíritu se han quedado para siempre.»

XXII
Esclavas sexuales

¿Una niña de doce años? ¿Una hermanita llena de amor? ¿Una virgen de nueve años?» Estas ofertas las hemos escuchado en esos o parecidos términos en todos los lugares del mundo, pero sobre todo en Asia. Después de vivir durante un tiempo en la India, tomé el avión hacia la capital de Birmania, Rangún, y luego hacia Bangkok. Eran mediados de los sesenta. Ese paso de la India empobrecida al país de la sonrisa, de la polvorienta miseria de las masas indias al verdor tailandés fue recibido con alivio por mis neuronas y mi organismo. Necesitaba un cambio de aires. Siento el impulso de salir en estampida de la India y luego el deseo irresistible de volver a ella. Bangkok, la «ciudad de los ángeles», se me apareció distinta en su exotismo, atractiva y jovial. Por aquella época inauguraban los viajes organizados con la inmersión en los templos de los budas dorados, en la sonrisa tai, en los pintorescos canales y en los talleres de seda de Jim Thompson. Pero había algo más, cincuenta mil soldados norteamericanos acantonados en las bases y otras decenas de miles que elegían Tailandia para su RR (descanso y recuperación). Por eso, y por los turistas deseosos de novedades, el Bangkok de las orquídeas y los budas de esmeralda despegó hacia los prostíbulos y la degradación de costumbres.

Cuando llegué a la capital tailandesa en 1966 un portavoz de la policía acababa de hacer pública la estadística de los lugares de placer que, para escándalo de los monjes budistas, superaba por primera vez el número de los templos. Bangkok contaba con doscientos doce establecimientos servidos por camareras especializadas, a los que había que añadir diecisiete salones de baile, ochenta salones con cabinas de masaje, cuarenta y ocho «baños turcos», veintidós «casas de té» bajo la luna de agosto y un número desconocido de casas de citas. Todo Bangkok se convirtió en una cabina de masaje. Esa estadística era engañosa porque el número de los establecimientos de placer y diversión era muy superior: operaban al margen de la ley para no pagar impuestos. La sonrisa, el pintoresquismo, la imagen del paraíso perdido vendida por las agencias de viajes ocultaban, sin embargo, una amarga realidad, la represión, la explotación y la pobreza. Las denuncias sobre el lucrativo tráfico de niños vendidos a los salones de masaje y a empresas ilegales, los *sweat shops* (literalmente «tiendas de sudor») se sucedían un año tras otro a medida que Bangkok se convertía en el destino elegido por millones de turistas ansiosos de emociones nuevas. El soldado y el turismo sexual pervierten a estas naciones asiáticas atenazadas por la corrupción. Ya he contado la llegada a la estación de Bangkok de los niños procedentes de las aldeas pobres del nordeste. Un enviado de la organización británica Grupo para la Defensa de las Minorías pudo comprar (y liberar) a dos niños por la ridícula cantidad de 700 baths. Cada año, a lo largo de los setenta y los ochenta, cien mil menores empujados por el éxodo rural llegaban al mercado de la carne y la esclavitud de Bangkok. El niño es siempre más barato. En 1966 varios incendios provocados afectaron a los cinturones de la miseria: los especuladores inmobiliarios necesitaban espacio para sus negocios. ¿Es la criminalidad el indicador de la salud de una sociedad? En 1979, el número de los homicidios se elevó a doce mil, el índice más alto de Asia.

Cocodrilos. La playa de Pataya se convirtió, junto con la calle Patpong, de la capital, en la nefanda metáfora de este tráfago de pederastas y pedófilos llegados de Australia, Europa, América o el Japón. Eran los «cocodrilos», de raza blanca en su mayoría. A doscientos kilómetros de Bangkok, la playa de Pataya era su punto de cita. El primer contacto, el encuentro del pederasta blanco y el niño tailandés, se producía en alguno de los bares, como el Sirena. Los gruesos ventiladores de aspas trataban en vano de expulsar un calor húmedo. Bastaba con observar un poco para descubrir el procedimiento: el turista occidental elegía a su niño y cerraba el negocio con el patrón. Después, con aire de falsa indiferencia, se dirigía por la calle de la Playa hacia los apartamentos Bambú. La habitación ya estaba alquilada. Tras los pasos del «cocodrilo», el niño entraba en el apartamento convenido. Media hora después, descendía para volver a las mesas de exhibición y contratación del bar Sirena.

Pataya era un inmenso burdel, ruidoso, deteriorado y en ocasiones violento, de drogas y alcohol, pero sobre todo de sexo barato para muchos de los cinco millones de turistas que desembarcaban cada año. Siete de cada diez turistas eran hombres solos, en procura de una mujer, un joven o un niño. Lo primero que hacían los pederastas (que practican la homosexualidad con niños) era tomar el autobús hacia Pataya con sus flotantes camisas hawaianas, sus tatuajes o sus cadenas de oro en torno al cuello. Los había discretos. Eran ingenieros o banqueros, profesores o enfermeros de cuarenta a setenta años procedentes de Alemania, de Estados Unidos, de Francia, Australia o España. cinco mil menores se prostituyen en España. «Una cifra corta, porque es difícil hacer un censo por el pudor social», asegura la secretaria general de Asuntos Sociales, Amalia Gómez. Los niños tailandeses acertaron con el nombre. Los llamaron «cocodrilos». En la playa, en los tugurios, en los bares, en los restaurantes de apestosa comida, en las sórdidas discotecas, podíamos ver a niñas y niños haciendo manitas con los «cocodrilos», sentados en sus piernas bebiendo whisky o fumando del tabaco de sus clientes. Había un cuadrilátero de boxeo tai, billares, baterías de máquinas tragaperras. La libertad era completa, la vigilancia nula, porque los dueños del negocio de la pedofilia (decantación sexual por los niños) «untaban» a los policías. Bastaba con entrar en el bar Sirena, elegir al niño y llevárselo al apartamento o al bungaló. Las organizaciones humanitarias como Unicef, Médicos sin Fronteras y otras han reunido una impresionante documentación sobre esta playa maldita que tanto daño ha hecho a la imagen de Tailandia. Los hombres y mujeres, preocupados por la suerte de los pequeños, han roto el silencio y el tabú de estos centros de explotación para denunciar con valentía a los responsables de tan sucios negocios. La mafia china es poderosa y está bien conectada: hay que andarse con pies de plomo. Lo que allí han descubierto supera todo lo conocido: críos comprados como esclavos, niñas de pocos años enfermas de sida, golpeadas, con hematomas, con la piel y la frente quemadas con cigarrillos, niños drogados o alcoholizados a los nueve o diez años: o trataron de escapar o no hicieron bien su trabajo o fueron víctimas del sadismo del cliente. Para eso pagan. Hay países pobres que han hecho la vista gorda para atraer turistas. Las buenas comunicaciones y el Internet benefician a los pedófilos.

En algunos hoteles de Bangkok, como el Suriwong, el «cocodrilo» sube con toda discreción desde el estacionamiento hasta el cuarto. Si alguna persona denuncia este tráfico, como la francesa

Marie-France Botte, será asaltada en un callejón cercano al hotel por guardaespaldas de la mafia, que la molerán a golpes. Es el primer aviso. Al volver a su casa desde el hospital todavía no recuperada de la paliza descubrirá las paredes con inscripciones y amenazas: «Te espera la muerte.» El teléfono no deja de sonar. Lo descuelga y escucha palabras obscenas, voces roncas y aguardentosas copiadas de las películas. Cada burdel pagaba veinte mil baths a la policía para que hiciera la vista gorda: pasan de ocho a diez mil clientes diarios que dejan menos de cincuenta pesetas para el niño o la niña. «Hay cuatrocientos mil seropositivos en nuestro país —le ha dicho un ministro del gobierno tailandés al reportero Jean-Paul Mari, autor junto con su mujer, Marie-France, de un libro sobre la prostitución infantil en Asia—. Eso significa millones de muertos para el año 2000.» Entre ciento cincuenta mil y doscientos cincuenta mil niños y niñas prostitutas hay en Tailandia. Los dueños de agencias de viaje, sin escrúpulos, han visto una mina en el turismo sexual. En la guía alemana *Spartacus* para homosexuales podía leerse: «Manila, el último paraíso del mundo para homosexuales y pedófilos.» En sus páginas figuran todos los detalles: los bares de citas, los apartamentos, los consejos necesarios, la calidad de los niños o niñas. El turismo sexual no era un delito en los años ochenta pese a que en 1989 (Declaración de los Derechos del Niño), ciento sesenta y cuatro estados de la ONU se comprometían a «proteger al menor, contra todas las formas de explotación sexual». Desde Amsterdam, Alemania o Bélgica, las redes de pederastas alimentaban al mercado de videocasetes *baby porno* y revistas con imágenes de menores ofrecidas a veces como «fotografías artísticas». La revista *Spartacus* se vende en los *sex shops* europeos. Sus páginas seleccionan los vuelos chárter con destino a Bangkok, a Chiangmai, a Pataya o a Phuket. «El sexo —dicen— es el único idioma universal».

Un turista sexual procedente de Londres se sentía a sus anchas sentado en el vestíbulo de un hotel de Bangkok. Eso era vida. Con una mano acariciaba el pelo de un niño de diez años y pasaba los dedos por las caderas de otro. «En Bangkok tienes todo lo que quieras —decía con toda inocencia al periodista—. Basta con pagar. Nadie te pide cuentas. Por añadidura, los tailandeses son gente cordial. Nunca te montan números.» Los alemanes son los primeros clientes. Patpong, dos callejuelas de un centenar de metros, es el templo del sexo, de los *baby bars,* «los niños —elogiaba *Spartacus*— más expertos del mundo, en el arte del Kamasutra». Los japoneses disponen de sus propios bares. En la revista para homosexuales que publica un ex pastor protestante llamado Stamford, del que ya hemos hablado en el prólogo, se ofrecen los códigos: Y. C. significa clientela juvenil, P. Y. señala al «público joven» y R., relaciones sexuales a cambio de dinero. Y a la izquierda figura el nombre del establecimiento. El gobierno filipino se puso a combatir la prostitución infantil en tiempos de Cory Aquino: pedófilos europeos fueron embarcados en el primer avión con destino a sus países de origen con un sello en su pasaporte: «Deportado por perversión sexual.» Han terminado por procesar en Suecia, Noruega, Francia, Dinamarca, Alemania, Australia, Estados Unidos, el Reino Unido y otras naciones a delincuentes sexuales condenados por los tribunales filipinos, tailandeses o de Sri Lanka. Empresas españolas premiaban a sus trabajadores modelo con sexo fuerte en Tailandia, Brasil o la Cuba de las «jineteras». Un agente turístico que organizaba este tipo de viajes para compañías españolas señaló que se trataba de «empresas de tipo medio o pequeño que pretenden no solo premiar a sus mejores empleados, sino crear un espíritu de equipo y una relación de complicidad al compartir una misma "aventura"».

La red de Internet les ha facilitado mucho las cosas a los traficantes mundiales del sexo. El Internet Relay Channel transmite miles de fotografías de niños desnudos. Una serie fotográfica ofrecida a través de Internet mostraba, según el semanario austriaco *News,* la violación oral de un bebé de ocho meses.

Decir no. En Tailandia, es tan fácil llevarse a un niño a la cama como pedir una Coca-Cola. En Chiengmai, al norte, la encargada de un burdel utilizaba el método de Pavlov. Tocaba una campanilla y llegaban las niñas a cuatro patas vestidas con ropas eróticas. Una mujer gruesa, medio china, medio tai, llamaba a los clientes y predicaba las especialidades de las niñas, de once y doce años. «Ya me he acostumbrado —reconocía una de estas niñas de Chiengmai—. Mi vida está regida por el toque de la campanilla. Me he convertido en una autómata.» A los niños enfermos los arrojaban a la calle. Ya no servían. A otros los secuestran y desaparecen. Nadie sabe adónde han ido a parar. Quizá a algún prostíbulo de New Road, en Bangkok. La miseria física y mental de estos niños es difícil de soportar. «En el aspecto psicológico —afirmaba Marie-France Botte—, los estragos son considerables. Cuando vienen hasta nosotros para que los curemos o para escapar del infierno de los burdeles o de los salones de masaje, lloran o sufren agudas crisis de nervios. O se quedan mudos, postrados, en silencio durante semanas. En la cultura budista, el niño es propiedad del adulto. Tenemos que enseñarles a decir no. Sufren de depresión, se vuelven violentos, bulímicos o anoréxicos, comen demasiado o nada.» Los han violado, forzado, explotado y hasta los han elegido por catálogo, como si fueran neveras. «En esta cultura —se defendía un ingeniero francés, casado y padre de dos hijos, turista sexual en Bangkok—, la sexualidad de los niños no es tabú. Además, con el dinero que les damos a cambio de sus favores, comen familias enteras. No les hacemos daño. Sin nosotros, estos niños se morirían de hambre.» El francés se veía acreedor a una medalla. «Los delincuentes sexuales —aseguró en Estocolmo en la Conferencia Internacional Sobre el Abuso Sexual Infantil Ray Wyre, de la Fundación Lucy Faithful, una clínica británica de rehabilitación— trabajan en profesiones respetables, desde las que pueden tener acceso a los niños, y a menudo se casan para ganar respetabilidad». «Cuando se dan cuenta de que sus puntos de vista y su comprensión de la sexualidad son diferentes a los de los demás, adoptan una actitud más sigilosa. Son personas que han tenido algunas malas experiencias, pero no siempre. Mientras envejecen comprenden que son incapaces de relacionarse de una forma madura con las mujeres. Aún tenemos poca información sobre lo que les motiva o les impulsa —afirmó por su parte Ron O'Grady, del grupo Acabar con la Prostitución Infantil en el Turismo Asiático—. El pedófilo medio no tiene nada que ver con el monstruo que muchos creen que es. Bebe a nuestro lado en el bar de la esquina, acude a la iglesia los domingos o vive en el piso de arriba.» «Cuando ves al delincuente sexual como un monstruo —añadía la investigadora Jacqueline Sánchez Taylor, de la británica Universidad de Leicester— es muy fácil condenarlo. Pero cuando lo ves como el parroquiano del bar de al lado, como un hermano que acaba de divorciarse, tienes que pensar de forma distinta para hacer frente al problema.»

Como consecuencia del sida, el precio de las niñas vírgenes ha subido en la ciudad de Ho Chi Minh, en Vietnam, lo mismo que en Colombo, capital de Sri Lanka; en Daka, capital de Bangla Desh, o en Manila. Hay clientes que creen que los críos no pueden transmitir la enfermedad. La industria del sexo mueve cientos de millones de dólares. De Colombia a Brasil, a Benin, de

África a Tailandia y Filipinas, el negocio prospera. Las denuncias internacionales, la alta incidencia del sida y otras enfermedades, casos clamorosos de malos tratos, han puesto en guardia a las naciones destinatarias del turismo sexual. La demanda de sexo con niñas tailandesas es más frecuente entre la clientela asiática; los europeos se inclinan en mayor medida hacia los niños. La prostitución infantil en el Próximo Oriente es más difícil de detectar, pero se sabe que menores de Bangla Desh o de la India han sido vendidos por sus familias a los Emiratos Árabes Unidos, a Omán o a otros países del área. Irán a parar a los prostíbulos o trabajarán como actores en películas porno. Primero los llevarán a Chipre, desde donde darán el salto a estas ricas naciones árabes. Todos los años siete mil niñas de Nepal son vendidas a los burdeles de Bombay. En Katmandú, cien metros separan a Kumari, la niña reencarnación de Durga, la divinidad hindú, de *Kancha.* La primera vive en su cárcel dorada del templo de la capital nepalí. Kaucha es un niño de la calle que se ofrece a los turistas para poder comer. Es un «khartay». Por mil rupias nepalesas acepta las ofertas de los extranjeros. Katmandú es el nuevo destino del turismo sexual en Asia. Los «khartays», los niños de la calle, se lanzan a las aceras no solo por razones de subsistencia sino porque les gusta esa vida, se han habituado a ella.

En un hotel de Bangkok de la calle Silom, un niño prostituto llamado Ek explicaba con toda candidez el negocio: «Hago lo que mi cliente me pida. Lo hago por mil baths y por tres mil si es toda la noche. Todo lo que espero de mi cliente es que afloje la pasta. Sobran las habitaciones. Por doscientos baths tiene una.» Ek, de doce años, era un «puchauka kin», un niño que busca algo de comer. Su padre abandonó a la familia para instalarse en Chiengmai como albañil. Se unió con otra mujer: «He conocido a mucha gente —decía Ek—, centenares de clientes, viejos, jóvenes. Me gustan los "farangs" (occidentales). Son cariñosos y cuidan de mí. A veces me llevan a la playa, a Pataya o a Phuket y soy feliz con ellos. Al pricipio me costó acostumbrarme a este trabajo, pero ahora todo está O. K. Cuando cumpla quince años iré a trabajar a un "gogo-bar" de Sai Thanyat, el barrio reservado a los japoneses. Ellos tienen más dinero que nadie.» Yuwarat, encerrada a la fuerza en uno de los burdeles del barrio chino de Bangkok, no era en absoluto feliz. No se sentía «sabai», que en tailandés define la felicidad física y espiritual. «Quiero morir», gritaba la niña vendida por su padre por dos mil baths cuando contaba once años a un «papa san», a un chulo de la capital. Pero Yuwarat está encadenada de por vida al prostíbulo. «Los clientes, me tienen lástima —decía—, pero se acuestan conmigo.» Vive en una cárcel como tantas otras menores que han caído en manos de las redes de trata de niños. Yuwarat lleva un número a la espalda como lo llevaban los prisioneros de los campos de exterminio nazis: es la 42. Un chino viejo pagó por su virginidad algo menos de ciento veinticinco mil pesetas, de las que trescientas fueron para la niña. No tiene derecho a quejarse. Si lo hace, si grita, si se resiste a lo que el cliente le pida, entrará el guardián del prostíbulo en su habitación para calmarla a golpes. Si intentas escapar y eres reincidente, podrás acabar degollada en un callejón junto a los cubos de la basura.

AFLICCIÓN DE INDEFENSOS. El caso de la revista *Spartacus* como altavoz de los pederastas no es de hoy. En el siglo XIX los diarios europeos publicaban «con una regularidad sorprendente descripciones estremecedoras de niños sometidos por adultos a tratos sexuales sádicos y aberrantes. Para conseguir a estos pequeños desgraciados, los torturadores ponían anuncios disimulados en los mismos periódicos, ofreciendo dinero a sus cuidadores o progenitores. El abuso de menores no tiene fronteras de estados mentales ni de clases sociales —escribe Luis Rojas Marcos, psiquiatra y presidente del Sistema de Hospitales Públicos de Nueva York—. Lo que sucede es que los casos de corruptores de clase media o alta acontecen a puerta cerrada, a escondidas, y a menudo no se descubren durante largos períodos de tiempo. Los pederastas no muestran ningún rasgo o comportamiento aparente —añade Rojas Marcos— que pueda ayudar a identificarlos. Son hombres y mujeres "normales", o incluso socialmente "respetables", que viven secretamente obsesionados con el abuso de criaturas. Se caracterizan por sus impulsos perversos encubiertos, compulsivos e irresistibles, por la falta de remordimientos, por la romantización absurda de sus ultrajes deliberados y por la ausencia absoluta de compasión para sus víctimas».

El abuso sexual de criaturas ha ocurrido en todas las épocas y todas las culturas. Según Rojas Marcos, los datos más fiables sugieren que en los países industrializados el 5 por 100 de las mujeres y el 2 por 100 de los hombres fueron víctimas de abusos sexuales durante la infancia. El más grave y fatídico de los actos del hombre y la mujer es la mutilación del espíritu del niño. Para el psiquiatra sevillano, «el abuso sexual es una aflicción de indefensos». Al sentirse completamente desarmados ante el abusador y al ser conscientes de que cualquier forma de resistencia es inútil, los niños o los adolescentes claudican, se rinden. «Su mecanismo de autodefensa desconecta, huyen mentalmente de la aterradora realidad, se distancian del mundo y de sí mismos, y finalmente pierden la identidad. La percepción del tiempo se perturba y experimentan su vida como si estuviera ocurriendo en un escenario fuera de ellos y a cámara lenta. Se sienten hipnotizados, aturdidos, como si una parte de ellos hubiese muerto. Algunos incluso desearían estar muertos.»

Eso era lo que pedía Yuwarat, la muerte. Ese era también el estado de ánimo de Mii Chu, de doce años, vendida por su padrastro, adicto al opio, a un policía en un prostíbulo de Chiengmai, tierra de las primeras bellezas tailandesas. La prostitución se ha cebado en las niñas de las tribus del norte. Mii Chu pertenece a la tribu Aka: «El primer día me obligaron a acostarme con tres hombres. El primero era tai, fue el que más pagó. Yo estaba muy asustada, lloré pero no me hizo daño. El segundo era más viejo y ese sí me pegó. Me quejé: "No quiero", dije. "He pagado por ti —respondió— y harás lo que yo te ordene".»

Mii Chu tuvo suerte, se libró del sida y fue rescatada por un misionero norteamericano que pagó por su redención. En esta cultura, regentar un burdel o algo parecido es casi un pasatiempo nacional, aunque no todo el país es eso. No es solo la pobreza, a veces es la codicia de los padres. «El dinero gobierna el mundo y por él se hace todo», afirma el fiscal norteamericano Robert Kendall, que ha seguido algunos de estos casos. El profesor de la Universidad de Nueva York Kenneth Hermann cree que hay cerca de diez millones de niños en el mundo que son víctimas de explotación sexual. Viene de antiguo: hay referencias eróticas infantiles en Apuleyo y Petronio, escritores latinos, y en los clásicos orientales. El autor de *Alicia en el país de las maravillas,* Lewis Carroll, tomó morbosas fotografías de niñas. El cine nos ha ofrecido a menores en prostíbulos, como Brooke Shields, en *La pequeña,* dirigida por Louis Malle, o figuras como la de Jodie Foster en *Taxi Driver,* de Scorsese, o la de *Lolita* de Nabokov que Kubrick llevó a la pantalla grande. Se calcula que medio millón de niños se prostituyen a diario en Estados Unidos; los varones representan un 70 por 100 de los casos.

Edelweis. En España, uno de los casos más conocidos fue el de la secta Edelweis: bajo capa de organización de montañeros y *boy scouts,* niños de entre diez y dieciséis años fueron forzados a practicar la prostitución homosexual. El jefe de la organización paramilitar se llamaba Eduardo González, alias *Eddie.* De vez en cuando la prensa española publica ese tipo de noticias, como el «caso Arny» en Sevilla o como el que surgió en Tenerife relacionada con la secta Niños de Dios. En Cataluña, entre 1988 y 1992 se desmantelaron veintidós redes de explotación sexual de menores. La oferta más cara en el Alto Ampurdán era de trescientas mil pesetas por llevarse a la cama a dos crías de trece y quince años. La captación de las niñas, que muchas veces han huido de sus casas por problemas familiares, se lleva a cabo en Barcelona o en su cinturón industrial. La explotación de los menores, por el contrario, se realiza en las comarcas. Las mafias de la prostitución compraban a menores en Cataluña por ciento ochenta mil pesetas. Estamos lejos de Tailandia, pero los sistemas de captación son más o menos los mismos. De Sevilla a Cataluña, los clubes de alterne para menores han sido noticia estos últimos tiempos en los medios de comunicación. El caso más dramático recogido por la Brigada de Menores de los «Mossos» catalanes fue el de una menor secuestrada y encerrada en Jamones Dos, un bar de La Bisbal, «donde el proxeneta le introdujo varias veces un palo de escoba por el ano para que accediera a mantener coito anal». Esta muchacha fue recuperada cuando tenía quince años, y en la actualidad, tres años después, padece cáncer de vagina. En estas circunstancias es muy difícil que las víctimas denuncien su situación, «ya que además de ser coaccionadas, desconocen el nombre de sus raptores, porque siempre utilizan alias o apodo de guerra». En enero de 1993, en Barcelona, un inspector de policía fue condenado a siete años de cárcel por forzar a jóvenes guatemaltecas a la prostitución. Cuatrocientas jóvenes de la República Dominicana llevadas a Lérida, Ibiza y Mallorca fueron amenazadas con represalias si se negaban a someterse. En Alemania, a las rebeldes de los prostíbulos les pegaban con bates de béisbol y las sometían a electrochoques. En Praga, las cortaban la piel con cuchillas para reducirlas. «He perdido la virginidad y el honor por veinticinco dólares», decía una adolescente dominicana llevada a Grecia por la fuerza. Tres mil muchachas de Asia y Latinoamérica y el este de Europa fueron a parar a cabarés y casas de prostitución en Holanda, Bélgica y Alemania entre 1985 y 1991. «Las filipinas adolescentes de religión católica que fueron atraídas con la promesa de buenos sueldos como camareras y se resistían al comercio sexual fueron violadas en masa, para que cambiaran de idea», acusó en Dusseldorf el investigador Gerd Heitzer. A soldados norteamericanos de servicio en Corea les pagan cinco mil dólares por casarse con jóvenes coreanas. Se las llevan a Ford Hood, en Texas, donde reciben otros cinco mil dólares por el divorcio. Después, las coreanas, informó la revista *Time,* terminan en mancebías de Houston, Detroit y otras ciudades. Setenta mil tailandesas «trabajan» en Japón controladas por la mafia, la *yakuza:* las compraron por catorce mil dólares y las vendieron por treinta mil.

Las llamadas de socorro de niñas birmanas secuestradas en casas de citas de Ranong, al sudeste de Tailandia, comenzaron a llegar a Bangkok. Habían salido de Birmania para trabajar como camareras o como sirvientas. Pasaron los años y sus familias no volvieron a tener noticias de ellas. Esos SOS parecen llegados de otro planeta: «Nos hemos decidido a escribir —decía una de las cartas— porque han fracasado todos nuestros intentos de fuga. Nos pegan en cuanto hacemos algo que no les gusta y a una compañera que se puso gravemente enferma la echaron al mar. Si no nos ayudan, estamos perdidas, nunca más volveremos a ver a nuestros padres. Somos setenta y una prisioneras. Queremos volver a Birmania y estamos dispuestas a aceptar la condena de cárcel que nos impongan los jueces, si es que se nos considera culpables. En una cárcel podremos soñar en el día en que salgamos en libertad. De aquí no saldremos vivas.» Y eran chicas menores de catorce años. Su clientela es asiática, tailandesa. Las niñas fueron liberadas por la policía en una operación sorpresa.

Mae Sai, cerca de la frontera con Birmania, es el centro neurálgico de todas las trapisondas y tráficos del Triángulo de Oro: opio y adolescentes birmanas.

«Me trajeron aquí engañada. Un agente se encargó de pagar tres mil baths a mi madre —afirmaba Tung, con la mirada baja—. Solo podré volver si reúno veinte mil baths para mi rescate. Me darán una parte y el resto será para el patrón y para la policía.»

En Mae Sai, los ricos comerciantes chinos pagan cinco mil baths por una virgen. A veces son *second hand virgins,* vírgenes de segunda mano, las que solo han pasado por tres o cuatro clientes. ¿Cómo se sabe que son de segunda mano? «Porque cuando las tocas —decía uno de los chulos— se les pone la carne de gallina, se les erizan los pelos y ponen ojos de animales acosados.» Se ha reaccionado tarde ante la prostitución infantil. Horacio Sáenz Guerrero denuncia frecuentemente desde su periódico, *La Vanguardia,* lo que ha llamado «el gran crimen de una humanidad podrida». El escritor y periodista no comprende «cuáles han podido ser las causas de la pasividad con que los gobiernos occidentales han sabido de la prostitución infantil, y de la progresiva perfección alcanzada en la organización de "viajes de placer" para hombres solos. Sería superfluo hablar sobre las causas de otra pasividad, la de los gobiernos asiáticos responsables de que la trata de niños sea lo que es».

Por ejemplo, en Filipinas, donde cuarenta y tres millones son niños menores de quince años. El 61 por 100 de la población se enfrenta a la tarea de sobrevivir. Les han confiscado la infancia, trabajan como esclavos en plantaciones de caña de la isla de Negros, en las salinas de Iloilo, o sacian el apetito sexual de los turistas en Manila. Doscientos mil niños viven en las calles de la capital. A veces, se agrupan en sindicatos y se reparten las tareas: traperos, excavadores de la basura, vendedores de periódicos y tabaco, prostitutos. El «protector» hace cada día el reparto del dinero. Muchos de ellos, se calcula que entre cincuenta mil y cien mil, son amerasiáticos, nacidos en torno a las ya abandonadas bases de Estados Unidos.

Alberto Estefanía, voluntario bilbaíno y miembro de Acción Solidaria, ha vivido en los vertederos filipinos: «Jak —recuerda— era el mejor amigo que tenía en el vertedero de Inayawan. Antes de nacer, su familia estaba ya destrozada por el alcohol. Sus padres son alcohólicos. El muchacho es un *scavenger* (basurero) y vive en una *smoky mountain* (montaña humeante), donde descargan camiones de basura. Le acompañan en la tarea unas seiscientas personas, la mayoría niños. Fue Jak el que me enseñó a convivir con aquella gente. Durante mi estancia, murió su hermana. No había cumplido un año. Jak fue para ella el padre y la madre: cocinaba para ella, la limpiaba, la vestía, la llevaba con él a todas partes. Al verla muerta, el niño de nueve años no comprendía. Se pasó el día en cuclillas, a su lado, espantando las moscas del diminuto cadáver. Esperando que despertase de un sueño profundo que había borrado la sonrisa de sus labios. No entendía nada. Los padres de Jak tuvieron catorce hijos. Once murieron antes de aprender a andar. Otros dos fueron adoptados al nacer. Él no fue adoptado, porque nadie le quiso. Tiene una malformación en el esqueleto, que es consecuencia de las borracheras de su madre durante el embarazo.»

Jak vive en una chabola de madera de cuatro metros cuadrados. No hay mesa ni sillas ni una bombilla ni agua ni grifo. Tan solo unas latas viejas para cocinar, moscas, mosquitos, garrapatas, cucarachas y ratas. He visto a cientos de niños hozar en los vertederos. Las niñas pueden hallar trabajo en uno de los bares del céntrico barrio de Ermita, que ha «limpiado» el alcalde, Alfredo Lim. Cerró trescientos bares.

Cecilia, de nueve años, se me ofreció:

—Llévame a dormir contigo.

—Eres muy pequeña.

—Pero soy grande en la cama —respondió.

Muy cerca, la madre de Cecilia asentía con una sonrisa de complicidad. Los niños merodean en torno a los cafés, los bares o las discotecas. En estos bares, las niñas, las adolescentes, desfilaban en los mostradores ante la mirada de los turistas occidentales, australianos, norteamericanos, acodados en la barra frente a jarras de espumosa cerveza. Las chicas, desnudas, se movían al ritmo de la música para esparcimiento de los clientes. Al cabo de un tiempo, cambiaban la música y las modelos bailarinas de la pasarela. Estos niños que venden flores o chicle, lavan coches y limpiaparabrisas, lustran zapatos, se venden también a sí mismos. Tienen su propia jerga. Un proxeneta es un «vendedor de carne» y «comida con salsa» es el cliente que les ha transmitido la enfermedad.

XXIII
Los niños bastardos

A los nueve años, Ray era uno de los niños prostitutos más conocidos de los barrios de luces rojas de Manila: «Vendo mi cuerpo desde hace dos años —nos decía—. Es un trabajo sucio. Lo hago por dinero. Por eso nos vamos con los extranjeros, por diez dólares al día.»

Lo mismo pueden decir los adolescentes que se ofrecen en Times Square, en el Hollywood Boulevard, en las calles de Bombay, París, Amsterdam, Haití, Roma, Taipei, Nairobi o Santiago de Chile. Marruecos es la meta de los turistas sexuales procedentes de Arabia Saudí. En Vietnam me dijeron en 1994 que había tantas o más prostitutas, cincuenta mil, que en los tiempos de los norteamericanos. El teléfono de mi hotel de Shangai o de Cantón (China) no dejaba de sonar: los alcahuetes ofrecían «carne fresca» por doscientos dólares. En 1992 detuvieron en China a doscientas cuarenta mil personas relacionadas con la prostitución. Viajeros árabes que llegan a Bombay para hacerse curar toda clase de enfermedades atraídos por la baratura de los precios, aprovechan para divertirse en los prostíbulos que han abierto en torno a las clínicas. Todo está incluido en el precio. En Negombo, Sri Lanka, los sacerdotes católicos se manifestaron para llamar la atención sobre el tráfico de menores. Las mafias secuestraron a doscientas mil muchachas de Bangla Desh para encerrarlas en mancebías de Pakistán. «No ganamos nada con la moralización, con argumentos morales —afirmaba Marie-France Botte—. Deben pagar a las prostitutas, protegerlas de los abusos y hasta incluirlas en la Seguridad Social.»

«Autopista del amor barato» llaman a la carretera que va de Berlín a Praga. He pasado por allí. Se dice que es el burdel más grande del mundo. Los automovilistas almuerzan o cenan y por treinta dólares se llevan a las chicas al bosque. La Europa del Este es un vivero inagotable.

El 28 de febrero de 1987, Mehgie vendió su virginidad por ciento veinte dólares. Desde entonces trabajaba en la pasarela de un «disco» del distrito de Ermita, en Manila, por tres dólares: «Ayudo a mi familia y pago mis estudios —nos decía—. Quiero graduarme en informática. Si no bailo o me vendo no hay dinero. Voy a misa todos los domingos y pido a Dios que salga con bien de este infierno, que pueda ahorrar lo suficiente para que mi familia pueda comer y yo termine mis estudios.»

La edad que va desde un año hasta los doce es la más vulnerable. Ese período decisivo marca el rumbo de una vida hacia el futuro: estás a merced de los adultos. Estas experiencias, estas vivencias, estas tendencias son homologables para todos los países. Los niños del mundo comparten un mismo drama. Felipe limpia en la plaza Pérez Velasco de La Paz, Bolivia. Se levanta todas las mañanas a las seis en su chabola de El Alto, para llegar a la plaza en torno a las ocho y media. No desayuna. «Mamá —dice— no me da nada.» Gana cinco bolivianos en toda la mañana, poco más de veinte pesetas. Combate el frío y el hambre con esencia de trementina o con «petillo», derivado de la cocaína. En Santiago de Chile, en los años ochenta, niños salidos de las poblaciones «callampas» se dirigían al centro, a las encrucijadas: por quince minutos de sexo, obtendrían trescientas o cuatrocientas pesetas.

EL PASADO Y EL PRESENTE. Durante la segunda guerra mundial, el ejército japonés se sirvió de redes de esclavas sexuales chinas, filipinas, coreanas, europeas. Al Gobierno le costó reconocer la existencia de estas mujeres, llamadas *confort women* (literalmente «mujeres consuelo»), algunas de ellas menores de edad cuando fueron secuestradas por los agentes reclutadores de sexo para las fuerzas armadas niponas. A Li Xumei la arrancaron de los brazos de su madre en 1942, en la provincia de Shanxi. Li tenía quince años. La confinaron en una cueva junto con otras dos adolescentes, donde fueron violadas por el mando del cuartel. Li, de sesenta y ocho años en 1996, compareció como querellante ante el tribunal del distrito de Tokio para contar su triste historia. Hasta diez soldados la forzaron diariamente durante cinco meses. Si se resistía, era maltratada, y las palizas llegaron a ser tan crueles que le costaron la visión de un ojo y varias lesiones en una pierna. Cuando logró escapar del campamento nadie en el pueblo quiso casarse con ella. Durante cincuenta años vivió en el miedo y el silencio. Contó que en 1942 los japoneses le daban solo un cuenco de maíz cada dos días. «Si el gobierno japonés no admite la existencia de esclavas sexuales, mátenme, por favor», declaró ante el juez otra esclava sexual, Miu Mianhuan.

«El que cierra los ojos al pasado —afirmó el presidente de Alemania Von Weizsacher en 1985— quedará ciego para vivir el presente.» Lo había dicho de otra manera el filósofo abulense de corazón Santayana: «Los que no aprenden de los errores de la historia están condenados a repetirlos.»

La existencia de las *confort women,* arrebatadas de las aldeas y de los campos de prisioneros del Pacífico, fue negada en los libros de textos japoneses. Pero mujeres chinas internadas en los burdeles militares reclamaron del gobierno japonés una compensación por los males causados. Con el paso del tiempo, a Tokio no le quedó otro remedio que reconocer estos abusos. El historiador japonés Ienaga lo contó en 1962 en un libro: oficiales y soldados japoneses, violaban de forma sistemática a mujeres chinas. «La violación de mujeres —contestó un ministro, en la misma línea que el serbobosnio Karadzic, en una entrevista que le hice en 1994— es algo que ha ocurrido en los campos de batalla de todas las eras de la historia humana.» Después el gobierno creó una comisión para estudiar las reclamaciones de las esclavas sexuales asiáticas. También cometieron atrocidades en Indochina y en Filipinas: entre lo más suave, niños ensartados en bayonetas y machetes.

EL MONJE DEL COCOTERO. Los ejércitos de ocupación han entrado a saco en las ciudades y aldeas del Sureste Asiático. Allí quedaron hijos de su sangre, fueran japoneses o norteamericanos. En la primavera de 1975, me dirigí junto con otros compañeros, Diego Carcedo y Juan Carlos Algañaraz, hacia la isla del *Monje del cocotero,* en el delta del Mekong, en Vietnam. El monje era bajito, raquítico y encantador. Se había dejado crecer el pelo en forma de largas trenzas. «Es una promesa —nos dijo el monje, que vivía y dormía en lo alto de un cocotero—, no me cortaré nunca el pelo.»

El monje había fundado una especie de iglesia de la fraternidad sincrética, de cristianismo y budismo, que predicaba la paz universal. «Nuestro padre —nos decía un discípulo— solo come cocos.» Saltaba a la vista. Para alcanzar el «nirvana» subimos a un Apolo de imitación que construyó junto con sus discípulos. Era un ascensor en forma de cohete, que elevaba, a una altura de veinte o treinta metros, al soñado cielo del monje del cocotero. En la isla, el bondadoso monje, asesinado bajo la absurda acusación de agente de la CIA (servicios secretos norteamericanos), había reunido a docenas de niños, hijos de prostitutas vietnamitas y soldados estadounidenses. Eran los hijos del pecado, abandonados por sus madres, que no podían alimentarlos y se avergonzaban de ellos. Eran unos descastados, despreciados por las madres y olvidados por sus padres, que volvieron a Estados Unidos. Una ley de 1982 permitió que los niños amerasiáticos fueran repatriados a Estados Unidos «acompañados por sus familiares». Esta ley desató fraudes a gran escala. El truco consistía en comprar niños o jóvenes y adolescentes amerasiáticos para colarse en Norteamérica, como familiares suyos. Recuerdo que cuando se derrumbaba el frente de Vietnam del Sur, en 1975, ante el avance de las tropas comunistas del norte, ricos comerciantes chinos o vietnamitas se acercaban a nuestros hoteles para ofrecernos en matrimonio a sus hijas, a cambio de unas suculentas sumas de dinero, oro o joyas. Eso les permitiría salvarse de los «bo dois», los soldados comunistas del norte. Otro tanto ocurrió con los amerasiáticos. Se vendían por tres o cuatro táleros de oro, equivalentes a unas 125.000 pesetas.

Eran veinte mil o treinta mil niños bastardos, los pequeños vietnamitas rubios. Ellos ni siquiera pudieron escapar en los barcos, los *boat people,* para ser pasto de los tifones o de los piratas del mar de la China. En las ciudades vietnamitas, nada más vernos, venían hacia nosotros: *Daddy* (papá), decían. Todos los blancos éramos sus padres, salvo los «lienxo», los rusos. Tras el acuerdo entre Hanoi y Washington, los amerasiáticos fueron llevados a Batán, en Filipinas, para un período de adaptación al idioma, las costumbres y la *american way of life,* a la civilización norteamericana. Los «conlai», los mestizos, como los llamaban de forma despectiva, habían tenido suerte. Nada de alambradas y virtuales campos de prisioneros como para los refugiados vietnamitas en Hong Kong o Malasia. Sus barracones eran limpios, sus escuelas acogedoras, sus maestros complacientes. No les faltaba al llegar un refresco y una gorra de béisbol. Eran unos privilegiados y lo sabían. Así terminaban para ellos las amarguras del pasado. Se había hecho justicia. «Casi un 30 por 100 de los mestizos que desembarcaron en Batán sufren problemas mentales, como consecuencia de la crisis de identidad», aseguraba uno de los médicos del campo. *Bye bye,* Vietnam. Adiós, Vietnam. Mañana serían norteamericanos.

Por espacio de diez años, un millón de soldados, pilotos, técnicos y funcionarios estadounidenses vivieron en Vietnam. Nacieron veinte mil, treinta mil niños, de sus relaciones con las chicas de los clubs nocturnos de Danang o Saigón, o de los hipermercados del sexo. Al escapar los últimos soldados en helicópteros, desde el techo de su embajada en Saigón, dejaron atrás el fruto de sus exóticos amores. «Volveremos a por vosotros», dijeron para justificar tan desairada fuga. No volverían. Se cortaron las relaciones entre Estados Unidos y Vietnam. Por miedo a las represalias, en víspera de la entrada de las tropas comunistas en Saigón, las madres rompieron todo rastro de esa relación con los «imperialistas»: cartas, fotografías, documentos, direcciones. Temerosas de su suerte, hasta abandonaron a sus hijos mestizos. Los hijos naturales poco o nada sabían de sus padres. Tan solo que «papá» se llama John y vive en California.

Orgullo nacional. Tung era un muchacho sacrificado en el altar de la guerra perdida: «Mi madre conoció a mi padre, un oficial de Estados Unidos, en un restaurante reservado a las fuerzas norteamericanas, donde trabajaba como camarera. Se querían mucho —recordaba Tung emocionado—. Cuando él volvió a los

Estados Unidos, yo contaba tres años. Era a finales de los años sesenta. Se ofreció a llevarnos consigo, pero mi madre no se atrevió a dejar a los suyos para emprender una nueva vida en un país desconocido. Cuando cambió de idea, ya era tarde. Durante unos años se intercambiaron cartas, hasta que mi padre dejó de contestar. Habría fundado un nuevo hogar. Nos quedó de él un radiocasete y un ventilador.»

Los ojos oblicuos, el color de la piel, los cabellos, a veces rubios, los delataban, eran un insulto al orgullo nacional vietnamita. Lo pagaron caro: eran hijos de la vergüenza. A los «conlai» se les negó el derecho a existir. Malvivieron vendiendo helados o cigarrillos, cuidando bicicletas. Algunos cayeron en la delincuencia y la prostitución. Sus familias adoptivas pintaban su piel con betún, para disimular su color original. Los demás niños les gastaban bromas macabras. Se refugiaban en el culto secreto de los símbolos de la nación que les volvió la espalda, un bote de cerveza Budweiser, un cartel de Elvis Presley, una palabra cuyo significado desconocían, *Hey, man* (Eh, hombre) o *I love you too much* (Te quiero demasiado), que decían las chicas vietnamitas a sus novios de Pensacola o Texas. Un día de 1987, cuando Estados Unidos recuperó su memoria y empezó a curarse del «síndrome de Vietnam», pusieron en marcha el plan de repatriación de los amerasiáticos. Los niños recuperaron su orgullo. Dejaban de ser unos desarraigados. Ahora les llamaban «los niños de oro». Les nacieron, como por arte de magia, cientos de hermanitos y hermanitas dispuestos a viajar con ellos a la tierra prometida. Había chinos decididos a comprar amerasiáticos con la intención de hacerlos pasar por hijos suyos. Era su «sésamo, ábrete», su garantía para obtener el visado. Tung, vestido con vaqueros y una camiseta en la que se leía «Han venido para salvar al mundo», aprendía los primeros compases del himno de Estados Unidos. Tenía ya una fe mística en su patria. ¿Encontraría a su padre? Eso era mucho pedir. Había perdido la esperanza. Le bastaba con dejar un Vietnam en el que tanto sufrió durante años. Ya no sería «polvo de la vida», como llamaban a los niños callejeros de Saigón, rebautizada como Ciudad de Ho Chi Minh. Quedó también en el olvido la trata de huérfanos. Muchos de los huérfanos evacuados en el pánico del final de la guerra en 1975, en un puente aéreo, eran hijos de funcionarios del gobierno sudvietanmita. María Eitz, enviada de la organización Amigos de los Niños, me decía en Saigón, bajo el tiro de la artillería nordista: «Estamos desesperados. Sospechamos que muchos huérfanos han sido reemplazados, ya en los aviones, por hijos de familias adineradas.» El primer avión que despegó en 1975 con un cargamento de huérfanos era un DC-8 de la compañía World Airlines, bajo contrato con el gobierno norteamericano para transportar pertrechos militares a Vietnam del Sur: eran armas para crear nuevos huérfanos. El día en que llegué, en esa fase final de la guerra, en el aeropuerto de Tan Son Nhut reinaban la confusión y el dolor. El avión de transporte, un Galaxy, acababa de estrellarse con su pasaje completo de huérfanos.

En Filipinas, los amerasiáticos reclamaban también sus derechos. Eran unos veinte mil o treinta mil nacidos de *marines* (soldados de infantería de marina), de la VII Flota y prostitutas de las bases de Olongapo, de Clark o Subic Bay. «Nos han olvidado», se lamentaban las madres, llamadas *american souvenirs*. Durante la guerra de Vietnam, más de un millón de *marines* pasaron por las veinte bases ocupadas por el Pentágono en Filipinas, la nación de las siete mil islas. Al contrario que el caso de los niños de países norteamericanos nacidos en otros países asiáticos, la ley promulgada en 1982 por el Congreso de los Estados Unidos negó derechos de inmigración a los amerasiáticos de Filipinas, porque

Washington consideraba que en este país no sufrían las discriminaciones de quienes fueron abandonados en Vietnam del Sur.

SER NEGRO EN MOSCÚ. Una suerte parecida corrieron los hijos de africanos casados con rusas.

María Ferdinadova Baligne cumplió ocho meses cuando la KGB deportó a su padre a su país de origen, Tanzania. Los estudiantes africanos han pasado un calvario en China o Rusia. Ferdinadova, el padre de María, no volvió de África a Moscú, como ocurrió con tantos otros estudiantes o becarios africanos. En Pekín o Moscú los llamaban «monos», «chocolate», «mar negro», etc. María tuvo problemas en la escuela cuando demostró que era la mejor en algunas disciplinas, como los ejercicios gimnásticos. No le perdonaron el éxito a una negra. Sus compañeros se metían con ella. «Me gastaban bromas, me preguntaban si mi padre era negro como el carbón...» María no tenía amigos. Nadie se le acercaba. Era una de las miles de afrosoviéticas, hija de padres africanos y madres soviéticas. Tan solo en San Petersburgo eran más de mil los niños negros nacidos en Rusia. Su futuro era problemático, al derrumbarse la Unión Soviética. Su edad de oro fue la de los años sesenta, cuando la URSS, campeona en la defensa de los movimientos de liberación anticolonialistas en el continente africano, invitó a miles de estudiantes africanos a las escuelas y universidades soviéticas. Pasaron a ser los *bednie rodstviniki,* los «parientes pobres». El internacionalismo proletario y socialista se disolvió en la nueva doctrina: sálvase quien pueda. Los niños afrorrusos se convirtieron en parias de las escuelas. Los llamados a filas por el ex Ejército Rojo se vieron sometidos a toda clase de humillaciones. «Nos llamaban "pintados de negro", y nos asignaban las misiones más arriesgadas y nos encomendaron las faenas más ingratas. Yo era el único negro en el destacamento y me convertí en la válvula de escape. Yo, un "ruskie negri".» El renacimiento del fascismo ruso no hizo sino complicar sus aspiraciones, sus ya espantosas condiciones de vida. Los medios de información empezaron a tomarla con ellos. A los insultos a los judíos se añadieron las ofensas a los africanos. «La mezcla de sangre blanca y negra es un crimen racial», afirmó un fascista en un programa de televisión. Otro pidió la deportación de todos los negros a África del Sur.

RODEADOS. Una tarde, frente al hotel Metropol de Moscú, mi amigo Luis Garmat, corresponsal entonces de Radio Nacional de España, y yo nos vimos de pronto rodeados de una pandilla de niños mendigos, harapientos y agresivos que nos cercaron en pocos segundos. La rápida intervención de los porteros del hotel dispersó a los chicuelos. «Esto es moneda corriente —me dijo Luis—, cada día los turistas y los residentes extranjeros en Moscú denuncian asaltos, robos cometidos por críos que a veces cuentan tan solo seis o siete años. Según las leyes rusas, los niños menores de catorce años no son responsables, por eso la policía dice que no puede hacer nada.» Estas bandas de niños aterrorizaban a los turistas, los perseguían, los acorralaban, los tocaban. En ocasiones, la policía irrumpía en las estaciones donde dormían los golfillos y los guardaban en una especie de jaulas, los duchaban y les cortaban el pelo al cero. Después los enviaban a un orfanato o a un reformatorio, siempre que no aparecieran sus padres, cosa rara, para hacerse cargo de ellos.

Vienen de todas las partes del ex imperio soviético, huyen de las guerras locales o son huérfanos que escapan de la miseria. En Moscú buscan la limosna y la seguridad. Como la vida no es fácil y nadie dirige sus pasos, estos niños se lanzan como aves de presa sobre los turistas. Una inglesa a la que asaltaron en la Plaza Roja decía que lo que más le llamó la atención fue la brutalidad de los niños: «Me arrancaron el collar, me tiraron del pelo y de los brazos. Eran unos mocosos pero estaban dominados por una extraña fuerza. Uno de ellos llevaba un bebé en brazos. No respondimos a sus tirones y manoseos: te cuesta agredir a alguien que lleva un bebé en brazos. Echamos a correr, pero los chiquillos nos siguieron. Pedimos ayuda, pero nadie nos hizo caso. No pararon hasta robar todo lo que llevábamos encima.»

No habían cumplido los doce años pero Vitya y Volodya confesaron ante la policía que habían matado a media docena de marginados, de «bomzi», de pordioseros que dormían en las estaciones de Moscú. Las leyes no contemplan ningún tipo de responsabilidad criminal a esa edad. Es la primera generación sin memoria del comunismo, del orden soviético, nacidos en la pobreza y las dificultades económicas. Se les ve recluidos en las estaciones de metro. Viven en una cadena de compromisos económicos: los adolescentes que trabajan lavando coches pagan a los niños para que los protejan. Estos, a su vez, entregan una parte a las mafias. Recuerdan por su ferocidad a los protagonistas de *La naranja mecánica* del novelista Anthony Burgess, de la que ya he hablado en el prólogo.

Volodya pidió fuego para encender su cigarrillo a un transeúnte de unos sesenta años. Éste se lo negó. La criatura la emprendió a ladrillazos en la cabeza del aterrorizado ciudadano y lo mató. Ocurrió en pleno centro de Moscú. Los niños se vanagloriaban de haber escuchado el ruido que hizo el cráneo al romperse. La policía los puso en libertad, a pesar de la cadena de crímenes. Los dos precoces asesinos, Vitya y Volodya, fueron examinados por los psiquiatras de la policía: eran completamente normales. Su madre, Svetlana, parecía en cambio una mujer enferma. Su marido falleció en la epidemia de difteria de 1993:

«Yo nunca les dije que robaran o mataran, tan solo que se ganaran la vida por su cuenta.» Cuando los dos niños cumplan catorce años irán a parar a la cárcel o a alguna institución psiquiátrica. Si es que los encuentran o siguen vivos.

En los pasajes subterráneos de la plaza Puskin, niños con la espalda pegada a los muros junto a guitarristas de pelo largo que tocan baladas de Carly Simon o ancianas que tratan de vender botellas de vodka esperan su oportunidad: un hombre que se los lleve a la cama a cambio de algunos rublos para comprar pan o chocolate. Hasta la caída del comunismo, lo pude comprobar sobre todo en las zona rurales, eran niños ingenuos que recitaban poemas bucólico-leninistas y pintaban iglesias. Con el paso a la economía de libre mercado, con la terapia de choque capitalista, rotas las certezas y las ayudas del Estado, la delincuencia infantil y juvenil, la prostitución de los niños se abrió paso como un fenómeno sobrecogedor. Los menores de dieciséis años son treinta y cinco millones en Rusia. Como la economía familiar está en la ruina, los niños rusos se ven obligados a echar una mano en casa, limpian zapatos y coches, venden lotería. Los «protectores» de la infancia anuncian a su galería de niños y niñas en las revistas de anuncios gratuitos. Esto era algo que nadie había previsto en Rusia, como tantos otros vicios y negocios sucios. Las «Natashas», las adolescentes rusas o ucranianas, han invadido las playas europeas, como las del mar Negro en Turquía. Las contratan como «bailarinas folclóricas». Proceden de Moldova o Bielorrusia. «Toda la región del mar Negro se ha convertido en un burdel. En la ciudad de Hopa no había hoteles hace tres años, ahora hay treinta y dos», se lamentaba Kemal Ullüer, funcionario del ayuntamiento de Trebizonda.

La mafia, omnipresente, activa y libre, se aprovecha de la situación, explota a los pequeños. ¿Qué puede hacer la policía? Nada, porque está comprada por los mafiosos.

AURORA. Antes, los niños rusos cantaban la *Canción de la aurora:* «Que siempre haya un cielo, que siempre haya sol, que siempre haya mamá, que siempre viva yo.» Ahora le pusieron otra letra a la alegre melodía: «Que siempre haya vodka, que siempre haya arenques salados y salchichón ahumado, cigarrillos en mi bolsillo y una chica en mi maleta.» Se han endurecido, son unos adolescentes cínicos y egoístas. De la televisión estatal, que hacía soñar el «vamos a la cama» y ofrecía historias de aventuras de chavales heroicos y obedientes, se ha pasado al modelo de anuncios agresivos y telefilmes violentos. No quieren juguetes simbólicos, baratos, sino Barbies (Veronika, en Rusia) y carros de combate, motocicletas. Antes recibían clases gratuitas de danza y música, libros de bellas artes, conciertos, películas limpias y ensoñadoras de propaganda subliminal o no tan subliminal, sobre las infinitas virtudes del marxismo. Todo por el partido y nada fuera del partido. La ideología ha desaparecido y el trabajo intelectual pierde su prestigio. «Basta con acotar un trozo de acera en la que vender cosas para ganar diez veces más que por medio de un trabajo normal —decía al periodista Marc Epstein, Natalia Rimachevskaia, de la Academia de Ciencias—. Los alumnos no quieren estudiar y los profesores no quieren enseñar. No piensan más que en los problemas materiales.» Otra clase de materialismo. La esperanza de vida en Rusia ha caído a los cincuenta y ocho años, crecen los índices de mortalidad infantil al 29 por 1.000 en 1992, como en México, Paraguay o Tailandia. En Alemania, por ejemplo, el promedio es del 7 por 1.000. Un informe de la Academia de Ciencias ponía al descubierto la dimensión del desastre: «Entre un 15 y un 20 por 100 de los niños sufre enfermedades crónicas desde antes de la edad escolar. El 53 por 100 de los escolares tiene mala salud.» La criminalidad infantil en Moscú, con la ruptura del tejido social y familiar propulsada por la crisis económica, aumenta cuatro veces más rápidamente que la de los adultos. «Los niños nihilistas, indisciplinados, pragmáticos, descarados, dispuestos a todo —nos decía un ingeniero en paro— son el reflejo de nuestra propia imagen.»

En 1993 había en Moscú un millar de niños y niñas que vendían su cuerpo. Su centro de exposición o de reunión, bajo la batuta de los chulos, de las mafias, eran los alrededores del teatro Bolshoi. Uno de estos proxenetas confesó que le habían vendido a una chica por una caja de vodka. A los chiquillos que caen en las manos de los mercaderes del sexo los aficionan al alcohol o a las drogas para mejor controlarlos. «Nos están muy agradecidos —afirmaba con todo desparpajo uno de los proxenetas de Moscú, un tal Sasha, que prostituye niños de ocho y nueve años—. Esta clase de trabajo es muy rentable. Me pagan dos mil quinientas pesetas por cada servicio sexual de mis chavales. Los extranjeros saben donde encontrarme.» Las cifras son escalofriantes: ochocientas mil prostitutas menores de edad en Tailandia, cuatrocientas mil en la India, cuarenta mil en Vietnam, treinta mil en Sri Lanka, doscientas cincuenta mil en Brasil y cien mil en Filipinas, otras cien mil en Taiwan y entre noventa mil y trescientas mil en Estados Unidos. Más del 50 por 100 de las prostitutas infantiles tailandesas son seropositivas. Sin embargo, los clientes se inclinan a creer que es menos probable contraer el sida manteniendo relaciones sexuales con niños.

Cada año se registran en Moscú miles de intentos de suicidio entre los niños rusos. En tiempos del comunismo los chavales eran unos privilegiados. El Estado, el Abuelito Lenin, se encargaba de ellos, desde la guardería hasta las vacaciones. A partir de 1989 cada uno se vio obligado a buscarse la vida en familias rotas, muchas veces alcoholizadas, que ya no se ocupaban de ellos. Eran una carga. Una niña de doce años, que intentó suicidarse, explicó al psiquiatra que imaginaba la satisfacción que daría a su familia cuando la vieran dentro de un ataúd camino de la tumba. Una encuesta realizada en varias clases superiores de Moscú descubrió un dato escalofriante: la profesión más valorada por los estudiantes era la de puta. Los turistas o viajeros japoneses, alemanes o norteamericanos, entre otros, podían contar con una virgen de menos de diez años por menos de doscientos dólares. La mafia georgiana tiene recursos para todo tipo de caprichos sexuales y perversiones. En las revistas *Él y Ella* o *Vida privada* figuran las tarifas: cinco mil pesetas por dos horas con una niña de ocho años. Moscú es también el corazón, la meca del cine porno: como abunda la materia prima, se exportan películas para todos los gustos.

Niños que venden hamburguesas a los automovilistas en la avenida Puskin frente al McDonald's, heraldo del capitalismo en Moscú, niños que eligen a sus presas y adoptan las más grotescas posturas para mendigar unos rublos, niños que tiran de tu bolsillo para no dejarte hasta que sueltes la limosna... Se han repartido la ciudad por zonas de influencia, como en Chicago. Cualquier invasión, cualquier interferencia en zonas de otro se paga hasta con la muerte. Un día encontré a un amigo mío, intérprete de ruso-español, lloroso y desconsolado. Era un hombrachón curtido y poco dado a las lágrimas. «Todavía no me lo puedo creer. Hace unas horas mataron a tiros a mi mejor amigo —dijo—. Cometió el error de no protegerse con guardaespaldas. Las mafias entraron en la zona para quedarse con su negocio de máquinas tragaperras. Lo peor es que su muerte quedará impune. La "militzia" está comprada por los mafiosos que ametrallaron a mi amigo.»

La criminalidad infantil pasó de noventa y un mil trescientos once casos en 1982 a ciento setenta y tres mil en 1991.

MOSCÚ ES SAGRADA. La guerra de Afganistán creó, como la de Vietnam para Estados Unidos, grupos numerosos de jóvenes traumatizados, inadaptados. Las madres soviéticas, con sus continuas protestas, contribuyeron a poner fin al tabú: la guerra afgana no solo era costosa e impopular, sino que los jóvenes rusos morían como escarabilla. También, durante la larga guerra de Chechenia, los padres y las madres descendieron de sus ciudades hacia el sur, hacia Chechenia y las regiones vecinas, para interesarse por la suerte de sus hijos, muchos de ellos unos críos, soldados adolescentes. La intención de Vladimir Sevalniko, de cincuenta y nueve años, era ir a buscar a su hijo para sacarle del caos, del desbarajuste de la guerra chechena desatada por el presidente Yeltsin para evitar que el país eligiera la independencia. Vladimir empeñó casi todo lo que tenía para viajar mil trescientos kilómetros hasta uno de los campamentos militares rusos en Chechenia: «Han enviado a los jóvenes como carne de cañón, sin entrenamiento, mal alimentados, sin moral de combate. ¿Para qué? ¿Es que no tenemos ya suficiente terreno?», se preguntaba.

Cuando Vladimir llegó al campamento le comunicaron la noticia: Sergei, su hijo, había muerto en la batalla de Grozni, la capital. Estos niños-soldados, arrastrados a la fuerza a una guerra sin sentido, sabían del infierno, como escribió el poeta León Felipe, más que Dante, Rimbaud o Blake, poetas con olor a azufre. Cientos de mujeres rusas bajaron al sur con la esperanza de salvar a sus hijos de la muerte. Las madres llegaron bajo un diluvio de metralla hasta las proximidades de la primera línea de fuego en Chechenia. Los oficiales rusos las observaban como seres venidos de otro planeta y respondían con insultos y desprecios a sus preguntas: «¿Sabes dónde está Georgy? ¿Sabes dónde está Stepan? ¿Sabes por dónde puede estar Leonid? ¡Devolvednos a nuestros hijos! ¡Ellos no son ni quieren ser soldados!» En los sótanos de una ciudad volada a cañonazos, Georgy, Stepan, Leonid no podían escuchar el clamor de las madres.

Mientras tanto, en Moscú, Shasha, el chulo, vestía a sus prostitutas de niñas, «porque eso atrae más a los clientes». Poco después las pondría al punto en las inmediaciones del teatro Bolshoi, con sus cortinas de color carmesí, sus muros blancos y sus resonancias del *Boris Godunov* de Musorgski, uno de los orgullos de la cultura rusa. «Moscú es sagrada», decía Napoleón en *Guerra y Paz,* de Tolstoi. «Todo ruso que contempla Moscú —añadía Tolstoi—, siente que es la Madre.» En la era de Yeltsin, era una madre sin alma ni piedad, ingrata, desacralizada, que olvidaba a sus hijos más pequeños.

XXIV
La mitad del cielo

En la ciudad rumana de Timisoara, poco después de la caída del dictador Ceaucescu, fusilado junto a su mujer sobre la nieve. Es la hora de la cena. La ciudad está a oscuras porque el *Conducator* rumano, el Caudillo, el Primer Pensador del Mundo ordenó años antes el apagón, con tan solo tres horas de corriente, para ahorrar electricidad. Los rumanos se acostumbraron a vivir en tinieblas. Ceaucescu dejó a Rumania con el más bajo índice de consumo del mundo, la menor cantidad de coches, la agricultura peor mecanizada y la base industrial más pasada de moda. Cenamos a la luz de las velas. A nuestro lado, un grupo de italianos charlaba ajeno a comentarios políticos y al análisis de la situación posrevolucionaria. ¿Sabrían algo sobre lo que ocurrió allí? Ellos vinieron por otra cosa: para hacer turismo sexual a precios de saldo. Se pasaban de mano en mano fotografías de adolescentes rumanas. Se las había entregado el alcahuete, para que eligieran por catálogo, edad, medidas anatómicas, etc. Era difícil creer que alguien llegara a Timisoara en momentos tan dramáticos con la idea de disfrutar de niñas y adolescentes. A los italianos todo eso les daba igual. «Sale muy barato —me dijo Marco, el electricista milanés—. Por si acaso, traemos comida y linternas. Estamos avisados. El resto lo ponen los rumanos. No crea, esto tiene su emoción. Además, hay mucho "material" donde elegir. La revolución —añadía con pícara sonrisa— ha alejado a los turistas. Todas las chicas son para nosotros.»

Las imágenes de los orfanatos rumanos estremecieron al mundo. Poco después, comprobé sobre el terreno que no había exageración en los documentales y en los reportajes fotográficos. Esos niños rumanos existían. Los habían atado a las camas, morían de sida, nadie hablaba con ellos, se mecían hacia adelante y hacia atrás, desnutridos y sucios. Era verdad que tenían la mirada perdida, que se acobardaban ante la presencia de extraños. A veces, dos bebés por cuna, varios niños amontonados en cada catre. Era el resultado de la república del miedo, del mercado negro, de la oscuridad. En julio de 1990, cinco meses después de la revolución rumana, todo seguía más o menos igual. Se desconocía el número de los niños «no recuperables». Así los llamaba el régimen. «Kafka se queda corto en Rumania», afirmaba una doctora francesa. Nada conmocionó tanto al mundo como el trato dado a los más pequeños y débiles. «Es un lugar para morir», me dijo Florentina Dinca, directora del orfanato número cinco de Bucarest. Venían con deformaciones, sordos o mudos, infectados, insensibles por la falta total de cariño y afecto. Al pasar por Brasov, vimos a niños encerrados en una sala del orfanato. Tenían entre los dos y los seis años, dormían en el suelo. En 1989 murieron cuarenta de los cien niños del orfanato. «¿De qué murieron?», preguntó una doctora extranjera. El médico del orfanato se encogió de hombros: «De deficiencia mental», respondió.

La verdad es que no se les alimentaba o que «a veces les ponían la comida cerca del niño, pero no lo suficiente para que éste la alcanzara». Era algo que tenía que ver con el exterminio infantil. Niños que no se podían mover, temblaban en sus cunas llenas de excrementos y orines, que se autolesionaban o se apretujaban unos contra otros, con la barbilla sobre las rodillas, o se tapaban el rostro con mantas. Algunos lloraban rodeados de moscas. Estaban en los huesos, como los niños de Etiopía de los años setenta. Miles de familias fueron forzadas a tener hijos que no podían alimentar, por el delirio del dictador megalómano, empeñado en hacer de Rumania una nación poblada y fuerte.

Ceaucescu prohibió el control de la natalidad o el aborto, en su afán de estimular la presión demográfica. A las adolescentes embarazadas se las obligaba a dar a luz bajo el control de médicos y policías. El 65 por 100 de los niños rumanos vivía por debajo del listón de la pobreza. Por eso, se incrementó el tráfico de niños rumanos y la caza de prostitutas adolescentes con destino a burdeles europeos.

Llegaban grupos de agentes de ese tráfico de bebés que buscaban huérfanos en calles y orfanatos, como si miraran a «los animales de un zoológico».

Stepan, de once años, que vivía en las alcantarillas de Bucarest, nos acompañó en el periplo rumano. Fue nuestro guía, con su cara tiznada, su astucia, su gorrillo de esquiador y su temperamento de ardilla. Stepan se ganaba la vida enseñando a los periodistas el efecto de las balas en los edificios, los lugares en los que estalló y triunfó la revolución, regalando casquillos de bala, abriéndose paso con asombrosa determinación. Sus amigas, Estela y Romana, vivían en la estación, en una caja de cartón, y vendían flores o se prostituían para comprar pegamento y matar el hambre.

ABANDONADOS. Era difícil de creer que en las postrimerías del siglo XX algo así pudiera ocurrir en una nación europea. Pero el abandono de los niños era una tradición desde la Antigüedad y el Renacimiento. Jean-Jacques Rousseau, el autor del *Contrato social,* se encontraba en 1743 en Venecia como secretario del embajador francés, cuando quiso conocer de cerca la belleza de las niñas del coro del hospital de la Piedad que dirigía el compositor Antonio Vivaldi. Rousseau «temblaba de amor» al acercarse a las niñas. Su decepción fue cruel e inmediata. «Sofía era horrible. Cattina solo tenía un ojo y el rostro de Bettina aparecía desfigurado por la viruela. Ninguna de las niñas del coro estaba libre de defectos.» Eran niñas abandonadas, entregadas a la iglesia. Rousseau y su amigo de la embajada española, Carrio, recorrían la República Serenísima para comprar niñas de diez y doce años con objeto de convertirlas en sus amantes. Durante la Antigüedad, y a través de la Edad Media, hasta el siglo XVIII e incluso el XIX, la mejor manera de reducir las familias era el abandono de los niños. En la era precristiana, los dejaban en los lugares públicos para que se los llevara quien quisiera. Todavía hoy aparecen bebés en el torno de las monjas y en los portales. Sin embargo, la venta de menores continuó en la Edad Media cristiana. John Boswell, en su libro sobre el abandono de niños en Europa *The kindness of Strangers,* cita documentos legales españoles y alemanes que regulaban este proceso de venta de niños. Por lo que cuentan Jean-Jacques Rousseau y su amigo Carrio de la embajada de España, ese era un fenómeno bastante común en la Italia del siglo XVIII. Tampoco era anormal que, como en Esparta, se abandonara en los montes o en el campo a las criaturas nacidas con defectos físicos. Siempre habría alguien que los criaría para venderlos como esclavos o como prostitutas. Grecia y Roma eran sociedades de esclavos, en las que «la mayor fuente de energía era el trabajo humano». Los niños abandonados podrían convertirse en una valiosa inversión. Era una práctica aceptada por la ley.

En la era cristiana no cambiaron las cosas con respecto a los tiempos del paganismo. Dejaban a los niños a la puerta de las iglesias. La palabra latina *oblatio* significa oferta: se regalaban niños a los monasterios. Tal vez corrieron mejor suerte que los que quedaron en casa. Estos abandonos han dado mucho juego en la literatura y en la música, desde *Las bodas de Fígaro* de Beaumarchais, hasta el *Ernesto* de Oscar Wilde, depositado en una bolsa de cuero en el guardarropa de la estación Victoria de Londres. En la película de Buñuel *Los olvidados* (1950), sobre Ciudad de México, la voz en *off* se refería en los primeros planos a esas bolsas de la miseria ocultas tras las imponentes estructuras de las modernas ciudades, en las que crecían niños no de-seados, hambrientos, sucios y sin ningún tipo de educación. En el siglo XVIII, en Toulouse (Francia) abandonaban a un recién nacido de cada cuatro, en Lyon, a uno de cada tres. En Florencia (Italia), en el siglo pasado, el 43 por 100 de los recién nacidos eran abandonados.

LAS HABITACIONES DE LA MUERTE. También en los orfanatos chinos, criaturas de pocos meses muertas de desnutrición, huérfanos, maltratados, sometidos a palizas, abusos sexuales y torturas, con los ojos llenos de pústulas, reducidos a huesos y pellejos, atados a sus sillas de bambú, con los pies llagados, conmovieron al mundo a través de un documental del Canal 4 británico titulado *Regreso a las habitaciones de la muerte.* En China se dice que la mujer es «la mitad del cielo», pero no se dice que las autoridades obligan a abortar a mujeres que intentan tener más de un hijo, o que sus bebés reciben una inyección letal a poco de su nacimiento.

La proyección del documental causó un escándalo que no pudieron desmentir las autoridades chinas, que reaccionaron indignadas ante unas imágenes que hablaban por sí solas. Durante los «años del horror», muchos de esos cuarenta mil asilos de huérfanos chinos fueron campos de la muerte. Hasta quince millones de niñas desaparecieron de los cuadros estadísticos desde la política de «un solo hijo por familia» que se implantó en China en 1979. No solo eran abandonadas, sino asesinadas. El nacimiento de una niña nunca ha sido motivo de alegría o celebración en China, al contrario. Cada año nacen veintiún millones de niños en un país que ha superado los mil doscientos millones de habitantes. Nadie atiende estos niños encerrados en los orfanatos, nadie les habla, les acaricia, se ocupa de ellos. Muchos ni siquiera aprenderán a hablar, sumidos en el mismo estado en el que el niño Kaspar Hauser apareció en las calles de Nuremberg.

Una guía llamada Kiu, con la que viajé en 1987 hasta la ciudad de Cantón, defendía la necesidad del hijo único en la sociedad china: «Somos demasiados —decía—, esto no puede seguir así. Mi gobierno opina, con buen criterio, que sería bueno que fuésemos menos. Por eso estimulan las bodas tardías. Los noviazgos son interminables. Eso está bien. Cuanto más tarden en casarse menos hijos tendrán. Como premio, a quienes deciden casarse tarde y siempre de acuerdo con los signos del zodiaco, el Gobierno les regala un mes suplementario de luna de miel. Nuestro lema es "una pareja, un hijo". Hoy somos el 25 por 100 del total de la población del mundo. Demasiados.»

Las condiciones de vida en China, han mejorado, sin duda, después de los excesos del Gran Salto Adelante, uno de los fracasados experimentos de Mao y de la Revolución Cultural que causaron millones de víctimas. Sin embargo, el Gobierno es impermeable a las críticas de las asociaciones occidentales de defensa de los derechos humanos. Mao Tse-tung pensó que lo mejor para hacer del Imperio del Medio una gran nación sería estimular los nacimientos, las familias numerosas. Fue una catástrofe, porque China dobló su población bajo el mandato del

Gran Timonel. Después, sus herederos dieron un giro copernicano: se instauró el sistema del hijo único. Como en la Europa de la Edad Media, la mejor manera de limitar las familias consistía en abandonar a los niños. En China, muchos de ellos no son huérfanos, sino críos que dejan en el desamparo, porque no pueden alimentarlos, porque son niñas, o porque han violado las reglas del partido más allá de la cuota del hijo único. Multan a las familias que se saltan esa regla. El segundo o el tercer hijo ni siquiera se registran, ni podrán acudir a la escuela; sencillamente no existen. En una gran ciudad de Manchuria, la policía descubrió que bandidos urbanos secuestraban niños discapacitados a los que sacaban la sangre para venderla. A Wu le extrajeron sangre veinte veces a lo largo de un mes. Tenía los brazos cribados de pinchazos.

Cada año, los jefes de las aldeas reciben un documento en el que se especifica el número de los nacimientos permitidos. Un ejército de controladores de la natalidad, trescientos mil, a los que hay que añadir otros ochenta millones de voluntarios, se encargan de que se cumpla la ley del hijo único. Un nuevo curso económico («enriquecerse no es malo», aseguró el «hombre fuerte» Deng Xiaoping) ayuda a la idea de la planificación familiar. Ciento veinte millones de personas se han desplazado desde las zonas rurales hacia las ciudades costeras en pleno despegue económico. Ahora, según me han contado algunos de ellos, prefieren tener un solo hijo. Traicionan a Confucio y a los antepasados a cambio de alcanzar unas mejores condiciones de vida. Eso es lo que les han enseñado, encarecido, y les parece bien. Un documento del partido comunista de China señaló hace poco que los «niños son el futuro de la nación y de la sociedad. En estos últimos años, a través de medidas legislativas, judiciales, administrativas y de otro tipo, el Estado ha mejorado las condiciones de vida de los niños». Según la estadística de una organización humanitaria, el 90 por

100 de los niños internados en el Instituto de Protección del Menor en Shanghai murió en el orfanato, a finales de los años ochenta y principios de los noventa.

La respuesta del gobierno de Pekín es inalterable: «Están guiados por la hostilidad hacia el pueblo chino. Todas esas acusaciones son falsas, producto del imperialismo.» Hace setenta años, los niños de China morían en las calles, ahora los eliminaban en los orfanatos. Uno de los mejores escritores chinos del siglo XX, Lu Xun, presentaba en *Diario de un loco* una historia con reminiscencias de Franz Kafka. En su novela, Lu Xun arremetía contra el mito de la humanidad de la cultura tradicional china. Tras la fachada de «cuatro mil años de civilización», el loco protagonista descubría una sociedad metafóricamente entregada al canibalismo. Horrorizado, al final de la novela escrita en 1918, el héroe de Lu Xun grita desconsolado: «Salvad a los niños.»

Si no cesa la desaparición de las niñas, el número de solteros, por carencia de novias, podría elevarse a setenta millones a finales de siglo. En el censo de 1990 aparecieron ciento doce varones por cada cien hembras por debajo del año de edad. ¿Qué había ocurrido con las seiscientas mil niñas que faltaban? En un informe, el gobierno de Pekín recordaba que «en China viven trescientos millones de niños menores de dieciséis años, una quinta parte de todos los del mundo. Este —añadía— es todavía un país en desarrollo con limitados recursos. El Estado no puede atender todas las necesidades de los nueve millones de niños discapacitados».

Una tibetana que logró escapar a la India contaba su titánico esfuerzo para salvar a su tercer hijo: «Cuando esperaba a mi tercer hijo (las autoridades de Pekín son más indulgentes para con la madre del Tíbet), funcionarios chinos vinieron varias veces a casa para tratar de convencerme de que debía abortar. Me pidieron que acudiera al hospital al quinto mes de mi embarazo. Me entró miedo y decidí irme a vivir con mi madre, que residía en otra aldea. Vinieron a ver a mi marido una docena de veces para preguntarle dónde estaba yo. Como respondió que no sabía, le pegaron con palos y estacas. Amenazaron con detenerle si no hablaba. Volví a mi casa para dar a luz. Un mes más tarde reaparecieron los funcionarios. Ofrecimos pagar los quinientos yuans de multa, hasta que nuestro hijo cumpliera los quince años. Nos dejaron en paz, pero me ordenaron que pasara por el hospital para que me esterilizaran. Vi cosas inimaginables, vi a médicos que practicaban inyecciones con largas jeringas a mujeres hospitalizadas y encinta. Esas mismas mujeres volvían más tarde para abortar. Llegué a ver cómo los perros se comían los fetos. Después de ver y vivir todo eso, no nos quedó otro remedio que escapar.»

EPÍLOGO

EL «TAM TAM» DE LA MEMORIA. En el arrabal negro de Soweto, situado a media hora de Johanesburgo en tren, la memoria del 16 de junio de 1976 seguía viva años después. Al tomar el tren en Johanesburgo me dirigí al primer vagón. Antes de que arrancara el convoy, un policía me sacó de allí con cajas destempladas. «Está usted en el vagón de los negros. Este no es su sitio», me dijo. Y me condujo al vagón de los blancos: estaba a salvo con un compañero de viaje blanco y ebrio por completo.

La de Soweto fue la insurrección espontánea, sin apenas dirección ideológica, surgida de la humillación y el racismo, la imposición del idioma de los *afrikaners* como obligatorio para los estudios de aritmética y ciencias sociales en las escuelas bantúes. Ese fue el chispazo que sacó a la calle a los estudiantes, niños muchos de ellos. Después se fueron a por los símbolos del *apartheid,* que los teóricos del racismo sudafricano llamaban «desarrollo separado de las razas». En pocas horas, el barrio segregado de Soweto de South West Town, ciudad del Sudoeste, se transformó en un campo de batalla. La policía abrió fuego sobre los manifestantes, algunos de hasta tres años de edad. Nunca se sabrá el número exacto de los muertos ametrallados en las avenidas y en las praderas. Fueron cuatrocientos cincuenta y uno según la versión oficial. *N'Kosi Sikelela Africa,* Dios bendiga África. Ese era su himno: estos niños y adolescentes enfrentados a las balas a pecho descubierto fueron los liberadores de África del Sur.

Soweto es un barrio tentacular que se extiende al sur de Johanesburgo por colinas peladas y entre alambradas, maleza y basura humeante. Son cientos de miles de casitas del modelo caja de cerillas. Su paisaje humano está formado en parte por los parados, las tabernas clandestinas, los delincuentes. El índice de criminalidad más alto de África. Cuando llegué la primera vez la policía negra o blanca montaba guardia en sus «hipopótamos» y pedía el pase a los negros. Los blancos de Pretoria se aprovechaban de la tasa de delincuencia en Soweto para argumentar que los negros no eran capaces de gobernarse por sí mismos. Estuve de nuevo en Sudáfrica para asistir en 1994 al fin de la segregación racial a través de las urnas: Nelson Mandela, encerrado durante veintisiete años en la isla de Robben, llegaba al poder. Fue emocionante ver tan largas colas. «Lucharé junto a vosotros —dijo Mandela en 1963 camino de la cárcel— pulgada a pulgada, milla a milla, hasta que consigamos la victoria.» «Si usted reuniera en un territorio como este a un millón de blancos —me decía la asistente social Shimane Kumelo, en Soweto—, y los sometiera al mismo proceso de pobreza ininterrumpida, a la misma falta de escuelas, al mismo nivel de violencia policial, a la misma carencia de puestos de trabajo y al mismo índice de paro, obtendría una tasa de criminalidad y delincuencia muy parecido al que rige aquí.»

Memorias de Soweto: cuando la policía disparó en 1976 contra los estudiantes del barrio segregado, una oleada de indignación sacudió a la población negra de África del Sur. La policía mató a cientos de niños a sangre fría. «Ya nada volvería a ser como antes», me decía cerca del estadio de Orlando Godfrey, uno de los estudiantes que tomaron parte en aquella marcha. No se había visto nada igual, desde los tiempos de Shaperville, diez años antes. La protesta contra el uso del *afrikaner* en perjuicio del inglés fue tan solo una disculpa. Eran muchos años de rabia y desdicha. «No sabíamos aquel 16 de junio que la marcha sobre el estadio Orlando con cánticos y gritos de *amanda* (poder) y *nja methu* (es nuestro), tendría las consecuencias que tuvo, ni el número de muertos y de heridos que acarrearían los disturbios, más de cinco mil. Cuando un año después la policía mató al jefe de la conciencia negra, Steve Biko, el mundo pudo comprobar cuáles eran los métodos que usaba el Gobierno segregacionista de los blancos.»

En efecto, en Soweto quedó enterrada para siempre la fachada de la respetabilidad que pretendía construir el *apartheid* instalado en 1948. Soweto es un barrio interminable, sin centro de gravedad, desparramado hacia el infinito. No se ven ni las agujas de una catedral ni torres de repetidores de televisión. Todo está sobre el suelo, a ras de tierra. La imaginación de los muchachos en paro hizo florecer jardines improvisados en los que colgaban neumáticos a modo de esculturas y crecían tímidas plantas silvestres. Las sillas estaban fabricadas con desechos de automóviles. En los disturbios, los más radicales se servían de esos mismos neumáticos para poner el «collar» a los traidores. Luego los pegaban fuego y el collar ardiente achicharraba a los negros soplones de la policía de los blancos.

Aquí empezó la manifestación de los chavales aquel 16 de junio. El colapso del imperio colonial portugués en África alentó las protestas. Unos quince mil estudiantes se pusieron en marcha hacia el estadio. La policía del *apartheid* intentó dispersar con gases lacrimógenos. Hay quien asegura que los estudiantes lanzaron primero piedras y adoquines, la «intifada» sudafricana al grito de «amo a mi patria, Azania» (la nación negra de los sudafricanos), y quien dice que fue la policía la que se apresuró a abrir fuego contra los «cafres de mierda», los manifestantes. «Fueron ellos —me dijo Godfrey, que contaba entonces diez años—, pero no dejamos de gritar y cantar "Cuidado, Vorster, que viene el negro".» En pocos minutos, los adolescentes y los jóvenes de Soweto respondían con guijarros a las balas de las fuerzas del orden. Después, empujados por la frustración y la ira, se lanzaron contra los comercios y los edificios del Gobierno. Fue la purificación por el fuego. «Los primeros muertos que vi en mi vida —añadió Godfrey—, fueron amigos míos.» «Cuando nuestros hijos empezaron a boicotear las clases por la imposición del idioma de los *afrikaner,* algunos padres hicimos con la cabeza signos de reprobación —me decía Justice—. Pero pronto todo empezó a complicarse. Al principio fue el miedo, luego el horror. Nuestros hijos se encontraban en la línea de fuego. Todo lo que pude decir entonces fue *singa magwala,* "somos unos cobardes".» Los niños sudafricanos, como *El Principito* de Saint-Exupéry, tienen su secreto: no ven bien sino con el corazón. Lo esencial es invisible a los ojos. Lo esencial era la libertad, la dignidad, el honor. La mayoría blanca lo veía de otra forma.

En el hotel Landrost de la capital económica de Sudáfrica, me hicieron llegar un folleto de la oficina de turismo de cuando el Gobierno de minoría blanca se creía capaz de domesticar a la mayoría negra hasta conducirla por la vereda recta con el «vosotros ahí y nosotros aquí». Los blancos de Pretoria, la capital política, querían escapar del complejo del *laager,* la línea circular de carros como en las películas del Oeste cuando atacan los indios. Es el síndrome que perseguía a los blancos racistas desde que las primeras caravanas de pioneros se abrieron paso hacia el interior. Siempre creyeron que los negros —los «cafres»— terminarían por degollarlos. El folleto ofrecía un viaje turístico de tres horas de duración por Soweto, «la tierra —decía— de más de un millón de negros felices. Compare las casas, como cajas de cerillas, tan bonitas, con los palacios de los *dusky millionaires* (los millonarios negros). Maravíllese ante los jardines construidos por una comunidad llena de imaginación, campos de deportes, bibliotecas, piscinas, siéntase feliz ante las zambullidas en el agua de los guapísimos niños negros». La insurrección de Soweto cambió el lenguaje paternalista de los prospectos turísticos y el clima político para los negros de África del Sur.

Veinte años después de la marcha de Soweto, en 1996, el *apartheid* daba sus últimos estertores: dieciséis niños negros acudían por primera vez a un colegio sudafricano «solo para blancos», protegidos por la policía, tras una decisión judicial. La última fortaleza caía a doscientos cincuenta kilómetros al norte de Johanesburgo. El presidente Mandela pedía calma mientras los padres blancos se manifestaban fuera del colegio: «Miren esto. Policía, prensa y *kafirs* (cafres, término despectivo para definir al negro). Cómo voy a traer a mi hijo a un colegio al que vienen ahora los negros», protestaba un padre blanco y racista. Había llegado la hora de la desegregación.

HOGARES ROTOS. Los niños de la calle otra vez. Joseph Camau, de once años, no ha conocido lo que es una familia, los juegos con niños de su edad, ni las aulas de una escuela. Tiene que ganarse la vida a pulso. Lo hemos visto en las malolientes montañas de desperdicios de Nairobi, la capital de Kenia. Como sus hermanos de Rio o de Manila, rebusca entre las inmundicias, papel viejo, botellas, chatarra. Joseph trata de abrirse camino a la sombra de los rascacielos. Son cuatro millones los niños de la calle africanos. A fin de siglo, dado el veloz proceso de urbanización, serán quince millones. Joseph, que viene como tantos otros de un hogar roto, no quiere volver a casa: «¿Para qué? —pregunta—. Cuando bebe, mi madre me pega.» Su madre bebe el *changa,* aguardiente de fruta medio podrida. Su padre abandonó a la familia en Mathare Valley, el barrio más miserable de Nairobi. Son los *talibés* (alumnos de las escuelas coránicas) en Dakar, Senegal, *madame-Carton* en Niamey, *phaseurs* en Kinshara, Zaire, *godobe* en Bangui, capital de la República Centroafricana. Son los niños callejeros nacidos en el éxodo rural, la crisis, la marginación de las familias, la aculturación, la demografía galopante, el paro, la ruptura de la unidad familiar. Les queda la calle.

Los kenianos llaman a estos niños *parking boys* porque en otro tiempo buscaban plazas de aparcamiento para los automovilistas de la capital y vigilaban sus coches a cambio de unas monedas. Delicias de la «economía informal», de la depauperación, la *debrouille,* el arréglatelas como puedas. Las cosas se han puesto tan mal que los adultos les han robado el negocio. Los mayores son ahora los *parking boys.* A Joseph solo le queda hurgar en la basura o pedir limosna. Es un niño introvertido y desconfiado: «No espero nada bueno de nadie» parece una frase escrita en su cara. Cuando se le pregunta por sus sueños, se le ilumina por un momento el rostro y contesta en voz baja: «Me gustaría ser carpintero.» No quiere ser presidente del Gobierno, ni ingeniero, ni arquitecto. De todos modos es un sueño irrealizable por modesta que sea la meta. La carrera típica de un chaval keniano de la calle se desarrolla de la siguiente manera: empieza como golfillo, asciende a miembro de banda juvenil, donde aprende a robar a los transeúntes y a subir poco a poco los peldaños del delito. En el peor de los casos termina en la horca.

Hace quince años la prostitución infantil era como quien dice desconocida en Kenia. Hoy cada vez son más numerosas las niñas que venden su cuerpo. No solo a los turistas. Entre la población masculina local se da una creciente demanda de niñas prostitutas, en la falsa creencia de que el peligro del sida es menor con una niña. Estas creencias saltan sobre los meridianos de las culturas: son válidas desde Bangkok a Nairobi. En marzo de 1995 los diarios publicaron una noticia fechada en Soweto: docenas de menores, de edades comprendidas entre los nueve meses y los diez años eran violados cada día por hombres infectados por el virus del sida en la idea de que de esa forma se librarían de la enfermedad. El diario local *The Sowetan* citaba fuentes de los hospitales regionales, donde fueron atendidos centenares de niños violados durante las últimas semanas.

También Kenia ofrecía, como Tailandia, la imagen de país de turistas, moderno y modernizado, puesto al día. Algo así como el paraíso perdido de *Memorias de África.* La realidad era bien distinta. Cuando Kanun Kazungu Nyule fue llevado ante los tribunales en Nairobi se descubrió que algunas de esas prácticas no respetan fronteras. Kazungu necesitaba dinero y por eso echó mano de su última reserva: vendió a su hija. El «novio», de cuarenta años, le pagó por ella diez mil pesetas y dos cabras. Los tribunales condenaron a Nyule y al novio a seis meses de cárcel por abuso de una menor de edad. Donde no hay harina todo es mohína: en la región costera de Kenia, como en otras partes del mundo, incluida la India, Pakistán o Bangladesh, los padres, acosados por la falta de dinero, fuerzan a casarse a sus hijas pequeñas. Las niñas no son bienvenidas en la tierra del Mahatma Gandhi. Como en China, en algunas regiones es costumbre asesinar a las recién nacidas. Hay noventa y cinco mujeres por cada cien hombres, en China ochenta y ocho mujeres por cada cien hombres. «Tener un hijo es como tener dos ojos: tener una hija es como estar tuerto.» Se calcula que hay más de sesenta millones de mujeres desaparecidas en todo el mundo. El precio de la novia tiene que ser lo bastante alto como para correr con la educación del hijo: los varones han tenido siempre preferencia sobre las hembras. En las zonas rurales del Rajastán, en la India, todas las niñas están casadas una vez cumplido el primer ciclo menstrual.

Hay ocasiones en que la necesidad es tan apremiante que la hija es vendida a redes de prostitución para salvar del hambre al resto de la familia. Otra de las razones suele ser el adulterio. Ese fue el caso de Nyule. Señalaba el diario *The Standard* de Nairobi que, según la tradición, un hombre sorprendido *in fraganti* con una mujer casada que no sea la suya, es castigado con una multa por el Consejo de Ancianos de la aldea: pagará al marido engañado el precio que éste pagó en su tiempo por la esposa ahora infiel. Muchos no llegan a reunir el dinero, sino a costa de vender a su propia hija. En el caso de Nyule no fue él el pecador, sino su hijo que fue condenado a pagar por adulterio una multa de veinticinco mil pesetas, es decir, lo que un keniano medio gana en seis meses de duro trabajo.

En la tribu de los mijikenda, a la que pertenece Nyule, la venta de novias menores de edad arranca de una vieja costumbre. Antes la novia-niña gozaba de una cierta protección que hoy ha caído en el olvido y el desuso. Así, el padre buscaba para su hija un hombre que tuviera ya una o varias esposas. Estas tomaban a la joven novia bajo su protección y cuidaban de que el marido no la tocase hasta que alcanzara la madurez sexual. Esas tribus masais en otro tiempo tan orgullosas a las que hemos visto hacer juegos malabares para los turistas en las estepas de Kenia están acostumbradas a casar a sus niños en la infancia. Por ejemplo, dos amigos en prueba de su amistad, pueden decidir la boda de sus hijos cuando estos son recién nacidos. Pero ocurre también que un hombre vende a su hija a un viejo por el solo hecho de que le falta dinero para comprar ganado. En 1993 se supo del caso de una niña de diez años a la que prometieron con un «novio» de cien que tenía ya dos esposas. Casos como el citado contribuyen a desprestigiar cada vez más la institución del casamiento entre niños. En una carta al *Daily Nation,* un indignado lector protestaba con vehemencia: «Es una perversión demoníaca. Hombres viejos y cegatos descubren de pronto un caprichoso apetito por niñas no mayores que sus propios nietos.»

Para las novias-niñas el matrimonio significa el final de la escuela y de muchas ilusiones. Una de ellas, Emily K., recuerda el momento en el que sus padres le revelaron que le había llegado la hora de contraer matrimonio. «Me eché a llorar. Hubiera querido suicidarme, pero me faltó valor», confesó. Era la mejor alumna de la clase y soñaba con llegar a ser algún día la primera médica de su pueblo, Kajiado, en el sur de Kenia. En todo caso Emily corrió mejor suerte que esos veinte mil niños del sur del Sudán que perdieron a sus padres en la guerra civil y vagaban desde hacía años entre su país, Etiopía y Kenia. Huían de la guerra y la hambruna que les pisaban los talones. Recorrieron miles de kilómetros de desiertos, estepas y selvas vírgenes, descalzos y vestidos solo de pantalones cortos y una camiseta hecha girones. En su marcha sin destino muchos de ellos acabaron en el campamento de refugiados de Kakuma, al norte de Kenia. «Estos niños han vivido ya lo que es el infierno en la tierra —dijo Ian Lethbridge, jefe del campamento a Hubert Kahl, que siguió la increíble odisea de los ángeles perdidos del Sudán—. Han sido bombardeados, perseguidos a tiros, atacados y a veces devorados por leones y otros animales salvajes. No tenían otra cosa que comer que hierba y raíces. Cientos han muerto de hambre y enfermedades. Algunos de ellos presenciaron el drama de sus madres violadas y asesinadas.

FUGA EN MASA. ¿Cómo se explica esta huida en masa? Nadie lo sabe. Se cree que temían ser vendidos como esclavos al norte musulmán. El Ejército Popular de Liberación del Sur del Sudán lucha desde hace trece años por conquistar una mayor autonomía para la población de cristianos y animistas del sur, frente al régimen fundamentalista islámico del norte. La otra versión señala que ese Ejército de Liberación secuestró a los niños para convertirlos en guerrilleros: no hay una sola niña en esta multitud de críos errantes. El calvario de estos niños descalzos comenzó a finales de los años ochenta, cuando fueron llevados a la vecina Etiopía. «Caminaron por un paisaje lleno de cadáveres y de ruinas de guerra», señalaba un informe de las Naciones Unidas. Fue en Etiopía donde recibieron instrucción militar. Tras la caída en Adis Abeba del régimen comunista los niños se vieron forzados a regresar al Sudán. En su fuga, según el informe de la ONU, fueron asaltados por belicosos nómadas de la tribu de los *toposa.* Algunos murieron al vadear ríos o fueron devorados por los cocodrilos. La gran ofensiva lanzada por las tropas del Gobierno en 1992 los obligó a huir a Kenia. Recorrieron miles de kilómetros a pie.

El Sudán arrastra esta guerra desde la independencia en 1956. Es una de esas enquistadas tragedias africanas, que acumulan muertos y más muertos, incluidos los niños. En el curso del levantamiento de 1955 en el sur, los norteños detenidos «fueron azotados, despellejados y ahorcados en los árboles». Esta frase, en el lenguaje que usamos cada día, casi puede parecer trivial. «Pero acerquémonos al lugar de la ejecución —invitaba el escritor Cecil Eprile en su libro *Guerra y Paz en el Sudán*—, y contemplemos la escena que se desarrolla ante nosotros. ¿Qué es lo que vemos? Un niño o una niña, ágil y de piel suave y brillante, son arrastrados entre gritos a un poste, al que se les ata. Entonces un hombre levanta un látigo de cuero y lo descarga con fuerza sobre la espalda de la criatura, lo alza nuevamente y vuelve a golpear, y así repetidas veces. La piel del pequeño, cruzada de correazos, estalla y comienza a sangrar. Luego el mismo verdugo, o tal vez otro hombre, saca un cuchillo, aprieta la hoja contra el costado del niño y le hace un profundo corte. La herida, en carne viva, produce un dolor intensísimo, insoportable. En un cielo sin nubes luce un sol abrasador y los buitres se ciernen sobre el pequeño. La criatura, que podría ser su hijo o su hermano, agoniza. Ahora le pasan una cuerda por el cuello, le lanzan sobre una rama de árbol o una horca ya dispuesta y el pequeño cuerpo mutilado es elevado del suelo. Los buitres descienden despacio. La agonía de la criatura es inconcebible, tan dolorosa que incluso el lector llega a sentirla; pero el lector sigue con vida, mientras que aquellos niños y niñas "azotados, despellejados y ahorcados en los árboles" hace horas que han muerto y han sido devorados por las aves del cielo.» Bestiales matanzas de los mau mau, la poderosa sociedad secreta de los kikuyus de Kenia, alzados contra los blancos, los vientres abombados de los niños de Biafra, venganzas de sangre entre tutsis y hutus en las verdes colinas de Ruanda y Burundi desde 1959. La historia de la infamia se repite porque en Sudán, en Ruanda y Burundi vuelven a arder las chozas de las aldeas y los cadáveres se los llevan las corrientes de los ríos. Vivieron en relativa paz y armonía durante muchos años pero los jefes, los caudillos, metieron el lobo del odio en el aprisco de las tribus. Lo hicieron por ambiciones de todo tipo, represalias, robos de tierras y rebaños. Nadie sabe a veces cómo empiezan estas venganzas de la historia, pero se sabe que vuelven alentadas a veces por los propios coloniadores y misioneros, que, por intereses más terrenales que celestiales, eligieron campo y apoyaron a unos por encima de otros. En Ruanda primero a los tutsis y luego a los hutus.

BIAFRA. A la guerra de Biafra se la llamó de todas las maneras posibles, guerra civil, tribal, de supervivencia, pero sobre todo «la guerra de los niños». Murieron miles todos los días durante la secesión armada frente a Nigeria entre 1967 y 1970. Por ejemplo, la URSS, Egipto y Gran Bretaña se pusieron del lado del Ejército Federal Nigeriano, y China, Portugal y Sudáfrica del lado de los ibos biafreños atacados y perseguidos en los meses que precedieron a la declaración de independencia, el 30 de mayo de 1967. Ihunuaya, una niña biafreña que conoció Townsend, desconocía la edad que tenía, rondaría los ocho años. «Un día vimos en la aldea una cosa que parecía un pájaro muy grande. Echamos a correr porque hacía mucho ruido y echaba fuego y mataba a la gente.» El incendio se propagó con rapidez. «Todo se quemaba; en un día ardieron todas las casas de mi aldea.» La pequeña tuvo aún que ver y oír cosas peores. «A mucha gente le arrancó la cabeza, a otros las manos, y otros se quemaron. Durante una semana, en todas las esquinas de Eluoma hubo gente que gritaba y lloraba.» Los aldeanos tuvieron que alojarse en tiendas construidas a base de juncos y bambú. «No había nada de comida, me puse enferma y se me hinchó todo el cuerpo.» La pequeña pudo salvarse al escapar al Gabón.

En la Uganda del dictador Idi Amin las botas de los guardias terminaban con un punzón de metal que sobresalía uno o dos centímetros de la punta. En 1976, cuando empezaron las ejecuciones y matanzas los soldados penetraron en escuelas y aldeas y se llevaron a los niños. Jack, que vivió en la zona occidental de Uganda vio cómo mataban a machetazos a familias enteras, cómo la gente huía a la selva o corría hacia las fronteras. Jack perdió contacto con su hermano mayor, de doce años, hasta que se lo encontró muerto en una aldea próxima a la frontera con Kenia. Lo habían matado a patadas y puntapiés. El punzón de las botas de los soldados le atravesó el corazón y la garganta. Benjamin, un niño cojo, recorrió ciento veinte kilómetros a través de la selva para buscar refugio en Tanzania. Al regresar a su casa la había encontrado vacía. Los soldados de Amín pasaron por allí con sus machetes y sus botas con punzones. «Cuando comprendí, sin ningún género de dudas, que era el único superviviente de mi familia, sentí una soledad imposible de explicar.» Tan solo le quedó escapar del dolor.

En la guerra civil angoleña que siguió a la independencia de Portugal el 11 de noviembre de 1975, se vivieron escenas de una gran crueldad. María Arminda de Jesús da Vinha pertenecía en la escuela a la sección juvenil de UNITA enfrentada al MPLA de signo marxista. Los guerrilleros rodearon la casa de Arminda en un barrio de Luanda, la capital. «Nos ataron a todos con una cuerda —contó Arminda—, menos a mi padre al que hirieron de un disparo en la pierna derecha. Entonces fueron a por él y empezaron a cortarle a trozos con machetes. Primero las orejas, luego las piernas, luego pedazos del cuerpo. Iban a cortarle la cabeza cuando mi padre les suplicó que le dejaran hablar un instante con su familia. Se despidió de nosotros y se echó a llorar. Entonces aquellos hombres le cortaron la cabeza y empezaron a jugar al fútbol con ella.» Como la madre de Arminda había estado amasando pan, tenía el horno encendido, listo para cocerlo. Esto inspiró a los guerrilleros una idea luminosa. «Cogieron al pequeño Joel, lo desnudaron y empezaron a untar su cuerpo con manteca y aceite. Vi cómo cogían una pala para introducirle en el horno —añadió Arminda—. Mi madre chillaba de terror.» Sus gritos fueron oídos por los guerrilleros de UNITA que llegaron justo a tiempo para salvar a la familia de una muerte horrible y segura.

Todo conspira contra las sociedades africanas, la corrupción e ineficacia de los gobiernos, el bandidismo, la desertización, las guerras civiles y tribales, la sequía, la enfermedad. La hambruna de 1984-1985 se llevó en Etiopía las vidas de trescientas mil personas. Hay quien dice que fueron un millón. ¿Quién lleva la cuenta?

Para nosotros, telespectadores desconcertados por la sobrecarga de información, el sufrimiento de los niños se ha hecho casi abstracto. Nos han mostrado cómo mueren. Los niños de Etiopía ceden poco a poco, se reduce su metabolismo, el cuerpo cesa en cualquier actividad física innecesaria. El corazón late despacio. Es la apatía, el letargo, el síntoma de la muerte por inanición. Pierden proteínas, se reduce el tamaño de los órganos vitales, se incrementa la carencia de vitaminas, el pequeño deja de moverse, el cerebro reduce también su consumo de energía en emociones y reacciones: no las necesita. Es un esqueleto y muere de hambre o de cualquier enfermedad que no ha podido combatir por pura debilidad. Ni siquiera le quedan fuerzas para respirar: se ha consumido por completo.

Las esclavas-fetiche. El itinerario de los niños de la calle, los *street boys,* cientos de miles en toda África, es ya conocido. Lo hemos visto en otros continentes, de la aldea al cinturón de la miseria, de la familia a la calle. Hubo un tiempo en que el nacimiento de un crío en el hogar africano era una bendición, un timbre de gloria, hoy es muchas veces una carga, una boca más que alimentar, una reserva de miseria. También ellos, arrojados a las calles, terminan fumando pegamento. En Bamako, la capital de Mali, todos se drogan con pegamento, el 20 por 100 ha sufrido relaciones sexuales impuestas, el 12 por 100 se prostituye, al 9 por 100 lo ha detenido la policía, el 3 por 100 ha pasado por la cárcel. Droga, mendicidad, violencia. Ese es su destino. También en las calles de Bamako los comerciantes se han unido contra los niños-ladrones. Pagan a la policía para que se encargue de los «hijos de perra», como los llaman. Apagan los cigarrillos en su piel para que escarmienten, o salpimentan los ojos, los labios o el sexo con *machacha* o los hacen bailar como trompos con un dedo en el asfalto hasta llegar al vértigo, el baile llamado del Zekete-Zekete. O los atiborran de esa droga, el *guinze* que los vuelve locos. O los someten al suplicio del collar ardiendo. En Kinshasa, capital de Zaire, aplican el artículo BV 320 que en francés es el acrónimo de «quemados vivos por trescientos francos de gasolina y veinte francos de cerillas».

En Ghana hay padres que venden a sus hijas a un brujo como «esclavas-fetiche». No solo por dinero, sino para pagar por sus pecados, exorcizar su mala suerte o romper con una mala racha. En las aldeas se ven niñas de doce, trece años, convertidas en esclavas sexuales con sus hijos colgados a la espalda. Es la ley del *trokosi.* El brujo acepta niñas de entre ocho y doce años. Serán propiedad del brujo para toda la vida. Trabajarán durante doce horas en el campo como las esclavas llevadas desde aquí hacia Estados Unidos, satisfarán los deseos sexuales del hechicero. Son unas diez mil las niñas entregadas al *trokosi.* No habrá para ellas un concierto universal, un *Live Aid* como el que el cantante británico Bob Geldof organizó en 1985 para recaudar fondos con destino al África hambrienta. Se transmitió desde Londres y Filadelfia vía satélite. Tampoco lo habría para las víctimas del infanticidio en Zimbabwe.

El infanticidio es un flagelo en la república africana como lo es en la India. En el distrito de Madurai la mitad de las niñas recién nacidas son asesinadas, envenenadas, asfixiadas, arrojadas a los ríos o a los vertederos (también ha ocurrido en España), enterradas vivas. Cada pueblo tiene un experto en asesinatos. Por veinte rupias una comadrona quita la vida a la niña. Cientos de madres solteras terminaron ante los tribunales por haber matado a sus hijos. ¿De quién era la culpa? ¿Del rápido proceso de urbanización, de las dificultades que esa situación crea en las familias más pobres, de las prohibiciones tribales de adopción, de las leyes contra el aborto o el inferior estado social y económico de las mujeres, en especial de las madres solteras en la vida rural tradicional africana? Farai Gatsi tenía ya doce hermanos y acudía a la escuela cuando quedó encinta de su novio de quince años. Su padre trabajaba como cocinero en una casa particular. Farai se resistió a contarle la verdad porque era la hija preferida. Con gran sacrificio su padre le pagaba la escuela. Quiso la joven madre hacer desaparecer al hijo por arte de magia. Dio al fin a luz y con la ayuda de su enamorado mató al niño y lo enterró en un jardín por la noche. El tribunal de Zimbabul condenó a Farai a dieciocho meses de cárcel y a seis meses a su novio por haberla ayudado a ocultar el cadáver.

En Togo se ha puesto de moda entre las familias pobres enviar a sus hijos pequeños a trabajar como criados en casas de gente pudiente a cambio de que les paguen la escuela. Suena bien, pero en realidad estos críos son explotados por sus tutores. Lo hacen todo, van a por agua, compran en el mercado, cocinan y cuidan de los hijos de la familia. La fatiga repercute en la escuela, se duermen en clase y terminan por abandonar los estudios.

Ya hemos visto cómo en el Sudán los niños son botín de guerra. La captura de esclavos negroafricanos por parte de los árabes era una práctica habitual durante el siglo XIX. Lo es también en el XX. En la remota ciudad sureña de Manyiel un mercader árabe vendió un par de esclavas a periodistas norteamericanos de Baltimore en el verano de 1996. El pago fue de mil dólares. Era la prueba de que ese tráfico seguía en pie. El mercader árabe había llegado la víspera a Manyiel con una docena de niños-esclavos comprados en el norte. El negrero moderno, llamado Adam el Haj vendió a los periodistas a Akok, de doce años, y a Garang, de diez. Se sabía que fueron hechos prisioneros hacía siete años en una incursión en su aldea. Después trabajaron como esclavos en una granja. Los reporteros entregaron a Akok y a Garang a su padre, que los recibió con gozo y lágrimas de alegría.

También en Sudáfrica se han comprado niños-esclavos mozambiqueños. Así ocurrió con Jorge, Immanuel y Jabulile. Un periodista de Johanesburgo los compró por el equivalente de ocho mil pesetas cada uno. Jorge, de dieciséis años, se refugió en la selva cuando el Renamo, grupo guerrillero, atacó la aldea y la prendió fuego después de matar a la mayoría de sus habitantes. Destruidas las cosechas, incendiadas las chozas, asesinados todos los miembros de su familia, a Jorge no le quedó otro remedio, aterrorizado como estaba, que correr hacia la frontera surafricana. Tuvo «suerte» porque un «guía» llamado Baba (Padre) Thobela dio con él y le prometió que le buscaría un trabajo en Sudáfrica. Fue entonces cuando el periodista de Johanesburgo que investigaba sobre el tráfico de esclavos apareció por la aldea y los compró a los tres para ponerlos a salvo en un albergue juvenil. Ya he contado una experiencia parecida en Tailandia hace treinta años. ¿Quién se atreve a decir que la esclavitud ha terminado?

En 1992 en la frontera de Sudáfrica con Mozambique un periodista de un semanario de Londres compró dos muchachas por seis mil pesetas, tres mil por cada una de ellas. Al compás de la guerra civil entre el gobierno central y los rebeldes del Renamo crecía el número de los mozambiqueños vendidos como esclavos para las fábricas sudafricanas, los clubes nocturnos de Johanesburgo, Pretoria o El Cabo. Los traficantes de esclavos, los negreros del siglo XX-XXI hacían de «guías» de los desgraciados que se presentaban en la barrera electrificada de la frontera con Sudáfrica conocida como «la serpiente». De Marruecos a Sudáfrica, del olivo al baobab, los niños africanos se enfrentan a un futuro estremecedor. La deuda externa del continente es de doscientos setenta mil millones de dólares, el 10 por 100 del producto interior bruto se gasta en la compra de armas, de los doscientos cuarenta millones de habitantes de 1960 se ha pasado a los setecientos veintiocho millones de hoy. En Etiopía ha desaparecido el 95 por 100 de los bosques; el 30 por 100 de los niños menores de cinco años sufre desnutrición, el 65 por 100 de las mujeres y el 45 por 100 de los hombres son analfabetos. Otra vez la sórdida estadística: más del 60 por 100 de la población mundial con virus del sida se encuentra en África. El paludismo, con casi dos millones de muertos, es la primera causa de mortandad. La tuberculosis podría convertirse en diez años en la primera causa de muerte entre los adultos. Los africanos del norte, sesenta millones de habitantes hoy, doblarán la población entrado el siglo.

Las «pateras» llegan a las playas españolas como los náufragos de *La Medusa,* el cuadro de Gericault. No faltan en ellas los niños o los adolescentes. En octubre de 1993 diez muchachos marroquíes, de entre diez y dieciséis años, aparecieron en el puerto de Valencia, procedentes de Casablanca. Se hicieron pasar por palestinos para causar una lástima más exótica. Encerrados en un pañol de cuatro metros cuadrados del barco *Eva del Mar* pidieron a las autoridades españolas que los acogieran por «razones humanitarias». «Razuk Abdela —anotaron los periódicos— decidió cinco días antes lanzarse a la aventura.» A sus escasos diez años de vida debe de haber acumulado suficientes motivos como para querer abandonar su país. A otros críos marroquíes los utilizaban como correos de la droga. A unos los obligaban al narcotráfico bajo amenazas, a otros los seducían con dinero, regalos o promesas de motocicletas de moda. A estos chavales los «engancharán» primero a la droga, después los enviarán a Ceuta y de allí a Algeciras. A veces los familiares o los traficantes los acompañan en la travesía, pero los menores pasan la mercancía solos. ¿Quién sospecha de un crío de diez años? «Nos seducen —dijo uno de ellos— con grandes promesas, pero luego nos convierten en sus esclavos.» «Nos buscan en los barrios, en las salas de máquinas de juego —confesó un menor marroquí detenido en la aduana española—, en los bares que frecuentamos. A otros, a los que estudian, los captan en los institutos. A mí me pagaron y me obligaron a guardar silencio, pero estoy harto de esto y quiero salir como sea.» «Sí, es verdad que fumo heroína y que ellos me "engancharon" —confesó otro—. Luego me ofrecieron gratis la droga si les pasaba "hachís" a Algeciras. Me llevaban al Monte Hacho de Ceuta y allí me pegaban al cuerpo las pastillas. Me las sujetaban con esparadrapo desde el pecho hasta los tobillos.»

La Suiza de África. Cuando el viajero llegaba al aeropuerto de Kigali, capital de Ruanda, creía haber entrado poco menos que en el paraíso perdido africano. La construcción era moderna, el mantenimiento ejemplar, los teléfonos funcionaban, las carreteras parecían nuevas. ¿Era esto el castigado Tercer Mundo? Estabas a punto de dar la razón al escritor Negley Farson, que en 1940 y en su libro *Tras la espalda de Dios* describió al país centroafricano de los Grandes Lagos como la Suiza de África. Claro que está demostrado que todas las naciones que se hacen llamar la Suiza de algo, la Suiza del Próximo Oriente (Beirut) o la Suiza de los Balcanes (Sarajevo) caminan hacia la hecatombe. En la primavera de 1994 le tocó a Ruanda.

De pronto, a partir del 6 de abril, fecha del asesinato del presidente Juvenal Habyarimana, miembro de la etnia hutu (el 85 por 100 de la población) empezó la noche de los *pangas,* los cuchillos y los machetes largos. Fue un baño de sangre como hacía tiempo no se conocía en la torturada África. Cayeron, bajo la marca de Caín, entre quinientos mil y un millón de tutsis (etnia minoritaria con el 14 por 100 de la población) y hutus moderados. Dos millones de refugiados corrieron hacia los países vecinos acompañados de sus inseparables rebaños. Mi amigo el periodista polaco

Ryszard Kapuscinsky, autor de *El emperador, La guerra del fútbol* y otros libros desmitificadores, buen conocedor de los problemas africanos, escribió desde Ruanda: «Este estallido de violencia constituye un alivio transitorio del odio acumulado durante años.»

En 1957, cinco años antes de la independencia de Ruanda y Burundi, las dos naciones casi gemelas, un folleto oficial del Gobierno de la que por entonces era colonia belga, definía al país sumido en 1994 en el caos como «el último refugio de hombres insólitos, cuyos contrastes físicos y psíquicos los separaban al mismo tiempo que los unían». En aquel trance de venganza y sangre vertida de tantos santos inocentes, el viajero recordaba los risueños carteles turísticos del aeropuerto de Kigali: «Bienvenido al país de la eterna primavera.» O también: «Bienvenido al país de las mil colinas.» Las dos cosas eran ciertas, la eterna primavera meteorológica, con temperaturas que oscilaban todo el año entre los dieciocho y los veintidós grados centígrados, y las mil colinas. Así se llamaba, Radio Mil Colinas, la emisora hutu que lanzó a los suyos a la matanza de los tutsis y los hutus moderados. Faltaban en los carteles de propaganda las estampas de los gorilas ruandeses en libertad, los mismos que cuidaba la norteamericana Fossey, los *Gorilas en la niebla* de la película. La amiga de los gorilas fue asesinada por los furtivos. Pronto veríamos la segunda parte del filme *Tutsis en la niebla.* ¿Era así Ruanda, tal como la pintaba aquel aeropuerto relimpio y funcional? Al salir descubrías la triste realidad, Suiza se transformaba en Calcuta. Ruanda dejaba de responder al rutilante decorado de cartón piedra: entrábamos en una de las naciones más pobres del mundo y había que abandonar como en el infierno del Dante toda esperanza. Era una nación de hermosas colinas como de la Toscana, bosque de eucaliptus y cafetales, gorilas inteligentes, enormes rebaños pero asolada por el hambre, la superpoblación y más tarde el sida.

GENOCIDIO. Para completar el cuadro de Brueghel faltaba una espantosa guerra civil. ¿O fue tan solo una matanza? Fue la vuelta a los demonios familiares de los años cincuenta pero a gran escala. Los tutsis, los bailarines watusis de las películas de Hollywood, altos, orgullosos, de un orgullo estimulado al principio, hasta que cambiaron de campo, por los misioneros y los colonizadores belgas, los señores feudales que gobernaron un tiempo como reyes, cayeron bajo la danza de la muerte de mayoría hutu, los siervos que cultivaban la tierra y que pasaron a mandar en Ruanda tras la independencia de los belgas. Creen los tutsis que la llamada revolución de 1959, que llevó a los hutus al poder, fue dirigida desde el exterior. Los belgas enviaron a sus paracaidistas y pusieron a todo el país bajo la ley marcial. En 1962 les llegó la independencia. «Primero lo incendiaron todo y quemaron nuestras casas, después empezaron a matar con saña», lloraba un granjero tutsi llamado François Sekayutu, refugiado en Burundi en la primavera de 1994. Los refugiados contaron cómo los hutus de ojos inyectados en sangre sacaban a los enfermos de sus camas y de los quirófanos y los remataban a tiros lanzados o golpes de machete. Después hasta se comían sus vísceras. Era la furia de los milicianos *interhamwe,* los que atacan juntos, los que matan juntos.

No solo fue una orgía de violencia étnica, sino una matanza política. Es muy probable que los extremistas hutus, con la temida Guardia Presidencial a la cabeza, temerosos de perder el poder a manos de los tutsis, fueran los responsables del atentado (un misil derribó el avión Falcon 50 en el que viajaban el presidente de Ruanda y el de Burundi), y de la invitación a la cacería del tutsi. «El asesinato en masa de los tutsis es una campaña orquestada para eliminar a la minoría —afirmó Alison des Forges, miembro de una organización de defensa de los derechos humanos—. Pero ha ido más allá del genocidio —añadía—, el atacar también a los miembros de la mayoría hutu deseosos de trabajar con los tutsis en la construcción de un país unido y democrático.»

El móvil de los gritos del silencio en el país de la eterna primavera fue no solo el odio étnico. Entraron en juego las agudas rivalidades regionales entre los duros extremistas del norte de Ruanda y los liberales del sur. Tampoco había que olvidar la presión demográfica que convertía el pequeño país en el más poblado del continente africano con sus siete millones y medio de habitantes. Durante cinco siglos, hutus y tutsis, que hablan el mismo idioma, vivieron en relativa armonía. La estadística impuso una víctima, los tutsis. Las fotos de las niñas asesinadas recordaban el parlamento de Shakespeare. «¿No tiene manos un negro (tutsi), ni órganos, ni proporciones, ni sentidos, pasiones, emociones?» Dos niñas de corta edad con machetazos en el cuello permanecieron siete días junto al cadáver de su madre.

Los tutsis, de nariz más fina y piel tirando a marrón, eran los reyes-pastores. Los hutus, de nariz más grande y piel oscura, más bajos de estatura, los agricultores. ¿Caín, el hermano mayor, el granjero, el labriego, el cultivador de la tierra, y Abel, el hermano pequeño, el pastor? Los matrimonios entre una tribu y otra terminaron por hacer difícil la distinción entre unos y otros. Pero la potencia colonial, Bélgica, impuso el divide y vencerás. Se encargó de identificar a los tutsis y a los hutus por medio de un documento que dejaba claro el origen de cada uno. Así a Bruselas le resultaba más cómodo gobernar. Hasta que en abril de 1994 se abrió la veda del tutsi y de la oposición hutu. La rabia y la capacidad de destrucción de los extremistas hutus tomó dos direcciones: la minoría tutsi y los hutus partidarios del diálogo nacional. La milicia asesina, los escuadrones de la muerte hutus se abalanzaron sin compasión contra unos y otros, sobre todo contra los primeros. «Es la lucha por la hegemonía política con fuertes influencias étnicas —resumió la situación el embajador de Estados Unidos en Ruanda, David Rawson—. Son muchos los hutus que han perdido la vida, sobre todo hutus del sur, que se oponían al régimen presidencial.»

John Butera, de cuarenta y tres años, un maestro tutsi, dormía cuando llegaron a su aldea las milicias hutus armadas de palos, cuchillos, metralletas, lanzas y machetes. Los recién llegados lo arrasaron todo, abrieron fuego a discreción, saquearon las viviendas. John logró esconderse en un platanal desde el que escuchó los gritos de su familia, de su mujer y sus siete hijos, de tres meses el benjamín y de diecisiete años el mayor. Cuando la banda de asesinos abandonó el lugar, Butera descubrió los cadáveres mutilados de todos ellos. Bajo el puente fronterizo entre Ruanda y Tanzania, un comandante recogía los machetes de los refugiados. Llegaban deshidratados y hambrientos, con los ojos enrojecidos y el rostro desencajado por la tragedia. Bajo el puente, sobre el agua, aparecían los cuerpos mutilados al ritmo de treinta a la hora. Venían arrastrados por la corriente, desnudos y desfigurados con las marcas de los machetes y de las aves de presa. En la cataratas de Murongo, situadas cerca de la frontera ugandesa, el número de los cadáveres que arrastraba el río era aún mayor. Un viento que traía la pestilencia de la muerte se extendió pronto desde Kiga hacia el resto de las mil bucólicas colinas, allí donde siglos atrás la minoría tutsi impuso su ley sobre la mayoría hutu. Hasta 1959 en que los siervos dijeron basta.

La pobreza, la desesperación, la búsqueda de un enemigo sobre el que desfogarse, movían las manos que empuñaban los machetes. La esperanza de vida en Ruanda no superaba los cincuenta años. La gente vivía poco menos que de comer raíces. El abandono de la población era tal antes del estallido que en las cercanías de las escuelas, niños de nueve y diez años se paseaban con preservativos en la mano para ofrecerse a los hombres. Grupos de niños de vientres inflados, vestidos con harapos y los ojos enrojecidos por la conjuntivitis vagabundean por las calles. La caída del precio del café, que representaba el 80 por 100 de las exportaciones, llevó a Ruanda a la quiebra. El campo estaba tan lleno de gente, por otro lado hospitalaria y cortés, que apenas quedaba espacio para el cultivo de la tierra. «Van a terminar por comerse unos a otros», nos decían en Nairobi. En Kigali, en vísperas de la tragedia, el 28 por 100 de la población era seropositiva. En 1995 se hablaba de los «doscientos mil huérfanos del sida». El anillo del régimen se cerró sobre sí mismo. El sistema del *akazu* y el clan presidencial mandaban en Ruanda. Así permaneció en el poder el presidente Juvenal Habyarimana. El *akazu* era ese núcleo de gentes que ha dominado por completo la vida nacional, la «nomenklatura» ruandesa. Los llegados de las regiones de las que procedían el presidente y su esposa, situadas al noroeste, se beneficiaron de un trato de favor.

En aldeas, hospitales, iglesias, carreteras, aparecieron ochocientos mil cadáveres. Comparada con esto de Ruanda, la tragedia de la ex Yugoslavia parecía poco menos que una pelea entre vecinos. El Frente Patriótico Ruandés, formado en 1990 en Uganda por los exiliados tutsis, la emprendió en 1990 contra el que llamaban «poder hutu». En 1993, cuando el presidente Habyarimana firmó un acuerdo para compartir el poder con el Frente Patriótrico Ruandés (los «cucarachas» los llamaban sus enemigos los extremistas hutus), empezaron a preguntarse si el presidente se había convertido en un traidor, en un cómplice. Tenía los meses contados. El diario de los extremistas, *Kangura,* avisó en enero de 1994: «Habyarimana morirá en marzo.» Le concedieron un mes de gracia. Un consejo de mujeres de un barrio de Kigali ofreció cincuenta francos ruandeses, unas treinta pesetas, por cabezas cortadas de hutus. Luego, con la invasión del Ejército Patriótico Ruandés, les tocó a los verdugos asumir el papel de víctimas. La cultura de Ruanda era la cultura del miedo, de la ciega obediencia al mando. Bastaba con que alguien con autoridad dijera a un pobre campesino «toma el machete y mata». Esa fue la orden de los jefes hutus, de los extremistas, de los hombres de negocios del entorno presidencial. ¿Locura colectiva? A la locura se le atribuyen muchos desmanes. Los asesinos nazis eran como tú y como yo. El doctor Richard Mollica, director del programa sobre Trauma de los Refugiados en la universidad estadounidense de Harvard, opina que no solo es un caso de demencia o enajenación, lo que los orientales llaman *amok*. «Esa es una de las grandes preguntas de la humanidad. ¿Por qué en situaciones como las de Ruanda se produce un exceso de sadismo para lograr fines políticos? ¿Por qué una vez que has conseguido el poder necesitas cortar a trozos a tu enemigo? ¿Qué obtiene un campesino o un funcionario con violar a una mujer? Una violación de cinco minutos puede destruir una familia para una generación. Veamos ahora lo que ocurre a escala nacional. Los que cometen atrocidades son en su mayoría hombres jóvenes. Estos muchachos son los más peligrosos que hay en el planeta porque responden fácilmente a las órdenes dictadas por la autoridad. Quieren seguridad y reconocimiento. Creen que así contribuyen a construir el cielo en la tierra. En gran parte de las atrocidades subyace un sueño utópico —añade el doctor Mollica—, de una sociedad más pura y más limpia. Los jóvenes son idealistas y las autoridades que ordenan las matanzas apelan a ese idealismo.»

SIN CULPA. ¿Y los escrúpulos, el arrepentimiento, la idea de culpa, la mala conciencia? Los asesinos son capaces de racionalizar, de justificar sus actos, sus crímenes, porque responden a las órdenes que han recibido de la autoridad del Estado. El poder hutu pidió desde las emisoras y el «tam tam» de la selva, que laminaran, que borraran del mapa a la entera sociedad tutsi. Obedecieron como un solo hombre: mataron a quinientos mil, a un millón de personas, el 75 por 100 de la población total. Era llegada la hora de lo que el escritor V. S. Naipaul ha llamado de los *mimic men* de los miméticos que reproducían los mismos abusos de los colonizadores contra los que se rebelaron. Y terminarán por servirse de los símbolos, de las enseñanzas y las oraciones de los hombres blancos, los *muzumgus:* cinco semanas después del asesinato del presidente ruandés, Radio Ruanda informó que a un vidente católico (la mayoría de la población lo es), se le había aparecido la Virgen para informarle que Habyarimana se encontraba a su lado en el cielo y aprobaba el asesinato en masa de los tutsis. Era la solución final de los hutus contra los tutsis. Un experto de Unicef describía la situación de los niños ruandeses: «sufren traumas brutales en un grado hasta ahora inédito. La mayoría han sido testigos de masacres colectivas y han visto a otros niños tomar parte en las matanzas». Mugisha, una niña de seis años, hizo todo lo posible por morir de hambre en Goma. El campamento de refugiados ruandeses se transformó en un supermercado de ONGs (Organizaciones de ayuda No Gubernamentales) que se disputaban unos segundos de televisión en directo para asegurarse donaciones. «Desorden psicosomático», sentenciaron los médicos al examinar a Mugihsa encerrada sobre sí misma, vegetativa, inmóvil. Había sido testigo del asesinato a machetazos de toda su familia.

Mugihsa se consumía a orillas del lago Kivu. Era una «niña no acompañada», según la jerga oficial, o sea, una huérfana. La Cruz Roja, Unicef, otras organizaciones se pusieron a buscar ochenta y siete mil niños ruandeses, ángeles perdidos en bosques y carreteras.

¿Genocidio, asesinato en masa? Genocidio bajo la atenta mirada de las grandes potencias. El escritor polaco Raphael Lumkin acuñó el término genocidio en su libro *El poder nazi en la Europa ocupada.* El autor diferencia el genocidio del asesinato masivo. El genocidio es el deseo de eliminar a un determinado grupo de personas. En *Ruanda y el genocidio en el siglo XX* Alain Destexhe escribe: «Debe quedar claro que utilizar a Auschwitz (campo de exterminio nazi en Polonia) como criterio a la hora de hacer comparaciones con otras situaciones conlleva el riesgo de trivializar y minimizar la verdadera naturaleza del genocidio contra los judíos. Sin embargo, el exterminio de los judíos es el único precedente con el que contamos para comprender los crímenes cometidos contra los tutsis en Ruanda, porque tanto los judíos como los tutsis fueron elegidos como víctimas solo porque habían tenido la desgracia de nacer judíos o tutsis.»

Tres genocidios se han producido durante este siglo según Destexhe: la matanza de armenios en 1915 a manos de los turcos (solo trescientos mil de ellos sobrevivieron de una población total de entre un millón doscientos mil y dos millones); el exterminio de los judíos por los nazis y la matanza de los tutsis a manos de la mayoría hutu. En su opinión, un genocidio, del griego *genos,* tribu, raza y del latín *caedo,* exterminar, se lleva a cabo en cuatro etapas: 1) Identificación de las víctimas. En el caso de los judíos, se les obligaba a llevar una estrella amarilla; en el caso de los tutsis debían llevar una tarjeta de identidad personal. 2) Confiscación de las propiedades de las víctimas. 3) Internamiento masivo en campos de concentración. 4) Exterminio.

A los nazis les llevó varios años completar estas cuatro fases. Los hutus, en cambio, lo consiguieron en unas pocas semanas. Hay un común denominador en los tres genocidios de este siglo, tal y como explica Destexhe en su libro: la despreocupación de la comunidad internacional que reacciona tarde, a remolque de los acontecimientos que rodean el drama. Hitler exterminó a unos seis millones de judíos porque nadie protestó o lo hizo tarde, incluida la propia comunidad judía como explicó Hanna Arendt, la filósofa del autoritarismo durante el proceso al verdugo nazi Eichmann en Israel. Lo mismo puede decirse del caso de los armenios asesinados por los turcos. «Si el Frente Patriótico Ruandés, de mayoría tutsi, no hubiera tenido éxito en su guerra contra el ejército hutu y sus aliados militares, ni un solo tutsi habría quedado vivo en Ruanda», escribió el médico de esta última etnia Crisólogo Gabuka. Estados Unidos no solo se opuso al reforzamiento del contingente de la ONU desplegado en Ruanda, sino que consiguió reducirlo de dos mil quinientos hombres a tan solo doscientos setenta. Había que ahorrar balas y sueldos de cascos azules. El general canadiense Romeo Dellaire, jefe de la misión de la ONU en Ruanda, señaló que con cinco mil hombres podía haber salvado la vida a quinientos mil ruandeses.

NUNCA MÁS. «Nunca más», dijo el mundo después del exterminio en las cámaras de gas de los campos nazis. Ese es el rótulo, «Nunca más», que cuelga sobre algunos de estos campos del honor visitados por los turistas. Las organizaciones humanitarias de ayuda desembarcaron en Ruanda y en los campos de desplazados. Lo que vieron y oyeron fue un desmentido al «nunca jamás» de 1945. Las cámaras de televisión cayeron sobre los niños huérfanos y los adultos que morían de cólera y disentería. Esa retransmisión no evitó la tragedia. Otro tanto ocurrió en Bosnia. Después, las cámaras se fueron para buscar nuevas zonas catastróficas y el mundo olvidó a los ruandeses. Pero antes, el campo de refugiados más grande del mundo, el de Goma, fue el teatro de una curiosa batalla: a golpe de camisetas con el nombre de las organizaciones humanitarias, pegatinas y angustiosas conferencias de prensa, setenta ONGs se disputaron segundos de antena de la CNN *(Cable News Network)* y otras cadenas. Había que llamar al corazón de las marcas y de los patrocinadores y donantes. Hasta que la guerra publicitaria, indecente pero necesaria, tocó a su fin. Allí quedaron ochocientos mil refugiados en manos de las organizaciones más serias y sinceras, las que no solo trabajan ante las cámaras. Algunas ONGs llegaron a contratar a profesionales de la comunicación para asegurarse publicidad en la industria del *charity business,* el negocio de la caridad. Fue difícil en aquel galimatías reconocer las voces de los ecos interesados y alarmistas: había incluso que exagerar los datos de una tragedia ya de por sí inconmensurable para tocar la fibra sensible de los atribulados donantes.

«África nos descubre siempre algo nuevo», escribió Plinio el Viejo setenta y cinco años después de Cristo. Esto nuevo era lo viejo y ya conocido, la sangre, el resultado de la colonización blanca, de fronteras artificiales, de los vicios y defectos de los administradores negros que en cuanto llegaron al poder quisieron imitar en lo peor a los blancos. «Cuando los misioneros llegaron —afirmó Jomo Kenyatta, el padre de la independencia de Kenia—, nosotros teníamos las tierras y los blancos la Biblia, ahora nosotros tenemos la Biblia y los blancos las tierras.»

Quinientos periodistas de todo el mundo se dieron cita en el campamento de Goma para contar el horror y arruinar de paso los almuerzos y las cenas de los blancos. Ese parece el sino de África: suministrar miseria a raudales y provocar lejanos pesares y remordimientos. La ayuda tiene a veces más que ver con la salvación de la conciencia de Occidente que con la salvación de las economías y las vidas de los africanos. La ayuda humanitaria es en primer lugar un ejercicio de exorzización de la culpabilidad del Primer

Mundo. «El Sur —ha escrito Gerd Behrens— es el altar del remordimiento de los países ricos.» «La caridad —señala el novelista nigeriano Chirua Achebe— es el opio de los privilegiados.»

Los refugiados del campo de Goma no sabían leer las pegatinas, los textos impresos en las camisetas o los letreros de los coches todo terreno de las organizaciones internacionales de ayuda. No estaban escritos para ellos, que son analfabetos. Son los sujetos pasivos de un discurso sociológico en el que toman parte los expertos, los consejeros teóricos del derecho y el deber de inferencia, los logistas, los periodistas de Occidente. Cuatro símbolos africanos para los occidentales: Tarzán, el doctor Livingstone, el Nobel doctor Schweitzer en Lambarene y el niño doliente. El niño africano nimbado de moscas es el escaparate de todas las desgracias. El poeta y ensayista alemán Hans Magnus Enzensberger ha escrito que las estadísticas contemporáneas de los muertos de hambre, los parados o los refugiados, lo expresan todo en millones. «Esos números —añade— paralizan la imaginación. Las organizaciones de ayuda saben que tales números son incomprensibles, por eso ofrecen siempre la imagen de un niño solo de ojos patéticos, de modo que haga comprensible nuestra compasión.» La imagen de ese niño es el «tam tam» de la desventura africana. *Team up with needy child:* «únete al niño necesitado». Esos son los anuncios. *Send your love around the world,* «extiende tu amor alrededor del mundo». Los niños felices y sonrientes no atraen donativos: los *muzungus,* los hombres blancos no se llevan las manos a los bolsillos ni corren hacia las sucursales de los bancos. «Ayuda a cambiar la vida de un niño, para siempre.» Ellos son los pobres, los inútiles, los eternos perdedores, pero aquí estamos nosotros para salvarlos. Apenas si hay referencias a las razones de la crisis económica, las presiones de los bancos mundiales y los fondos monetarios, a la responsabilidad compartida. No son capaces de prever los conflictos o las epidemias que matan a esos niños. Se habla menos de las causas de esos desastres: África es un continente sin remedio... en la medida en que no le pongamos remedio.

UNA IMAGEN NEGATIVA. Paul, un joven negro estudiante de sociología, reflexionaba hace unos años en Nairobi sobre esta dependencia: «La imagen de África es siempre negativa. Solo podrá salvarse si recibe ayuda. Solo podremos salvarnos por medio de la caridad internacional. Somos inferiores. Así nos pintan. Da la impresión de que los únicos que hacen algo por África son los blancos generosos. Nosotros somos incapaces de enfrentarnos a nuestros problemas. Ellos, los blancos buenos, corren en nuestra ayuda y nosotros se lo agradecemos. Esas soluciones, tan humillantes muchas veces, tal vez sean válidas a corto plazo. No nos regalen pescado sino una caña para pescar. Hacen de la caridad, de la captación de donativos, un fin en sí mismo. Y ponen una fotografía de un niño esquelético de vientre hinchado o de ojos llorosos. Vende mucho.» Quizá es esa una imagen más del pasado que del presente.

Se calcula que cerca de un millón de personas murieron en el genocidio de Ruanda, de ellos trescientos mil eran niños. Otros trescientos mil quedaron huérfanos. Víctimas pero también verdugos. Un año después de las matanzas de Ruanda cuatrocientos sesenta y siete niños se encontraban detenidos en Ruanda bajo la acusación de genocidio. Cincuenta de ellos eran menores de cinco años. Al mismo tiempo el 45 por 100 de los cadáveres que yacían en las fosas comunes descubiertas hasta la fecha eran de menores según el Fondo de las Naciones Unidas para la Infancia. «Por primera vez en la historia de los Derechos Humanos —señalaba el comunicado—, se acusa de un crimen de genocidio a un número tan considerable de niños.» Los menores de catorce años, protegidos por la ley, no comparecerían ante los tribunales internacionales por los crímenes de Ruanda.

Dos años después de las matanzas el número de los niños detenidos por el gobierno ruandés por haber tomado parte en el genocidio se elevaba a dos mil quinientos. ¿Cómo eran estos niños? ¿Eran unos pequeños monstruos? ¿Qué opiniban sobre lo que había pasado, se sentían culpables? En absoluto. «No sé por qué me han traído aquí. Yo no he hecho nada. No he matado a nadie», aseguraba sin arrepentimiento, sin desazón, con toda inocencia Claude Nzamurambaho, de ocho años (repito, ocho años), prisionero en un campo a veinte kilómetros de Kigali, la capital, acusado de horribles crímenes. «Fui injustamente denunciado por un vecino de haber matado a numerosos tutsis. Yo no lo hice.» Uno de cada tres menores ruandeses confesó haber visto a otros niños asesinar a civiles tutsis desarmados. Los pequeños prisioneros respondían «Yo no lo hice» a la pregunta de si habían matado a alguien. A lo más que se atrevieron fue a reconocer que si atacaron fue en defensa propia. Otros afirmaron que por razones humanitarias se habían limitado a rematar a los agonizantes «para ahorrarles mayores sufrimientos».

Los menores prisioneros de Ruanda vivían en horribles condiciones en celdas fétidas, llenas de porquería, de muros sucios y suelos regados por la orina. «Pero aquí estoy a salvo, sé que si salgo puedo morir —reconocía Emanuel, de doce años—. Yo no hice otra cosa que obedecer a los mayores. Ellos nos entregaron los machetes porque dijeron que los tutsis venían a robar lo que era nuestro.» Salimad Omar fue detenido por las milicias hutus junto con otros niños. «No somos tutsis», gritaron varios de ellos. Los soldados les entregaron machetes para que dieran muerte a un grupo de niños tutsis: era la mejor forma de demostrar que no pertenecían a esa etnia. Uno de los menores mató a tres chiquillos, pero según el testimonio de Salimad eso tampoco le salvó la vida. Los milicianos le dieron muerte a tiros. En cuanto a Salimad pudo salvarse porque convenció a los milicianos y soldados de que era hutu como ellos. Una pequeña de ocho años fue obligada a confesar dónde se hallaba escondida su madre. Después, los milicianos «los que atacan juntos», mataron a la madre en su presencia. La niña se quedó sin habla a partir de ese momento. Una cría de doce años fue crucificada delante de su madre embarazada a la que arrancaron el feto a bayonetazos. Consiguió huir después de que los soldados hutus la hubieron dado por muerta y mostraba a los médicos la prueba de cuanto decía: los agujeros de los clavos en las palmas de las manos. Otro de los niños vio cómo los soldados obligaban a su madre a arrojar a su hermano de un año a una caldera de agua hirviendo.

En Ruanda había cuatro mil ochocientos veinte niños enrolados en el ejército, de los que casi dos años más tarde fueron desmovilizados ochocientos veinticinco de entre siete y doce años. Una generación perdida, como la liberiana. Cuando cesa una guerra, quizá un paréntesis entre dos guerras, rebrota otra sobre los rescoldos de la hoguera africana. Después de Ruanda le tocó de nuevo a la vecina Burundi. Más de ciento cincuenta mil personas fueron asesinadas en Burundi en la guerra civil que siguió a octubre de 1993, cuando oficiales tutsis mataron al primer presidente hutu en un golpe de Estado fallido. En Liberia los niños, los *fihgters,* los combatientes se han adueñado de las calles. Van armados de fusiles de asalto, que cuestan lo que un radiocasete, cuchillos de cocina, machetes, y visten estrafalarios disfraces de carnaval, máscaras de calaveras, pelucas femeninas de cabellos sintéticos. Se mueven entre edificios descentrados por las granadas, saltan sobre cráteres causados por los obuses. También ellos son los protagonistas de la furia masoquista que desató una guerra civil que ha causado ciento cincuenta mil muertos y más de un millón de refugiados. Los niños asaltan vehículos, saquean tiendas, matan por placer. «Reclutados a la fuerza —informaba el antropólogo británico Paul Richard—, han sido obligados a punta de pistola a mutilar y asesinar a miembros de sus propias comunidades. Arrancados de sus familias, esos niños son ahora una fuerza de combate endémica carente de objetivos.» Son dueños de la vida y de la muerte y eso les gusta. Se pavonean por las calles con sus máscaras y sus Kaláshnikov al hombro. Los más pequeños recogen casquillos, custodian los fusiles de los mayores. Otros provocan al enemigo para que abra fuego. De pronto, un proyectil alcanza el estómago de uno de los niños-milicianos. En dos minutos morirá desangrado. «El general Fairy corta con virulencia los lloros del hermano del muerto y ordena el rápido traslado del cuerpo —informaba Gervasio Sánchez desde Monrovia, la capital de la desolación—. Algunos jóvenes miran el cadáver mientras beben alcohol de ínfima calidad. Los niños soldados descansan en las partes sombreadas de un pequeño parque donde se pudren los tres muertos del día anterior. Un niño-soldado de los seis mil menores de catorce años que combaten en Liberia se acerca a su general, Chris Fairy: le ha herido el rebote de una bala. Fairy le acaricia el rostro y le inspecciona el pequeño surco de sangre. Sus compañeros le miran con envidia y el niño muestra su orgullo esgrimiendo una pistola.»

La guerra de Liberia, en esa nueva erupción, dejó de interesar a los medios informativos. Hasta la próxima carnicería. Las cadenas mundiales de televisión dictan lo que interesa y no interesa. Los ruandeses curaban sus heridas y rezaban por sus muertos. «Comprender por qué murieron es quizá el mejor homenaje que podemos hacer a las víctimas —escribía Gerard Prunier, un experto francés en temas africanos en su libro *La crisis de Ruanda. Historia de un genocidio*—. Que la razón de esas muertes quede en la ignorancia, que sea distorsionada por la propaganda, o simplemente malentendida al aceptarse unos clisés demasiado simplistas, supondría añadir el último toque al trabajo de los asesinos, completando la deshumanización de sus víctimas.» Hannah Arendt pidió: «En la medida en que resulte verdaderamente posible superar el pasado, la superación consiste en contar los hechos en su desnuda totalidad.»

La única respuesta es la memoria, la necesaria memoria, la lucha de la memoria contra el olvido.

BIBLIOGRAFÍA Y AGRADECIMIENTOS

Entre los libros que he consultado citaré *Child soldiers* de Guy Goodwin-Gil e Ilene Cohn (Clarendon Press, Oxford); *Gosses de guerre* de Alain Louyot (Laffont, París); *Children of war* de Roger Rosenblatt (Anchor Press/Doubleday, Nueva York); *Intifada* de Ze'ev Schiff y Ehud Ya'ari (Simon & Schuster, Nueva York); *Les croissades* de Henri Platelle (Desclée, París); *Les enfants de l'apartheid* de Elise Fischer (Fayard, París); *El grito de los niños* de Peter Townsend (Ultramar); *The children of the dream* de Bruno Bettlelheim (Paladin); *Centuries of childhood* de Philippe Aries (Jonatham Cape); *Childhood and society* de Erik Erikson (Penguin); *Les jeunes fauves du Führer* de Jean Mabire (Fayard, París); *Quarante mille enfants par jour* del Dr. Francois Remy (Laffont, París); *Wages of guilt* de Ian Buruma (Vintage, Londres); *Un niño en la guerra* de Said Ferdi (Ediciones de Oriente y del Mediterráneo, Madrid); colección *Les enfants du fleuve* dirigida por Jean-Claude Didelot (Fayard); *Stay alive, my son* de Pin Yatay (Simon & Schuster, Nueva York); *Survivre dans Beirut* de Lina Tabbara (Olivier Orban, 1977); *Center on war and the child* (diversos informes); *Children: Rights and responsabilities,* The minority rights group (Londres); *Exploitation of child labour* de F. Bouhdiba (Naciones Unidas); *Critical perspectives on child abuse and neglect* (Lexington Books, EE UU); *The rights and wrongs of children* de M. D. A. Freeman

(Francis Pinter, Londres); *Gamines, testimonios* de Vila C. Munos y X. Padion (Carlos Valencia Editores, Bogotá); publicaciones de Unicef; *Childhood stolen* (Amnistía Internacional); revistas y documentos de la Cruz Roja Internacional; *Los desheredados* de Helene Zuber (Plaza y Janés, Barcelona); *The tragedy of Cambodian History* de David P. Chandler (Yale University Press); *The Kindness of strangers: the abandonnement of children in Western Europe from late antiquity to the renaissance* de John Boswell (Pantheon); *The Child and the Tourist* de Ross O'Grady (ECPAT, Bangkok); *Fallen soldiers* de George L. Mosse (Oxford); *Philippines: les enfants du mepris* de Jean Dallais y Elise Fisher (Fayard); *Las semillas de la violencia* de Luis Rojas Marcos (Espasa Calpe); *Comment on Raconte l'histoire anx enfants* de Marc Ferro (Payot).

He consultado docenas de revistas y periódicos: *La Vanguardia, ABC, El País, El Mundo, Diario 16, Cambio 16, Le Monde, The European, La Stampa, Corriere della Sera, The Washington Post, The New York Times, The Atlantic, The New Yorker, Harpers, Tiempo, Tribuna, Época, Le Monde Diplomatique, Mensajero* (Bilbao), *Time* y *Newsweek, The Saturday Evening Post, El Correo, El Periódico, L'Express, Le Nouvel Observateur, Le Point, The Economist, The Internationalist, The Observer, Sunday Times, South China Morning Post, Far Eastern Economic Review, Croissance, Jeune Afrique, Le Figaro Magazine, Liberation, The Herald Tribune, Heraldo de Aragón, New York Review of Books, L'Expresso, Panorama, Der Spiegel.*

Entre las agencias informativas he consultado material de Efe, DPA, Reuter, Fax Press, Europa Press, AFP y Associated Press. Isabel Cortijo batalló a fondo con mi caótico manuscrito. Para ella va el segundo agradecimiento. No debo olvidar la colaboración de Juana Díaz Guirado, de Sara, Isa y Aroa, Joaquín Ballesteros y Miguel Arroyo.

ESPASA HOY

Últimos títulos publicados:

Luis Rojas Marcos, *Las semillas de la violencia.* Premio Espasa Ensayo, 1995.

J. J. Armas Marcelo, *Los años que fuimos Marilyn.*

Esther Esteban, *El tercer hombre: P. J., la pesadilla de F. G.*

B.-H. Lévy, *La pureza peligrosa.*

Jordi Pujol, *Cataluña/España.* Edición de Ramón Pi.

A. Comte-Sponville, *Pequeño tratado de las grandes virtudes.*

José Luis Sanchis, *Cómo se gana el poder.*

Javier Ortiz, *El felipismo de la A a la Z.*

Antxón Sarasqueta, *El desafío español.*

Adolfo Suárez, *Fue posible la concordia.* Edición de Abel Hernández.

Juan Velarde, *Hacia otra economía española.*

Joaquín Araujo, *XXI: Siglo de la ecología.* Finalista Premio Espasa Hoy, 1996.